這世界上有一個人是永遠等著你的，

不管是什麼時候，不管在什麼地方。

張愛玲

限量收藏編號

1468

張愛玲

半生緣

主編的話

在文學的長河裡，張愛玲的文字是璀璨的金沙，歷經歲月的淘洗而越發耀眼，而張愛玲的身影也在無數讀者心中留下無可取代的印記。

為紀念張愛玲百歲誕辰及逝世二十五週年，「張愛玲典藏」特別重新改版，此次以張愛玲親筆手繪插圖及手寫字重新設計封面，期盼能帶給讀者全新的感受，並增加收藏的意義。

「張愛玲典藏」根據文類和作品發表年代編纂而成，包括張愛玲各時期的長篇小說、短篇小說、散文和譯作等，共十八冊，其中散文集《惘然記》、《對照記》本次改版並將增訂收錄近年新發掘出土的文章。

一樣的悸動，一樣的懷想，就讓我們透過全新面貌的「張愛玲典藏」，珍藏心底最永恆的文學傳奇。

十大名家推薦

年歲漸長漸體會，這《半生緣》，恐怕更是你、我今生同樣難解之緣。

——李昂

緣只半生，都成了前塵往事。
就從那個「我們都回不去了」的地方，開始了張愛玲不朽的文學世界！

——南方朔

《半生緣》是張愛玲最溫柔與敦厚的小說，大器不言可喻。
幾乎是張氏唯一一部探索到內在溫暖的作品。

——袁瓊瓊

《半生緣》脫去張腔一貫的辛辣嘲諷，轉而變得溫柔、多情且善良，
真正道出了人世間的無可奈何。蒼涼惆悵之餘，又透出一股平和的理解與寬容。

——郝譽翔

我始終覺得，「我們都回不去了」是張愛玲在心底對胡蘭成說的話。被綁架囚禁於黑屋的不是曼楨，而是張愛玲的餘生。

——**張瑞芬**

半生的緣份，注定一世的滄桑。
這世間男女，這愛恨交錯，在張愛玲冷澈透骨的筆鋒之下，無所遁形。

——**彭樹君**

這是一部普通人的愛情故事。唯因為普通，所以靠近。
因為靠近，所以知道那些得到中的疏遠，重逢裡的永別，都是真實。

——**楊佳嫻**

《半生緣》是我二十歲左右啟蒙我極深的一本小說，
當時讀完只覺得天搖地動，「世界的光度變得不一樣了」。

——**駱以軍**

曾經，最揪我心的一本書，一個愛情。
這個「半」字，讓人懸念一生。因為深刻的愛情必然伴隨巨大的惘然。

——**鍾文音**

「世鈞，我們回不去了。」人世遇合情感劫毀，張愛玲最是深得其中三昧。

——**蘇偉貞**

1

他和曼楨認識，已經是多年前的事了。算起來倒已經有十四年了——真嚇人一跳！馬上使他連帶地覺得自己老了許多。日子過得真快，尤其對於中年以後的人，十年八年都好像是指顧間的事。可是對於年青人，三年五載就可以是一生一世。他和曼楨從認識到分手，不過幾年的工夫，這幾年裏面卻經過這麼許多事情，彷彿把生老病死一切的哀樂都經歷到了。

曼楨曾經問過他，他是什麼時候起開始喜歡她的。他當然回答說：「第一次看見你的時候。」說那個話的時候是在那樣的一種心醉的情形下，簡直什麼都可以相信，自己當然絕對相信那不是謊話。其實他到底是什麼時候第一次看見她的，根本就記不清楚了。

是叔惠先認識她的。叔惠是他最要好的同學，他們倆同是學工程的，叔惠先畢了業出來就事，等他畢了業，叔惠又把他介紹到同一個廠裏來實習。曼楨也在這爿廠裏做事，她的寫字檯就在叔惠隔壁，世鈞好兩次跑去找叔惠，總該看見她的，可是並沒有印象。大概也是因為他那時候剛離開學校不久，見到女人總有點拘束，覺得不便多看。

他在廠裏做實習工程師，整天在機器間裏跟工人一同工作，才做熟了，就又被調到另一個部門去了。那生活是很苦，但是那經驗卻是花錢買不到的。薪水是少到極點，好在他家裏也不靠他養家。他的家不在上海，他就住在叔惠家裏。

他這還是第一次在外面過陰曆年。過去他對於過年這件事並沒有多少好感，因為每到過年的時候，家裏例必有一些不痛快的事情。家裏等著父親回來祭祖宗吃團圓飯，小公館裏偏偏故意地扣留不放。母親平常對於這些本來不大計較的，大除夕這一天卻是例外。她說「一家人總得像個人家」，做主人的看在祖宗份上，也應當準時回家，主持一切。

事實上是那邊也照樣有祭祖這一個節目，因為父親這一個姨太太跟了他年份也不少了，生男育女，人丁比這邊還要興旺些。父親是長年駐蹕在那邊的。難得回家一次，母親也對他客客氣氣的。惟有到了過年過節的時候，大約也因為這種時候她不免有一種身世之感，她常常忍不住要和他吵鬧。這麼大年紀的人了，也還是哭哭啼啼的。每年是這個情形，世鈞從小看到現在。今年倒好，不在家裏過年，少掉許多煩惱。可是不知道為什麼，一到了急景凋年的時候，許多人家提早吃年夜飯，到處聽見那疎疎落落的爆竹聲，一種莫名的哀愁便壓迫著他的心。

除夕那一天，世鈞在叔惠家裏吃過年夜飯，就請叔惠出去看電影，連看了兩場——那一天午夜也有一場電影。在除夕的午夜看那樣一齣戲，彷彿有一種特殊的情味似的，熱鬧之中稍帶一點淒涼。

他們廠裏只放三天假，他們中午常去吃飯的那個小館子卻要過了年初五才開門。初四那天他們一同去吃飯，撲了個空。只得又往回走，街上滿地都是摜炮的小紅紙屑。走過一家飯舖子，倒是開著門，叔惠道：「就在這兒吃了吧。」這地方大概也要等到接過財神方才正式營業，今天還是半開門性質，上著一半排門，走進去黑洞洞的。新年裏面，也沒有什麼生意，一進門的一張桌子，卻有一個少女朝外坐著，穿著件淡灰色的舊羊皮大衣，她面前只有一副杯箸，飯菜還沒有拿上來，她彷彿等得很無聊似的，手上戴著紅絨線手套，便順著手指緩緩地往下抹著，一直抹到手丫裏，兩隻手指夾住一隻，只管輪流地抹著。叔惠一看見她便咦了一聲道：「顧小姐，你也在這兒！」說著，就預備坐到她桌子上去，一回頭看見世鈞彷彿有點躊躇不前的樣子，便道：「都是同事，見過的吧？這是沈世鈞，這是顧曼楨。」她是圓圓的臉，圓中見方——也不是方，只是有輪廓就是了。蓬鬆的頭髮，很隨便地披在肩上。世鈞判斷一個女人的容貌以及體態衣著，本來是沒有分析性的，他只是籠統地覺得她很好。她的兩隻手抄在大衣袋裏，微笑著向他點了個頭。當下他和叔惠拖開長凳坐下，那朱漆長凳上面膩著一層黑油，世鈞本來在機器間裏弄得渾身稀髒的，他當然無所謂，叔惠卻是西裝筆挺，坐下之前不由得向那張長凳多看了兩眼。

這時候那跑堂的也過來了，手指縫裏夾著兩隻茶杯，放在桌上。叔惠看在眼裏，又連連皺眉，道：「這地方不行，實在太髒了！」跑堂的給他們斟上兩杯茶，他們每人叫了一客客飯。叔惠忽然想起來，又道：「喂，給拿兩張紙來擦擦筷子！」那跑堂的已經去遠了，沒有聽見。曼楨便道：「就在茶杯裏涮一涮吧，這茶我想你們也不見得要吃的。」說著，就把他面前那雙筷子取過來，在茶杯裏面洗了一洗，拿起來甩了甩，把水洒乾了，然後替他架在茶杯上面，順手又把世鈞那雙筷子也拿了過來，世鈞忙欠身笑道：「我自己來，我自己來！」等她洗好了，他伸手接過去，又說「謝謝。」曼楨始終低著眼皮，也不朝人看著，只是含著微笑。世鈞把筷子接了過來，依舊擱在桌上。擱下之後，忽然一個轉念，桌上這樣油膩膩的，這一擱下，這雙筷子算是白洗了，我這樣子好像滿不在乎似的，人家給我洗筷子倒彷彿是多事了，反而使她自己覺得她是殷勤過分了。他這樣一想，趕緊又把筷子拿起來，也學她的樣子端端正正架在茶杯上面，而且很小心的把兩隻筷子頭比齊了。其實筷子要是沾髒了也已經髒了，這不是掩人耳目的事麼？他無緣無故地竟覺得有些難為情起來，因搭訕著把湯匙也在茶杯裏淘了一淘。這時候堂倌正在上菜，有一碗蛤蜊湯，世鈞舀了一匙子喝著，便笑道：「過年吃蛤蜊，大概也算是一個好口彩——算是元寶。」叔惠道：「蛤蜊也是元寶，芋艿也是元寶，餃子蛋餃都是元寶，連青果同茶葉蛋都算是元寶——我說我們中國人真是財迷心竅，眼睛裏看出來，什麼東西都像元寶。」曼楨笑道：「你不知道，還有呢，有一種『蓑衣蟲』，是一種毛毛蟲，常常從屋頂掉下來的，北方人管牠叫『錢串子』。也真是想錢想瘋了！」世鈞笑道：「顧小姐是北方人？」曼楨笑著搖搖頭，道：「我母親是北方人。」世鈞道：「那你也是半個北方人了。」叔惠道：「我們常去的那個小館子倒是個北方館子，就在對過那邊，你去過沒有？倒還不錯。」曼楨道：「我沒去過。」叔惠道：「明天我們一塊兒去，這地方實在不行。太髒了！」

從這一天起，他們總是三個人在一起吃飯；三個人吃客飯，湊起來有三菜一湯，吃起來也不那麼單調。大家熟到一個地步，站在街上吃烘山芋當一餐的時候也有。不過熟雖熟，他們的談話也只限於叔惠和曼楨兩人談些辦公室裏的事情。叔惠和她的交誼彷彿也是只限於辦公時間內。出了辦公室，叔惠不但沒有去找過她，連提都不大提起她的名字。有一次，他和世鈞談起廠裏的人事糾紛，世鈞道：「你還算運氣的，至少你們房間裏兩個人還合得來。」叔惠只是不介意地「唔」了一聲，說：「曼楨這個人不錯。很直爽的。」世鈞沒有再往下說，不然，倒好像他是對曼楨發生了興趣似的，待會兒倒給叔惠俏皮兩句。

還有一次，叔惠在閒談中忽然說起：「曼楨今天跟我講到你。」世鈞倒呆了一呆，過了一會方才笑道：「講我什麼呢？」叔惠笑道：「她說怎麼我跟你在一起的時候，總是只有我一個人說話的份兒。我告訴她，人家都說我欺負你，連我自己母親都替你打抱不平。其實那不過是個性關係，你剛巧是那種唱滑稽的充下手的人材。」世鈞笑道：「充下手的怎麼樣？」叔惠道：「不怎麼樣，不過常常給人用扇子骨在他頭上敲一下。」說到這裏，他自己呵呵地笑起來了。又道：「我知道你倒是真不介意的。這是你的好處。我這一點也跟你一樣，人家儘管拿我開心好了，我並不是那種只許他取笑人，不許人取笑他的。……」叔惠反正一說到他自己就沒有完了。大概一個聰明而又漂亮的人，總不免有幾分「自我戀」吧。他只管滔滔不絕地分析他自己個性中的複雜之點，世鈞坐在一邊，心裏卻還在那裏想著，曼楨是怎樣講起他來著。

他們這個廠坐落在郊區，附近雖然也有幾條破爛的街道，走不了幾步路就是田野了。春天到了，野外已經濛濛地有了一層綠意，天氣可還是一樣的冷。這一天，世鈞中午下了班，照例匆匆洗了洗手，就到總辦公處來找叔惠。叔惠恰巧不在房裏，只有曼楨一個人坐在寫字檯前面整理文件。她在戶內也圍著一條紅藍格子的小圍巾，襯著深藍布罩袍，倒像個高小女生的打扮。藍布罩袍已經洗得絨兜兜地泛了灰白，那顏色倒有一種溫雅的感覺，像一種線裝書的暗藍色封面。

世鈞笑道：「叔惠呢？」曼楨向經理室微微偏了偏頭，低聲道：「總喜歡等到下班之前五分鐘，忽然把你叫去，有一樣什麼要緊公事交代給你。做上司的恐怕都是這個脾氣。」世鈞笑著點點頭。他倚在叔惠的寫字檯上，無聊地伸手翻著牆上掛的日曆，道：「我看看什麼時候立春。」曼楨道：「早已立過春了。」世鈞道：「那怎麼還這樣冷？」他仍舊一張張地掀著日曆，道：「現在印的日曆都比較省儉了，只有禮拜天是紅顏色的。我倒喜歡我們小時候的日曆，禮拜天是紅的，禮拜六是綠的。一撕撕到禮拜六，看見那碧綠的字，心裏真高興。」曼楨笑道：「是這樣的，在學校裏的時候，禮拜六比禮拜天還要高興。禮拜天雖然是紅顏色的，已經有點夕陽無限好了。」

正說著，叔惠進來了，一進來便向曼楨嚷著：「我不是叫你們先走的麼？」曼楨笑道：「忙什麼呢。」叔惠道：「吃了飯我們還要揀個風景好點的地方去拍兩張照片，我借了個照相機在這裏。」曼楨道：「這麼冷的天，照出來紅鼻子紅眼睛的也沒什麼好看。」叔惠向世鈞努了努嘴，道：「喏，都是為了他呀。他們老太太寫信來，叫他寄張照片去。我說一定是有人替他做媒。」世鈞紅著臉道：「什麼呀？我知道我母親沒有別的，就是老嘀咕著，說我一定瘦了，我怎麼說她也不相信，一定要有照片為證。」叔惠向他端相了一下，道：「你瘦倒不瘦，好像太髒了一點。老太太看見了還當你在那裏掘煤礦呢，還是一樣的心疼。」世鈞低下頭去向自己身上那套工人裝看了看。曼楨在旁笑道：「拿塊毛巾擦擦吧，我這兒有。」世鈞忙道：「不，不，不用了，我這些黑漬子都是機器上的油，擦在毛巾上洗不掉的。」他一彎腰，便從字紙簍裏揀出一團廢紙團來，使勁在褲腿上擦了兩下。曼楨道：「這哪兒行？」她還是從抽屜裏取出一條摺疊得齊齊整整的毛巾，在叔惠喝剩的一杯開水裏蘸濕了遞了過來。世鈞只得拿著，一擦，那雪白的毛巾上便是一大塊黑，他心裏著實有點過意不去。

叔惠站在窗前望了望天色，道：「今天這太陽還有點靠不住呢，不知道拍得成拍不成。」一面說著，他就從西服褲袋裏摸出一把梳子來，對著玻璃窗梳了梳頭髮，又將領帶拉了一拉，把脖子伸了一伸。曼楨看見他那顧影自憐的樣子，不由得抿著嘴一笑。叔惠又偏過臉來向自己的半側面微微瞟了一眼，口中卻不斷地催促著世鈞：「好了沒有？」曼楨向世鈞道：「你臉上還有一塊黑的。不，在這兒——」她在自己臉上比畫了一下，又道：「還有。」她又把自己皮包裏的小鏡子找了出來，遞給他自己照著。叔惠笑道：「喂，曼楨，你有口紅沒有？借給他用一用。」說說笑笑的，他便從世鈞手裏把那一面鏡子接了過來，自己照了一照。

三個人一同出去吃飯，因為要節省時間，一人叫了一碗麵，草草地吃完了，便向郊外走去。叔惠說這一帶都是荒田，太平淡了，再過去點他記得有兩棵大柳樹，很有意思。可是走著，走著，老是走不到。世鈞看曼楨彷彿有點趕不上的樣子，便道：「我們走得太快了吧？」叔惠聽了，便也把腳步放慢了些，但是這天氣實在不是一個散步的天氣。他們為寒冷所驅使，不知不覺地步伐又快了起來，而且越走越快。大家喘著氣，迎著風，說話都斷斷續續的。曼楨竭力按住她的紛飛的頭髮，因向他們頭上看了一眼，笑道：「你們的耳朵露在外面不冷麼？」叔惠道：「怎麼不冷。」曼楨笑道：「我常常想著，我要是做了男人，到了冬天一定一天到晚傷風。」

那兩棵柳樹倒已經絲絲縷縷地抽出了嫩金色的芽。他們在樹下拍了好幾張照。有一張是叔惠和曼楨立在一起，世鈞替他們拍的。她穿著的淡灰色羊皮大衣被大風颼得捲了起來，她一隻手掩住了嘴，那紅絨線手套襯在臉上，顯得臉色很蒼白。

那一天的陽光始終很稀薄。一捲片子還沒有拍完，天就變了。趕緊走，走到半路上，已經下起了霏霏的春雪，下著下著就又變成了雨。走過一家小店。曼楨看見裏面掛著許多油紙傘，她要買一把。撐開來，有一色的藍和綠，也有一種描花的。有一把上面畫著一串紫葡萄，她拿著看看，又看看另一把沒有花的，老是不能決定，叔惠說女人買東西總是這樣。世鈞後來笑著說了一聲「沒有花的好，」她就馬上買了那把沒有花的。叔惠說：「價錢好像並不比市區裏便宜。不會是敲我們的竹槓吧？」曼楨把傘尖指了指上面掛的招牌，笑道：「不是寫著『童叟無欺』麼？」叔惠笑道：「你又不是童，又不是叟，欺你一下也不罪過。」

走到街上，曼楨忽然笑道：「噯呀，我一隻手套丟了。」叔惠道：「一定是丟在那爿店裏了。」重新回到那爿店裏去問了一聲，店裏人說並沒有看見。曼楨道：「我剛才數錢的時候是沒有戴著手套。——那就是拍照的時候丟了。」

世鈞道：「回去找找看吧。」這時候其實已經快到上班的時候了，大家都急於要回到廠裏去，曼楨也就說：「算了算了，為這麼一隻手套！」她說是這樣說著，卻多少有一點悵惘。曼楨這種地方是近於瑣碎而小氣，但是世鈞多年之後回想起來，她這種地方也還是很可懷念。曼楨有這麼個脾氣，一樣東西一旦屬於她了，她總是越看越好，以為它是世界上最最好的……他知道，因為他曾經是屬於她的。

那一天從郊外回到廠裏去，雨一直下得不停，到下午放工的時候，才五點鐘，天色已經昏黑了。也不知道是怎麼樣一種朦朧的心境，竟使他冒著雨重又向郊外走去。泥濘的田隴上非常難走，一步一滑。還有那種停棺材的小瓦屋，像狗屋似的，低低地伏在田隴裏，白天來的時候就沒有注意到，在這昏黃的雨夜裏看到了，卻有一種異樣的感想。四下裏靜悄悄的，只聽見那皇皇的犬吠聲。一路上就沒有碰見過一個人，只有一次，他遠遠看見有人打著燈籠，撐著杏黃色的大傘，在河濱對岸經過。走了不少時候，才找到那兩棵大柳樹那裏。他老遠的就用手電筒照著，一照就照到樹下那一隻紅色的手套，心裏先是一高興，走到跟前去，一彎腰拾了起來，用電筒照著，拿在手裏看了一看，又躊躇起來了。明天拿去交給她，怎麼樣說呢？不是顯著奇怪麼？冒著雨走上這麼遠的路，專為替她把這麼隻手套找回來。他本來的意思不過是因為抱歉，都是因為他要拍照片，不然人家也不會失落東西。但是連他自己也覺得這理由不夠充分的。那麼怎麼樣呢？他真懊悔來到這裏，但是既然來了，東西也找到了，總不見得能夠再把它丟在地下？他把上面的泥沙略微撣了一撣，就把它塞在袋裏。既然拿了，總也不能不還給人家。自己保存著，那更是笑話了。

第二天中午，他走到樓上的辦公室裏。還好，叔惠剛巧又被經理叫到裏面去了。世鈞從口袋裏掏出那隻泥污的手套，他本來很可以這樣說，或者那樣說，但是結果他一句話也沒有。僅只是把它放在她面前。他臉上如果有任何表情的話，那便是一種冤屈的神氣，因為他起初實在沒想到，不然他也不會自找麻煩，害得自己這樣窘。

曼楨先是怔了一怔，拿著那隻手套看看，說：「咦？……噯呀，你昨天後來又去了？那麼遠的路——還下著雨——」正說到這裏，叔惠進來了。她看見世鈞的臉色彷彿不願意提起這件事似的，她也就機械地把那紅手套捏成一團，握在手心裏，然後搭訕著就塞到大衣袋裏去了。她的動作雖然很從容，臉上卻慢慢地紅了起來。自己覺得不對，臉上熱烘烘的，熱氣非常大，好容易等這一陣子熱退了下去，腮頰上頓時涼颼颼的，彷彿接觸到一陣涼風似的，可見剛才是熱得多麼厲害了。自己是看不見，人家一定都看見了。這麼想著，心裏一急，臉上倒又紅了起來。

當時雖然無緣無故地窘到這樣，過後倒還好，在一起吃飯，她和世鈞的態度都和平常沒什麼兩樣。春天的天氣忽冷忽熱，許多人都患了感冒症，曼楨有一天也病了，打電話到廠裏來叫叔惠替她請一天假。那一天下午，叔惠和世鈞回到家裏，世鈞就說：「我們要不要去看看她去？」叔惠道：「唔。看樣子倒許是病得不輕。昨天就是撐著來的。」世鈞道：「她家裏的地址你知道？」叔惠露出很猶豫的樣子，說：「知是知道，我可從來沒去過。你也認識她這些天了，你也從來沒聽見她說起家裏的情形吧？她這個人可以說是一點神秘性也沒有的，只有這一點，倒好像有點神秘。」他這話給世鈞聽了，卻有點起反感。是因為他說她太平凡，沒有神秘性呢，還是因為他疑心她有什麼不可告人的秘密呢？那倒也說不清，總之，是使人雙重地起反感。世鈞當時就說：「那也談不上神秘，也許她家裏人多，沒地方招待客人；也許她家裏人還是舊腦筋，不贊成她在外面交朋友，所以她也不便叫人到她家裏去。」叔惠點點頭，道：「不管他們歡迎不歡迎，我倒是得去一趟。我要去問她拿鑰匙，因為有兩封信要查一查底稿，給她鎖在抽屜裏了。」世鈞道：「那麼就去一趟吧。不過……這時候上人家家裏去，可太晚了？」廚房裏已經在燒晚飯了，很響亮的「嗤啦啦，嗤啦啦」的炒菜下鍋的聲音，一陣陣傳到樓上來。叔惠抬起手來看了看手錶，忽然聽見他母親在廚房裏喊：「叔惠！有人找你！」

叔惠跑下樓去一看，卻是一個面生的小孩。他正覺得詫異，那小孩卻把一串鑰匙舉得高高地遞了過來，說「我姐姐叫我送來的。這是她寫字檯上的鑰匙。」叔惠笑道：「哦，你是曼楨的弟弟？她怎麼樣，好了點沒有？」那孩子答道：「她說她好些了，明天就可以來了。」

看他年紀不過七八歲光景，倒非常老練，把話交代完了，轉身就走，叔惠的母親留他吃糖他也不吃。

叔惠把那串鑰匙放在手心裏顛著，一抬頭看見世鈞站在樓梯口，便笑道：「她一定是怕我們去，所以預先把鑰匙給送來了。」世鈞笑道：「你今天怎麼這樣神經過敏起來？」叔惠道：「不是我神經過敏，剛才那孩子的神氣，倒好像是受過訓練的，叫他不要跟外人多說話。——可會不是她的弟弟？」世鈞不禁有點不耐煩起來，笑道：「長得很像她的嘍！」叔惠笑道：「那也許是她的兒子呢？」世鈞覺得他越說越荒唐了，簡直叫人無話可答。叔惠見他不作聲，便又說道：「出來做事的女人，向來是不管有沒有結過婚，一概都叫『某小姐』的。」世鈞笑道：「那是有這個情形，不過，至少……她年紀很輕，這倒是看得出來的。」叔惠搖搖頭道：「女人的年紀……也難說！」

叔惠平常說起「女人」怎麼樣怎麼樣，總好像他經驗非常豐富似的。實際上，他剛剛踏進大學的時候，世鈞就聽到過他這種論調，而那時候，世鈞確實知道他只有一個女朋友，也是一個同學，名叫姚珮珍。他說「女人」如何如何，所謂「女人」，就是姚珮珍的代名詞。現在也許不止一個姚珮珍了，但是他也還是理論多於實踐，他的為人，世鈞知道得很清楚。今天他所說的關於曼楨的話，也不過是想到哪裏說到哪裏，絕對沒有惡意的。世鈞也不是不知道，然而仍舊覺得非常刺耳。和他相交這些年，從來沒有像這樣跟他生氣過。

那天晚上世鈞推說寫家信，一直避免和叔惠說話。叔惠見他老是坐在檯燈底下，對著紙發楞，還當他是因為家庭糾紛的緣故，所以心事很重。

2

曼楨病好了，回到辦公室裏來的第一天，叔惠那天恰巧有人請吃飯——有一個同事和他賭東道賭輸了，請他吃西餐。曼楨和世鈞單獨出去吃飯，這還是第一次。起初覺得很不慣，叔惠彷彿是他們這一個小集團的靈魂似的，少了他，馬上就顯得靜悄悄的，只聽見碗盞的聲音。

今天這小館子裏生意也特別清，管賬的女人坐在櫃台上沒事做，眼光不住地向他們這邊射過來。也許這不過是世鈞的心理作用，總好像人家今天對他們特別注意。那女人大概是此地的老闆娘，燙著頭髮，額前留著稀稀的幾根前劉海。總是看見她在那裏織絨線，做一件大紅絨線衫。今天天氣暖了，她換了一件短袖子的二藍竹布旗袍，露出一大截肥白的胳膊，壓在那大紅絨線上面，鮮艷奪目。胳膊上還戴著一只翠綠燒料鐲子。世鈞笑向曼楨道：「今天真暖和。」曼楨道：「簡直熱。」一面說，一面脫大衣。

世鈞道：「那天我看見你弟弟。」曼楨笑道：「那是我頂小的一個弟弟。」世鈞道：「你們一共姐妹幾個？」曼楨笑道：「一共六個呢。」世鈞笑道：「你是頂大的麼？」曼楨道：「不，我是第二個。」世鈞道：「我還以為你是頂大的呢。」曼楨笑道：「為什麼？」世鈞道：「因為你像是從小做姐姐做慣了的，總是你照應人。」曼楨笑了一笑。桌上有一圈一圈茶杯燙的迹子，她把手指順著那些白迹子畫圈圈，一面畫，一面說道：「我猜你一定是獨養兒子。」世鈞笑道：「哦？因為你覺得我是嬌生慣養，慣壞了的，是不是？」曼楨並不回答他的話，只說：「你就使有姐妹，也只有姐妹，沒有哥哥弟弟。」世鈞笑道：「剛巧猜錯了，我有一個哥哥，不過已經故世了。」他約略地告訴她家裏有些什麼人，除了父親母親，就只有一個嫂嫂，一個姪兒，他家裏一直住在南京的，不過並不是南京人。他問她是什麼地方人，她說是六安州人。世鈞道：「就是那出茶葉的地方，你到那兒去過沒有？」曼楨道：「我父親下葬的那年，去過一次。」世鈞道：「哦，你父親已經不在了。」曼楨道：「我十四歲的時候，他就死了。」

話說到這裏，已經到了她那個秘密的邊緣上。世鈞是根本不相信她有什麼瞞人的事，但是這時候突然有一種靜默的空氣，使他不能不承認這秘密的存在。但是她如果不告訴他，他決不願意問的。而且說老實話，他簡直有點不願意知道。難道叔惠所猜測的竟是可能的——這情形好像比叔惠所想的更壞。而她表面上是這樣單純可愛的一個人。簡直不能想像。

他裝出閒適的神氣，夾了一筷子菜吃，可是菜吃到嘴裏，木膚膚的，一點滋味也沒有。搭訕著拿起一瓶番茄醬，想倒上一點，可是番茄醬這樣東西向來是這樣，可以倒上半天也倒不出，一出來就是一大堆。他一看，已經多得不可收拾，通紅的，把一碗飯都蓋沒了。櫃台上的老闆娘又向他們這邊桌上狠狠地看了兩眼；這一次，卻不是出於一種善意的關切了。

曼楨並沒有注意到這些。她好像是下了決心要把她家裏的情形和他說一說。一度沉默過之後，她就又帶著微笑開口說道：「我父親從前是在一個書局裏做事的，家裏這麼許多人，上面還有我祖母，就靠著他那點薪水過活。我父親一死，家裏簡直不得了。那時候我們還不懂事呢，只有我姐姐一個人年紀大些。從那時候起，我們家裏就靠著姐姐一個人了。」世鈞聽到這裏，也有點明白了。

曼楨又繼續說下去，道：「我姐姐那時候中學還沒有畢業，想出去做事，有什麼事是她能做的呢？就是找得到事，錢也不會多，不會夠她養家的。只有去做舞女。」世鈞道：「那也沒有什麼，舞女也有各種各樣的，全在乎自己。」曼楨頓了一頓，方才微笑著說：「舞女當然也有好的，可是照那樣子，可養活不了一大家子人呢！」世鈞就也無話可說了。曼楨又道：「反正一走上這條路，總是一個下坡路，除非這人是特別有手段的——我姐姐呢又不是那種人，她其實是很忠厚的。」說到這裏，世鈞聽她的嗓音已經哽著，他一時也想不出什麼話來安慰她，只微笑著說了聲「你不要難過。」曼楨扶起筷子來挑著飯，低著頭儘在飯裏找稗子，一粒一粒揀出來。半晌，忽道：「你不要告訴叔惠。」世鈞應了一聲。他本來就沒打算跟叔惠說。倒不是為別的，只是因為他無法解釋怎麼曼楨會把這些事情統統告訴他了，她認識叔惠在認識他之前，她倒不告訴叔惠。曼楨這時候卻也想到了這一層，覺得自己剛才那句話很不妥當，因此倒又紅了臉。因道：「其實我倒是一直想告訴他的，也不知怎麼的……一直也沒說。」世鈞點點頭道：「我想你告訴叔惠不要緊的，他一定能夠懂得的。你姐姐是為家庭犧牲了，根本是沒辦法的事情。」

曼楨向來最怕提起她家裏這些事情。這一天她破例對世鈞說上這麼許多話，當天回家的時候，心裏便覺得很慘淡。她家裏現在住著的一幢房子，還是她姐姐從前和一個人同居的時候，人家給頂下來的。後來和那人走開了，就沒有再出來做了。她蛻變為一個二路交際花，這樣比較實惠些，但是身價更不如前了。有時候被人誤認為舞女，她總是很高興。

曼楨走進衖堂，她那個最小的弟弟名叫傑民，正在衖堂裏踢毽子，看見她就喊：「二姐，媽回來了！」他們母親是在清明節前到原籍去上墳的。曼楨聽見說回來了，倒是很高興。她從後門走進去，她弟弟也一路踢著毽子跟了進去。小大姐阿寶正在廚房裏開啤酒，桌上放著兩只大玻璃杯。曼楨便皺著眉頭向她弟弟說道：「嗳喲，你小心點吧，不要砸了東西！要踢還是到外頭踢去。」

阿寶在那裏開啤酒，總是有客人在這裏。同時又聽見一台無線電哇啦哇啦唱得非常響，可以知道她姐姐的房門是開著的。她便站在廚房門口向裏張了一張，沒有直接走進去。阿寶便說：「沒有什麼人，王先生也沒有來，只有他一個朋友姓祝的，倒來了有一會了。」傑民在旁邊補充了一句：「喏，就是那個笑起來像貓，不笑像老鼠的那個人。」曼楨不由得噗哧一笑，道：「胡說！一個人怎麼能夠又像貓，又像老鼠。」說著，便從廚房裏走了進去，經過她姐姐曼璐的房間，很快地走上樓梯。

曼璐原來並不在房間裏，卻在樓梯口打電話。她那嗓子和無線電裏的歌喉同樣地尖銳刺耳，同樣地嬌滴滴的，同樣地聲震屋瓦。她大聲說道：「你到底來不來？你不來你小心點兒！」她站在那裏，電話底下掛著一本電話簿子，她扳住那沉重的電話簿子連連搖撼著，身體便隨著那勢子連連扭了兩扭。她穿著一件蘋果綠軟緞長旗袍，倒有八成新，只是腰際有一個黑隱隱的手印，那是跳舞的時候人家手汗印上去的。衣裳上忽然現出這樣一隻淡黑色的手印，看上去卻有一些恐怖的意味。頭髮亂蓬蓬的還沒梳過，臉上卻已經是全部舞台化妝，紅的鮮紅，黑的墨黑，眼圈上抹著藍色的油膏，遠看固然是美麗的，近看便覺得面目猙獰。曼楨在樓梯上和她擦身而過，簡直有點恍恍惚惚的，再也不能相信這是她的姐姐。曼璐正在向電話裏說：「老祝早來了，等了你半天了！……放屁！我要他陪我！……謝謝吧，我前世沒人要，也用不著你替我做媒！」她笑起來了。她是最近方才採用這種笑聲的，笑得合合的，彷彿有人在那裏嗝吱她似的。然而，很奇異地，那笑聲並不怎樣富於挑撥性；相反地，倒有一些蒼老的意味。曼楨真怕聽那聲音。

曼楨急急地走上樓去，樓上完全是另一個世界。她母親坐在房間裏，四面圍繞著網籃，包袱，鋪蓋捲，她母親一面整理東西，一面和祖母敘著別後的情形。曼楨上前去叫了一聲「媽」。她母親笑嘻嘻地應了一聲，一雙眼睛直向她臉上打量著，彷彿有什麼話要說似的，卻也沒有說出口。曼楨倒有點覺得奇怪。她祖母在旁邊說：「曼楨前兩天發寒熱，睡了好兩天呢。」她母親道：「怪不得瘦了些了。」說著，又笑瞇瞇地向她看著。曼楨問起墳上的情形，她母親嘆息著告訴她，幾年沒回去，樹都給人砍了，看墳的也不管事。數說了一會，忽然想起來向曼楨的祖母說：「媽不是一直想吃家鄉的東西麼？這回我除了茶葉，還帶了些烘糕來，還有麻餅，還有炒米粉。」說著，便窸窣窸窣在網籃裏掏摸，又向曼楨道：「你們小時候不是頂喜歡吃炒米粉麼？」

曼楨的祖母說要找一隻不透氣的餅乾筒裝這些糕餅，到隔壁房間裏去找，她一走開，曼楨的母親便走到書桌跟前，把桌上的東西清理了一下，說：「我不在家裏，你又病了，幾個小孩就把這地方糟蹋得不像樣子。」這書桌的玻璃下壓著幾張小照片，是曼楨上次在郊外拍的，內中有一張是和叔惠並肩站著的，也有叔惠單獨一個人的——世鈞的一張她另外收起來了，沒有放在外面。曼楨的母親彎腰看了看，便隨口問道：「你這是在哪兒照的？」又指了指叔惠，問：「這是什麼人？」雖然做出那漫不經心的口吻，問出這句話之後，立刻雙眸炯炯十分注意地望著她，看她臉上的表情有無變化。曼楨這才明白過來，母親剛才為什麼老是那樣笑不嗤嗤朝她看著。大概母親一回來就看到這兩張照片了，雖然是極普通的照片，她寄託了無限的希望在上面。父母為子女打算的一片心，真是可笑而又可憐的。

曼楨當時只笑了笑，回答說：「這是一個同事。姓許的，許叔惠。」她母親看看她臉上的神氣，也看不出所以然來，當時也就沒有再問下去了。曼楨說道：「姐姐可知道媽回來了？」她母親點點頭道：「她剛才上來過的，後來有客來了，她才下去的。——可是那個姓王的來了？」曼楨道：「那王先生沒來吧？不過這個人也是他們一夥裏的人。」她母親嘆了口氣，道：「她現在軋的這一幫人越來越不像樣了，簡直下流。大概現在的人也是越來越壞了！」她母親只覺得曼璐這些客人的人品每況愈下，卻沒有想到這是曼璐本身每況愈下的緣故。曼楨這樣想著，就更加默然了。

她母親用開水調出幾碗炒米粉來，給她祖母送了一碗去，又說：「傑民呢？剛才就鬧著要吃點心了。」曼楨道：「他在樓下踢毽子呢。」她下去叫他，走到樓梯口，卻見他正站在樓梯的下層，攀住欄杆把身子宕出去，向曼璐房間裏探頭探腦張望著。曼楨著急起來，低聲喝道：「噯！你這是幹嗎？」傑民道：「我一隻毽子踢到裏面去了。」曼楨道：「你不會告訴阿寶，叫她進去的時候順便給你帶出來。」

兩人一遞一聲輕輕地說著話，曼璐房間裏的客人忽然出現了，就是那姓祝的，名叫祝鴻才。他是瘦長身材，削肩細頸，穿著一件中裝大衣。他叉著腰站在門口，看見曼楨，便點點頭，笑著叫了一聲「二小姐」。大概他對她一直相當注意，所以知道她是曼璐的妹妹。曼楨也不是沒看見過這個人，但是今天一見到他，不由得想起傑民形容他的話，說他笑起來像貓，不笑的時候像老鼠。他現在臉上一本正經，他眼睛小小的，嘴尖尖的，的確很像一隻老鼠。她差一點笑出聲來，極力忍住了，可是依舊笑容滿面的，向他點了個頭。祝鴻才也不知道她今天何以這樣對自己表示好感。她這一笑，他當然也笑了；一笑，馬上變成一隻貓臉。曼楨這時候實在熬不住了，立刻反身奔上樓去。在祝鴻才看來，還當作一種嬌憨的羞態，他站在樓梯腳下，倒有點悠然神往。

他回到曼璐房間裏，便說：「你們二小姐有男朋友沒有？」曼璐道：「你打聽這個幹嗎？」鴻才笑道：「你不要誤會，我沒有什麼別的意思，她要是沒有男朋友的話，我可以給她介紹呀。」曼璐哼了一聲道：「你那些朋友裏頭還會有好人？都不是好東西！」鴻才笑道：「噯喲，噯喲，今天怎麼火氣這樣大呀？我看還是在那裏生老王的氣吧？」曼璐突然說道：「你老實告訴我，老王是不是又跟菲娜攪上了？」鴻才道：「我怎麼知道呢？你又沒有把老王交給我看著。」

曼璐也不理他，把她吸著的一支香烟重重地揿滅了，自己咕嚕著說：「胃口也真好——菲娜那樣子，翹嘴唇，腫眼泡，兩條腿像日本人，又沒有脖子……人家說『一白掩百醜』，我看還是『一年青掩百醜』！」她悻悻地走到梳妝台前面，拿起一把鏡子自己照了照。照鏡子的結果，是又化起妝來了。她臉上的化妝是隨時的需要修葺的。

她對鴻才相當冷淡，他卻老耗在那裏不走。桌子上有一本照相簿子，他隨手拖過來翻著看。有一張四吋半身照，是一個圓圓臉的少女，梳著兩根短短的辮子。鴻才笑道：「這是你妹妹什麼時候拍的？還留著辮子呢！」曼璐向照相簿上瞟了一眼，厭煩地說：「這哪兒是我妹妹。」鴻才道：「那麼是誰呢？」曼璐倒頓住了，停了一會，方才冷笑道：「你一點也不認識？我就不相信，我會變得這麼厲害！」說到最後兩個字，她的聲音就變了，有一點沙嗄。鴻才忽然悟過來了，笑道：「哦，是你呀？」他仔細看看她，又看看照相簿，橫看豎看，說：「嗳！說穿了，倒好像有點像。」

他原是很隨便的一句話，對於她卻也具有一種刺激性。曼璐也不作聲，依舊照著鏡子塗口紅，只是塗得特別慢。嘴唇張開來，呼吸的氣噴在鏡子上，時間久了，鏡子上便起了一層昏霧。她不耐煩地用一排手指在上面一陣亂掃亂揩，然後又繼續塗她的口紅。

鴻才還在那裏研究那張照片，忽然說道：「你妹妹現在還在那裏讀書麼？」曼璐只含糊地哼了一聲，懶得回答他。鴻才又道：「其實……照她那樣子，要是出去做，一定做得出來。」曼璐把鏡子往桌上一拍，大聲道：「別胡說了，我算是吃了這碗飯，難道我一家都注定要吃這碗飯？你這叫做門縫裏瞧人，把人看扁了！」鴻才笑道：「今天怎麼了？一碰就要發脾氣，也算我倒楣，剛碰到你不高興的時候。」

曼璐橫了他一眼，又拿起鏡子來。鴻才涎著臉湊到她背後去，低聲笑道：「打扮得這麼漂亮，要出去麼？」曼璐並不躲避，別過頭來向他一笑，道：「到哪兒去？你請客？」這時候鴻才也就像曼楨剛才一樣，在非常近的距離內看到曼璐的舞台化妝，臉上五顏六色的，兩塊鮮紅的面頰，兩個烏油油的眼圈。然而鴻才非但不感到恐怖，而且有一點銷魂蕩魄，可見人和人的觀點之間是有著多麼大的差別。

那天鴻才陪她出去吃了飯，一同回來，又鬼混到半夜才走。曼璐是有吃消夜的習慣的，阿寶把一些生煎饅頭熱了一熱，送了進來。曼璐吃著，忽然聽見樓上有腳步聲，猜著一定是她母親還沒有睡，她和她母親平常也很少機會說話，她當時就端著一碟子生煎饅頭，披著一件黑緞子綉著黃龍的浴衣上樓來了。她母親果然一個人坐在燈下拆被窩。曼璐道：「媽，你真是的——這時候又去忙這個！坐了一天火車，不累麼？」她母親道：「這被窩是我帶著出門的，得把它拆下來洗洗，趁著這兩天天晴。」曼璐讓她母親吃生煎饅頭，她自己在一隻饅頭上咬了一口，忽然懷疑地在燈下左看右看，那肉餡子紅紅的。她說：「該死，這肉還是生的！」再看看，連那白色的麵皮子也染紅了，方才知道是她嘴上的唇膏。

她母親和曼楨睡一間房。曼璐向曼楨床上看看，輕聲道：「她睡著了？」她母親道：「老早睡著了。她早上起得早。」曼璐道：「二妹現在也有這樣大了；照說，她一個女孩子家，跟我住在一起實在是不大好，人家要說的。我倒希望她有個合適的人，早一點結了婚也好。」她母親嘆了口氣道：「誰說不是呢！」她母親這時候很想告訴她關於那照片上的漂亮的青年，但是連她母親也覺得曼楨和她是兩個世界裏的人，暫時還是不要她預聞的好。過天再仔細問問曼楨自己吧。

曼楨的婚姻問題到底還是比較容易解決的。她母親說道：「她到底還小呢，再等兩年也不要緊，倒是你，你的事情我想起來就著急。」曼璐把臉一沉，道：「我的事情你就別管了！」

她母親道：「我哪兒管得了你呢，我不過是這麼說！你年紀也有這樣大了，幹這一行是沒辦法，還能做一輩子嗎？自己也得有個打算呀！」曼璐道：「我還不是過一天是一天。我要是往前看著，我也就不要活了！」她母親道：「唉，你這是什麼話呢？」說著，心中也自內疚，抽出脇下的一條大手帕來擦眼淚，說道：「也是我害了你。從前要不是為了我，還有你弟弟妹妹們，你也不會落到這樣。我替你想想，弟弟妹妹都大起來了，將來他們各人幹各人的去了……」曼璐不耐煩地剪斷她的話，道：「他們都大了，用不著我了，就嫌我丟臉了是不是？所以又想我嫁人！這時候叫我嫁人，叫我嫁給誰呢？」她母親被她劈頭劈腦堵搡了幾句，氣得無言可對，半晌方道：「你看你這孩子，我好意勸勸你，你這樣不識好歹！」

兩人都沉默了下來，只聽見隔壁房間裏的人在睡眠中的鼻息聲。祖母打著鼾。上年紀的人大都要打鼾的。

她母親忽然幽幽地說道：「這次我回鄉下去，聽見說張豫瑾現在很好，做了縣城裏那個醫院的院長了。」她說到張豫瑾三個字，心裏稍微有點胆怯，因為這個名字在她們母女間已經有好多年沒有提起了。曼璐從前訂過婚的。她十七歲那年，他們原籍有兩個親戚因為地方上不太平，避難避到上海來，就耽擱在他們家裏。是她祖母面上的親戚，姓張，一個女太太帶著一個男孩子。這張太太看見了曼璐，非常喜歡，想要她做媳婦。張太太的兒子名叫豫瑾。這一頭親事，曼璐和豫瑾兩個人本人雖然沒有什麼表示，看那樣子也是十分願意的。就此訂了婚。後來張太太回鄉下去了，豫瑾仍舊留在上海讀書，住在宿舍裏，曼璐和他一直通著信，也常常見面。直到後來她父親死了，她出去做舞女，後來他們就解除婚約了，是她這方面提出的。

她母親現在忽然說到他，她就像不聽見似的，一聲不響。她母親望望她，彷彿想不說了，結果還是忍不住說了出來，道：「聽見說，他到現在還沒有結婚。」曼璐突然笑了起來道：「他沒結婚又怎麼樣，他現在還會要我麼？媽你就是這樣腦筋不清楚，你還在那裏惦記著他哪？」她一口氣說上這麼一大串，站起來，磕托把椅子一推，便趿著拖鞋下樓去了。啪塌啪塌，腳步聲非常之重。這麼一來，她祖母的鼾聲便停止了，並且發出問句來，問曼璐的母親：「怎麼啦？」她母親答道：「沒什麼。」她祖母道：「你怎麼還不睡？」她母親道：「馬上就睡了。」隨即把活計收拾收拾，準備著上床。

臨上床，又窸窣窸窣，尋尋覓覓，找一樣什麼東西找不到。曼楨在床上忍不住開口說道：「媽，你的拖鞋在門背後的箱子上。是我放在那兒的，我怕他們掃地給掃上些灰。」她母親道：「咦，你還沒睡著？」曼楨道：「我醒了半天了。」她母親道：「是我跟姐姐說話把你吵醒了吧？」曼楨道：「不，我是因為前兩天生病的時候睡得太多了，今天一點也不睏。」

她母親把拖鞋拿來放在床前，熄燈上床，聽那邊房裏祖母又高一陣低一陣發出了鼾聲，母親便又在黑暗中嘆了口氣，和曼楨說道：「你剛才聽見的，我勸她揀個人嫁了，這也是正經話呀！勸了她這麼一聲，就跟我這樣大發脾氣。」曼楨半晌不作聲，後來說：「媽，你以後不要跟姐姐說這些話了。姐姐現在要嫁人也難。」

然而天下的事情往往出人意料之外。就在這以後不到兩個禮拜，就傳出了曼璐要嫁人的消息。是伺候她的小大姐阿寶說出來的。他們家裏樓上和樓下向來相當隔膜，她母親所知道的關於她的事情，差不多全是從阿寶那裏聽來的。這次聽見說她要嫁給祝鴻才，阿寶說這人和王先生一樣是吃交易所飯的，不過他是一直跟著王先生的，他自己沒有什麼錢。

她母親本來打算採取不聞不問的態度，因為鑒於上次對她表示關切，反而惹得她大發脾氣，這次不要又去討個沒趣。然而有一天，曼楨回家來，她母親卻又悄悄地告訴她：「我今天去問過她了。」曼楨笑道：「咦，你不是說不打算過問的麼？」她母親道：「唉，我也就為了上回跟她說過那個話，我怕她為了賭氣，就胡亂找個人嫁了。並不是說現在這時候我還要來挑剔，只因為她從前也跟過人，好兩次了，都是有始無終，我總盼望她這回不要再上了人家的當。這姓祝的，既然說沒有錢，她是貪他什麼呢？他家裏有沒有女人呢？三四十歲的人，難道還沒有娶太太麼？」她說到這裏便頓住了，且低下頭去撣了撣身上的衣服，很仔細地把袖子上黏著的兩根線頭一一拈掉了。

曼楨道：「她怎麼說呢？」她母親慢吞吞地說道：「她說他有一個老婆在鄉下，不過他從來不回去的。他一直一個人在上海，本來他的朋友們就勸他另外置一份家。現在他和曼璐的事情要是成功了，他是決不拿她當姨太太看待的。他這人呢她覺得還靠得住——至少她是拿得住他的。他錢是沒什麼錢，像我們這一份人家的開銷總還負担得起——」曼楨默然聽到這裏，忍不住插嘴道：「媽，以後無論如何，家裏的開銷由我拿出來。姐姐從前供給我念書是為什麼的，我到現在都還替不了她？」她母親道：「這話是不錯，靠你那點薪水不夠呀，我們自己再省點兒都不要緊，幾個小的還要上學，這筆學費該要多少呀？」曼楨道：「媽，你先別著急，到時候總有辦法的。我可以再找點事做，姐姐要是走了，傭人也可以用不著了，家裏的房子也用不著這麼許多了，也可以分租出去，我們就是擠點兒也沒關係。」她母親點頭道：「這樣倒也好，就是苦一點，心裏還痛快點兒。老實說，我用你姐姐的錢，我心裏真不是味兒。我不能想，想起來就難受。」說到這裏，嗓子就哽起來了。曼楨勉強笑道：「媽，你真是的！姐姐現在不是好了麼？」

她母親道：「她現在能夠好好的嫁個人，當然是再好也沒有了，當然應當將就點兒，不過我的意思，有錢沒錢倒沒關係，人家家裏要是有太太的話，照她那個倔脾氣，哪兒處得好？現在這姓祝的，也就是這一點我不贊成。」曼楨道：「你就不要去跟她說了！」她母親道：「我是不說了，待會兒還當我是嫌貧愛富。」

樓下兩個人已經在討論著結婚的手續。曼璐的意思是一定要正式結婚，這一點使祝鴻才感到為難。曼璐氣起來了，本來是兩人坐在一張椅子上的，她就站了起來，說：「你要明白，我嫁你又不是圖你的錢，你這點面子都不給我！」她在一張沙發上噗通坐下，她有這麼一個習慣，一坐下便把兩腳往上一縮，蜷曲在沙發上面。腳上穿著一雙白兔子皮鑲邊的紫紅絨拖鞋，她低著頭扭著身子，用手撫摸著那兔子皮，像撫摸一隻貓似的。儘摸著自己的鞋，臉上作出一種幽怨的表情。

鴻才也不敢朝她看，只是搔著頭皮，說道：「你待我這一片心，我有什麼不知道的，不過我們要好也不在乎這些。」曼璐道：「你不在乎我在乎！人家一生一世的事情，你打算請兩桌酒就算了？」鴻才道：「那當然，得要留個紀念。這樣好吧？我們去拍兩張結婚照——」曼璐道：「誰要拍那種蹩腳照——十塊錢，照相館裏有現成的結婚禮服借給你穿一穿，一共十塊錢，連喜紗花球都有了。你算盤打得太精了！」鴻才道：「我倒不是為省錢，我覺得那樣公開結婚恐怕太招搖了。」曼璐越發生氣，道：「怎麼叫太招搖了？除非是你覺得難為情，跟我這樣下流女人正式結婚，給朋友們見笑。是不是，我猜你就是這個心思！」他的心事正給她說中了，可是他還是不能不聲辯，說：「你別瞎疑心，我不是怕別的，你要知道，這是犯重婚罪的呀！」曼璐把頭一扭，道：「犯重婚罪，只要你鄉下那個女人不說話就得了——你不是說她管不了你嗎？」鴻才道：「她是絕對不敢怎麼樣的，我是怕她娘家的人出來說話。」曼璐笑道：「你既然這樣怕，還不趁早安份點兒。以前我們那些話就算是沒說，乾脆我這兒你也別來了！」

鴻才給她這樣一來，也就軟化了，他背著手在房間裏踱來踱去，說：「好，好，好，依你依你。沒有什麼別的條件了吧？沒有什麼別的，我們就『敲』！」曼璐噗哧一笑道：「這又不是談生意。」她這一開笑臉，兩人就又喜氣洋洋起來。雖然雙方都懷著幾分委屈的心情，覺得自己是屈就，但無論如何，是喜氣洋洋地。

第二天，曼楨回家來，才一進門，阿寶就請她到大小姐房裏去。她發現一家人都聚集在她姐姐房裏，祝鴻才也在那裏，熱熱鬧鬧地趕著她母親叫「媽」。一看見曼楨，便說：「二小姐，我現在要叫你一聲二妹了。」他今天改穿了西裝。他雖然是第一次穿西裝，姿勢倒相當熟練，一直把兩隻大拇指分別插在兩邊的褲袋裏，把衣襟撩開了，顯出他胸前橫掛著的一隻金錶鍊。他叫曼楨「二妹」，她只是微笑點頭作為招呼，並沒有還叫他一聲姐夫。鴻才對於她雖然是十分嚮往，見了面覺得很拘束，反而和她無話可說。

曼璐這間房是全宅佈置得最精緻的一間，鴻才走到一個衣櫥前面，敲敲那木頭，向她母親笑道：「她這一堂家具倒不錯。今天我陪她出去看了好幾堂木器，她都不中意，其實現在外頭都是這票貨色，要是照這個房間裏這樣一套，現在價錢不對了！」曼璐聽見這話，心中好生不快，正待開口說話，她母親恐她為了這個又要和姑爺嘔氣，忙道：「其實你們臥房裏的家具可以不用買了，就拿這間房裏的將就用用吧。我別的陪送一點也沒有，難為情的。」鴻才笑道：「哪裏哪裏，媽這是什麼話呀！」曼璐只淡淡地說了聲：「再說吧。家具反正不忙，房子沒找好呢。」她母親道：「等你走了，我打算把樓下的房間租出去，這許多家具也沒處擱，你還是帶去吧。」曼璐怔了一怔，道：「這兒的房子根本不要它了，我們找個大點的地方一塊兒住。」母親道：「不嘍，我們不跟過去了。我們家裏這麼許多孩子，都吵死了；你們小兩口子還是自己過吧，清清靜靜的不好嗎？」

曼璐因為心裏本來有一點芥蒂，以為她母親也許是為弟妹的前途著想，存心要和她疏遠著點，所以不願意和她同住，她當時就沒有再堅持了。鴻才不知就裏，她本來是和他說好在先的，她一家三代都要他贍養，所以他還是不能不再三勸駕：「還是一塊兒住的好，也有個照應。我看曼璐不見得會管家，有媽在那裏，這個家就可以交給媽了。」她母親笑道：「她這以後成天待在家裏沒事做，這些居家過日子的事情也得學學。不會，學學就會了。」她祖母便插進嘴來向鴻才說道：「你別看曼璐這樣子好像不會過日子，她小時候她娘給她去算過命的，說她有幫夫運呢！就是嫁了個叫化子也會做大總統的，何況你祝先生是個發財人，那一定還要大富大貴。」鴻才聽了這話倒是很興奮，得意得搖頭晃腦，走到曼璐跟前，一彎腰，和她臉對臉笑道：「真有這個話？那我不發財我找你，啊！」曼璐推了他一把，皺眉道：「你看你，像什麼樣子！」

鴻才嘻嘻笑著走開了，向她母親說道：「你們大小姐什麼世面都見過了，就只有新娘子倒沒做過，這回一定要過過癮，所以我預備大大的熱鬧一下，請二小姐做儐相，請你們小妹妹拉紗，每人奉送一套衣服，」曼楨覺得他說出話來實在討厭，這人整個地言語無味，面目可憎，她不由得向她姐姐望了一眼，她姐姐臉上也有一種慚愧之色，彷彿怕她家裏的人笑她揀中這樣一個丈夫。曼楨看見她姐姐面有慚色，倒覺得一陣心酸。

3

這一天，世鈞叔惠曼楨又是三個人一同去吃飯，大家說起廠裏管庶務的葉先生做壽的事情，同人們公送了二百隻壽碗。世鈞向叔惠說道：「送禮的錢還是你給我墊的吧？」說著，便從身邊掏出錢來還他。叔惠笑道：「你今天拜壽去不去？」世鈞皺眉道：「我不想去。老實說，我覺得這種事情實在無聊。」叔惠笑道：「你就圓通點吧，在社會上做事就是這樣，沒理可講的，你不去要得罪人的。」世鈞笑著點了點頭，道：「不過我想今天那兒人一定很多，也許我不去也沒人注意。」叔惠也知道世鈞的脾氣向來如此，隨和起來是很隨和，可是執拗起來也非常執拗，所以他隨便勸了一聲，也就算了。曼楨在旁邊也沒說什麼。

那天晚上，世鈞和叔惠回到家裏，休息了一會，叔惠去拜壽去了，世鈞忽然想起來，曼楨大概也要去的。這樣一想，也沒有多加考慮，就把玻璃窗推開了，向窗口一伏，想等叔惠經過的時候喊住他，跟他一塊兒去。然而等了半天也沒看見叔惠，想必他早已走過去了。樓窗下的衖堂黑沉沉的，春夜的風吹到人臉上來，微帶一些濕意，似乎外面倒比屋子裏暖和。在屋裏坐著，身上老是寒噝噝的。這燈光下的小房間顯得又小，又空，又亂。其實這種客邸淒涼的況味也是他久已習慣了的，但今天也不知怎麼的，簡直一刻也坐不住了。他忽然很迫切地要想看見曼楨。結果延挨了一會，還是站起來就出去了，走到街上，便僱了一輛車，直奔那家飯館。

那葉先生的壽筵是設在樓上，一上樓，就有一張兩屜桌子斜放在那裏，上面擱著筆硯和簽名簿。世鈞見了，不覺笑了笑，想道：「還以為今天人多，誰來誰不來也沒法子查考。——倒幸而來了！」他提起筆來，在硯台裏蘸了一蘸。好久沒有用毛筆寫過字了，他對於毛筆字向來也就缺乏自信心，落筆之前不免猶豫了一下。這時候卻有一隻手從他背後伸過來，把那支筆一掣，掣了過去，倒抹了他一手的墨。世鈞吃了一驚，回過頭去一看，他再也想不到竟是曼楨，她從來沒有這樣跟他開玩笑過，他倒怔住了。曼楨笑道：「叔惠找你呢，你快來。」她匆匆地把筆向桌上一擱，轉身就走，世鈞有點茫然地跟在她後面。這地方是很大的一個敞廳，擺著十幾桌席，除了廠裏的同人之外，還有葉先生的許多親戚朋友，一時也看不見叔惠坐在哪裏。曼楨把他引到通洋台的玻璃門旁邊，便站住了腳。世鈞伸頭看了看，洋台上並沒有人，便笑道：「叔惠呢？」曼楨倒彷彿有點侷促不安似的，笑道：「不是的，並不是叔惠找你，你等我告訴你，有一個原因。」但是好像很費解釋似的，她說了這麼半天也沒說出所以然來，世鈞不免有些愕然。曼楨也知道他是錯會了意思，不由得紅了臉，越發頓住了說不出話來了。正在這時候，卻有個同事的拿著簽名簿走過來，向世鈞笑道：「你忘了簽名了！」世鈞便把口袋上插著的自來水筆摘下來，隨意簽了個字，那人捧著簿子走了，曼楨卻輕輕地頓了頓腳，低聲笑道：「糟了！」世鈞很詫異地問道：「怎麼了？」曼楨還沒回答，先向四面望了望，然後就走到洋台上去，世鈞也跟了出來，曼楨皺眉笑道：「我已經給你簽了個名了。——我因為剛才聽見你說不來，我想大家都來，你一個人不來也許不大好。」

世鈞聽見這話，一時倒不知道說什麼好了，也不便怎樣向她道謝，惟有怔怔地望著她笑著。曼楨被他笑得有些不好意思起來，一扭身伏在洋台欄杆上。這家館子是一個老式的洋樓，樓上樓下燈火通明，在這臨街的洋台上，房間裏面嘈雜的聲浪倒聽不大見，倒是樓底下五魁八馬的豁拳聲聽得十分清晰，還有賣唱的女人柔艷的歌聲，胡琴咿咿啞啞拉著。曼楨偏過頭來望著他笑道：「你不是說不來的麼，怎麼忽然又來了？」世鈞卻沒法對她說，是因為想看見她的緣故。因此他只是微笑著，默然了一會，方道：「我想你同叔惠都在這兒，我也就來了。」

兩人一個面朝外，一個面朝裏，都靠在欄杆上。今天晚上有月亮，稍帶長圓形的，像一顆白淨的蓮子似的月亮，四周白濛濛的發出一圈光霧。人站在洋台上，在電燈影裏，是看不見月色的，只看見曼楨露在外面的一大截子手臂浴在月光中，似乎特別的白。她今天也仍舊穿了件深藍布旗袍，上面罩著一件淡綠的短袖絨線衫，胸前一排綠珠鈕子。今天她在辦公室裏也就是穿著這一身衣服。世鈞向她身上打量著，便笑道：「你沒回家，直接來的？」曼楨笑道：「噯。你看我穿著藍布大褂，不像個拜壽的樣子是吧？」

正說著，房間裏面有兩個同事的向他們這邊嚷道：「喂，你們還不來吃飯，還要人家催請！」曼楨忙笑著走了進去，世鈞也一同走了進去。今天因為人多，是採取隨到隨吃的制度，湊滿一桌就開一桌酒席。現在正好一桌人，大家已經都坐下了，當然入座的時候都搶著坐在下首，單空著上首的兩個座位。世鈞和曼楨這兩個遲到的人是沒有辦法，只好坐在上首。世鈞一坐下來，便有一個感想，像這樣並坐在最上方，豈不是像新郎新娘嗎？他偷眼向曼楨看了看，她或者也有同樣的感覺，她彷彿很難為情似的，在席上一直也沒有和他交談。

席散後，大家紛紛的告辭出來，世鈞和她說了聲：「我送你回去。」他始終還沒有到她家裏去過，這次說要送她回去，曼楨雖然並沒有推辭，但是兩人之間好像有一種默契，送也只送到衖堂口，不進去的。既然不打算進去，其實送這麼一趟是毫無意味的，要是坐電車公共汽車，路上還可以談談，現在一人坐了一輛黃包車，根本連話都不能說。然而還是非送不可，彷彿內中也有一種樂趣似的。

曼楨的一輛車子走在前面，到了她家裏的衖堂口，她的車子先停了下來。世鈞總覺得她這裏是門禁森嚴，不歡迎人去的，為了表示他絕對沒有進去的意思，他一下車，搶著把車錢付掉了，便匆匆地向她點頭笑道：「那我們明天見吧，」一面說著，就轉身要走。曼楨笑道：「要不然就請你進去坐一會了，這兩天我家裏亂七八糟的，因為我姐姐就要結婚了。」世鈞不覺怔了怔，笑道：「哦，你姐姐就要結婚了？」曼楨笑道：「嗯。」街燈的光線雖然不十分明亮，依舊可以看見她的眉宇間透出一團喜氣。世鈞聽見這消息，也是心頭一喜。他是知道她的家庭狀況的，他當然替她慶幸她終於擺脫了這一重關係，而她姐姐也得到了歸宿。

他默然了一會，便又帶笑問道：「你這姐夫是怎麼樣的一個人？」曼楨笑道：「那人姓祝，『祝福』的祝。吃交易所飯的。」說到這裏，曼楨忽然想起來，今天她母親陪著她姐姐一同去佈置新房，不知道可回來了沒有，要是剛巧這時候回來了，被她們看見她站在衖堂口和一個男子說話，待會兒又要問長問短，雖然也沒有什麼要緊，究竟不大好。因此她接著就說：「時候不早了吧，我要進去了。」世鈞便道：「那我走了。」他說走就走，走過幾家門面，回過頭去看看，曼楨還站在那裏。然而就在這一看的工夫，她彷彿忽然醒悟了似的，一轉身就進去了。世鈞倒又站住了發了一會楞。

次日照常見面，沒有再聽見她提起姐姐結婚的事情。世鈞倒一直惦記著。不說別的，此後和她來往起來也方便些，也可以到她家裏去，不必有那些顧忌了。

隔了有一星期模樣，她忽然當著叔惠說起她姐姐結婚了，家裏房子空出來了，要分租出去，想叫他們代為留心，如果聽見有什麼人要房子，給介紹介紹。

世鈞很熱心地逢人就打聽，有沒有人要找房子。不久就陪著一個間接的朋友，一個姓吳的，到曼楨家裏來看房子。他自己也還是第一次踏進這衖堂，他始終對於這地方感到一種禁忌，因而有一點神秘之感。這衖堂在很熱鬧的地段，沿馬路的一面全是些店面房子，店家卸下來的板門，一扇一扇倚在後門外面。一群娘姨大姐聚集在公共自來水龍頭旁邊淘米洗衣裳，把水門汀地下濺得濕漉漉的。內中有一個小大姐，卻在那自來水龍頭下洗腳。她金雞獨立地站著，提起一隻腳來嘩啦嘩啦放著水冲著。腳趾甲全是鮮紅的，塗著蔻丹——就是這一點引人注目。世鈞向那小大姐看了一眼，心裏就想著，這不知道可是顧家的傭人，伺候曼楨的姐姐的。

顧家是五號，後門口貼著招租條子。門虛掩著，世鈞敲了敲，沒人應，正要推門進去，衖堂裏有個小孩子坐在人家的包車上玩，把腳鈴踏著叮叮地響，這時候就從車上跳了下來，趕過來攔著門問：「找誰？」世鈞認識他是曼楨的弟弟，送鑰匙到叔惠家裏去過的，他卻不認識世鈞。世鈞向他點點頭笑笑，說：「你姐姐在家嗎？」世鈞這句話本來也問得欠清楚，傑民聽了，更加當作這個人是曼璐從前的客人。他雖然是一個小孩子，因為環境的關係，有許多地方非常敏感，對於曼璐的朋友一直感到憎惡，可是一直也沒有發洩的機會。這時候便理直氣壯地吆喝道：「她不在這兒了！她結婚了！」世鈞笑道：「不是的，我是說你二姐。」傑民楞了一楞，因為曼楨從來沒有什麼朋友到家裏來過。他仍舊以為這兩個人是跑到此地來尋開心的，便瞪著眼睛道：「你找她幹嗎？」這孩子一副聲勢洶洶的樣子，當著那位同來的吳先生，卻使世鈞有些難堪。他笑道：「我是她的同事，我們來看房子的。」傑民又向他觀察了一番，方始轉身跑進去，一路喊著：「媽！有人來看房子！」他不去喊姐姐而去喊媽，可見還是有一點敵意。世鈞倒沒有想到，上她家裏來找她會有這麼些麻煩。

過了一會，她母親迎了出來，把他們往裏讓。世鈞向她點頭招呼著，又問了一聲「曼楨在家麼？」她母親笑道：「在家，我叫傑民上去喊她了。——貴姓呀？」世鈞道：「我姓沈。」她母親笑道：「哦，沈先生是她的同事呀？」她仔細向他臉上認了一認，見他並不是那照片上的青年，心裏稍微有點失望。

樓下有一大一小兩間房，已經出空了，一眼望過去，只看見光塌塌的地板，上面浮著一層灰。空房間向來是顯得大的，同時又顯得小，像個方方的盒子似的。總之，從前曼楨的姐姐住在這裏是一個什麼情形，已經完全不能想像了。

傑民上樓去叫曼楨，她卻耽擱了好一會方才下來，原來她去換了一件新衣服，那是她因為姐姐結婚，新做的一件短袖夾綢旗袍，粉紅地上印著蓁豆大的深藍色圓點子。這種比較嬌艷的顏色她從前是決不會穿的，因為家裏有她姐姐許多朋友出出進進；她永遠穿著一件藍布衫，除了為省儉之外，也可以說是出於一種自衛的作用。現在就沒有這些顧忌了。世鈞覺得她好像陡然脫了孝似的，使人眼前一亮。

世鈞把她介紹給吳先生。吳先生說這房子朝西，夏天恐怕太熱了，敷衍了兩句說再考慮考慮，就說：「那我先走一步了，還有幾個地方要去看看。」他先走了，曼楨邀世鈞到樓上去坐一會。她領著他上樓，半樓梯有個窗戶，窗台上擱著好幾雙黑布棉鞋，有大人的，有小孩的，都是穿了一冬天的，放在太陽裏晒著。晚春的太陽暖洋洋的，窗外的天是淡藍色的。

到了樓上，樓上的一間房是她祖母帶著幾個弟弟妹妹同住的，放著兩張大床，一張小鐵床。曼楨陪著世鈞在靠窗的一張方桌旁邊坐下。他們一路上來，一個人影子也沒看見，她母親這時候也不知去向了，隱隱的聽見隔壁房間有咳嗽聲和喊喊促促說話的聲音，想必人都躲到那邊去了。

一個小大姐送茶進來，果然就是剛才在衖堂裏洗腳，腳趾甲上塗著蔻丹的那一個。她大概是曼楨的姐姐留下的唯一的遺跡了。她現在赤著腳穿著雙半舊的鏤空白皮鞋，身上一件花布旗袍，頭髮上夾著粉紅賽璐珞夾子，笑嘻嘻地捧了茶進來，說了聲「先生請用茶」，禮貌異常周到。出去的時候順手就帶上了門。世鈞注意到了，心裏也有點不安；倒不是別的，關著門說話，給她的祖母和母親看著，是不是不大好。然而他不過是稍微有點侷促而已，曼楨卻又是一種感想，她想著阿寶是因為一直伺候她姐姐，訓練有素的緣故。這使她覺得非常難為情。

她馬上去把門開了，再坐下來談話，說：「剛才你那個朋友不知是不是嫌貴了？」世鈞道：「我想不是吧，叔惠家裏也是住這樣兩間房間，租錢也跟這個差不多，房間還不及這兒敞亮。」曼楨笑道：「你跟叔惠住一間房麼？」世鈞道：「唔。」

傑民送了兩碗糖湯渥雞蛋進來。曼楨見了，也有點出於意外。當然總是她母親給做的，客人的碗裏有兩隻雞蛋。她的碗裏有一隻雞蛋。她弟弟咚咚咚走進來放在桌上，板著臉，也不朝人看，回身就走。曼楨想叫住他，他頭也不回一回。曼楨笑道：「他平常很老練的，今天不知道怎麼忽然怕難為情起來了。」這原因，世鈞倒很明瞭，不過也沒有去道破它，只笑著說：「為什麼還要弄點心，太費事了。」曼楨笑道：「鄉下點心！你隨便吃一點。」

世鈞一面吃著一面問：「你們早上吃什麼當早飯？」曼楨道：「吃稀飯。你們呢？」世鈞道：「叔惠家裏也是吃稀飯，不過是這樣：叔惠的父親是非常好客的，晚上常常有人來吃飯，一來來上好些人，把叔惠的母親都累壞了，早上還得天不亮起來給我們煮粥，我真覺得不過意，所以我常常總是不吃早飯出來，在攤子上吃兩副大餅油條算了。」曼楨點點頭道：「在人家家裏住著就是這樣，有些地方總有點受委屈。」世鈞道：「其實他們家裏還算是好的。叔惠的父親母親待我真像自己人一樣，不然我也不好意思老住在那裏。」

曼楨道：「你有多少時候沒回家去了？」世鈞道：「快一年了吧。」曼楨笑道：「不想家麼？」世鈞笑：「我也真怕回去。將來我要是有這個力量，總想把我母親接出來。我父親跟她感情很壞，總是鬧彆扭。」曼楨道：「哦。」世鈞道：「就為了我，也嘔了許多氣。」曼楨道：「怎麼呢？」世鈞道：「我父親開著一爿皮貨店，他另外還做些別的生意。從前我哥哥在世的時候，他畢業之後就在家裏幫著我父親，預備將來可以接著做下去。後來我哥哥死了，我父親意思要我代替他，不過我對於那些事情不感到興趣，我要學工程。我父親非常生氣，從此就不管我的事了。後來我進大學，還是靠我母親偷偷地接濟我一點錢。」所以他那時候常常在窘境中。說起來，曼楨在求學時代也是飽受經濟壓迫的，在這一點上大家談得更是投契。

曼楨道：「你在上海大概熟人不多，不然我倒又有一樁事情想託託你。」世鈞笑道：「什麼事？」曼楨道：「你如果聽見有什麼要兼職的打字的……我很想在下班以後多做兩個鐘頭事情。教書也行。」世鈞向她注視了一會，微笑道：「那樣你太累了吧？」曼楨笑道：「不要緊的。在辦公室裏一大半時候也是白坐著，出來再做一兩個鐘頭也算不了什麼。」

世鈞也知道，她姐姐一嫁了人，她的負担更增重了。做朋友的即使有力量幫助她，也不是她所能夠接受的，唯一的幫忙的辦法是替她找事。然而他替她留心了好些時，並沒有什麼結果。有一天她又叮囑他：「我本來說要找個事情在六點鐘以後，現在我要改在晚飯後。」世鈞道：「晚飯後？不太晚了麼？」曼楨笑道：「晚飯前我已找到了一個事情了。」世鈞道：「噯呀，你這樣不行的！這樣一天到晚趕來趕去，真要累出病來的！你不知道，在你這個年紀頂容易得肺病了。」曼楨笑道：「『在你這個年紀！』倒好像你自己年紀不知有多大了！」

她第二個事情不久又找到了。一個夏天忙下來，她雖然瘦了些，一直興致很好。世鈞因為住在叔惠家裏，一年到頭打攪人家，所以過年過節總要買些東西送給叔惠的父母。這一年中秋節他送的禮就是託曼楨買的。送叔惠的父親一條純羊毛的圍巾，送叔惠的母親一件呢袍料。在這以前他也曾經送過許太太一件衣料，但是從來也沒看見她做出來穿，他還以為是他選擇的顏色或者欠大方，上了年紀的人穿不出來。其實許太太看上去也不過中年。她從前想必是個美人，叔惠長得像她而不像他父親。他父親許裕舫是個胖子，四五十歲的人了，看著也還像個黑胖小子。裕舫在一家銀行裏做事，就是因為他有點名士派的脾氣，不善於逢迎，所以做到老還是在文書股做一個小事情，他也並不介意。這一天，大家在那裏賞鑒世鈞送的禮，裕舫看見衣料便道：「馬上拿到裁縫店去做起來吧，不要又往箱子裏一收！」許太太笑道：「我要穿得那麼漂亮幹嗎？跟你一塊兒出去，更顯得你破破爛爛像個老當差的，給人家看見了，一定想這女人霸道，把錢都花在自己身上了！」她掉過臉來又向世鈞說：「你不知道他那脾氣，叫他做衣服，總是不肯做。」裕舫笑道：「我是想開了，我反正再打扮也就是這個樣子，漂亮不了了，所以我還是對於吃比較感到興趣。」

提起吃，他便向他太太說：「這兩天不知有些什麼東西新上市？明天我跟你逛菜場去！」他太太道：「你就別去了，待會兒看見什麼買什麼，想要留幾個錢過節呢。」裕舫道：「其實要吃好東西也不一定要在過節那天吃，過節那天只有貴，何必湊這個熱鬧呢？」他太太依舊堅持著世俗的看法，說：「節總是要過的。」

這過節不過節的問題，結果是由別人來替他們解決了。他們家來了一個朋友借錢，有一筆急用，把裕舫剛領到的薪水差不多全部借去了。這人也是裕舫的一個多年的同事，這一天他來了，先閒談了一會，世鈞看他那神氣彷彿有話要說似的，就走了出來，回到自己房間裏去。過了一會，許太太到他房門外搬取她的一隻煤球爐子，順便叫了他一聲：「世鈞！許伯伯要做黃魚羹麵呢，你也來吃！」世鈞笑著答應了一聲，便跟過來了。裕舫正在那裏揎拳擄袖預備上灶，向客人說道：「到我這兒來，反正有什麼吃什麼，決不會為你多費一個大，這你可以放心！」

除了麵，還有兩樣冷盆。裕舫的烹調手法是他生平最自負的，但是他這位大師傅手下，也還是需要一個「二把刀」替他把一切都準備好了，一樣一樣切成絲，剁成末，所以許太太還是忙個不停。而且裕舫做起菜來一絲不苟，各種原料佔上許多不同的碟子，攤滿一房間。客人走了半天，許太太還在那裏洗碟子。她今天早上買這條魚，本來是因為叔惠說了一聲，說想吃魚。現在這條大魚去掉了中間的一段，她依舊把剩下的一個頭和一條尾巴湊在一起，擺出一條完整的魚的模樣，擱在砧板上，預備吃晚飯的時候照原定計畫炸來吃。叔惠回來了，看見了覺得很詫異，說：「這隻魚怎麼頭這麼大？」裕舫接口道：「這魚矮。」許太太也忍不住笑起來了。

叔惠把兩隻手插在褲袋裏，露出他裏面穿的絨線背心，灰色絨線上面滿綴著雪珠似的白點子。他母親便問道：「你這背心是新的？是機器織的還是打的？」叔惠道：「是打的。」許太太道：「哦？是誰給你打的？」叔惠道：「顧小姐。你不認識的。」許太太道：「我知道的——不就是你那個同事的顧小姐嗎？」

曼楨本來跟世鈞說要給他打件背心，但是她這種地方向來是非常周到的，她替叔惠也織了一件。她的絨線衫口袋裏老是揣著一團絨線，到小飯館子裏吃飯的時候也手不停揮地打著。是叔惠的一件先打好，他先穿出來了。被他母親看在眼裏，他母親對於兒子的事情也許因為過分關心的緣故，稍微有點神經過敏，從此倒添了一樁心事。當時她先擱在心裏沒說什麼。叔惠是行蹤無定的，做母親的要想釘住他跟他說兩句心腹話，簡直不可能。倒是世鈞，許太太和他很說得來。她存心要找個機會和他談談，從他那裏打聽打聽叔惠的近況，因為兒女到了一個年齡，做父母的跟他們簡直隔閡得厲害，反而是朋友接近得多。

第二天是一個星期日，叔惠出去了，他父親也去看朋友去了。郵差送了封信來，許太太一看，是世鈞家裏寄來的，便送到他房間裏來。世鈞當著她就把信拆開來看，她便倚在門框上，看著他看信，問道：「是南京來的吧？你們老太太好呀？」世鈞點點頭，道：「她說要到上海來玩一趟。」許太太笑道：「你們老太太興致這樣好！」世鈞皺著眉笑道：「我想她還是因為我一直沒回去過，所以不放心，想到上海來看看。其實我是要回去一趟的。我想寫信去告訴她，她也可以不必來了——她出一趟門，是費了大事的，而且住旅館也住不慣。」許太太嘆道：「也難怪她惦記著，她現在就你這麼一個孩子嘛！你一個人在上海，也不怪她不放心——她倒沒催你早一點結婚麼？」世鈞頓了一頓，微笑道：「我母親這一點倒很開通。也是因為自己吃了舊式婚姻的苦，所以對於我她並不干涉。」許太太點頭道：「這是對的。現在這世界，做父母的要干涉也不行呀！別說像你們老太太跟你，一個在南京，一個在上海，就像我跟叔惠這樣住在一幢房子裏，又有什麼用？他外邊有女朋友，他哪兒肯對我們說？」世鈞笑道：「那他要是真的有了結婚的對象，他決不會不說的。」許太太微笑不語，過了一會，便又說道：「你們同事有個顧小姐，是怎麼一個人？」世鈞倒楞了一楞，不知道為什麼馬上紅了臉，道：「顧曼楨呀？她人挺好的，可是……她跟叔惠不過是普通朋友。」許太太半信半疑地哦了一聲，心想，至少那位小姐對叔惠很不錯，要不怎麼會替他打絨線背心。除非她是相貌長得醜，所以叔惠對她並沒有意思。因又笑道：「她長得難看是吧？」世鈞不由得笑了一笑，道：「不，她並不難看。不過我確實知道她跟叔惠不過是普通朋友。」他自己也覺得他結尾這句話非常無力，一點也不能保證叔惠和曼楨沒有結合的可能，許太太要疑心也還是要疑心的。只好隨她去吧。

世鈞寫了封信給他母親，答應說他不久就回來一趟。他母親很高興，又寫信來叫他請叔惠一同來。世鈞知道他母親一定是因為他一直住在叔惠家裏，她要想看看他這個朋友是個什麼樣的人，是否對於他有不良的影響。他問叔惠可高興到南京去玩一趟。這一年的雙十節恰巧是一個星期五，和週末連在一起，一共放三天假。他們決定乘這個機會去痛痛快快玩兩天。

在動身的前夕，已經吃過晚飯了，叔惠又穿上大衣往外跑。許太太知道他剛才有一個女朋友打電話來，便道：「這麼晚了還要出去，明天還得起個大早趕火車呢！」叔惠道：「我馬上回來的。一個朋友有兩樣東西託我帶到南京去，我去拿一拿。」許太太道：「喲，東西有多大呀，裝得下裝不下？你的箱子我倒已經給你理好了。」她還在那裏念叨著，叔惠早已走得無影無蹤了。

他才去了沒一會兒，倒又回來了，走到樓梯底下就往上喊：「喂，有客來了！」原來是曼楨來了，他在衖堂口碰見她，便又陪著她一同進來。曼楨笑道：「你不是要出去麼？你去吧，真的，沒關係的。我沒有什麼事情——我給你們帶了點點心來，可以在路上吃。」叔惠道：「你幹嗎還要買東西？」他領著她一同上樓，樓梯上有別的房客在牆上釘的晾衣裳繩子，晾滿了一方一方的尿布，一根繩子斜斜地一路牽到樓上去。樓梯口又是煤球爐子，又是空肥皂箱，洋油桶；上海人家一幢房子裏住上幾家人家，常常就成為這樣一個立體化的大雜院。叔惠平常走出去，西裝穿得那麼挺刮，人家大約想不到他家裏是這樣一個情形。他自己也在那裏想著：這是曼楨，還不要緊，換了一個比較小姐脾氣的女朋友，可不能把人家往家裏帶。

走到三層樓的房門口，他臉上做出一種幽默的笑容，向裏面虛虛地一伸手，笑道：「請請請。」由房門裏望進去，迎面的牆上掛著幾張字畫和一隻火腿。叔惠的父親正在燈下洗碗筷，他在正中的一張方桌上放著一隻臉盆，在臉盆裏晃盪晃盪洗著碗。今天是他洗碗，因為他太太吃了飯就在那裏忙著絮棉襖——他們還有兩個孩子在北方念書，北方的天氣冷得早，把他們的棉袍子給做起來，就得給他們寄去了。

許太太看見來了客，一聽見說是顧小姐，知道就是那個絨線背心的製做者，心裏不知怎麼卻有點慌張，笑嘻嘻地站起來讓坐，嘴裏只管嘰咕著：「看我這個樣子！弄了一身的棉花！」只顧忙著拍她衣服上黏著的棉花衣子。許裕舫在家裏穿著一件古銅色對襟夾襖，他平常雖然是那樣滿不在乎，來了這麼個年青的女人，卻使他侷促萬分，連忙加上了一件長衫。這時候世鈞也過來了。許太太笑道：「顧小姐吃過飯沒有？」曼楨笑道：「吃過了。」叔惠陪著坐了一會，曼楨又催他走，他也就走了。

裕舫在旁邊一直也沒說話，到現在方才開口問他太太：「叔惠上哪兒去了？」他太太雖然知道叔惠是到女朋友家去了，她當時就留了個神，很圓滑地答道：「不知道，我只聽見他說馬上就要回來的，顧小姐你多坐一會。這兒實在亂得厲害，要不，上那邊屋去坐坐吧。」她把客人讓到叔惠和世鈞的房間裏去，讓世鈞陪著，自己就走開了。

許太太把她剛才給曼楨泡的一杯茶也送過來了。世鈞拿起熱水瓶來給添上點開水，又把檯燈開了。曼楨看見桌上有個鬧鐘，便拿過來問道：「你們明天早上幾點鐘上火車？」世鈞道：「是七點鐘的車。」曼楨道：「把鬧鐘撥到五點鐘，差不多吧？」她開著鐘，那軋軋軋的聲浪，反而顯出這間房間裏面的寂靜。

世鈞笑道：「我沒想到你今天會來。……為什麼還要買了點心來呢？」曼楨笑道：「咦，你不是說，早上害許伯母天不亮起來給你們煮稀飯，你覺得不過意，我想明天你們上火車，更要早了，你一定不肯麻煩人家，結果一定是餓著肚子上車站，所以我帶了點吃的來。」

她說這個話，不能讓許太太他們聽見，聲音自然很低。世鈞走過來聽，她坐在那裏，他站得很近，在那一剎那間，他好像是立在一個美麗的深潭的邊緣上，有一點心悸，同時心裏又感到一陣陣的蕩漾。她的話早就說完了，他還沒有走開。也許不過是頃刻間的事，但是他自己已經覺得他逗留得太久了，她一定也有同感，因為在燈光下可以看見她臉上有點紅暈。她亟於要打破這一個局面，便說：「你忘了把熱水瓶蓋上了。」世鈞回過頭去一看，果然那熱水瓶像烟囪似的直冒熱氣，剛才倒過開水就忘了蓋上，今天也不知道怎麼這樣心神恍惚。他笑著走過去把它蓋上了。

曼楨道：「你的箱子理好了沒有？」世鈞笑道：「我也不帶多少東西。」他有一隻皮箱放在床上，曼楨走過去，扶起箱子蓋來看看，裏面亂七八糟的。她便笑道：「我來給你理一理。不要讓你家裏人說你連箱子都不會理，更不放心讓你一個人在外面了。」世鈞當時就想著，她替他理箱子，恐怕不大妥當，讓人家看見了要說閒話的。然而他也想不出適當的話來攔阻她。曼楨有些地方很奇怪，羞澀起來很羞澀，天真起來又很天真——而她並不是一個一味天真的人，也並不是一個怕羞的人。她這種矛盾的地方，實在是很費解。

曼楨見他呆呆地半天不說話，便道：「你在那裏想什麼？」世鈞笑了一笑，道：「唔？……」他回答不出來，看見她正在那裏摺疊一件襯衫，便隨口說道：「等我回來的時候，我那件背心大概可以打好了吧？」曼楨笑道：「你禮拜一準可以回來麼？」世鈞笑道：「禮拜一一定回來。沒有什麼必要的事情，我不想請假。」曼楨道：「你這麼些時候沒回去過，你家裏人一定要留你多住幾天的。」世鈞笑道：「不會的。」那箱子蓋忽然自動地扣下來，正斫在曼楨手背上。才扶起來沒有一會，又扣下來。世鈞便去替她扶著箱子蓋。他坐在旁邊，看著他的襯衫領帶和襪子一樣一樣經過她的手，他有一種異樣的感覺。

許太太裝了兩碟子糖果送了來，笑道：「顧小姐吃糖。——呦，你替世鈞理箱子呀？」世鈞注意到許太太已經換上了一件乾淨衣服，臉上好像還撲了點粉，那樣子彷彿是預備到這兒來陪著客人談談似的，然而她結果並沒有坐下來，敷衍了兩句就又走了。

曼楨道：「你的雨衣不帶去？」世鈞道：「我想不帶了——不見得剛巧碰見下雨，一共去這麼兩天工夫。」曼楨道：「你禮拜一一定回來麼？」話已經說出口，她才想起剛才已經說過了，自己也笑了起來。就在這一陣笑聲中匆匆關上箱子，拿起皮包，說：「我走了。」世鈞看她那樣子好像相當窘，也不便怎樣留她，只說了一聲：「還早呢，不再坐一會兒。」曼楨笑道：「不，你早點睡吧。我走了。」世鈞笑道：「你不等叔惠回來了？」曼楨笑道：「不等了。」

世鈞送她下樓，她經過許太太的房間，又在門口向許太太夫婦告辭過了，許太太送她到大門口，再三叫她有空來玩。關上大門，許太太便和世鈞說：「這顧小姐真好，長得也好！」她對他稱讚曼楨，彷彿對於他們的關係有了一種新的認識似的，世鈞覺得有點窘，他只是唯唯諾諾，沒說什麼。

回到房間裏來，他的原意是預備早早的上床睡覺；要鋪床，先得把床上那隻箱子拿掉，但是他結果是在床沿上坐下了，把箱子開開來看看，又關上了，心裏沒著沒落的，非常無聊。終於又站起來，把箱子鎖上了，從床上拎到地下。鑰匙放到口袋裏去，手指觸到袋裏的一包香烟，順手就掏出來，抽出一根來點上了。既然點上了，總得把這一根抽完了再睡覺。

看看鐘，倒已經快十一點了。叔惠還不回來。夜深人靜，可以聽見叔惠的母親在她房裏軋軋軋轉動著她的手搖縫衣機器。大概她在等著替叔惠開門，不然她這時候也已經睡了。

世鈞把一支香烟抽完了，有點口乾，去倒杯開水喝。他的手接觸到熱水瓶的蓋子，那金屬的蓋子卻是滾燙的。他倒嚇了一跳。開開來，原來裏面一隻軟木塞沒有塞上，所以熱氣不停地冒出來，把那蓋子薰得那麼燙。裏面的水可已經涼了。他今天也不知道怎麼那樣糊塗，這隻熱水瓶，先是忘了蓋；蓋上了，又忘了把裏面的軟木塞塞上。曼楨也許當時就注意到了，但是已經提醒過他一次，不好意思再說了。世鈞想到這裏，他儘管一方面喝著涼開水，臉上卻熱辣辣起來了。

樓窗外有人在吹口哨，一定是叔惠。叔惠有時候喜歡以吹口哨代替敲門，因為晚上天氣冷，他兩手插在大衣袋裏，懶得拿出來。世鈞心裏想，許太太在那裏軋軋軋做著縫衣機器，或者會聽不見；他既然還沒有睡，不妨下去一趟，開一開門。

他走出去，經過許太太房門口，卻聽見許太太在那裏說話，語聲雖然很低，但是無論什麼人，只要一聽見自己的名字，總有點觸耳驚心，決沒有不聽見的道理。許太太在那兒帶笑帶說：「真想不到，世鈞這樣不聲不響的一個老實頭兒，倒把叔惠的女朋友給搶了去！」裕舫他是不會竊竊私語的，向來是聲如洪鐘。他說道：「叔惠那小子——就是一張嘴！他哪兒配得上人家！」這位老先生和曼楨不過匆匆一面，對她的印象倒非常之好。這倒沒有什麼，但是他對自己的兒子評價過低，卻使他太太感到不快。她沒有接口，軋軋軋又做起縫衣機器來了。世鈞就借著這機器的響聲作為掩護，三級樓梯一跨，跑回自己房來。

許太太剛才說的話，他到現在才回過味來。許太太完全曲解了他們三個人之間的關係，然而他聽到她的話，除了覺得一百個不對勁之外，紊亂的心緒裏卻還夾雜著一絲喜悅。所以心裏也說不上來是一種什麼滋味。

叔惠還在樓窗外吹著口哨，並且蓬蓬蓬敲著門了。

4

他們乘早班火車到南京。從下關車站到世鈞家裏有公共汽車可乘，到家才只有下午兩點鐘模樣。

世鈞每一次回家來，一走進門，總有點詫異的感覺，覺得這地方比他記憶中的家還要狹小得多，大約因為他腦子裏保留的印象還是幼年時代的印象，那時候他自己身個兒小，從他的眼睛裏看出來，當然一切都特別放大了一圈。

他家裏開著一爿皮貨店，自己就住在店堂樓上。沈家現在闊了，本來不靠著這爿皮貨店的收入，但是家裏省儉慣了，這些年來一直住在這店堂樓上，從來不想到遷移。店堂裏面陰暗而宏敞，地下鋪著石青的方磚。店堂深處停著一輛包車，又放著一張方桌和兩把椅子，那是給店裏的賬房和兩個年份多些的夥計在那裏起坐和招待客人的。桌上擱著茶壺茶杯，又有兩頂瓜皮小帽覆在桌面上，看上去有一種閒適之感。抬頭一看，頭上開著天窗，屋頂非常高，是兩層房子打通了的。四面圍著一個走馬樓，樓窗一扇扇都是寶藍彩花玻璃的。

世鈞的母親一定是在臨街的窗口瞭望著，黃包車拉到門口，她就看見了。他這裏一走進門，他母親便從走馬樓上往下面哇啦一喊：「阿根，二少爺回來了，幫著拿拿箱子！」阿根是包車夫，他隨即出現了，把他們手裏的行李接過去。世鈞便領著叔惠一同上樓。沈太太笑嘻嘻迎出來，問長問短，叫女傭打水來洗臉，飯菜早預備好了，馬上熱騰騰的端了上來。沈太太稱叔惠為許家少爺。叔惠人既漂亮，一張嘴又會說，老太太們見了自然是喜歡的。

世鈞的嫂嫂也帶著孩子出來相見。一年不見，他嫂嫂又蒼老了許多。前一向聽見說她有腰子病，世鈞問她近來身體可好，他嫂嫂說還好。他母親說：「大少奶奶這一向倒胖了。倒是小健，老是不舒服，這兩天出疹子剛好。」他這個姪兒身體一向單弱，取名叫小健，正是因為他不夠健康的緣故。他見了世鈞有點認生，大少奶奶看他彷彿要哭似的，忙道：「不要哭，哭了奶奶要發脾氣的！」沈太太笑道：「奶奶發起脾氣來是什麼樣子？」小健便做出一種嗚嗚的聲音，像狗的怒吼。沈太太又道：「媽發起脾氣來怎麼樣？」他又做出那嗚嗚的吼聲。大家都笑了。世鈞心裏想著，家裏現在就只有母親和嫂嫂兩個人，帶著這麼一個孩子過活著，哥哥已經死了，父親又不大回家來——等於兩代寡居，也夠淒涼的，還就靠這孩子給這一份人家添上一點生趣。

小健在人前只出現了幾分鐘，沈太太便問叔惠，「許家少爺你出過疹子沒有？」叔惠道：「出過了。」沈太太道：「我們世鈞也出過了，不過還是小心點的好。小健雖然已經好了，仍舊會過人的。奶媽你還是把他帶走吧。」

沈太太坐在一邊看著兒子吃飯，問他們平常幾點鐘上班，幾點鐘下班，吃飯怎麼樣，日常生活情形一一都問到了。又問起冬天屋子裏有沒有火，苦苦勸世鈞做一件皮袍子穿，馬上取出各種細毛的皮統子來給他挑揀。揀過了，仍舊收起來，叫大少奶奶幫著收到箱子裏去。大少奶奶便說：「這種洋灰鼠的倒正好給小健做個皮斗篷。」沈太太道：「小孩子不可以給他穿皮的——火氣太大了。我們家的規矩向來這樣，像世鈞他們小時候，連絲棉的都不給他們穿。」大少奶奶聽了，心裏很不高興。

沈太太因為兒子難得回來一次，她今天也許興奮過度了，有時神情恍惚，看見傭人也笑嘻嘻的，一會兒說「快去這樣」，一會兒說「快去那樣」，顛三倒四，跑出跑進地亂發號令，倒好像沒用慣傭人似的，不知道要怎樣鋪張才好，把人支使得團團轉。大少奶奶在旁邊要幫忙也插不上手去。世鈞看見母親這樣子，他不知道這都是因為他的緣故，他只是有一點傷感，覺得他母親漸漸露出老態了。

世鈞和叔惠商量著今天先玩哪幾個地方，沈太太道：「找翠芝一塊兒去吧，翠芝這兩天也放假。」翠芝是大少奶奶的表妹，姓石。世鈞馬上就說：「不要了，今天我還得陪叔惠到一個地方去，有人託他帶了兩樣東西到南京來，得給人家送去。」被他這樣一擋，沈太太就也沒說什麼了，只叮囑他們務必要早點回來，等他們吃飯。

叔惠開箱子取出那兩樣託帶的東西，沈太太又找出紙張和繩子來，替他重新包紮了一下。世鈞在旁邊等著，立在窗前，正看見他姪兒在走馬樓對面，伏在窗口向他招手叫二叔。看到小健，非常使他想起自己的童年。因而就聯想到石翠芝。翠芝和他是從小就認識的，雖然並不是什麼青梅竹馬的小情侶，他倒很記得她的。倒是快樂的回憶容易感到模糊，而刺心的事情——尤其是小時候覺得刺心的事情——是永遠記得的，常常無緣無故地就浮上心頭。

他現在就又想起翠芝的種種。他和翠芝第一次見面，是在他哥哥結婚的時候。他哥哥結婚，叫他做那個捧戒指的僮兒，在那婚禮的行列裏他走在最前面。替新娘子拉紗的有兩個小女孩，翠芝就是其中的一個。在演習儀式的時候，翠芝的母親在場督導，總是挑眼，嫌世鈞走得太快了。世鈞的母親看見翠芝，卻把她當寶貝，趕著她兒呀肉的叫著，想要認她做乾女兒。世鈞不知道這是一種社交上的策略，小孩子家懂得什麼，看見他母親這樣疼愛這小女孩，不免有些妒忌。他母親叫他帶著她玩，說他比她大得多，應該讓著她，不可以欺負她。世鈞教她下象棋。她那時候才七歲，教她下棋，她只是在椅子上爬上爬下的，心不在焉。一會兒又趴在桌上，兩隻胳膊肘子撐在棋盤上，兩手托著腮，把一雙漆黑的眼睛灼灼地凝視著他，忽然說道：「我媽說你爸爸是個暴發戶。噯！」世鈞稍微楞了一楞，就又繼續移動著棋子：「我吃你的馬。哪，你就拿炮打我——」翠芝又道：「我媽說你爺爺是個毛毛匠。」世鈞道：「吃你的象。喏，你可以出車了。——打你的將軍！」

那一天後來他回到家裏，就問他母親：「媽，爺爺從前是幹什麼的？」他母親道：「爺爺是開皮貨店的。這爿店不就是他開的麼？」世鈞半天不作聲，又道：「媽，爺爺做過毛毛匠嗎？」他母親向他看了一眼，道：「爺爺從前沒開店的時候本來是個手藝人，這也不是什麼難為情的事情，也不怕人家說的。」然而她又厲聲問道：「你聽見誰說的？」世鈞沒告訴她。她雖然說這不是什麼難為情的事，她這種神情和聲口已經使他深深地感到羞恥了。但是更可恥的是他母親對翠芝母女那種巴結的神氣。

世鈞的哥哥結婚那一天，去拍結婚照，拉紗的和捧戒指的小孩預先都經各人的母親關照過了，鎂光燈一亮的時候，要小心不要閉上眼睛。後來世鈞看到那張結婚照片，翠芝的眼睛是緊閉著的。他覺得非常快心。

那兩年他不知道為什麼，簡直沒有長高，好像完全停頓了。大人常常嘲笑他：「怎麼，你一定是在屋子裏打著傘來著？」因為有這樣一種禁忌，小孩子在房間裏打著傘，從此就不再長高了。翠芝也笑他矮，說：「你比我大，怎麼跟我差不多高？還是個男人。——將來長大一定是個矮子。」幾年以後再見面，他已經比她高出一個頭半了，翠芝卻又說：「怎麼你這樣瘦？簡直瘦得像個螞蚱。」這大約也是聽見她母親在背後說的。

石太太一向不把世鈞放在眼裏的，只是近年來她因為看見翠芝一年年的大了起來，她替女兒擇婿的範圍本來只限於他們這幾家人家的子弟，但是年紀大的太大，小的太小，這些少爺們又是荒唐的居多，看來看去，還是世鈞最為誠實可靠。石太太自從有了這個意思，便常常打發翠芝去看她的表姐，就是世鈞的嫂嫂。世鈞的母親從前常說要認翠芝做乾女兒，但是結果沒有能成為事實，現在世鈞又聽見這認乾女兒的話了，這一次不知道是哪一方面主動的。大概是他嫂嫂發起的。乾兄乾妹好做親——世鈞想他母親和嫂嫂兩個人在她們的寂寞生涯中，也許很樂於想像到這一頭親事的可能性。

這一天他和叔惠兩人一同出去，玩到天黑才回來。他母親一看見他便嚷：「嗳呀，等你們等得急死了！」世鈞笑道：「要不是因為下雨了，我們還不會回來呢。」他母親道：「下雨了麼？——還好，下得不大。翠芝要來吃晚飯呢。」世鈞道：「哦？」他正覺得滿肚子不高興，偏偏這時候小健在門外走過，拍著手唱著：「二叔的女朋友來嘍！二叔的女朋友就要來嘍！」世鈞聽了，不由得把兩道眉毛緊緊地皺在一起，道：「怎麼變了我的女朋友了？笑話！這是誰教他這麼說的？」其實世鈞有什麼不知道，當然總是他嫂嫂教的了。世鈞這兩年在外面混著，也比從前世故得多了，但是不知道怎麼，一回到家裏來，就又變成小孩子脾氣了，把他磨練出來的一點涵養功夫完全拋開了。

他這樣發作了兩句，就氣烘烘的跑到自己房裏去了。他母親也沒接碴，只說：「陳媽，你送兩盆洗臉水去，給二少爺同許家少爺擦把臉。」叔惠搭訕著也回房去了。沈太太便向大少奶奶低聲道：「待會兒翠芝來了，我們倒也不要太露骨了，你也不要去取笑他們，還是讓他們自自然然的好，說破了反而僵得慌。」她這一番囑咐本來就是多餘的，大少奶奶已經一肚子火在那裏，還會去跟他們打趣麼？大少奶奶冷笑道：「那當然囉。不說別的，翠芝先就受不了。我們那位小姐也是個倔脾氣。這次她聽見說世鈞回來了，一請，她就來了，也是看在小時候總在一塊兒玩的份上；她要知道是替她做媒，她不見得肯來的。」沈太太知道她這是替她表妹圓圓面子的話，便也隨聲附和道：「是呀，現在這些年青人都是這種脾氣！只好隨他們去吧。唉，這也是各人的緣分！」

叔惠和世鈞在他們自己的房間裏，叔惠問他翠芝是什麼人。世鈞道：「是我嫂嫂的表妹。」叔惠笑道：「他們要替你做媒，是不是？」世鈞道：「那是我嫂嫂一廂情願。」叔惠笑道：「漂亮不漂亮？」世鈞道：「待會兒你自己看好了。——真討厭，難得回來這麼兩天工夫，也不讓人清靜一會兒！」叔惠望著他笑道：「喝！瞧你這股子驃勁！」世鈞本來還在那裏生氣，這就不由得笑了起來，道：「我這算什麼呀，你沒看見人家那股子驃勁，真夠瞧的！小城裏的大小姐，關著門做皇帝做慣的嗎！」叔惠笑道：「『小城裏的大小姐』，南京可不能算是個小城呀。」世鈞笑道：「我是衝著你們上海人的心理說的。在上海人看來，內地反正不是鄉下就是小城。是不是有這種心理的？」

正說到這裏，女傭來請吃飯：說石小姐已經來了。叔惠帶著幾分好奇心，和世鈞來到前面房裏。世鈞的嫂嫂正在那裏招呼上菜，世鈞的母親陪著石翠芝坐在沙發上說話。叔惠不免向她多看了兩眼。那石翠芝額前打著很長的前劉海，直罩到眉毛上，腦後卻蓬著一大把鬈髮。小小的窄條臉兒，眼泡微腫，不然是很秀麗的。體格倒很有健康美，胸部鼓蓬蓬的，看上去年紀倒大了幾歲，足有二十來歲了。穿著件翠藍竹布袍子，袍叉裏微微露出裏面的杏黃銀花旗袍。她穿著這樣一件藍布罩袍來赴宴，大家看在眼裏都覺得有些詫異。其實她正是因為知道今天請她來是有用意的，她覺得如果盛妝艷服而來，似乎更覺得不好意思。

她抱著胳膊坐在那裏，世鈞走進來，兩人只是微笑著點了個頭。世鈞笑道：「好久不見了。伯母好吧？」隨即替叔惠介紹了一下。大少奶奶笑道：「來吃飯吧。」沈太太客氣，一定要翠芝和叔惠兩個客人坐在上首，沈太太便坐在翠芝的另一邊。翠芝和老太太們向來沒有什麼話可說的，在座的幾個人，她只有和她表姐比較談得來，但是今天剛巧碰著大少奶奶正在氣頭上，簡直不願意開口，因此席面上的空氣很感到沉寂。叔惠雖然健談，可是他覺得在這種保守性的家庭裏，對一個陌生的小姐當然也不宜於多搭訕。陳媽站在房門口伺候著，小健躲在她身後探頭探腦，問道：「二叔的女朋友怎麼還不來？」大少奶奶一聽見這個話便心頭火起，偏那陳媽又不識相，還嘻皮笑臉彎著腰輕輕地和孩子說：「那不就是麼？」小健道：「那是表姨呀！二叔的女朋友呢？」大少奶奶實在忍不住了，把飯碗一擱，便跑出去驅逐小健，道：「還不去睡覺！什麼時候了？」親自押著他回房去了。

翠芝道：「我們家那隻狗新近生了一窩小狗，可以送一隻給小健。」沈太太笑道：「對了，你上回答應他的。」翠芝笑道：「要是世鈞長住在家裏，我就不便送狗給你們了。世鈞看見狗頂討厭了！」世鈞笑道：「哦，我並沒說過這話呀。」翠芝道：「你當然不會說了，你總是那麼客氣，從來沒有一句真話。」世鈞倒頓住了，好一會，他方才笑著問叔惠：「叔惠，我這人難道這樣假？」叔惠笑道：「你別問我。石小姐認識你的年份比我多，她當然對你的認識比較深。」大家都笑了。

雨漸漸停了，翠芝便站起來要走，沈太太說：「晚一點回去不要緊的，待會兒叫世鈞送你回去。」翠芝道：「不用了。」世鈞道：「沒關係。叔惠我們一塊兒去，你也可以看看南京之夜是什麼樣子。」翠芝含著微笑向世鈞問道：「許先生還是第一次到南京來？」她不問叔惠，卻問世鈞。叔惠便笑道：「噯。其實南京離上海這樣近，可是從來就沒來過。」翠芝一直也沒有直接和他說過話，他這一答話，她無故的卻把臉飛紅了，就沒有再說下去。

又坐了一會，她又說要走，沈太太吩咐傭人去叫一輛馬車。翠芝便到她表姐房裏去告辭。一進門，便看見一隻小風爐，上面咕嘟咕嘟煮著一鍋東西。翠芝笑道：「哼，可給我抓住了！這是你自己吃的私房菜呀？」大少奶奶道：「什麼私房菜，這是小健的牛肉汁。小健病剛好，得吃點補養的東西，也是我們老太太說的，每天叫王媽給燉雞湯，或是牛肉汁。這兩天就為了世鈞要回來了，把幾個傭人忙得腳丫子朝天，家裏反正什麼事都扔下不管了，誰還記得給小健燉牛肉汁。所以我賭氣買了塊牛肉回來，自己煨著。這班傭人也是勢利，還不是看準了將來要吃二少爺的飯了！像我們這孤兒寡婦，誰拿你當個人？」她說到這裏，不禁流下淚來。其實她在一個舊家庭裏做媳婦，也積有十餘年的經驗了，何至於這樣沉不住氣。還是因為世鈞今天說的那兩句話，把她得罪了，她從此就多了一個心，無論什麼芝麻大的事，對於她都成為一連串的刺激。

翠芝不免解勸道：「傭人都是那樣的，不理他們就完了。你們老太太倒是很疼小健的。」大少奶奶哼了一聲道：「別看她那麼疼孩子，全是假的，不過拿他解悶兒罷了。一看見兒子，就忘了孫子了。小健出疹子早已好了，還不許他出來見人——世鈞怕傳染呵！他的命特別值錢！今天下午又派我上藥房去，買了總有十幾種補藥補針，給世鈞帶到上海去。是我說了一聲，我說『這些藥上海也買得到，』就炸起來了：『買得到，也要他肯買呢！就這樣也還不知道他肯不肯吃——年青人都是這樣，自己身體一點也不知道當心！』」翠芝道：「世鈞身體不好麼？」大少奶奶道：「他好好的，一點病也沒有。像我這個有病的人，就從來不說給你請個醫生吃個藥。我腰子病，病得臉都腫了，還說我這一向胖了！你說氣人不氣人？咳，做他們家的媳婦也真苦呵！」她最後的一句話顯然是說給翠芝聽的，暗示那件事情是不會成功的，但是不成功倒也好。翠芝當然也不便有什麼表示，只能夠問候她的病體，又問她吃些什麼藥。

女傭來說馬車叫好了，翠芝便披上雨衣去辭別沈太太，世鈞和叔惠兩人陪著她一同坐上馬車。馬蹄得得，在雨夜的石子路上行走著，一顆顆鵝卵石像魚鱗似的閃著光。叔惠不斷地掀開油布幕向外窺視說：「一點也看不見，我要坐到趕馬車的旁邊去了。」走了一截子路，他當真喊住了馬車夫，跳下車來，爬到上面去和車夫並排坐著，下雨他也不管。車夫覺得很奇怪，翠芝只是笑。

馬車裏只剩下翠芝和世鈞兩個人，空氣立刻沉悶起來了，只覺得那座位既硬，又顛簸得厲害。在他們的靜默中，倒常常聽見叔惠和馬車夫在那裏一問一答，不知說些什麼。翠芝忽道：「你在上海就住在許先生家裏？」世鈞道：「是的。」過了半天，翠芝又道：「你們禮拜一就要回去麼？」世鈞道：「噯。」翠芝這一個問句聽上去異常耳熟——是曼楨連問過兩回的。一想起曼楨，他陡然覺得寂寞起來，在這雨澌澌的夜裏，坐在這一顛一顛的潮濕的馬車上，他這故鄉好像變成了異鄉了。

他忽然發覺翠芝又在那裏說話，忙笑道：「唔？你剛才說什麼？」翠芝道：「沒什麼。我說許先生是不是跟你一樣，也是工程師。」本來是很普通的一句問句，他使她重複了一遍，她忽然有點難為情起來了，不等他回答，就攀著油布簾子向外面張望著，說：「就快到了吧？」世鈞倒不知道應當回答她哪一個問題的好。他過了一會，方才笑道：「叔惠也是學工程的，現在他在我們廠裏做到幫工程師的地位了，像我，就還是一個實習工程師，等於練習生。」翠芝終究覺得不好意思，他還在這裏解釋著，她只管掀開簾子向外面張望著，好像對他的答覆已經失去了興趣，只顧喃喃說道：「噯呀，不要已經走過了我家裏了？」世鈞心裏想著：「翠芝就是這樣。真討厭。」

毛毛雨，像霧似的。叔惠坐在馬車夫旁邊，一路上看著這古城的燈火，他想到世鈞和翠芝，生長在這古城中的一對年青男女。也許因為自己高踞在馬車上面，類似上帝的地位，他竟有一點悲天憫人的感覺。尤其是翠芝這一類的小姐們，永遠生活在一個小圈子裏，唯一的出路就是找一個地位相等的人家，嫁過去做少奶奶——這也是一種可悲的命運。而翠芝好像是一個個性很強的人，把她葬送在這樣的命運裏，實在是很可惜。

世鈞從裏面伸出頭來喊：「到了到了。」馬車停下來，世鈞先跳下來，翠芝也下來了，她把雨衣披在頭上，特地繞到馬車前面來和叔惠道別，在雨絲與車燈的光裏仰起頭來說：「再見。」叔惠也說「再見」，心裏卻想著不見得會再見了。他有點惆悵。她和世鈞固然無緣，和他呢，因為環境太不同的緣故，也是無緣的。

世鈞把她送到大門口，要等她撳了鈴，有人來開門，方才走開。這裏叔惠已經跳下來，坐到車廂裏面去。車廂裏還遺留著淡淡的頭髮的香氣。他一個人在黑暗中坐著，世鈞回來了，卻沒有上車，只探進半身，匆匆說道：「我們要不要進去坐一會，一鵬也在這兒——這是他姑媽家裏。」叔惠怔了一怔，道：「一鵬，哦，方一鵬啊？」原來世鈞的嫂嫂娘家姓方，她有兩個弟弟，大的叫一鳴，小的叫一鵬，一鵬從前和世鈞一同到上海去讀大學的，因此和叔惠也是同學，但是因為氣味不相投，所以並不怎麼熟。一鵬因為聽見說叔惠家境貧寒，有一次他願意出錢找叔惠替他打槍手代做論文，被叔惠拒絕了，一鵬很生氣，他背後對著世鈞說的有些話，世鈞都沒有告訴叔惠，但是叔惠也有點知道。現在當然久已事過境遷了。

世鈞因為這次回南京來也不打算去看一鵬兄弟，今天剛巧在石家碰見他們，要是不進去坐一會，似乎不好意思。又不能讓叔惠一個人在車子裏等著，所以叫他一同進去。叔惠便也跳下車來。這時又出來兩個聽差，打著傘前來迎接。一同走進大門，翠芝還在門房裏等著他們，便在前面領路，進去就是個大花園，黑沉沉的雨夜裏，也看不分明。那雨下得雖不甚大，樹葉上的積水卻是大滴大滴的掉在人頭上。桂花的香氣很濃。石家的房子是一幢老式洋房，老遠就看見一排玻璃門，玻璃門裏面正是客室，一簇五星抱月式的電燈點得通亮，燈光下紅男綠女的，坐著一些人，也不及細看，翠芝便引他們由正門進去，走進客室。

翠芝的母親石太太在牌桌上慢吞吞的略欠了欠身，和世鈞招呼著，石太太是個五短身材，十分肥胖。一鵬也在那兒打牌，一看見世鈞便叫道：「咦，你幾時到南京來的，我都不知道！叔惠也來了！我們好些年沒見了！」叔惠也和他寒暄一下。牌桌上還有一鵬的哥哥一鳴，嫂嫂愛咪。那愛咪在他們親戚間是一個特出的摩登人物，她不管長輩平輩，總叫人叫她愛咪，可是大家依舊執拗地稱她為「一鳴少奶奶」，或是「一鳴大嫂」。當下世鈞叫了她一聲大嫂，愛咪睨著他說道：「啊，你來了，都瞞著我們！」世鈞笑道：「我今天下午剛到的。」愛咪笑道：「哦，一到就把翠妹妹找去了，就不找我們！」一鳴笑道：「你算什麼呢，你怎麼能跟翠妹妹比！」世鈞萬想不到他們當著石太太的面，竟會這樣大開玩笑。石太太當然也不便說什麼，只是微笑著。翠芝卻把臉板得一絲笑容也沒有，道：「你們今天怎麼了，淨找上我！」愛咪笑道：「好，不鬧不鬧，說正經的，世鈞，你明天上我們那兒吃飯，翠妹妹也要來的。」世鈞還沒來得及回答，翠芝便搶先笑道：「明天我可沒有工夫。」她正站在愛咪身後看牌，愛咪便背過手去撈她的胳膊，笑道：「人家好好兒請你，你倒又裝腔作勢的！」翠芝正色道：「我是真的有事。」愛咪也不理她，抓進一張牌，把面前的牌又順了一順，因道：「你們這副牌明天借給我們用用，我們明天有好幾桌麻將，牌不夠用，翠妹妹你來的時候帶來。世鈞你也早點來。」世鈞笑道：「我改天有工夫是要來的，明天不要費事了，明天我還打算跟叔惠出去逛逛。」一鵬便道：「你們一塊兒來，叔惠也來。」世鈞依舊推辭著，這時候剛巧一鳴和了一副大牌，大家忙著算和子，一混就混過去了。

翠芝上樓去轉了一轉，又下樓來，站在旁邊看牌。一鵬恰巧把一張牌掉在地下，彎下腰去撿，一眼看見翠芝上穿著一雙簇新的藕色緞子夾金線繡花鞋，便笑道：「喝！這雙鞋真漂亮！」他隨口說了這麼一聲，他對於翠芝究竟還是把她當小孩子看待，並不怎麼注意。他在上海讀書的時候，專門追求皇后校花，像翠芝這樣的內地小姐他自然有點看不上眼，覺得太呆板，不夠味。可是經他這麼一說，叔惠卻不由得向翠芝腳上看了一眼，他記得她剛才不是穿的這樣一雙鞋，大概因為皮鞋在雨裏踩濕了，所以一回家就另外換了一雙。

世鈞自己揣度著已經坐滿了半個多鐘頭模樣，便向石太太告辭。石太太大約也有點不高興他，只虛留了一聲，便向翠芝說：「你送送。」翠芝送他們出來，只送到階沿上。仍舊由兩個聽差打著傘送他們穿過花園。快到園門了，忽然有一隻狗汪汪叫著，從黑影裏直竄出來，原來是一隻很大的狼狗，那兩個僕人連聲呵叱著，那狗依舊狂吠個不停。同時就聽見翠芝的聲音遠遠喚著狗的名字，並且很快的穿過花園，奔了過來。世鈞忙道：「喲，下雨，你別出來了！」翠芝跑得氣喘吁吁的，也不答話，先彎下腰來揪住那隻狗的領圈。世鈞又道：「不要緊的，牠認識我的。」翠芝冷冷的道：「牠認識你可不認識許先生！」她彎著腰拉著那狗，扭過身來就走了，也沒有再和他們道別。這時候的雨恰是下得很大，世鈞和叔惠也就匆匆忙忙的轉身往外走，在黑暗中一腳高一腳低的，皮鞋裏也進去水了，走一步，就噗嘰一響。叔惠不禁想起翠芝那雙淺色的繡花鞋，一定是毀了。

他們出了園門，上了馬車。在歸途中，叔惠突然向世鈞說道：「這石小姐……她這人好像跟她的環境很不調和。」世鈞笑道：「你的意思是：她雖然是個闊小姐，可是倒穿著件藍布大褂。」被他這樣一下註解，叔惠倒笑起來了。世鈞又笑道：「這位小姐呀，就是穿一件藍布大褂，也要比別人講究些。她們學校裏都穿藍布制服，可是人家的都沒有她的顏色翠──她那藍布褂子每次洗一洗，就要染一染。她家裏洗衣裳的老媽子，兩隻手伸出來都是藍的。」叔惠笑道：「這些事情你怎麼知道？」世鈞道：「我也是聽我嫂嫂說的。」叔惠道：「你嫂嫂不是很熱心的要替你們做媒麼？怎麼肯對你說這些話？」世鈞道：「那還是從前，她還沒有想到做媒的時候。」叔惠笑道：「這些奶奶太太們，真會批評人，呃？尤其是對於別的女人。就連自己娘家的親戚也不是例外。」他這話雖然是說世鈞的嫂嫂，也有點反映到世鈞的身上，彷彿覺得他太婆婆媽媽的。世鈞本來也正在那裏自咎；他對於翠芝常常有微詞，動機本來就自衛，唯恐別人以為他和她要好，這時候轉念一想，人家一個小姐家，叔惠一定想著，他怎麼老是在背後議論人家，不像他平常的為人了。他這樣一想，便寂然無語起來。叔惠也有些覺得了，便又引著他說話，和他談起一鵬，道：「一鵬現在沒出去做事是吧？剛才我也沒好問他。」世鈞道：「他現在大概沒有事，他家裏不讓他出去。」叔惠笑道：「為什麼？他又不是個大姑娘。」世鈞笑道：「你不知道，他這位先生，每回在上海找了個事，總是賺的錢不夠花，結果鬧了許多虧空，反而要家裏替他還債，不止一次了，所以現在把他圈在家裏，再也不肯讓他出去了。」這些話都是沈太太背地裏告訴世鈞的，大少奶奶對於她兄弟這些事情向來是忌諱說的。

世鈞和叔惠一路談談說說，不覺已經到家了。他們打算明天一早起來去逛牛首山，所以一到家就回房睡覺，沈太太卻又打發人送了兩碗餛飩來，叔惠笑道：「才吃了晚飯沒有一會兒，哪兒吃得下？」世鈞叫女傭送一碗到他嫂嫂房裏去，他自己便把另一碗拿去問他母親吃不吃。

他母親高興極了，覺得兒子真孝順。兒子一孝順，做母親的便得寸進尺起來，乘機說道：「你坐下，我有話跟你說。」世鈞不覺又皺起眉頭，心裏想一定是與翠芝有關的。但是並不是。

沈太太深恐說錯了話激怒了他，所以預先打好了腹稿，字斟句酌地道：「你難得回來一趟，不是我一看見你就要說你——我覺得你今天那兩句話說得太莽撞了，你嫂嫂非常生氣——看得出來的。」世鈞道：「我又不是說她，誰叫她自己多心呢？」沈太太嘆道：「說你你又要不高興。你對我發脾氣不要緊，別人面前要留神些。這麼大的人了，你哥哥從前在你這個年紀早已有了少奶奶，連孩子都有了！」

說到這裏，世鈞早已料到下文了——遲早還是要提到翠芝的。他笑道：「媽又要來了！我去睡覺了，明天還得早起呢。」沈太太笑道：「我知道你最怕聽這些話。我也並不是要你馬上結婚，不過……你也可以朝這上面想想了。碰見合適的人，不妨交交朋友。譬如像翠芝那樣，跟你從小在一起玩慣了的——」世鈞不得不打斷她的話道：「媽，石翠芝我實在跟她脾氣不合適。我現在是不想結婚，就使有這個意思，也不想跟她結婚。」這一次他下了決心，把話說得再明白也沒有了。他母親受了這樣一個打擊，倒還鎮靜，笑道：「我也不一定是說她。反正跟她差不多的就行了！」

經過這一番話，世鈞倒覺得很痛快。關於翠芝，他終於闡明了自己的態度，並且也得到了母親的諒解，以後決不會再有什麼麻煩了。

他們本來預備第二天一早去遊山，不料那雨下了一宿也沒停，沒法出去，正覺得焦躁，方家卻派了一個聽差來說：「請二少爺同那位許少爺今天一定來，晚點就晚點。請沈太太同我們姑奶奶也來打牌。」沈太太便和世鈞說：「這下雨天，我是不想出去了，你們去吧。」世鈞道：「我也不想去，我已經回了他們了。」沈太太道：「你就去一趟吧，一鵬不還是你的老同學麼，他跟許少爺也認識的吧？」世鈞道：「叔惠跟他談不來的。」沈太太低聲道：「我想你就去一趟，敷衍敷衍你嫂嫂的面子也得。」說著，又向大少奶奶房那邊指了一指，悄悄說道：「還在那兒生氣呢，早起說不舒服，沒起來。今天她娘家請客，我們一個也不去，好像不大好。」世鈞道：「好好好好，我去跟叔惠說。」

本來他不願意去的原因，也是因為他們把他和翠芝請在一起，但是昨天親耳聽見翠芝說不去，那麼他就去一趟也沒什麼關係。他卻沒想到翠芝也是這樣想著，因為昨天聽見他斬釘截鐵的說不去，以為他總不會去了，今天上午愛咪又打電話到石家，一定磨著她要她去吃飯，所以結果翠芝也去了。世鈞來到那裏，翠芝倒已經在那兒了，兩人見面都是一怔，覺得好像是個做成的圈套。世鈞是和叔惠一同來的，今天方家的客人相當多，已經有三桌麻將在那裏打著。他們這幾個年青人都不會打麻將，愛咪便和世鈞說：「你們在這兒看著他們打牌也沒什麼意思，請你們看電影吧。我這兒走不開，你替我做主人，陪翠妹妹去。」翠芝皺著眉向愛咪說道：「你不用招待我，我就在這兒待著挺好的，我不想看電影。」愛咪也不睬她，自顧自忙著打聽哪一家電影院是新換的片子，又道：「去看一場回來吃飯正好。」世鈞只得笑道：「叔惠也一塊兒去！」愛咪便也笑道：「對了，許先生也一塊兒去。」叔惠不免躊躇了一下，他也知道在愛咪的眼光中他是一個多餘的人，因此就笑著向世鈞說：「還是你陪著石小姐去吧，這兩張片子我都看過了。」世鈞道：「別瞎說了，你幾時看過的？一塊兒去一塊兒去！」於是愛咪吩咐僕人給他們僱車，翠芝雖然仍舊抗議著，也不生效力，終於一同去了。

翠芝今天裝束得十分艷麗，烏絨闊滾的豆綠軟緞長旗袍，直垂到腳面上。他們買的是樓廳的票，翠芝在上樓的時候一個不留神，高跟鞋踏在旗袍角上，差點沒摔跤，幸而世鈞攙了她一把，笑道：「怎麼了，沒摔著吧？」翠芝道：「沒什麼。——嗳呀，該死，我這鞋跟斷了！」她鞋上的高跟別斷了一隻，變成一腳高一腳低。世鈞道：「能走麼？」翠芝道：「行，行。」她當著叔惠，很不願意讓世鈞攙著她，所以寧可一蹺一拐的一個人走在前面，很快的走進劇場。好在這時候電影已經開映了，裏面一片漆黑，也不怕人看見。

這張影片是個轟動一時的名片，世鈞在上海錯過了沒看到，沒想到在南京倒又趕上了。他們坐定下來，銀幕上的演員表剛剛映完，世鈞便向叔惠低聲笑道：「還好，我們來得還不算晚。」他是坐在叔惠和翠芝中間，翠芝一面看著戲，不由得心中焦灼，便悄悄的和世鈞說道：「真糟極了，等會兒出去怎麼辦呢？只好勞你駕給我跑一趟吧，到我家去給我拿雙鞋來。」世鈞頓了一頓，道：「要不，等一會你勉強走到門口，我去叫部汽車來。上了車到了家就好辦了。」翠芝道：「不行哪，這樣一腳高一腳低怎麼走，給人看見還當我是瘸子呢。」世鈞心裏想著：「你踮著腳走不行嗎？」但是並沒有說出口來，默然了一會，便站起身來道：「我去給你拿去。」他在叔惠跟前擠了過去，也沒跟叔惠說什麼。

他急急的走出去，出了電影院，這時候因為不是散場的時間，戲院門口冷清清的，一輛黃包車也沒有。雨仍舊在那裏下著，世鈞冒雨走著，好容易才叫到一輛黃包車。到了石家，他昨天才來過，今天倒又來了，那門房一開門看見是他，僕人們向來消息最靈通的，本就知道這位沈少爺很有作他們家姑爺的希望，因此對他特別殷勤，一面招呼著，一面就含笑說：「我們小姐出去了，到方公館去了。」世鈞想道：「怎麼一看見我就說小姐出去了，就準知道我是來找他們小姐的。可見連他們都是這樣想。」當下也不便怎樣，只點了點頭，微笑道：「我知道，我看見你們小姐的。她一隻鞋子壞了，你另外拿一雙給我帶去。」那門房聽他這樣說，還當他是直接從方家來的，心裏想方家那麼些個傭人，倒不差個傭人來拿，偏要差他來，便望著他笑道：「噯喲，怎麼還要沈少爺特為跑一趟！」世鈞見他這一副笑嘻嘻的樣子，知道一定是笑他給他們小姐當差，心裏越發添了幾分不快。

那聽差又請他進去坐一會，世鈞恐怕石太太又要出來應酬他一番，他倒有點怕看見她，便道：「不用了，我就在這兒等著好了。」他在門房裏等了一會，那聽差拿了一隻鞋盒出來，笑道：「可要我給送去吧？」世鈞道：「不用了，我拿去好了。」那聽差又出去給他僱了一輛車。

世鈞回到戲院裏，在黑暗中摸索著坐了下來，便把那鞋盒遞給翠芝，說了一聲：「鞋子拿來了。」翠芝道：「謝謝你。」世鈞估計著他去了總不止一個鐘頭，電影都已經快映完了，正到了緊張萬分的時候，這是一個悲劇，樓上樓下許多觀眾都在窸窸窣窣掏手帕擤鼻子擦眼淚。世鈞因為沒看見前半部，只能專憑猜測，好容易才摸出一點頭緒來，他以為那少女一定是那男人的女兒，但是再看下去，又證明他是錯誤的，一直看到劇終，始終有點迷迷糊糊，似懂非懂的。燈光大明，大家站起身來，翠芝把眼圈揉得紅紅的，似乎也被劇情所感動了。她已經把鞋子換上了，換下來的那雙裝在鞋盒裏拿著。三個人一同下樓，她很興奮的和叔惠討論著片中情節。世鈞在旁邊一直不作聲。已經走到戲院門口了，世鈞忽然笑道：「看了後頭沒看見前頭，真憋悶，你們先回去，我下一場再去看一遍。」說著，也不等他們回答，便掉過身來又往裏走，擠到賣票處去買票。他一半也是因為賭氣，同時也因為他實在懶得再陪著翠芝到東到西，一同回到方家去，又要被愛咪他們調笑一番。不如讓叔惠送她去，叔惠反正是沒有關係的，跟她又不熟，只要把她送回去就可以脫身了。

但是無論如何，他這樣扔下就走，這種舉動究竟近於稚氣，叔惠倒覺得有點窘。翠芝也沒說什麼。走出電影院，忽然滿眼陽光，地下差不多全乾了，翠芝不禁咦了一聲，笑道：「現在天倒晴了！」叔惠笑道：「這天真可惡，今天早上下那麼大雨，我們要到牛首山去也沒有去成。」翠芝笑道：「你這次來真冤枉。」叔惠笑道：「可不是麼，哪兒也沒去。」翠芝略頓了一頓，便道：「其實現在還早，你願意上哪兒去玩，我們一塊兒去。」叔惠笑道：「好呀，我這兒不熟悉，你說什麼地方好？」翠芝道：「到玄武湖去好不好？」叔惠當然說好，於是就叫了兩部黃包車，直奔玄武湖。

到了玄武湖，先到五洲公園去兜了個圈子。那五洲公園本來沒有什麼可看的，和任何公園也沒有什麼兩樣，不過草坪上面不是藍天，而是淡青色的茫茫的湖水。有個小型的動物園，裏面有猴子，又有一處鐵絲欄裏面，有一隻貓頭鷹迎著斜陽站在樹枝椏上，兩隻金燦燦的大眼睛，像兩塊金黃色的寶石一樣。他們站在那裏看了一會。

從五洲公園出來，就叫了一隻船。翠芝起初約他來的時候，倒是一鼓作氣的，彷彿很大胆，可是到了這裏，不知怎麼倒又拘束起來，很少說話。上了船，她索性把剛才一張電影說明書拿了出來，攤在膝上看著。叔惠不禁想道：「她老遠的陪著我跑到這裏來，究竟也不知是一時高興呢，還是在那兒跟世鈞賭氣。」玄武湖上的晚晴，自是十分可愛，湖上的遊船也相當多。在一般人的眼光中，像他們這樣一男一女在湖上泛舟，那不用說，一定是一對情侶。所以不坐船還好，一坐到船上，就更加感覺到這一點。叔惠心裏不由得想著，今天這些遊客裏面不知道有沒有翠芝的熟人，要是剛巧碰見熟人，那一定要引起許多閒話，甚至於世鈞和翠芝的婚事不成功，都要歸咎於他，也未可知。這時候正有一隻小船和他們擦身而過，兩邊的船家互打招呼，他們這邊的划船的是一個剪髮女子，穿著一身格子布襖褲，額前斜飄著幾根前劉海，上窄下寬的紫棠臉，卻是一口糯米銀牙。那邊的船家稱她為「大姑娘」，南京人把「大」唸作「奪」，叔惠就也跟著人家叫她「奪姑娘」，捲著舌頭和她說南京話，說得又不像，引得翠芝和那奪姑娘都笑不可抑。叔惠又要學划船，坐到船頭上去扳槳，一槳打下去，水花濺了翠芝一身，她那軟緞旗袍因為光滑的緣故，倒是不吸水，水珠骨碌碌亂滾著落了下去，翠芝拿手絹子隨便擦了擦，叔惠十分不過意，她只是笑著，把臉上也擦了擦，又取出粉鏡子來，對著鏡子把前劉海撥撥勻。叔惠想道：「至少她在我面前是一點小姐脾氣也沒有的。可是這話要是對世鈞說了，他一定說她不過是對我比較客氣，所以不露出來。」他總覺得世鈞對她是有成見的，世鈞所說的關於她的話也不盡可信，但是先入之言為主，他多少也有點受影響。他也覺得像翠芝這樣的千金小姐無論如何不是一個理想的妻子。當然交交朋友是無所謂，可是內地的風氣比較守舊，尤其是翠芝這樣的小姐，恐怕是不交朋友則已，一做朋友，馬上就要談到婚姻，若是談到婚姻的話，他這樣一個窮小子，她家裏固然是絕對不會答應，他卻也不想高攀，因為他也是一個驕傲的人。

他這樣想著的時候，只管默默的扳著槳。翠芝也不說話，船上擺著幾色現成的果碟，她抓了一把瓜子，靠在籐椅上嗑瓜子，人一動也不動，偶爾抬起一隻手來，將衣服上的瓜子殼撣掉。隔著水，遠遠望見一帶蒼紫的城牆，映著那淡青的天，叔惠這是第一次感覺到南京的美麗。

他們坐了一會船，到天黑方才回去。上了岸，叔惠便問道：「你還回方家去吧？」翠芝道：「我不想去了，他們那兒人多，太亂。」可是她也沒說回家去的話，彷彿一時還不想回去。叔惠沉默了一會，便道：「那麼我請你去吃飯吧，好不好？」翠芝笑道：「應該我請你，你到南京來算客。」叔惠笑道：「這個以後再說吧，你先說我們上哪兒去吃。」翠芝想了一想，說她記得離這兒不遠有一個川菜館，就又僱車前去。

他們去吃飯，卻沒有想到方家那邊老等他們不來，到了吃晚飯的時候，就打了個電話到翠芝家裏去問，以為她或者已經回去了。石太太聽見說翠芝是和世鈞一同出去的，還不十分著急，可是心裏也有點嘀咕。等到八九點鐘的時候，僕人報說小姐回來了，石太太就一直迎到大門口，叫道：「你們跑了哪兒去了？方家打電話來找你，說你們看完電影也沒回去。」她一看翠芝後面還跟著一個人，可是並不是世鈞，而是昨天跟世鈞一同來的，他那個朋友。昨天他們走後，一鵬曾經談起他們從前都是同學，他說叔惠那時候是一面讀書，一面教書，因為家裏窮。石太太當時聽了，也不在意，可是這回又見到叔惠，就非常的看不起他，他向她鞠躬，她也好像沒看見似的，只道：「咦，世鈞呢？」翠芝道：「世鈞因為給我拿鞋子，電影只看了一半，所以又去看第二場了。」石太太道：「那你看完電影上哪兒去了？怎麼到這時候才回來？飯吃過沒有？」翠芝道：「吃過了，跟許先生一塊兒在外頭吃的。」石太太把臉一沉，道：「你這個孩子，怎麼這樣，也不言語一聲，一個人在外頭亂跑！」她所謂「一個人」，分明是不拿叔惠當人，他在旁邊聽著，臉上實在有點下不去，他真後悔送翠芝回來，不該進來的，既然進來了，卻也不好馬上就走。翠芝便道：「媽也是愛找急，我這麼大的人，又不是個小孩子，還怕丟了嗎？」一面說著，就逕直的走了進去，道：「許先生進來坐！王媽，倒茶！」她氣烘烘的走進客廳，將手裏的一隻鞋盒向沙發上一摜。叔惠在進退兩難的情形下，只得也跟了進來。石太太不放心，也夾腳跟了進來，和他們品字式坐下，密切注意著他們兩人之間的神情。僕人送上茶來，石太太自己在香烟筒裏拿了一支烟抽，也讓叔惠一聲，叔惠欠身道：「噯，不客氣不客氣。」石太太搭拉著眼皮吸了一會烟，便也隨便敷衍了他幾句，問他幾時回上海。叔惠勉強又坐了幾分鐘，便站起來告辭。

翠芝送他出去，叔惠再三叫她回去，她還是一直送到外面，在微明的星光下在花園裏走著。翠芝起初一直默然，半晌方道：「你明天就要走了？我不來送你了。」說話間偶然一回頭，卻看見一個女傭不聲不響跟在後面，翠芝明明沒有什麼心虛的事，然而也脹紅了臉，問道：「幹什麼？鬼鬼祟祟的，嚇我一跳！」那女傭笑道：「太太叫我來給這位先生僱車子。」叔惠笑道：「不用了，我一邊走一邊叫。」那女傭也沒說什麼，但是依舊含著微笑一路跟隨著。已經快到花園門口了，翠芝忽道：「王媽，你去看看那隻狗拴好沒有，不要又像昨天那樣，忽然蹦出來，嚇死人的。」那女傭似乎還有些遲疑，笑道：「拴著在那兒吧？」翠芝不由得火起來了，道：「叫你去看看！」那女傭見她真生了氣，也不敢作聲，只好去了。

翠芝也是因為賭這口氣，所以硬把那女傭支開了，其實那女傭走後，她也並沒有什麼話可說，又走了兩步路，她突然站住了，道：「我要回去了。」叔惠笑道：「好，再見再見！」他還在那裏說著，她倒已經一扭身，就快步走了。叔惠倒站在那裏怔了一會。忽然在眼角裏看見一個人影子一閃，原來那女傭並沒有真的走開，還掩在樹叢裏窺探著呢，他覺得又好氣又好笑。由這上面卻又想起，那女傭剛才說要給他僱車，他說他自己僱，但是僱到什麼地方去呢，世鈞的住址他只記得路名，幾號門牌記不清楚了。在南京人生地不熟的，這又是個晚上，不見得再回到石家來問翠芝，人家已經拿他當個拆白黨看待，要是半夜三更再跑來找他們小姐，簡直要給人打出去了。他一方面覺得是一個笑話，同時也真有點著急，那門牌號碼越急越想不起來了。幸而翠芝還沒有去遠，他立刻趕上去叫道：「石小姐！石小姐！」翠芝覺得很意外，猛然回過身來向他呆望著。叔惠見她臉上竟是淚痕狼藉，也呆住了，一時竟忘了他要說些什麼話。翠芝卻本能的往後退了一步，站在暗影裏，拿手帕撳著臉擤鼻子。叔惠見她來不及遮掩的樣子，也只有索性裝不看見，便微笑道：「看我這人多糊塗，世鈞家門牌是多少號，我會忘了！」翠芝道：「是王府街四十一號。」叔惠笑道：「哦，四十一號。真幸虧想起來問你，要不然簡直沒法回去了，要流落在外頭了！」一面笑著，就又向她道了再會，然後他頭也不回的走了。

他回到世鈞家裏，他們也才吃完晚飯沒有多少時候，世鈞正在和小健玩，他昨天從雨花台揀了些石子回來，便和小健玩「摀子兒」的遊戲，扔起一個，抓起一個，再扔起一個，抓起兩個，把抓起的數目逐次增加，或者倒過來依次遞減。他們一個大人，一個孩子，嘻嘻哈哈的玩得很有興致，叔惠見了，不禁有一種迷惘之感，他彷彿從黑暗中乍走到燈光下，人有點呆呆的。世鈞問道：「你怎麼這時候才回來？我母親說你準是迷了路，找不到家了，罵我不應該扔下你，自己去看電影。——你上哪兒去了？」叔惠道：「上玄武湖去的。」世鈞道：「跟石翠芝一塊兒去的？」叔惠道：「噯。」世鈞頓了一頓，因笑道：「今天真是對不起你。」又問知他還請翠芝在外面吃了飯，更覺得抱歉。他雖然抱歉，可是再也沒想到，叔惠今天陪翠芝出去玩這麼一趟，又還引起這許多煩惱。

5

今天星期日，是世鈞在南京的最後一天。他母親輕輕地跟他說了一聲：「你今天可要去看看爸爸。」

世鈞很不願意到他父親的小公館裏去。他母親又何嘗願意他去，但是她覺得他有一年光景沒回家來了，這一次回來，既然親友們都知道他回來了，如果不到父親那裏去一趟，無論如何是有點缺禮。世鈞也知道，去總得去一趟的，不過他總喜歡拖延到最後一刻。

這一天他揀上午他父親還沒出門的時候，到小公館裏去。那邊的氣派比他們這邊大得多，用著兩個男當差的。來開門的一個僕人是新來的，不認識他，世鈞道：「老爺起來了沒有？」那人有點遲疑地向他打量著，道：「我去看看去。您貴姓？」世鈞道：「你就說老公館裏二少爺來了。」

那人讓他到客廳裏坐下，自去通報。客廳裏全堂紅木家具。世鈞的父親是很喜歡附庸風雅的，高几上，條几上，茶几上，到處擺著古董磁器，使人一舉手一投足都怕打碎了值錢的東西。世鈞別的都不注意，桌上有一隻托盤，裏面散放著幾張來客的名片和請帖，世鈞倒順手拿起來看了一看。有一張粉紅色的結婚請帖，請的是「沈嘯桐先生夫人」，可見在他父親來往的這一個圈子裏面，人家都拿他這位姨太太當太太看待了。

嘯桐大約還沒有起身，世鈞獨自坐在客廳裏等著，早晨的陽光照進來，照在他所坐的沙發上。沙發上蒙著的白布套子，已經相當舊了，可是倒洗得乾乾淨淨的。顯然地，這裏的主婦是一個勤儉持家的人物。

她這時候正上小菜場買了菜回來，背後跟著一個女傭，代她拎著籃子，她自己手裏提著一桿秤，走過客堂門口，向裏面張了一張，笑道：「喲，二少爺來了！幾時回南京來的？」世鈞向來不叫她什麼的，只向她起了一起身，正著臉色道：「剛回來沒兩天。」這姨太太已經是個半老徐娘了，從前雖是風塵中人，現在卻打扮得非常老實，梳著頭，穿著件半舊黑毛葛旗袍，臉上也只淡淡地撲了點粉。她如果是一個妖艷的蕩婦，世鈞倒又覺得心平氣和些，而她是這樣的一個典型的家庭主婦，完全把世鈞的母親的地位取而代之，所以他每次看見她總覺得心裏很不舒服。

她見了他總是滿敷衍，但是於客氣中並不失她的身分。她回過頭去叫道：「李升，怎麼不給二少爺倒茶？」李升在外面答道：「在這兒倒呢！」她又向世鈞點點頭笑道：「你坐會兒，爸爸就下來了。小三兒，你來叫哥哥。來！」她的第三個孩子正揹著書包下樓來，她招手把他叫過來，道：「叫二哥！」那孩子跟世鈞的姪兒差不多大。世鈞笑道：「你幾歲啦？」姨太太笑道：「二哥問你話呢。說呀！」世鈞笑道：「我記得他有點結巴。」姨太太笑道：「那是他哥哥。他是第三個，上次你看見他，還抱在手裏呢！」世鈞道：「小孩子長得真快。」姨太太道：「可不是。」

姨太太隨即牽著孩子的手走出去了，遠遠地可以聽見她在那裏叫喊著：「車夫呢？叫他送小少爺到學堂去，馬上就回來，老爺要坐呢。」她知道他們父子會談的時間不會長的，也不會有什麼心腹話，但她還是防範得很周到，自己雖然走開了，卻把她母親調遣了來，在堂屋裏坐鎮著。這老太太一直跟著女兒過活，她女兒現在雖然徹頭徹尾經過改造，成為一個標準的人家人了，這母親的虔婆氣息依舊非常濃厚。世鈞看見她比看見姨太太還要討厭。她大約心裏也有點數，所以並沒有走來和他招呼。只聽見她在堂屋裏窸窸窣窣坐下來，和一個小女孩說：「小四呀，來，外婆教你疊錫箔！喏，這樣一摺，再這樣一摺……」紙摺的元寶和錠子投入籃中的綷縩聲都聽得見，這邊客室裏的談話她當然可以聽見。她年紀雖大，耳朵大概還好。

這裏的伏兵剛剛佈置好，樓梯上一聲熟悉的「合罕！」世鈞的父親下樓來了。父親那一聲咳嗽雖然聽上去很熟悉，父親本人卻有點陌生。沈嘯桐背著手踱了進來，世鈞站起來叫了聲「爸爸。」嘯桐向他點點頭道：「你坐。你幾時回來的？」世鈞道：「前天回來的。」嘯桐道：「這一向謠言很多呀，你在上海可聽見什麼消息？」然後便大談其時局。世鈞對於他的見解一點也不佩服，他只是一個舊式商人，他那些議論都是從別的生意人那裏聽來的，再不然就是報上看來的一鱗半爪。

嘯桐把國家大事一一分析過之後，稍稍沉默了一會。他一直也沒朝世鈞臉上看過，但是這時候忽然說道：「你怎麼晒得這樣黑？」世鈞笑道：「大概就是我回來這兩天，天天出去爬山，晒的。」嘯桐道：「你這次來，是告假回來的？」世鈞道：「沒有告假，這一次雙十節放假，剛巧連著星期六星期日，有好幾天工夫。」嘯桐從來不大問他關於他的職業，因為父子間曾經鬧得非常決裂，就為了他的職業問題。所以說到這裏，嘯桐便感到一種禁忌似的，馬上掉轉話鋒道：「大舅公死了，你知道不知道？」世鈞本來要說：「我聽見媽說的，」臨時卻改成：「我聽見說的。」

他們親戚裏面有幾個僅存的老長輩，嘯桐對他們十分敬畏，過年的時候，他到這幾家人家拜年，總是和世鈞的母親一同去的，雖然他們夫婦平時簡直不見面，這樣儷影雙雙地一同出去，當然更是絕對沒有的事了。現在這幾個長輩一個個都去世了，只剩下這一個大舅公，現在也死了，從此嘯桐再也不會和太太一同出去拜年了。

嘯桐說起了大舅公這次中風的經過，說：「真快……」嘯桐自己也有很嚴重的血壓高的毛病，提起大舅公，不免聯想到自己身上。他沉默了一會，便道：「從前劉醫生替我開的一張方子，也不知到哪兒去了，趕明兒倒要找出來，去買點來吃吃。」世鈞道：「爸爸為什麼不再找劉醫生看看呢？」嘯桐向來有點諱疾忌醫，便推托地道：「這人也不知還在南京不在。」世鈞道：「在。這次小健出疹子就是他看的。」嘯桐道：「哦？小健出疹子？」世鈞心裏想，同是住在南京的人，這些事他倒要問我這個從上海來的人，可見他和家裏隔膜的一斑了。

嘯桐道：「小健這孩子，老是生病，也不知養得大養不大。我看見他就想起你哥哥。你哥哥死了倒已經有五年了！」說著，忽然淌下眼淚來。世鈞倒覺得非常愕然。他這次回來，看見母親有點顛三倒四，他想著母親是老了，現在父親又向他流眼淚，這也是從來沒有過的事——也是因為年老的緣故麼？

哥哥死了已經五年了，剛死那時候，父親也沒有這樣涕泗縱橫，怎麼五年之後的今天，倒又這樣傷感起來了呢？或者是覺得自己老了，哥哥死了使他失掉一條臂膀，第二個兒子又不肯和他合作，他這時候想念死者，正是向生者表示一種無可奈何的懷念。

世鈞不作聲。在這一剎那間，他想起無數的事情，想起他父親是怎樣對待他母親的，而母親的痛苦又使自己的童年罩上一層陰影。他想起這一切，是為了使自己的心硬起來。

婕太太在樓上高聲叫道：「張媽，請老爺聽電話！」嘴裏喊的是張媽，實際上就是直接地喊老爺。她這一聲喊，倒提醒了世鈞，他大可不必代他父親難過，他父親自有一個溫暖的家庭。嘯桐站起身來待要上樓去聽電話，世鈞便道：「爸爸我走了，我還有點事。」嘯桐頓了一頓，道：「好，你走吧。」

世鈞跟在父親後面一同走出去，婕太太的母親向他笑道：「二少爺，怎麼倒要走了？不在這兒吃飯呀？」嘯桐很不耐煩地道：「他還有事。」走到樓梯口，他轉身向世鈞點點頭，自上樓去了。世鈞便走了。

回到家裏，他母親問他：「爸爸跟你說了些什麼？」世鈞只說：「說起大舅公來，說他也是血壓高的毛病，爸爸自己好像也有點害怕。」沈太太道：「是呀，你爸爸那毛病，就怕中風。不是我咒他的話，我老是担心你再不回來，恐怕都要看不見他了！」世鈞心裏想著，父親一定也是這樣想，所以剛才那樣傷感。這一次回南京來，因為有叔惠在一起，母親一直沒有機會向他淌眼抹淚的，想不到父親卻對他哭了！

他問他母親：「這一向家用怎麼樣？」沈太太道：「這一向倒還好，總是按月叫人送來。不過……你別說我心腸狠，我老這麼想著，有一天你爸爸要是死了，可怎麼辦，他的錢都捏在那個女人手裏。」世鈞道：「那……爸爸總會有一個安排的，他總也防著有這樣的一天……」沈太太苦笑道：「可是到那時候，也由不得他做主了。東西都在別人手裏，連他這個人，我們要見一面都難呢！我不見得像秦雪梅弔孝似的跑了去！」

世鈞也知道他母親這並不是過慮。親戚間常常有這種事件發生，老爺死在姨太太那裏，太太這方面要把尸首抬回來，那邊不讓抬，鬧得滿天星斗，結果大公館裏只好另外佈置一個靈堂，沒有棺材也照樣治喪，這還是小事，將來這析產的問題，實在是一樁頭痛的事。但願他那時候已經有這能力可以養活他母親、嫂嫂和姪兒，那就不必去跟人家爭家產了。他雖然有這份心，卻不願拿空話去安慰他母親，所以只機械地勸慰了幾句，說：「我們不要杞人憂天。」沈太太因為這是他最後一天在家裏，也願意大家歡歡喜喜的，所以也就不提這些了。

他今天晚車走，白天又陪著叔惠去逛了兩處地方，下午回家，提早吃晚飯。大少奶奶抱著小健笑道：「才跟二叔混熟了，倒又要走了。下次二叔再回來，又要認生了！」沈太太想道：「再回來，又要隔個一年半載，孩子可不是又要認生了。」她這樣想著，眼圈便紅了，勉強笑道：「小健，跟二叔到上海去吧？去不去呀？」大少奶奶也道：「上海好！跟二叔去吧？」問得緊了，小健只是向大少奶奶懷裏鑽，大少奶奶笑道：「沒出息！還是要媽！」

世鈞和叔惠這次來的時候沒帶多少行李，去的時候卻是滿載而歸，除了照例的水果，點心，沈太太又買了兩隻桂花鴨子給他們帶去，那正是桂花鴨子上市的季節，此外還有一大箱藥品，是她逼著世鈞打針服用的。她本來一定要送他們上車站，被世鈞攔住了。家裏上上下下所有的人都站在大門口送他們上車，沈太太笑嘻嘻地直擦眼淚，叫世鈞「一到就來信」。

一上火車，世鈞陡然覺得輕鬆起來。他們買了兩份上海的報紙躺在舖上看著。火車開了，轟隆轟隆離開了南京，那古城的燈火漸漸遠了。人家說「時代的列車」，比譬得實在有道理，火車的行馳的確像是轟轟烈烈通過一個時代。世鈞的家裏那種舊時代的空氣，那些悲劇性的人物，那些恨海難填的事情，都被丟在後面了。火車轟隆轟隆向黑暗中馳去。

叔惠睡的是上面一個鋪位，世鈞躺在下面，看見叔惠的一隻腳懸在鋪位的邊緣上，皮鞋底上糊著一層黃泥，邊上還鑲著一圈毛毿毿的草屑。所謂「遊屐」，就是這樣的吧？世鈞自問實在不是一個良好的遊伴。這一次回南京來，也不知為什麼，總是這樣心不定，無論做什麼事，都是匆匆的，只求趕緊脫身，彷彿他另外有一個約會似的。

第二天一早到上海，世鈞說：「直接到廠裏去吧。」他想早一點去，可以早一點看見曼楨，不必等到吃飯的時候。叔惠道：「行李怎樣呢？」世鈞道：「先帶了去，放在你辦公室裏好了。」他幫著送行李到叔惠的辦公室裏，正好看見曼楨。叔惠道：「別的都沒關係，就是這兩隻鴨子，油汪汪的，簡直沒處放。我看還是得送回去。我跑一趟好了，你先去吧。」

世鈞獨自乘公共汽車到廠裏去，下了車，看看錶才八點不到，曼楨一定還沒來。他儘在車站上徘徊著。時間本來還太早，他也知道曼楨一時也不會來，但是等人心焦，而且計算著時間，叔惠也許倒就要來了。如果下一輛公共汽車裏面有叔惠，跳下車來，卻看見他這個早來三刻鐘的人還在這裏，豈不覺得奇怪麼？

他這樣一想，便覺得芒刺在背，立即掉轉身來向工廠走去。這公共汽車站附近有一個水果攤子。世鈞剛才在火車上吃過好幾隻橘子，家裏給他們帶的水果吃都吃不了，但是他走過這水果攤，卻又停下來，買了兩隻橘子，馬上剝出來，站在那裏緩緩地吃著。兩隻橘子吃完了，他覺得這地方實在不能再逗留下去了，叔惠隨時就要來了。而且，曼楨怎麼會這時候還不來，不要是老早來了，已經在辦公室裏了？他倒在這裏傻等！這一種設想雖然極不近情理，卻使他立刻向工廠走去，並且這一次走得非常快。

半路上忽然聽見有人在後面喊：「喂！」他一回頭，卻是曼楨，她一隻手撩著被風吹亂的頭髮，在清晨的陽光中笑嘻嘻地向這邊走來。一看見她馬上覺得心裏敞亮起來了。她笑道：「回來了？」世鈞道：「回來了。」這也沒有什麼可笑，但是兩人不約而同地都笑了起來。曼楨又道：「剛到？」世鈞道：「噯，剛下火車。」他沒有告訴她他是在那裏等她。

曼楨很注意地向他臉上看著。世鈞有點侷促地摸摸自己的臉，笑道：「在火車上馬馬虎虎洗的臉，也不知道洗乾淨了沒有。」曼楨笑道：「不是的……」她又向他打量了一下，笑道：「你倒還是那樣子。我老覺得好像你回去一趟，就會換了個樣子似的。」世鈞笑道：「去這麼幾天工夫，就會變了個樣子麼？」然而他自己也覺得他不止去了幾天工夫，而且是從很遠的地方回來的。

曼楨道：「你母親好嗎？家裏都好？」世鈞道：「都好。」曼楨道：「他們看見你的箱子有沒有說什麼？」世鈞笑道：「沒說什麼。」曼楨笑道：「沒說你理箱子理得好？」世鈞笑道：「沒有。」

一面走著一面說著話，世鈞忽然站住了，道：「曼楨！」曼楨見他彷彿很為難的樣子，便道：「怎麼？」世鈞卻又不作聲了，並且又繼續往前走。

一連串的各種災難在她腦子裏一閃：他家裏出了什麼事了——他要辭職不幹了——家裏給他訂了婚了——他愛上了一個什麼人了，或者是從前的一個女朋友，這次回去又碰見的。她又問了聲「怎麼？」他說：「沒什麼。」她便默然了。

世鈞道：「我沒帶雨衣去，剛巧倒又碰見下雨。」曼楨道：「哦，南京下雨的麼？這兒倒沒下。」世鈞道：「不過還好，只下了一晚上，反正我們出去玩總是在白天。不過我們晚上也出去的，下雨那天也出去的。」他發現自己有點語無倫次，就突然停止了。

曼楨倒真有點著急起來了，望著他笑道：「你怎麼了？」世鈞道：「沒什麼。——曼楨，我有話跟你說。」曼楨道：「你說呀。」世鈞道：「我有好些話跟你說。」

其實他等於已經說了。她也已經聽見了。她臉上完全是靜止的，但是他看得出來她是非常快樂。這世界上突然照耀著一種光，一切都可以看得特別清晰，確切。他有生以來從來沒有像這樣覺得心地清楚。好像考試的時候，坐下來一看題目，答案全是他知道的，心裏是那樣地興奮，而又感到一種異樣的平靜。

曼楨的表情忽然起了變化，她微笑著叫了聲「陳先生早」，是廠裏的經理先生，在他們身邊走過。他們已經來到工廠的大門口了。曼楨很急促地向世鈞道：「我今天來晚了，你也晚了。待會兒見。」她匆匆跑進去，跑上樓去了。

世鈞當然是快樂的，但是經過一上午的反覆思索，他的自信心漸漸消失了，他懊悔剛才沒有能夠把話說得明白一點，可以得到一個比較明白的答覆。他一直總以為曼楨跟他很好，但是她對他表示好感的地方，現在一樣一樣想起來，都覺得不足為憑，或者是出於友誼，或者僅僅是她的天真。

吃飯的時候，又是三個人在一起，曼楨仍舊照常說說笑笑，若無其事的樣子。照世鈞的想法，即使她是不愛他的，他今天早上曾經對她作過那樣的表示，她也應當有一點反應，有點窘，有點僵——他不知道女人在這種時候是一種什麼態度，但總之不會完全若無其事的吧？如果她是愛他的話，那她的鎮靜功夫更可驚了。女人有時候冷靜起來，簡直是沒有人性的。而且真會演戲。恐怕每一個女人都是一個女戲子。

從飯館子出來，叔惠到烟紙店去買一包香烟，世鈞和曼楨站在稍遠的地方等著他，世鈞便向她說：「曼楨，早上我說的話太不清楚了。」然而他一時之間也無法說得更清楚些。他低著頭望著秋陽中的他們兩人的影子。馬路邊上有許多落葉，他用腳尖撥了撥，揀一片最大的焦黃的葉子，一腳把它踏破了，「咵嗤」一聲響。

曼楨也避免向他看，她望望叔惠的背影，道：「待會兒再說吧。待會兒你上我家裏來。」

那天晚上他上她家裏來。她下了班還有點事情，到一個地方去教書，六點到七點，晚飯後還要到另一個地方去，也是給兩個孩子補書，她每天的節目，世鈞是很熟悉的，他只能在吃晚飯的時候到她那裏去，或者可以說到幾句話。

他扣準了時候，七點十分在顧家後門口撳鈴。顧家現在把樓下的房子租出去了，所以是一個房客的老媽子來開門。這女傭正在做菜，大烹小割忙得烏烟瘴氣，只向樓上喊了一聲：「顧太太，你們有客來！」便讓世鈞獨自上樓去。

世鈞自從上次帶朋友來看房子，來過一次，以後也沒大來過，因為他們家裏人多，一來了客，那種肅靜迴避的情形，使他心裏很覺得不安，尤其是那些孩子們，孩子們天性是好動的，乒乒乓乓沒有一刻安靜，怎麼能夠那樣鴉雀無聲。

這一天，世鈞在樓梯上就聽見他們在樓上大說大笑的。一個大些的孩子叱道：「吵死人了！人家這兒做功課呢！」他面前的桌子上亂攤著書本，尺，和三角板。曼楨的祖母手裏拿著一把筷子，把他的東西推到一邊去，道：「喂，可以收攤子了！要騰出地方來擺碗筷。」那孩子只管做他的幾何三角，頭也不抬。

曼楨的祖母一回頭，倒看見了世鈞，忙笑道：「呦，來客了！」世鈞笑道：「老太太。」他走進房去，看見曼楨的母親正在替孩子們剪頭髮，他又向她點頭招呼，道：「伯母，曼楨回來了沒有？」顧太太笑道：「她就要回來了。你坐，我來倒茶。」世鈞連聲說不敢當。顧太太放下剪刀去倒茶，一個孩子卻叫了起來：「媽，我脖子裏直癢癢！」顧太太道：「頭髮渣子掉了裏頭去了。」她把他的衣領一把拎起來，翻過來，就著燈光仔細撣拂了一陣。顧老太太拿了支掃帚來，道：「你看這一地的頭髮！」顧太太忙接過掃帚，笑道：「我來我來。這真叫『客來掃地』了！」顧老太太道：「可別掃了人家一腳的頭髮！讓沈先生上那邊坐吧。」

顧太太便去把燈開了，把世鈞讓到隔壁房間裏去。她站在門口，倚在掃帚柄上，含笑問他：「這一向忙吧？」寒暄了幾句，便道：「今天在我們這兒吃飯。沒什麼吃的——不跟你客氣！」世鈞剛趕著吃飯的時候跑到人家這兒來，正有點不好意思，但也沒辦法。顧太太隨即下樓去做飯去了，臨時要添菜，又有一番忙碌。

世鈞獨自站在窗前，向衖堂裏看看，不看見曼楨回來。他知道曼楨是住在這間房裏的，但是房間裏全是別人的東西，她母親的針線籃，眼鏡匣子，小孩穿的籃球鞋之類。牆上掛著她父親的放大照片。有一張床上擱著她的一件絨線衫，那想必是她的床了。她這房間等於一個寄宿舍，沒有什麼個性。看來看去，真正屬於她的東西只有書架上的書。有雜誌，有小說，有翻譯的小說，也有她在學校裏讀的教科書，書脊脫落了的英文讀本。世鈞逐一看過去，有許多都是他沒有看過的，但是他覺得這都是他的書，因為它們是她的。

曼楨回來了。她走進來笑道：「你來了有一會了？」世鈞笑道：「沒有多少時候。」曼楨把手裏的皮包和書本放了下來，今天他們兩人之間的空氣有點異樣，她彷彿覺得一舉一動都被人密切注意著。她紅著臉走到穿衣鏡前面去理頭髮，又將衣襟扯扯平，道：「今天電車上真擠，擠得人都走了樣了，襪子也給踩髒了。」世鈞也來照鏡子，笑道：「你看我上南京去了一趟，是不是晒黑了？」他立在曼楨後面照鏡子，立得太近了，還沒看出來自己的臉是不是晒黑了，倒看見曼楨的臉是紅的。

曼楨敷衍地向他看了看，道：「太陽晒了總是這樣，先是紅的，要過兩天才變黑呢。」她這樣一說，世鈞方才發現自己也是臉紅紅的。

曼楨俯身檢查她的襪子，忽然噯呀了一聲道：「破了！都是擠電車擠的，真不上算！」她從抽屜裏另取出一雙襪子，跑到隔壁房間裏去換，把房門帶上了，剩世鈞一個人在房裏。他很是忐忑不安，心裏想她是不是有一點不高興。他從書架上抽出一本書來看，剛抽出來，曼楨倒已經把門開了，向他笑道：「來吃飯。」

一張圓桌面，坐得滿滿的，曼楨坐在世鈞斜對面。世鈞覺得今天淨跟她一桌吃飯，但是永遠有人在一起，而且距離她越來越遠了。他實在有點怨意。

顧太太臨時添了一樣皮蛋炒雞蛋，又派孩子去買了些燻魚醬肉，把這幾樣菜都擁擠地放在世鈞的一方。顧老太太在旁邊還是不時地囑咐著媳婦。「你揀點醬肉給他。」顧太太笑道：「我怕他們新派人不喜歡別人揀菜。」

孩子們都一言不發，吃得非常快，呼嚕呼嚕一會就吃完了，下桌子去了。他們對世鈞始終有些敵意，曼楨看見他們這神氣，便想起從前她姐姐的未婚夫張豫瑾到他們家裏來，那時候曼楨自己只有十二三歲，她看見豫瑾也非常討厭。那一個年紀的小孩好像還是部落時代的野蠻人的心理，家族觀念很強烈，總認為人家是外來的侵略者，跑來搶他們的姐姐，破壞他們的家庭。

吃完飯，顧太太拿抹布來擦桌子，向曼楨道：「你們還是到那邊坐吧。」曼楨向世鈞道：「還是上那邊去吧，讓他們在這兒念書，這邊的燈亮些。」

曼楨先給世鈞倒了杯茶來。才坐下，她又把剛才換下的那雙絲襪拿起來，把破的地方補起來。世鈞道：「你不累麼，回來這麼一會兒工夫，倒忙個不停。」曼楨道：「我要是擱在那兒不做，我媽就給做了。她也夠累的，做飯洗衣裳，什麼都是她。」世鈞道：「從前你們這兒有個小大姐，現在不用了？」曼楨道：「你說阿寶麼？早已辭掉她了。你看見她那時候，她因為一時找不到事，所以還在我們這兒幫忙。」

她低著頭補襪子，頭髮全都披到前面來，後面露出一塊柔膩的脖子。世鈞在房間裏踱來踱去，走過她身邊，很想俯下身來在她頸項上吻一下。但是他當然沒有這樣做。他只摸摸她的頭髮。曼楨彷彿不覺得似的，依舊低著頭補襪子，但是手裏拿著針，也不知戳到哪裏去了，一不小心就扎了手。她也沒說什麼，看看手指上凝著一顆小小的血珠子，她在手帕上擦了擦。

世鈞老是看鐘，道：「一會兒你又得出去了，我也該走了吧？」他覺得非常失望。她這樣忙，簡直沒有機會跟她說話，一直要等到禮拜六，而今天才禮拜一，這一個漫長的星期怎樣度過。曼楨道：「你再坐一會，等我走的時候一塊兒走。」世鈞忽然醒悟過來了，便道：「我送你去。你坐什麼車子？」曼楨道：「沒有多少路，我常常走了去的。」她正把一根線頭送到嘴裏去咬斷它，齒縫裏咬著一根絲線，卻向世鈞微微一笑。世鈞陡然又生出無窮的希望了。

曼楨立起來照照鏡子，穿上一件大衣，世鈞替她拿著書，便一同走了出去。

走到衖堂裏，曼楨又想起她姐姐從前有時候和豫瑾出去散步，也是在晚餐後。曼楨和衖堂裏的小朋友們常常跟在他們後面鼓譟著，釘他們的梢。她姐姐和豫瑾雖然不睬他們，也不好意思現出不悅的神氣，臉上總帶著一絲微笑。她現在想起來，覺得自己真是不可恕，尤其因為她姐姐和豫瑾的一段姻緣後來終於沒有成功，他們這種甜蜜的光陰並不久長，真正沒有多少時候。

世鈞道：「今天早上我真高興。」曼楨笑道：「是嗎？看你的樣子好像一直很不高興似的。」世鈞笑道：「那是後來。後來我以為我誤會了你的意思。」曼楨也沒說什麼。在半黑暗中，只聽見她噗哧一笑。世鈞直到這時候方才放了心。

他握住她的手。曼楨道：「你的手這樣冷。……你不覺得冷麼？」世鈞道：「還好。不冷。」曼楨道：「剛才我回來的時候已經有點冷了，現在又冷了些。」他們這一段談話完全是烟幕作用。在烟幕下，他握著她的手。兩人都有一種說不出來的感覺。

馬路上的店家大都已經關了門。對過有一個黃色的大月亮，低低地懸在街頭，完全像一盞街燈。今天這月亮特別有人間味。它彷彿是從蒼茫的人海中升起來的。

世鈞道：「我這人太不會說話了，我要像叔惠那樣就好了。」曼楨道：「叔惠這人不壞，不過有時候我簡直恨他，因為他給你一種自卑心理。」世鈞笑道：「我承認我這種自卑心理也是我的一個缺點。我的缺點實在太多了，好處可是一點也沒有。」曼楨笑道：「是嗎？」世鈞道：「真的。不過我現在又想，也許我總有點好處，不然你為什麼……對我好呢？」曼楨只是笑，半天方道：「你反正總是該說什麼就說什麼。」世鈞道：「你是說我這人假？」曼楨道：「說你會說話。」

世鈞道：「我臨走那天，你到我們那兒來，後來叔惠的母親說：『真想不到，世鈞這樣一個老實人，倒把叔惠的女朋友給搶了去了。』」曼楨笑道：「哦？以後我再也不好意思上那兒去了。」世鈞笑道：「那我倒懊悔告訴你了。」曼楨道：「她是當著叔惠說的？」世鈞道：「不，她是背地裏跟叔惠的父親在那兒說，剛巧給我聽見了。我覺得很可笑。我總想著戀愛應當是很自然的事，為什麼動不動就要像打仗似的，什麼搶不搶。我想叔惠是不會跟我搶的。」曼楨笑道：「你也不會跟他搶的，是不是？」

世鈞倒頓了一頓，方才笑道：「我想有些女人也許喜歡人家為她打得頭破血流，你跟她們兩樣的。」曼楨笑道：「這也不是打架的事。……幸而叔惠不喜歡我，不然你就一聲不響，走得遠遠的了。我永遠也不會知道是怎麼回事。」說得世鈞無言可對。

剛才走過一個點著燈做夜市的水果攤子，他把她的手放下了，現在便又緊緊地握住她的手。她卻掙脫了手，笑道：「就要到了，他們窗戶裏也許看得見。」世鈞道：「那麼再往回走兩步。」

他們又往回走。世鈞道：「我要是知道你要我搶的話，我怎麼著也要把你搶過來的。」曼楨不由得噗哧一笑，道：「有誰跟你搶呢？」世鈞道：「反正誰也不要想。」曼楨笑道：「你這個人——我永遠不知道你是真傻還是裝傻。」世鈞道：「將來你知道我是真傻，你就要懊悔了。」曼楨道：「我是不會懊悔的，除非你懊悔。」

世鈞想吻她，被她把臉一偏，只吻到她的頭髮。他覺得她在顫抖著。他說：「你冷麼？」她搖搖頭。

她把他的衣袖擄上一些，看他的手錶。世鈞道：「幾點了？」曼楨隔了一會方才答道：「八點半。」時候已經到了。世鈞立刻說道：「你快去吧，我在這兒等你。」曼楨道：「那怎麼行？你不能一直站在這兒，站一個鐘頭。」世鈞道：「我找一個地方去坐一會。剛才我們好像走過一個咖啡館。」曼楨道：「咖啡館倒是有一個，不過太晚了，你還是回去吧。」世鈞道：「你就別管了！快進去吧！」他只管催她走，可忘了放掉她的手，所以她走不了兩步路，又被拉回來了，兩人都笑起來了。

然後她走了，急急地走去撳鈴。她那邊一撳鈴，世鈞不能不跑開了。

道旁的洋梧桐上飄下一片大葉子，像一隻鳥似的，「嚓！」從他頭上掠過。落在地下又是「嚓嚓」兩聲，順地溜著。世鈞慢慢走過去，聽見一個人在那裏喊「黃包車！黃包車！」從東頭喊到西頭，也沒有應聲，可知這條馬路是相當荒涼的。

世鈞忽然想起來，她所教的小學生說不定會生病，不能上課了，那麼她馬上就出來了，在那裏找他，於是他又走回來，在路角上站了一會。

月亮漸漸高了，月光照在地上。遠處有一輛黃包車經過，搖曳的車燈吱吱軋軋響著，使人想起更深夜靜的時候，風吹著秋千索的幽冷的聲音。

待會兒無論如何要吻她。

世鈞又向那邊走去，尋找那個小咖啡館。他回想到曼楨那些矛盾的地方，她本來是一個很世故的人，有時候卻又顯得那樣天真，有時候又那樣羞澀得過分。他想道：「也許只是因為她……非常喜歡我的緣故麼？」他不禁心旌搖搖起來了。

這是他第一次對一個姑娘表示他愛她。他所愛的人剛巧也愛他，這也是第一次。他所愛的人也愛他，想必也是極普通的事情，但是對於身當其境的人，卻好像是千載難逢的巧合。世鈞常常聽見人家說起某人怎樣怎樣「鬧戀愛」，但是，不知道為什麼，別人那些事情從來不使他聯想到他和曼楨。他相信他和曼楨的事情跟別人的都不一樣。跟他自己一生中發生過的一切事情也都不一樣。

街道轉了個彎，便聽見音樂聲。提琴奏著東歐色彩的舞曲。順著音樂聲找過去，找到那小咖啡館，裏面透出紅紅的燈光。一個黃鬍子的老外國人推開玻璃門走了出來，玻璃門盪來盪去，送出一陣人聲和溫暖的人氣。世鈞在門外站著，覺得他在這樣的心情下，不可能走到人叢裏去。他太快樂了。太劇烈的快樂與太劇烈的悲哀是有相同之點的——同樣地需要遠離人群。他只能夠在寒夜的街沿上躑躅著，聽聽音樂。

今天一早就在公共汽車站上等她，後來到她家裏去，她還沒回來，又在她房間裏等她。現在倒又在這兒等她了。

從前他跟她說過，在學校裏讀書的時候，星期六這一天特別高興，因為期待著星期日的到來。他沒有知道他和她最快樂的一段光陰將在期望中度過，而他們的星期日永遠沒有天明。

6

世鈞的母親叫他一到上海就來信，他當夜就寫了一封短信，手邊沒有郵票，預備交給叔惠在辦公室裏寄出。第二天早上他特地送到叔惠的辦公室裏來，借此又可以見曼楨一面。

曼楨還沒有來。世鈞把那封信從口袋裏摸了出來，擱在叔惠面前道：「喏，剛才忘了交給你了。」然後就靠在寫字檯上談天。

曼楨來了，說：「早。」她穿著一件淺粉色的旗袍，袖口壓著極窄的一道黑白辮子花邊。她這件衣服世鈞好像沒看見過。她臉上似笑非笑的，眼睛也不大朝他看，只當房間裏沒有他這個人。然而她的快樂是無法遮掩的。滿溢出來了的生之喜悅，在她身上化為萬種風情。叔惠一看見她便怔了怔，道：「曼楨今天怎麼這樣漂亮？」他原是一句無心的話，曼楨不知道為什麼，卻頓住了答不出話來，並且紅了臉。世鈞在旁邊也緊張起來了。幸而曼楨只頓了一頓，便笑道：「聽你的口氣，好像我平常總是奇醜。」叔惠笑道：「你可別歪曲我的意思。」曼楨笑道：「你明明是這個意思。」

他們兩人的事情，本來不是什麼瞞人的事，更用不著瞞著叔惠，不過世鈞一直沒有告訴他。他沒有這慾望要和任何人談論曼楨，因為他覺得別人總是說些隔靴搔癢的話。但是他的心理是這麼樣地矛盾，他倒又有一點希望人家知道。叔惠跟他們一天到晚在一起，竟能夠這樣糊塗，一點也不覺得。如果戀愛是盲目的，似乎旁邊的人還更盲目。

他們這爿廠裏，人事方面本來相當複雜。就是上回做壽的那個葉先生，一向植黨營私，很有許多痕跡落在眾人眼裏。他仗著他是廠長的私人，胆子越來越大，不肯與他同流合污的人，自然被他傾軋得很厲害。世鈞是在樓下工作的，還不很受影響，不像叔惠是在樓上辦公室裏，而且職位比較高，責任也比較重。所以叔惠一直想走。剛巧有一個機會，一個朋友介紹他到另外一爿廠裏去做事，這邊他立刻辭職了。他臨走的時候，世鈞替他餞行，也有曼楨。三個人天天在一起吃飯的這一個時期，將要告一段落了。

他們三個人在一起，有一種特殊的空氣，世鈞很喜歡坐在一邊聽叔惠和曼楨你一言我一語，所說的也不過是一些浮面上的話，但是世鈞在旁邊聽著卻深深地感到愉快。那一種快樂，只有兒童時代的心情是可以比擬的。而實際上，世鈞的童年並不怎樣快樂，所以人家回想到童年，他只能夠回想到他和叔惠曼楨三個人在一起的時候。

世鈞替叔惠餞行，是在一個出名的老正興館，後來聽見別的同事說：「你們不會點菜，最出色的兩樣菜都沒有吃到。」叔惠鬧著要再去一趟，曼楨道：「那麼這次你請客。」叔惠道：「怎麼要我請？這次輪到你替我餞行了！」兩人推來推去，一直相持不下。到付賬的時候，叔惠說沒帶錢，曼楨道：「那麼我替你墊一墊。待會兒要還我的。」叔惠始終不肯鬆這句口。吃完了走出來，叔惠向曼楨鞠躬笑道：「謝謝！謝謝！」曼楨也向他鞠躬笑道：「謝謝！謝謝！」世鈞在旁邊笑不可抑。

叔惠換了一個地方做事，工廠在楊樹浦，他便住到宿舍裏去了，每到週末才回家來一次。有一天，許家收到一封信，是寄給叔惠的，他不在家，許太太便把那封信擱在他桌上。世鈞看見了，也沒注意，偶然看見信封上蓋著南京的郵戳，倒覺得有點詫異，因為叔惠上次到南京去的時候，曾經說過他在南京一個熟人也沒有，他有個女友託他帶東西給一個凌太太，那家人家跟他也素不相識的。這封信的信封上也沒有署名，只寫著「內詳」，當然世鈞再也猜不到這是翠芝寫來的。他和翠芝雖然自幼相識，卻不認識她的筆跡。他母親有一個時期曾經想叫他和翠芝通信，但是結果沒有成功。

等到星期六，叔惠回來的時候，世鈞早已忘了這回事，也沒想起來問他。叔惠看了那封信，信的內容是很簡單，不過說她想到上海來考大學，託他去給她要兩份章程。叔惠心裏想著，世鈞要是問起的話，就照直說是翠芝寫來的，也沒什麼要緊，她要託人去拿章程，因為避嫌疑的緣故，不便託世鈞，所以託了他，也是很自然的事吧。但是世鈞並沒有問起，當然他也就不提了。過了幾天，就抽空到她指定的那兩個大學去要了兩份章程，給她寄了去，另外附了一封信。她的回信很快的就來了，叔惠這一次卻隔了很長的時間才回信，時間隔得長，信又是很短，翠芝以後就沒有再寫信來了。其實叔惠自從南京回來，倒是常常想起她的。想起她對他的一番情意，他只有覺得惆悵。

第二年正月裏，翠芝卻又來了一封信，這封信擱在叔惠的桌上沒有開拆，總快有一個星期了，世鈞走出走進都看見它，一看見那南京的郵戳，心裏就想著，倒不知道叔惠有這樣一個朋友在南京。也說不定是一個上海的朋友，新近才上南京去的。等他回來的時候問他。但是究竟事不關己，一轉背就又忘了。到星期六那天，世鈞上午在廠裏，有人打電話給他，原來是一鵬，一鵬到上海來了，約他出去吃飯。剛巧世鈞已經和曼楨約好了在一個飯館子裏碰頭，便向一鵬說：「我已經約了朋友在外面吃飯，你要是高興的話，就一塊兒來。」一鵬道：「男朋友還是女朋友？」世鈞道：「是一個女同事，並不是什麼女朋友。你待會兒可別亂說，要得罪人的。」一鵬道：「哦，女同事。是你們那兒的女職員呀？怪不得你賴在上海不肯回去，我說呢，你在上海忙些什麼——就忙著陪花瓶吃館子呀？嗨嗨，你看我回去不說！」世鈞這時候已經十分懊悔，不該多那一句嘴邀他同去，當下只得說道：「你別胡說了！這位顧小姐不是那樣的人，你看見她就知道了。」一鵬笑道：「喂，世鈞，你索性請這位顧小姐再帶一個女朋友來，不然我一個人不太寂寞嗎？」世鈞皺著眉道：「你怎麼老是胡說，你拿人家當什麼人？」一鵬笑道：「好好，不說了，你別認真。」

一鵬背後雖然輕嘴薄舌的，和曼楨見了面，也還是全副紳士禮貌，但是他對待這種自食其力的女人，和他對待有錢人家的小姐們的態度，畢竟有些不同。曼楨是不知道，她還以為這人向來是這樣油頭滑腦的。世鈞就看得出那分別來，覺得很生氣。

一鵬多喝了兩杯酒，有了幾分醉意，忽然笑嘻嘻的說道：「愛咪不知怎麼想起來的，給我們做媒！」世鈞笑道：「給誰做媒？」一鵬笑道：「我跟翠芝。」世鈞笑道：「哦，那好極了！再好也沒有了！」一鵬忙道：「呃，你可別嚷嚷出來，還不知事情成不成呢！」又帶著笑容微微嘆了口氣，道：「都是一鳴跟愛咪——其實我真不想結婚！一個人結了婚就失掉自由了，你說是不是？」世鈞笑道：「算了吧，你也是該有人管管你了！」一面說，一面在他肩膀上拍了拍。一鵬似乎很得意，世鈞也覺得很高興——倒並不是出於一種自私的心理，想著翠芝嫁掉了最好，好讓他母親和嫂嫂死了這條心。他並沒有想到這一層。他這一向非常快樂，好像整個的世界都改觀了，就連翠芝，他覺得她也是個很可愛的姑娘，一鵬娶了她一定很幸福的。

曼楨見他們說到這些私事，就沒有插嘴，只在一旁微笑著。飯後，世鈞因為他嫂嫂託他買了件衣料，他想乘這機會交給一鵬帶回去，就叫一鵬跟他一塊兒回家去拿。曼楨一個人回去了。這裏世鈞帶著一鵬來到許家，這一天因為是星期六，所以叔惠下午也回來了，也才到家沒有一會，看見一鵬來了，倒是想不到的事情。叔惠是最看不起一鵬的，覺得他這人非常無聊，雖然也和他周旋了幾句，只是懶懶的。所幸一鵬這人是沒有自卑感的，所以從來也不覺得人家看不起他。

當下世鈞把那件衣料取出來交給他，一鵬打開一看，是一段瓦灰閃花綢，閃出一棵棵的小梅椿。一鵬見了，不由得咦了一聲，笑道：「跟顧小姐那件衣裳一樣！我正在那兒想著，她穿得真素，像個小寡婦似的。原來是你送她的！」世鈞有點窘，笑道：「別胡扯了！」一鵬笑道：「那哪有那麼巧的事！」世鈞道：「那有什麼奇怪呢，我因為嫂嫂叫我買料子，我又不懂這些，所以那天找顧小姐跟我一塊兒去買的，她同時也買了一件。」一鵬笑道：「那你還要賴什麼？我早就看出來了，你們的交情不錯。你們幾時結婚哪？」世鈞笑道：「大概你這一向腦子裏充滿了結婚，所以動不動就說結婚。你再鬧，我給你宣佈了！」一鵬忙道：「不許不許！」叔惠笑道：「怎麼，一鵬要結婚啦？」一鵬道：「你聽他瞎說！」又說笑了幾句，便起身走了。世鈞和叔惠送他出去，卻看見門外飄著雪花，也不知道是什麼時候下起的。

兩人一同回到樓上，世鈞因為剛才一鵬取笑他的話，說他跟曼楨好，被叔惠聽見了，一定想著他們這樣接近的朋友，怎麼倒一直瞞著他，現在說穿了，倒覺得很不好意思。世鈞今天本來和曼楨約好了，等會還要到她家去，一同去看電影，只是因為叔惠難得回來的，不好一見面就走，不免坐下來預備多談一會。沒話找話說，就告訴他一鵬也許要和翠芝結婚了。其實這消息對於叔惠並不能說是一個意外的打擊，因為叔惠今天一回家就看見翠芝的信，信上說她近來覺得很苦悶，恐怕沒有希望到上海來讀書了，家裏要她訂婚。不過她沒有說出對象是誰，叔惠總以為是他不認識的人，卻沒有想到是一鵬。

她寫信告訴他，好像是希望他有點什麼表示，可是他又能怎樣呢？他並不是缺少勇氣，但是他覺得問題並不是完全在她的家庭方面。他不能不顧慮到她本人，她是享受慣了的，從來不知道艱難困苦為何物，現在一時感情用事，將來一定要懊悔的。也許他是過慮了，可是他志向不小，不見得才上路就弄上個絆腳石？

而現在她要嫁給一鵬了。要是嫁給一個比較好的人，倒也罷了，他也不至於這樣難過。他橫躺在床上，反過手去把一雙手墊在頭底下，無言的望著窗外，窗外大雪紛飛。世鈞笑道：「一塊兒去看電影好吧？」叔惠道：「下這大雪，還出去幹嗎？」說著，索性把腳一縮，連著皮鞋，就睡到床上去，順手拖過一床被窩，搭在身上。許太太走進房來，把剛才客人用過的茶杯拿去洗，見叔惠大白天躺在床上，便道：「怎麼躺著？不舒服呀？」叔惠沒好氣的答道：「沒有。」說他不舒服，倒好像是說他害相思病似的，他很生氣。

許太太向他的臉色看了看，又走過來在他頭上摸摸，因道：「看你這樣子不對，別是受了涼了，喝一杯酒去去寒氣吧，我給你拿來，」叔惠也不言語。許太太便把自己家裏用廣柑泡的一瓶酒取了來。叔惠不耐煩的說：「告訴你沒有什麼嘛！讓我睡一會就好了。」許太太道：「好，我擱在這兒，隨你愛喝不喝！」說著，便賭氣走了，走到門口，又道：「要睡就把鞋脫了，好好睡一會。」叔惠也沒有回答，等她走了，他方才坐起身來脫鞋，正在解鞋帶，一抬頭看見桌上的酒，就倒了一杯喝著解悶。但是「酒在肚裏，事在心裏」，中間總好像隔著一層，無論喝多少酒，都淹不到心上去。心裏那塊東西要想用燒酒把它泡化了，澇化了，只是不能夠。

他不知不覺間，一杯又一杯的喝著，世鈞到樓下去打電話去了，打給曼楨，因為下雪，問她還去不去看電影。結果看電影是作罷了，但是仍舊要到她家裏去看她，他們一打電話，決不是三言兩語可以結束的，等他掛上電話，回到樓上來，一進門就聞見滿房酒氣撲鼻，不覺笑道：「咦，不是說不喝，怎麼把一瓶酒都喝完了？」許太太正在房門外走過，便向叔惠嚷道：「你今天怎麼了？讓你喝一杯避避寒氣，你怎麼傻喝呀？年年泡了酒總留不住，還沒幾個月就給喝完了！」叔惠也不理會，臉上紅撲撲的向床上一倒，見世鈞穿上大衣，又像要出去的樣子，便道：「你還是要出去？」世鈞笑道：「我說好了要上曼楨那兒去。」叔惠見他彷彿有點忸怩的樣子，這才想起一鵬取笑他和曼楨的話，想必倒是真的。看他那樣高高興興的冒雪出門去了，叔惠突然感到一陣淒涼，便一翻身，蒙著頭睡了。

世鈞到了曼楨家裏，兩人圍爐談天。爐子是一隻極小的火油爐子，原是燒飯用的，現在搬到房間裏來，用它燉水兼取暖。曼楨擦了根洋火，一個一個火眼點過去，倒像在生日蛋糕上點燃那一圈小蠟燭。

因為是星期六下午，她的弟弟妹妹們都在家裏。世鈞現在和他們混得相當熟了。世鈞向來不喜歡小孩子的，從前住在自己家裏，雖然只有一個姪兒，他也常常覺得討厭，曼楨的弟弟妹妹這樣多，他卻對他們很有好感。

孩子跑馬似的，樓上跑到樓下。蹬蹬蹬奔來，在房門口張一張，又逃走了。後來他們到街堂裏去堆雪人去了，一幢房子裏頓時靜了下來。火油爐子燒得久了，火焰漸漸變成美麗的藍色，藍汪汪的火，藍得像水一樣。

世鈞道：「曼楨，我們什麼時候結婚呢？……我上次回去，我母親也說她希望我早點結婚。」曼楨道：「不過我想，最好還是不要靠家裏幫忙。」世鈞本來也是這樣想。從前為了擇業自由和父親衝突起來，跑到外面來做事，鬧了歸齊，還是要父親出錢給他討老婆，實在有點洩氣。世鈞道：「可是這樣等下去，要等到什麼時候呢？」曼楨道：「還是等等再說吧。現在我家裏人也需要我。」世鈞皺著眉毛道：「你的家累實在太重了，我簡直看不過去。譬如說結了婚以後，兩個人總比一個人有辦法些。」曼楨笑道：「我正是怕這個。我不願意把你也拖進去。」世鈞道：「為什麼呢？」曼楨道：「你的事業才正開始，負担一個家庭已經夠麻煩的，再要是負担兩個家庭，那簡直就把你的前途毀了。」世鈞望著她微笑著，道：「我知道你這都是為了我的好，不過……我不知道為什麼，有一點恨你。」

她當時沒有說什麼，在他吻著她的時候，她卻用極細微的聲音問道：「你還恨我嗎？」爐子上的一壺水已經開了，他們竟一點也不知道。還是顧太太在隔壁房間裏聽見水壺蓋被熱氣頂著，咕嘟咕嘟響，她忍不住在外面喊了一聲：「曼楨，水開了沒有？開了要沏茶。」曼楨答應了一聲，忙站起身來，對著鏡子把頭髮掠了掠，便跑出來拿茶葉，給她母親也沏了一杯。

顧太太捧著茶站在房門口，一口口啜著，笑道：「茶葉棍子站著，一定要來客了！」曼楨笑向世鈞努了努嘴，道：「喏，不是已經來了嗎？」顧太太笑道：「沈先生不算，他不是客。」她這話似乎說得太露骨了些，世鈞倒有點不好意思起來。顧太太把開水拿去冲熱水瓶，曼楨道：「我去冲。媽坐這兒說說話。」顧太太道：「不行，一坐下就站不起來了。一會兒又得做飯去了。」她搭訕著就走開了。

天漸漸黑下來了。每到這黃昏時候，總有一個賣蘑菇豆腐乾的，到這條衖堂裏來叫賣。每天一定要來一趟的。現在就又聽見那蒼老的呼聲：「豆……乾！五香蘑菇豆……乾！」世鈞笑道：「這人倒真風雨無阻。」曼楨道：「噯，從來沒有一天不來的。不過他的豆腐乾並不怎樣好吃。我們吃過一次。」

他們在沉默中聽見那蒼老的呼聲漸漸遠去。這一天的光陰也跟著那呼聲一同消逝了。這賣豆腐乾的簡直就是時間老人。

7

有一天，曼楨回家來，她祖母告訴她：「你媽上你姐姐家去了，你姐姐有點不舒服，你媽說去瞧瞧她去，大概不回來吃晚飯了，叫我們不用等她。」曼楨便幫著她祖母熱飯端菜。她祖母又道：「你媽說你姐姐，怎麼自從搬到新房子裏去，老鬧不舒服，不要是這房子不大好吧，先沒找個人來看看風水。我說哪兒呀，還不是『財多身弱』，你姐夫現在發財發得這樣，你記得他們剛結婚那時候，租人家一個客堂樓住，現在自己買地皮蓋房子——也真快，我們眼看著他發起來的！你姐姐運氣真好，這個人真給她嫁著了！咳，真是『命好不用吃齋』！」曼楨笑道：「不是說姐姐有幫夫運嗎？」她祖母拍手笑道：「可不是，你不說我倒忘了！那算命的真靈得嚇死人。待會兒倒要問問你媽，從前是在哪兒算的，這人不知還在那兒嗎，倒要找他去算算。」曼楨笑道：「那還是姐姐剛出世那時候的事情吧，二三十年了，這時候哪兒找他去。」

曼楨吃過飯又出去教書。她第二次回來，照例是她母親開門放她進來，這一天卻是她祖母替她開門。曼楨道：「媽還沒回來？奶奶你去睡吧，我等門。我反正還有一會兒才睡呢。」

她等了有半個多鐘頭，她母親也就回來了。一進門便說：「你姐姐病了，你明天看看她去。」曼楨一面閂後門，一面問道：「姐姐什麼地方不舒服？」顧太太道：「說是胃病又發了，還有就是老毛病，筋骨痛。」她在黑暗的廚房裏又附耳輕輕向女兒說：「還不是從前幾次打胎，留下來的毛病。——咳！」其實曼璐恐怕還有別的病症，不過顧太太自己騙自己，總不忍也不願朝那上面想。

母女回到房中，顧太太的旗袍右邊凸起一大塊，曼楨早就看見了，猜著是她姐姐塞給母親的錢，也沒說什麼。顧太太因為曼楨曾經屢次勸她不要再拿曼璐的錢，所以也不敢告訴她。一個人老了，不知為什麼，就有些懼怕自己的兒女。

到上床睡覺的時候，顧太太把旗袍脫下來，很小心地搭在椅背上。曼楨見她這樣子是不預備公開了，便含笑問道：「媽，姐姐這次給了你多少錢？」顧太太吃了一驚，忙從被窩裏坐起來，伸手在旗袍袋裏摸出一個手巾包，笑道：「我也不知道，我來看看有多少。」曼楨笑道：「甭看了，快睡下吧，你這樣要著涼了。」她母親還是把手巾包打開來，取出一疊鈔票來數了數，道：「我說不要，她一定要我拿著，叫我買點什麼吃吃。」曼楨笑道：「你哪兒捨得買什麼東西吃，結果還不是在家用上貼掉了！媽，我跟你說過多少回了，不要拿姐姐的錢，給那姓祝的知道了，只說姐姐貼娘家，還不知道貼了多少呢！」顧太太道：「我知道，我知道，噯呀，為這麼點兒錢，又給你叨叨這麼一頓！」曼楨道：「媽，我就是這麼說：不犯著呀，你用他這一點錢，待會兒他還以為我們一家子都是他養活著呢，姓祝的他那人的脾氣！」顧太太道：「人家現在闊了，不見得還那麼小器。」曼楨笑道：「你不知道嗎，越是闊人越嗇刻，就像是他們的錢特別值錢似的！」

顧太太嘆了口氣道：「孩子，你別想著你媽就這樣沒志氣。你姐夫到底是外人，我難道願意靠著外人，我能夠靠你倒不好嗎？我實在是看你太辛苦了，一天忙到晚，我實在心疼得慌。」說著，就把包錢的手帕拿起來擦眼淚。曼楨道：「媽，你別這麼著。大家再苦幾年，就快熬出頭了。等大弟弟能夠出去做事了，我就輕鬆得多了。」顧太太道：「你一個女孩子家，難道一輩子就為幾個弟弟妹妹忙著？我倒想你早點兒結婚。」曼楨笑道：「我結婚還早呢。至少要等大弟弟大了。」顧太太驚道：「那要等到什麼時候？人家怎麼等得及呀？」曼楨不覺噗哧一笑，輕聲道：「等不及活該。」她從被窩裏伸出一隻白手臂來，把電燈捻滅了。

顧太太很想趁此就問問她，世鈞和她有沒有私訂終身。先探探她的口氣，有機會就再問下去，問她可知道世鈞的收入怎樣，家境如何。顧太太在黑暗中沉默了一會，便道：「你睡著了？」曼楨道：「唔。」顧太太笑道：「睡著了還會答應？」本來想著她是假裝睡著，但是轉念一想，她大概也是十分疲倦了，在外面跑了一天，剛才又害她等門，今天睡得特別晚。這樣一想，自己心裏覺得很抱歉，就不言語了。

次日是星期六，曼楨到她姐姐家去探病。她姐姐的新房子在虹橋路，地段雖然荒涼一些，好在住在這一帶的都是些汽車階級，進出並不感到不方便。他們搬了家之後，曼楨還沒有去過，她祖母和母親倒帶著孩子們去過兩次，回來說講究極了，走進去像個電影院，走出來又像是逛公園。這一天下午，曼楨初次在那花園裏經過，草地上用冬青樹栽出一道牆，隔牆有個花匠茲嗷嗷推著一架刈草的機器，在下午的陽光中，只聽見那微帶睡意的嗷嗷的聲浪，此外一切都是柔和的寂靜。曼楨覺得她姐姐生病，在這裏靜養倒是很相宜。

房屋內部當然豪華萬分，曼楨也不及細看，跟在一位女傭後面，一逕上樓來到她姐姐臥房裏。臥房裏迎面一排丈來高的玻璃窗，紫水晶似的薄紗窗簾，人字式斜吊著，一層一層，十幾幅交疊懸掛著。曼璐蓬著頭坐在床上。曼楨笑道：「姐姐今天好些了，坐起來了？」曼璐笑道：「好些了。媽昨天回去還好嗎？這地方真太遠了，晚上讓她一個人回去，我倒有點不放心。下次接她來住兩天。」曼楨笑道：「媽一定要說家裏離不開她。」曼璐皺眉道：「不是我說，你們也太省儉了，連個傭人也不用。哦，對了，昨天我忘了問媽，從前我用的那個阿寶，現在不知在哪兒？」曼楨道：「等我回去問問媽去。姐姐要找她嗎？」曼璐道：「我結婚那時候沒把她帶過來，因為我覺得她太年青了，怕她靠不住。現在想想，還是老傭人好。」

電話鈴響了。曼璐道：「二妹你接一接。」曼楨跑去把聽筒拿起來，道：「喂？」那邊怔了一怔，道：「咦，是二妹呀？」曼楨聽出是鴻才的聲音，便笑道：「噯。姐夫你等一等，我讓姐姐來聽電話。」鴻才笑道：「二妹你真是稀客呀，請都請不到的，今天怎麼想起來上我們這兒來的——」曼楨把電話送到曼璐床前，一路上還聽見那隻聽筒哇啦哇啦不知在說些什麼。

曼璐接過聽筒，道：「嗯？」鴻才道：「我買了台冰箱，送來了沒有？」曼璐道：「沒有呀。」鴻才道：「該死，怎麼還不送來？」說著，就要掛上電話。曼璐忙道：「喂喂，你現在在哪兒？答應回來吃飯也不——」她說著說著，突然斷了氣。她使勁把聽筒向架子上一擱，氣忿忿地道：「人家一句話還沒說完，他那兒倒已經掛掉了。你這姐夫的脾氣現在簡直變了！我說他還沒發財，先發神經了！」

曼楨岔開來說了些別的。曼璐道：「我聽媽說，你近來非常忙。」曼楨笑道：「是呀，所以我一直想來看看姐姐，也走不開。」談話中間，曼璐忽然凝神聽著外面的汽車喇叭響，她聽得出是他們家的汽車。不一會，鴻才已經大踏步走了進來。曼璐望著他說：「怎麼？一會兒倒又回來了？」鴻才笑道：「咦，不許我回來麼？這兒還是不是我的家？」曼璐道：「是不是你的家，要問你呀！整天整夜的不回來。」鴻才笑道：「不跟你吵！當著二妹，難為情不難為情？」他自顧自架著腿坐了下來，點上一支烟抽著，笑向曼楨道：「不怪你姐姐不高興，我呢也實在太忙了，丟她一個人在家裏，敢情是悶得慌，沒病也要悶出病來了。二妹你也不來陪陪她。」曼璐道：「你看你，還要怪到二妹身上去！二妹多忙，她哪兒有工夫陪我，下了班還得出去教書呢。」鴻才笑道：「二妹，你一樣教書，幹嗎不教教你姐姐呢？我給她請過一個先生，是個外國人，三十塊錢一個鐘頭呢——抵人家一個月的薪水了！她沒有耐心，念念就不念了。」曼璐道：「我這樣病病哼哼的，還念什麼書。」鴻才笑道：「就是這樣不上進！我倒很想多念點書，可惜事情太忙，一直也沒有機會研究研究學問，不過我倒是一直有這個志向。怎麼樣，二妹，你收我們這兩個徒弟！」曼楨笑道：「姐夫說笑話了。憑我這點本事，只配教教小孩子。」

又聽見外面皮鞋響。曼璐向她妹妹說：「大概是給我打針的那個看護。」曼楨道：「姐姐打什麼針？」鴻才接口道：「葡萄糖針。你看我們這兒的藥，夠開一爿藥房了！咳，你姐姐這病真急人！」曼楨道：「姐姐的氣色倒還好。」鴻才哈哈笑了起來道：「像她臉上搽得這個樣子，她的氣色還能作準麼？二妹你這是外行話了！你沒看見那些女人，就是躺在殯儀館裏，臉上也還是紅的紅，白的白！」

這時候那看護已經進來了，在那兒替曼璐打針。曼楨覺得鴻才當著人就這樣損她姐姐，太不給人面子了，而她姐姐竟一聲不響，只當不聽見。也不知從幾時起，她姐姐變得這樣賢慧了，鴻才的氣焰倒越來越高，曼楨看著很覺得不平。她便站起來說要走了。鴻才道：「一塊兒走。我也還要出去呢，我車子送送你。」曼楨連聲道：「不用了，這兒出去叫車挺便當的。」曼璐沉著臉問鴻才：「怎麼剛回來倒又要出去了？」鴻才冷冷地道：「回來了就不許出去了，照這樣我還敢回來麼？」依曼璐的性子，就要跟他抓破臉大鬧一場，無論如何不放他出去。無如一個人一有了錢，就有了身分，就被自己的身分拘住了。當著那位看護，當然更不便發作了。

曼楨拿起皮包來要走，鴻才又攔住她道：「二妹你等我一下。我馬上就走了。」他匆匆地向隔壁房間一鑽，不知去幹什麼去了。曼楨便向曼璐說：「我不等姐夫了，我真的用不著送。」曼璐皺著眉頭道：「你就讓他送送你吧，還快一點。」她對自己的妹妹倒是絕對放心的，知道她不會誘惑她的丈夫。鴻才雖然有點色迷迷的，料想他也不敢怎樣。

這時鴻才已經出來了，笑道：「走走走。」曼楨覺得如果定要推辭，被那看護小姐看著，也有點可笑，就沒說什麼了。兩人一同下樓，鴻才道：「這兒你還沒來過吧？有兩個地方你不能不看一看。我倒是很費了點事，請專家設計的。」他在前領導，在客室和餐室裏兜了個圈子，又道：「我最得意的就是我這間書房。這牆上的壁畫，是我塌了個便宜貨，找一個美術學校的學生畫的，只要我三塊錢一方尺。這要是由那個設計專家介紹了人來畫，那就非上千不可了！」那間房果然牆壁上畫滿了彩色油畫，畫著天使，聖母，愛神拿著弓箭，和平女神與和平之鴿，各色風景人物，密密佈滿了，從房頂到地板，沒有一寸空隙。地下又鋪著阿拉伯式的拼花五彩小方磚，窗戶上又鑲著五彩玻璃，更使人頭暈眼花。鴻才道：「我有時候回來了，覺得疲倦了，就在這間房裏休息休息。」曼楨差一點噗哧一笑，笑出聲來。她想起她姐姐說他有神經病，即使是一個好好的人，在這間房裏多休息休息，也要成神經病了。

走出大門，汽車就停在門口。鴻才又道：「我這輛汽車買上當了！」隨即說出一個驚人的數目。他反正三句話不離吹，但是吹不吹對於曼楨也是一樣的，她對於汽車的市價根本不熟悉。

一坐到汽車裏面，就可以明白了，鴻才剛才為什麼跑到另外一間房裏去轉了一轉，除了整容之外，顯然是還噴射了大量的香水。在這車廂裏閉塞的空氣裏面，那香氣特別濃烈，讓別人不能不注意到了。男人搽香水，彷彿是小白臉拆白黨的事，以一個中年的市儈而周身香氣襲人，實在使人有一種異樣的感覺。

汽車夫回過頭來問：「上哪兒？」鴻才便道：「二妹，我請你吃咖啡去，難得碰見的，你也是個忙人，我也是個忙人。」曼楨笑道：「今天我還有點事，所以剛才急著要回去呢，不然我還要多坐一會的，難得來看看姐姐。」鴻才只笑道：「你真是難得來的，以後我希望你常常來玩。」曼楨笑道：「我有空總會來的。」鴻才向汽車夫道：「先送二小姐。二小姐家裏你認識？」車夫回說認識。

汽車無聲地行駛著。這部汽車的速度，是鴻才引以為榮的，今天他卻恨它走得太快了。他一向覺得曼楨是一個高不可攀的人物；雖然俗語說「錢是人的胆」，仗著有錢，胆子自然大起來了，但是他究竟有點怕她。他坐在車廂的一隅，無聊地吹上一兩聲口哨，有腔無調地。曼楨也不說什麼，只靜靜地發出一股子冷氣來。鴻才則是靜靜地發出香氣。

汽車開到曼楨家裏，曼楨向車夫說：「停在衖堂外面好了。」鴻才卻說：「進去吧，我也要下來，我跟岳母談談，好久不看見她老人家了。」曼楨笑道：「媽今天剛巧帶孩子們上公園去了。今天就奶奶一個人在家裏看門，我一會兒也還要出去。」鴻才道：「噢，你還要上別處去？」曼楨道：「一個同事約我看電影去。」鴻才道：「剛才先曉得直接送你去了。」曼楨笑道：「不，我是要回來一次，那沈先生說好了上這兒來接我。」鴻才點點頭。他一撩衣袖看了看手錶，道：「噯喲，倒已經快五點了，我還有個約會，那我不下來了，改天再來看你們。」

這一天晚上，鴻才在外面玩到快天亮才回家。喝得醉醺醺的，踉蹌走進房來，皮鞋也沒脫，便向床上一倒。他沒開燈，曼璐卻把床前的檯燈一開，她一夜沒睡，紅著眼睛蓬著頭，一翻身坐了起來，大聲說道：「又上哪兒去了？不老實告訴我，我今天真跟你拚了！」這一次她來勢洶洶，鴻才就是不醉也要裝醉，何況他是真的喝多了。他直挺挺躺著，閉著眼睛不理她，曼璐便把一個枕頭「噗」擲過去，砸在他臉上，恨道：「你裝死！你裝死！」鴻才把枕頭掀掉了，卻低聲喊了聲「曼璐！」曼璐倒覺得非常詫異，因為有許久許久沒看見他這種柔情蜜意的表現了。她想他一定還是愛她的，今天是酒後流露了真實的情感。她的態度不由得和緩下來了，應了一聲「唔？」鴻才又伸出手來拉她的手，曼璐佯嗔道：「幹什麼？」隨即一扭身在他的床沿上坐下。

鴻才把她的手擱在他胸前，望著她笑道：「以後我聽你的話，不出去，不過有一個條件。」曼璐突然起了疑心，道：「什麼條件？」鴻才道：「你不肯的。」曼璐道：「你說呀。怎麼又不說了？我猜你就沒什麼好事！哼，你不說，你不說——」她使勁推他，搥他，鬧得鴻才的酒直往上湧，鴻才叫道：「噯喲，噯喲，人家已經要吐了！叫王媽倒杯茶來我喝。」曼璐卻又殷勤起來，道：「我給你倒。」她站起來，親自去倒了杯釅茶，嬝嬝婷婷捧著送過來，一口口餵給他吃。鴻才喝了一口，笑道：「曼璐，二妹怎麼越來越漂亮了？」曼璐變色道：「你呢，神經病越來越厲害了！」她把茶杯往桌上一擱，不管了。

鴻才猶自惘惘地向空中望著，道：「其實要說漂亮，比她漂亮的也有，我也不知怎麼，儘想著她。」曼璐道：「虧你有臉說！你趁早別做夢了！告訴你，她就是肯了，我也不肯——老實說，我這一個妹妹，我賺了錢來給她受了這些年的教育，不容易的，我犧牲了自己造就出來這樣一個人，不見得到了兒還是給人家做姨太太？你別想著顧家的女孩子全是姨太太胚——」鴻才道：「得了得了，人家跟你鬧著玩兒，你這人怎麼惹不起的？我不睬你，總行了？」

曼璐實在氣狠了，哪肯就此罷休，兀自絮絮叨叨罵著：「早知道你不懷好意了！吃著碗裏看著鍋裏。算你有兩個錢了，就做了皇帝了，想著人家沒有不肯的，人家都是只認得錢的。你不想想，就連我，我那時候嫁你也不是看中你有錢！」鴻才突然一骨碌坐了起來，道：「動不動就抬出這句話來！誰不知道我從前是個窮光蛋，你呢，你又是什麼東西！濫污貨！不要臉！」

曼璐沒想到他會出口傷人，倒呆了一呆，道：「好，你罵我！」鴻才兩手撐在床沿上，眼睛紅紅地望著她，道：「我罵了你了，我打你又怎麼樣？打你這個不要臉的濫污貨！」曼璐看他那樣子，借酒蓋著臉，真像是要打人。真要是打起架來，又是自己吃虧，當下只得珠淚雙拋，嗚嗚哭了起來，道：「你打，你打——沒良心的東西！我也是活該，誰叫我當初認錯人了！給你打死也是活該！」說著，便向床上一倒，掩面痛哭。鴻才聽她的口風已經軟了下來，但是他還坐在床沿上睖著她，半晌，忽然長長地打了個呵欠，便一歪身躺了下來，依舊睡他的覺。他這裏鼾聲漸起，她那邊哭聲卻久久沒有停止。她的哭，原意也許是借此下台，但是哭到後來，卻悲從中來，覺得前途茫茫，簡直不堪設想。窗外已經天色大明，房間裏一盞檯燈還開著，燈光被晨光沖淡了，顯得慘淡得很。

鴻才睡不滿兩個鐘頭，女傭照例來叫醒他，因為做投機是早上最吃緊，家裏雖然裝著好幾支電話，也有直接電話通到辦公室裏，他還是慣常一早就趕出去。他反正在旅館裏開有長房間，隨時可以去打中覺的。

那天下午，曼璐的母親打電話來，把從前那小大姐阿寶的地址告訴她。曼璐從前沒有用阿寶，原是因為鴻才常喜歡跟她搭訕，曼璐覺得有點危險性。現在情形不同了，她倒又覺得身邊有阿寶這樣一個人也好，或者可以拉得住鴻才。她沒想到鴻才今非昔比，這樣一個小大姐，他哪裏放在眼裏。

當下她把阿寶的地址記了下來。她母親道：「昨天你二妹回來，說你好了些了。」曼璐道：「是好多了。等我好了我來看媽。」她本來說要請她母親來住兩天，現在也不提了，也是因為她妹妹的關係，她想還是疏遠一點的好。雖然這樁事完全不怪她妹妹，更不與她母親相干，她在電話上說話的口吻卻有點冷淡，也許是不自覺地。顧太太雖然不是一個愛多心的人，但是女兒現在太闊了，貧富懸殊，有些地方就不能不多著點心，當下便道：「好，你一好了就來玩，奶奶也惦記著你呢。」

自從這一次通過電話，顧太太一連好兩個月也沒去探望女兒。曼璐也一直沒有和他們通音信。這一天她到市區裏來買東西，順便彎到娘家來看看。她好久沒回來過了，坐著一輛特大特長的最新型汽車，看衖堂的和一些鄰人都站在那裏看著，也可以算是衣錦榮歸了。她的弟弟們在衖堂裏學騎腳踏車，一個青年替他們扶著車子，曼楨也站在後門口，抱著胳膊倚在門上看著。曼璐跳下汽車，曼楨笑道：「咦，姐姐來了！」那青年聽見這稱呼，似乎非常注意，掉轉目光向曼璐這邊看過來，然而曼璐的眼睛像閃電似的，也正在那裏打量著他，他的眼神沒有她那樣足，敵不過她，疾忙望到別處去了。他所得到的印象只是一個穿著皮大衣的中年太太。原來曼璐現在力爭上游，為了配合她的身分地位，已經放棄了她的舞台化妝，假睫毛，眼黑，太紅的胭脂，一概不用了。她不知道她這樣正是自動地繳了械。時間是殘酷的，在她這個年齡，濃妝艷抹固然更顯憔悴，但是突然打扮成一個中年婦人的模樣，也只有更像一個中年婦人。曼璐本來還不覺得，今天到綢緞店去買衣料，她把一塊紫紅色的拿起來看看，正考慮間，那不識相的夥計卻極力推荐一塊深藍色的，說：「是您自己穿嗎？這藍的好，大方。」曼璐心裏很生氣，想道：「你當我是個老太太嗎？我倒偏要買那塊紅的！」雖然賭氣買了下來，心裏卻很不高興。

今天她母親也不高興，因為她的小弟弟傑民把腿摔傷了。曼璐上樓去，她母親正在那裏替傑民包紮膝部。曼璐道：「噯呀，怎麼摔得這樣厲害？」顧太太道：「怪他自己呀！一定要學著騎車，我就知道要闖禍！有了這部車子，就都發了瘋似的，你也騎，我也騎！」曼璐道：「這自行車是新買的麼？」顧太太道：「是你大弟弟說，他那學堂太遠了，每天乘電車去，還是騎車合算。一直就想要一部自行車，我可是沒給他買。新近沈先生買了一部送給他。」說到這裏，她把眉毛緊緊蹙了起來。世鈞送他們一輛踏腳車，她當時是很高興的，可是現在因為心疼孩子，不免就遷怒到世鈞身上去了。

曼璐道：「這沈先生是誰？剛才我在門口看見一個人，可就是他？」顧太太道：「哦，你已經看見了？」曼璐笑道：「是二妹的朋友嗎？」顧太太點點頭，道：「是她的一個同事。」曼璐道：「他常常來？」顧太太把傑民使開了，方才低聲笑道：「這一向差不多天天在這裏。」曼璐笑道：「他們是不是算訂婚了呢？」顧太太皺眉笑道：「就是說呀，我也在這兒納悶兒，只看見兩人一天到晚在一起，怎麼不聽見說結婚的話。」曼璐道：「媽，你怎麼不問問二妹。」顧太太道：「問也是白問。問她，她就說傻話，說要等弟弟妹妹大了才肯出嫁。我說人家怎麼等得及呀！可是看這樣子，沈先生倒一點也不著急。倒害我在旁邊著急。」曼璐忽道：「噯呀！這位小姐，不要是上了人家的當吧？」顧太太道：「那她不會的。」曼璐道：「你別說，越是像二妹這樣沒有經驗，越是容易入迷。這種事情倒也說不定。」顧太太道：「不過那沈先生，我看他倒是個老實人。」曼璐笑道：「哼，老實人！我看他那雙眼睛挺壞的，直往人身上溜！」說著，不由得抬起手來，得意地撫摸著自己的頭髮。她卻沒想到世鈞剛才對她特別注意，是因為他知道她的歷史，對她不免抱著一種好奇心。

顧太太道：「我倒覺得他挺老實的。不信，你待會兒跟他談談就知道了。」曼璐道：「我倒是要跟他談談。我見過的人多了，是個什麼樣的人，我決不會看走眼的。」顧太太因為曼璐現在是有夫之婦了，所以也不反對她和曼楨的男朋友接近，便道：「對了，你幫著看看。」

正說著，曼璐忽然聽見曼楨在樓梯口和祖母說話，忙向她母親使了個眼色，她母親便不作聲了。隨後曼楨便走進房來，開櫥門拿大衣。顧太太道：「你要出去？」曼楨笑道：「去看電影去。不然我就不去了，票子已經買好了。姐姐你多玩一會，在這兒吃飯。」她匆匆地走了。世鈞始終沒有上樓來，所以曼璐也沒有機會觀察他。

顧太太和曼璐並肩站在窗前，看著曼楨和世鈞雙雙離去，又看著孩子們學騎腳踏車，在衖堂裏騎來騎去。顧太太閒閒地說道：「前些日子阿寶到這兒來了一趟。」阿寶現在已經在曼璐那裏幫傭了。曼璐道：「是呀，我聽見她說，鄉下有封信寄到這兒來，她來拿。」顧太太道：「唔。……姑爺這一向還是那樣？」曼璐知道一定是阿寶多事，把鴻才最近花天酒地的行徑報告給他丈母娘聽了，便笑道：「這阿寶就是這樣多嘴！」顧太太笑道：「你又要說我多嘴了——我可是要勸勸你，你別這麼一看見他就跟他鬧，傷感情的。」曼璐不語。她不願意向她母親訴苦，雖然她很需要向一個人哭訴，除了母親也沒有更適當的人了，但是她母親勸慰的話從來不能夠搔著癢處，常常還使她覺得啼笑皆非。顧太太又悄悄的道：「姑爺今年幾歲了，也望四十了吧？別說男人不希罕小孩子，到了一個年紀，也想要得很哩！我想著，你別的沒什麼對不起他，就只有這一樁。」曼璐從前打過兩次胎，醫生說她不能夠再有孩子了。

顧太太又道：「我聽你說，鄉下那一個也沒有兒子，只有一個女兒？」曼璐懶懶地道：「怎麼，阿寶沒告訴你嗎，鄉下有人出來，把那孩子帶出來了。」顧太太聽了很詫異，道：「哦？不是一直跟著她娘的嗎？」曼璐道：「她娘死了，所以現在送了來交給她爸爸。」顧太太怔了一怔，道：「她娘死了？……真的？……呵呀，孩子，你奶奶一直說你命好，敢情你的命真好！我可不像你這樣沉得住氣！」說著，不由得滿臉是笑。曼璐只是淡淡地笑了一笑。

顧太太又道：「我可是又要勸勸你，人家沒娘的孩子，也怪可憐的，你待她好一點。」曼璐剛才上街買的大包小裹裏面有一個鞋盒，她向母親面前一送，笑道：「喏，你看，我這兒給她買了皮鞋，我還在那兒教她認字塊呢，還要怎麼樣？」顧太太笑道：「孩子幾歲了？」曼璐道：「八歲。」顧太太道：「叫什麼？」曼璐道：「叫招弟。」顧太太聽了，又嘆了口氣，道：「要是能給她生個弟弟就好了！咳，說你命好，怎麼偏偏命中無子呢？」曼璐突然把臉一沉，恨道：「左一句命好，右一句命好，你明知道我一肚子苦水在這裏！」說著，她便一扭身，背衝著她母親，只聽見她不耐煩地用指尖叩著玻璃窗，「的的」作聲。她的指甲特別長而尖。顧太太沉默了一會，方道：「你看開點吧，我的小姐！」不料這句話一說，曼璐索性呼嗤呼嗤哭起來了。顧太太站在她旁邊，倒有半晌說不出話來。

曼璐用手帕擤了擤鼻子，說道：「男人變起心來真快，那時候他情願犯重婚罪跟我結婚，現在他老婆死了，我要他跟我重新辦一辦結婚手續，他怎麼著也不答應。」顧太太道：「幹嗎還要辦什麼手續，你們不是正式結婚的嗎？」曼璐道：「那不算。那時候他老婆還在。」顧太太皺著眉毛覷著眼睛向曼璐望著，道：「我倒又不懂了。……」嘴裏說不懂，她心裏也有些明白曼璐的處境，反正是很危險的。

顧太太想了一想，又道：「反正你別跟他鬧。他就是另外有了人，也還有個先來後到的——」曼璐道：「有什麼先來後到，招弟的娘就是個榜樣，我真覺得寒心，人家還是結髮夫妻呢，死在鄉下，還是族裏人湊了錢給她買的棺材。」顧太太長長地嘆了口氣，道：「說來說去還是那句話，你要是有個兒子就好了！這要是從前就又好辦了，太太做主給老爺弄個人，借別人的肚子養個孩子。這話我知道你又聽不進。」她自己也覺得這種思想太落伍了，說到這裏，不由得笑了一笑。曼璐便也勉強笑了笑，道：「得了，得了，媽！」顧太太道：「那麼你就領個孩子。」曼璐笑道：「得了，家裏已經有了個沒娘的孩子，再去領一個來——開孤兒院？」

母女倆只顧談心，不知不覺地天已經黑下來了，房間裏黑洞洞的，還是顧老太太從外面一伸手，把燈開了，笑道：「怎麼摸黑坐在這兒，我說娘兒倆上哪兒去了呢。——姑奶奶今天在這兒吃飯吧？」顧太太也向曼璐說：「我給你弄兩樣清淡些的菜，包你不會吃壞。」曼璐道：「那麼我打個電話回去，叫他們別等我。」

她打電話回去，一半也是隨時調查鴻才的行動。阿寶來接電話，說：「姑爺剛回來，要不要叫他聽電話？」曼璐道：「唔……不用了，我也就要回來了。」她掛斷電話，就說要回去。她祖母不知就裏，還再三留她吃飯，她母親便道：「讓她回去吧，她姑爺等著她吃飯呢。」

曼璐趕回家去，一逕上樓，來到臥室裏，正碰見鴻才往外走，原來他是回來換衣服的。曼璐道：「又上哪兒去？」鴻才道：「你管不著！」他順手就把房門「砰！」一關。曼璐開了門追出去，鴻才已經一陣風走下樓去，一陣香風。

那名叫招弟的小女孩偏趕著這時候跑了出來，她因為曼璐今天出去之前告訴她的，說給她買皮鞋，所以特別興奮。她本來在女傭房間裏玩耍，一聽見高跟鞋響，就往外奔，一路喊著「阿寶！媽回來了！」她叫曼璐叫「媽」，本來是女傭們教她這樣叫的，鴻才也不是第一次聽見她這樣叫，但是今天他不知為什麼，誠心跟曼璐過不去，在樓梯腳下高聲說道：「他媽的什麼東西，你管她叫媽！她也配！」曼璐聽見了，馬上就撈起一個磁花盆要往下扔，被阿寶死命抱住了。

曼璐氣得說不出話來，鴻才已經走遠了，她方才罵道：「誰要他那個拖鼻涕丫頭做女兒，小叫化子，鄉下佬，送給我我也不要！」她恨死了那孩子，兩隻眼睛眨巴眨巴，站在旁邊，看著這一幕的演出。孩子的媽如果有靈的話，一定覺得很痛快吧，曼璐彷彿聽見她在空中發出勝利的笑聲。

自從招弟來到這裏，曼璐本來想著，只要把她籠絡好了，這孩子也可以成為一種感情的橋樑，鴻才雖然薄情，父女之情總有的。但是這孩子非但不是什麼橋樑，反而是個導火線，夫妻吵鬧，有她夾在中間做個旁觀者，曼璐更不肯輸這口氣，所以吵得更兇了。

那女孩子又瘦又黑，小辮子上紮著一截子白絨線，呆呆地站在那裏望著她，她真恨不得一巴掌打過去。她把她帶回來的那隻鞋盒三把兩把拆散了，兩隻漆皮的小皮鞋骨碌碌滾下地去，她便提起腳來在上面一陣亂踩。皮鞋這樣東西偏又特別結實，簡直無法毀滅它。結果那兩隻鞋被她滴溜溜扔到樓底下去了。

在招弟的眼光中，一定覺得曼璐也跟她父親一樣，都是喜怒無常。

曼璐回到房中，晚飯也不吃，就上床睡了。阿寶送了個熱水袋來，給她塞在被窩裏。她看見阿寶，忽然想起來了，便道：「你上次到太太那兒去說了些什麼？我頂恨傭人這樣搬弄是非。」阿寶到現在還是稱曼璐為大小姐，稱她母親為太太。阿寶忙道：「我沒說什麼呀，是太太問我——」曼璐冷笑道：「哦，還是太太不對。」阿寶知道她正是一肚子的火，沒處發洩，就不敢言語了。悄悄的收拾收拾，就出去了。

今天睡得特別早，預料這一夜一定特別長。曼璐面對著那漫漫長夜，好像要走過一個黑暗的甬道，她覺得恐懼，然而還是得硬著頭皮往裏走。

床頭一盞檯燈，一隻鐘。一切寂靜無聲，只聽見那隻鐘滴答滴答，顯得特別響。曼璐一伸手，就把鐘拿起來，收到抽屜裏去。

一開抽屜，卻看見一堆小紙片，是她每天教招弟認的字塊。曼璐大把大把地撈出來，往痰盂裏扔。其實這時候她的怒氣已經平息了，只覺得傷心。背後畫著稻田和貓狗牛羊的小紙片，有幾張落在痰盂外面，和她的拖鞋裏面。

曼璐在床上翻來覆去，思前想後，她追溯到鴻才對她的態度惡化，是什麼時候開始的。就是那一天，她妹妹到這裏來探病，後來那天晚上，鴻才在外面吃醉酒回來，倚風作邪地，向她表示他對她妹妹有野心。被她罵了一頓。

要是真能夠讓他如願以償，他倒也許從此就好了，不出去胡鬧了。他雖然喜新厭舊，對她妹妹倒好像是一片痴心。

她想想真恨，恨得她牙癢癢地。但是無論如何，她當初嫁他的時候，是打定主意，跟定了他了。她準備著粗茶淡飯過這一輩子，沒想到他會發財。既然發了財了，她好像買獎券中了頭獎，難道到了兒還是一場空？

有一塊冰涼的東西貼在腳背上。熱水袋已經冷了，可以知道時候已經不早了，已經是深夜。更深夜靜，附近一條鐵路上有火車馳過，蕭蕭地鳴著汽笛。

她母親那一套「媽媽經」，她忽然覺得不是完全沒有道理的。有個孩子就好了。借別人的肚子生個孩子。這人還最好是她妹妹，一來是鴻才自己看中的，二來到底是自己妹妹，容易控制些。

母親替她出主意的時候，大概決想不到她會想到二妹身上。她不禁微笑。她這微笑是稍微帶著點獰笑的意味的，不過自己看不見罷了。

然後她突然想道：「我瘋了。我還說鴻才神經病，我也快變成神經病了！」她竭力把那種荒唐的思想打發走了，然而她知道它還是要回來的，像一個黑影，一隻野獸的黑影，它來過一次就認識路了，咻咻地嗅著認著路，又要找到她這兒來了。

她覺得非常恐怖。

8

在一般的家庭裏，午後兩三點鐘是一天內最沉寂的一段時間，孩子們都在學校裏，年青人都在外面工作，家裏只剩下老弱殘兵。曼楨家裏就是這樣，只有她母親和祖母在家。這一天下午，衖堂裏來了個磨刀的，顧太太聽見他在那兒吆喝，便提著兩把廚刀下樓去了。不一會，她又上來了，在樓梯上便高聲喊道：「媽，你猜誰來了？豫瑾來了！」顧老太太一時也記不起豫瑾是誰，模模糊糊地問了聲：「唔？誰呀？」顧太太領著那客人已經走進來了。顧老太太一看，原來是她娘家姪女兒的兒子，從前和她的長孫女兒有過婚約的張豫瑾。

豫瑾笑著叫了聲「姑外婆」。顧老太太不勝歡喜，道：「你怎麼瘦了？」豫瑾笑道：「大概鄉下出來的人總顯得又黑又瘦。」顧老太太道：「你媽好嗎？」豫瑾頓了一頓，還沒來得及回答，顧太太便在旁邊說：「表姐已經故世了。」顧老太太驚道：「啊？」顧太太道：「剛才我看見他袖子上裹著黑紗，我就嚇了一跳！」

顧老太太呆呆地望著豫瑾，道：「這是幾時的事？」豫瑾道：「就是今年三月裏。我也沒寄訃聞來，我想著等我到上海來的時候，我自己來告訴姑外婆一聲。」他把他母親得病的經過約略說了一說，顧老太太不由得老淚縱橫，道：「哪兒想得到的。像我們這樣老的倒不死，她年紀輕輕的倒死了！」其實豫瑾的母親也有五十幾歲了，不過在老太太的眼光中，她的小輩永遠都是小孩。

顧太太嘆道：「表姐也還是有福氣的，有豫瑾這樣一個好兒子。」顧老太太點頭道：「那倒是！豫瑾，我聽見說你做了醫院的院長了。年紀這樣輕，真了不得。」豫瑾笑道：「那也算不了什麼。人家說的，『鄉下第一，城裏第七。』」顧太太笑道：「你太謙虛了。從前你表舅舅在的時候，他就說你好，說你大了一定有出息的。媽，你記得？」當初也就是因為她丈夫對於豫瑾十分賞識，所以把曼璐許配給他的。

顧太太問道：「你這次到上海來有什麼事情嗎？」豫瑾道：「我因為醫院裏要添辦一點東西，我到上海來看看。」顧太太又問他住在什麼地方，他說住在旅館裏，顧老太太便一口說：「那你就搬在這兒住好了，在旅館裏總不大方便。」顧太太忙附和著，豫瑾遲疑了一下，道：「那太麻煩了吧？」顧太太笑道：「不要緊的——又不跟你客氣！你從前不也住在我們家的？」顧老太太道：「真巧，剛巧有間屋子空著沒人住，樓下有一家人家剛搬走。」顧太太又向豫瑾解釋道：「去年那時候曼璐出嫁了，我們因為家裏人少，所以把樓下兩間屋子分租出去了。」到現在為止，他們始終沒有提起曼璐。顧老太太跟著就說：「曼璐結婚了，你知道吧？」豫瑾微笑道：「我聽說的。她好吧？」顧老太太道：「她總算運氣好，碰見這個人，待她倒不錯。她那姑爺挺會做生意的，現在他們自己蓋了房子在虹橋路。」顧老太太對於曼璐嫁得金龜婿這一回事，始終認為是一個奇蹟，也可以說是她晚年最得意的一樁事，所以一說就是一大套。豫瑾一面聽，一面說：「噢。——噢。——那倒挺好。」顧太太看他那神氣有點不大自然，好像他對曼璐始終未能忘情。他要不是知道她已經結婚了，大概他決不會上這兒來的，因為避嫌疑的緣故。

磨刀的在後門外哇啦哇啦喊，說刀磨好了，顧太太忙起身下樓，豫瑾趁勢也站起身來告辭。她們婆媳倆又堅邀他來住，豫瑾笑道：「好，那麼今天晚上我就把行李搬來，現在我還有點事，要上別處去一趟。」顧太太道：「那麼你早點來，來吃飯。」

當天晚上，豫瑾從旅館裏把兩件行李運到顧家，顧太太已經把樓下那間房給收拾出來了，她笑著喊她的兩個兒子：「偉民，傑民，來幫著拿拿東西。」豫瑾笑道：「我自己拿。」他把箱子拎到房間裏去。兩個孩子也跟進來了，站得遠遠地觀望著。顧太太道：「這是瑾哥哥。傑民從前太小了，大概記不得了，偉民你總該記得的，你小時候頂喜歡瑾哥哥了，他走了，你哭了一天一夜，後來還給爸爸打了一頓——他給你鬧得睡不著覺，火起來了。」偉民現在已經是個十四五歲的少年，長得跟他母親一樣高了，聽見這話，不禁有些訕訕的，紅著臉不作聲。

顧老太太這時候也走進房來，笑道：「東西待會兒再整理，先上去吃飯吧。」顧太太自到廚房裏去端菜，顧老太太領著豫瑾一同上樓。今天他們因為等著豫瑾，晚飯吃得特別晚。曼楨吃過飯還得出去教書，所以她等不及了，先盛了一碗飯坐在那裏吃著。豫瑾走進來，一看見她便怔住了。在最初的一剎那，他還當是曼璐——六七年前的曼璐。曼楨放下碗筷，站起身來笑道：「瑾哥哥不認識我了吧？」豫瑾不好意思說：正是因為太認識她了，所以望著她發怔。他笑著說了聲：「是二妹吧？要在別處看見了，真不認識了。」顧老太太道：「本來嗎，你從前看見她的時候，她還沒有偉民大呢。」

曼楨又把筷子拿起來，笑道：「對不起，我先吃了。因為我吃了飯還要出去。」豫瑾看她盛了一碗白飯，揀了兩塊鹹白菜在那裏吃著，覺得很不過意。等到顧太太把一碗碗的菜端了進來，曼楨已經吃完了。豫瑾便道：「二妹再吃一點。」曼楨笑道：「不吃了，我已經飽了。媽，我讓你坐。」她站起來，自己倒了杯茶，靠在她母親椅背上慢慢地喝著，看見她母親夾了一筷辣椒炒肉絲送到豫瑾碗裏去，便道：「媽，你忘了，瑾哥哥不吃辣的。」顧太太笑道：「噯喲，真的，我倒忘了。」顧老太太笑道：「這孩子記性倒好。」她們再也想不到，她所以記得的原因，是因為她小時候恨豫瑾奪去她的姐姐，她知道他不吃辣的，偏搶著替他盛飯，在碗底抹上些辣醬。他當時總也知道是她惡作劇，但是這種小事他也沒有放在心上，現在當然忘得乾乾淨淨了。他只覺得曼楨隔了這些年，還記得他不愛吃什麼，是值得驚異的。而她的聲容笑貌，她每一個姿態和動作，對於他都是這樣地熟悉，是他這些年來魂夢中時時縈繞著的，而現在都到眼前來了。命運真是殘酷的，然而這種殘酷，身受者於痛苦之外，未始不覺得內中有一絲甜蜜的滋味。

曼楨把一杯茶喝完了就走了。豫瑾卻一直有些惘惘的。過去他在顧家是一個常客，他們專給客人使用的一種上方下圓的老式骨筷，尺寸特別長，捏在手裏特別沉重，他在他們家一直用慣這種筷子，現在又和他們一門老幼一桌吃飯了，只少了一個曼璐。他不免有一種滄桑之感，在那黃黯黯的燈光下。

豫瑾在鄉下養成了早睡的習慣，九點半就睡了。顧太太在那裏等門，等曼楨回來，顧老太太今天也不瞌睡，儘坐著和媳婦說話，說起姪女兒的生前種種，說說又掉眼淚。又談到豫瑾，婆媳倆異口同聲都說他好。顧太太道：「所以從前曼璐他們爹看中他呢。——咳，也是我們沒福氣，不該有這樣一個好女婿。」顧老太太道：「這種事情也都是命中注定的。」顧太太道：

「豫瑾今年幾歲了？他跟曼璐同年的吧？他耽誤到現在還沒結婚，我想想都覺得不過意。」顧老太太點頭道：「可不是嗎？他娘就這麼一個兒子，三十歲出頭了還沒娶親，她準得怪我們呢。死的時候都沒一個孫子給她穿孝！」顧太太嘆道：「豫瑾這孩子呢也是太癡心了。」

兩人沉默了一會，她們的思想都朝一條路子上走。還是顧老太太嘴快，先說了出來，道：「其實曼楨跟他也是一對兒。」顧太太低聲笑說：「是呀，要是把曼楨給了他，報答他這一番情意，那就再好也沒有了。可惜曼楨已經有了沈先生。」顧老太太搖搖頭，道：「沈先生的事情，我看也還沒準兒呢。認識了已經快兩年了，照這樣下去，可不給他白耽誤了！」顧太太雖然對世鈞這種態度也有些不滿，但是究竟是自己女兒的男朋友，她覺得她不能不替女兒辯護，便嘆了口氣，道：「沈先生呢，人是個好人，就是好像脾氣有點不爽快。」顧老太太道：「我說句粗話，這就是『騎著茅坑不拉屎！』」說著，她呵呵地笑起來了。顧太太也苦笑。

豫瑾住到他們家裏來的第三天晚上，世鈞來了。那時候已經是晚飯後，豫瑾在他自己房裏。曼楨告訴世鈞，現在有這樣一個人寄住在他們這裏，他是個醫生，在故鄉的一個小城裏行醫。她說：「有幾個醫生肯到那種苦地方去工作？他這種精神我覺得很可佩服。我們去找他談談。」她和世鈞一同來到豫瑾的房間裏，提出許多問題來問他，關於鄉下的情形，城鎮的情形，她對什麼都感到興趣。世鈞不免有一種本能的妒意。他在旁邊默默地聽著，不過他向來在生人面前不大開口的，所以曼楨也不覺得他的態度有什麼異樣。

他臨走的時候，曼楨送他出來，便又告訴他關於豫瑾和她姐姐的一段歷史，道：「這已經是七年前的事了，他一直沒有結婚，想必是因為他還不能夠忘記她。」世鈞笑道：「哦，這人還這樣感情豐富，簡直是個多情種子嘔！」曼楨笑道：「是呀，說起來好像有點傻氣，我倒覺得這是他的好處。一個人要不是有點傻氣，也不會跑到這種窮鄉僻壤的地方去辦醫院。幹那種吃力不討好的事情。」

世鈞沒說什麼。走到衖堂口，他向她點點頭，簡短地說了聲「明兒見」，轉過身來就走了。

這以後，世鈞每次到她家裏來，總有豫瑾在座。有時候豫瑾在自己房間裏，曼楨便把世鈞拉到他房裏去，三個人在一起談談說說。曼楨其實是有用意的。她近來覺得，老是兩個人膩在一起，熱度一天天往上漲，總有一天他們會不顧一切，提前結婚了，而她不願意這樣，所以很歡迎有第三者和他們在一起。她可以說是用心良苦，但是世鈞當然不了解。他感到非常不快。

他們辦公室裏現在改了規矩，供給午膳了，他們本來天天一同出去吃小館子，曼楨勸他省兩個錢，這一向總是在廠裏吃，所以談話的機會更少了。曼楨覺得這樣也好，在形跡上稍微疏遠一點。她不知道感情這樣東西是很難處理的，不能往冰箱裏一擱，就以為它可以保存若干時日，不會變質了。

星期六，世鈞照例總要到她家裏來的，這一個星期六他卻打了個電話來，約她出去玩。是顧太太接的電話。她向曼楨嚷了聲：「是沈先生。」他們正在吃飯，顧太太回到飯桌上，隨手就把曼楨的碟子蓋在飯碗上面，不然飯一定要涼了。她知道他們兩人一打電話，就要說上半天工夫。

曼楨果然跑出去許久，還沒進來。豫瑾本來在那裏猜測著，她和她這姓沈的同事的友誼不知道到了什麼程度，現在可以知道了。他有點爽然若失，覺得自己真是傻，見面才幾天工夫，就容許自己這樣胡思亂想起來，其實人家早有了愛人了。

傑民向來喜歡在飯桌上絮絮叨叨說他學校裏的事，無論是某某人鬬夜學，還是誰跟誰打架，他總是興奮地，氣急敗壞地一連串告訴他母親。今天他在那裏說他們要演一齣戲，他在這齣戲裏也要担任一個角色，是一個老醫生。顧太太道：「好好，快吃飯吧。」傑民爬了兩口飯，又道：「媽，你一定要去看的。先生說這齣戲非常有意義，是先生替我們揀的這個劇本，這劇本好極了，全世界有名的！」他說的話顧太太一概不理會，她只向他臉上端相著，道：「你嘴角上黏著一粒飯。」傑民覺得非常洩氣，心裏很不高興，懶洋洋伸手在嘴角抹了一抹。顧太太道：「還在那兒。」他哥哥偉民便道：「他要留著當點心呢。」一桌子人都笑了，只有豫瑾，他正在那裏發呆，他們這樣鬨然一笑，他倒有點茫然，以為自己或者舉止失措，做出可笑的事情來了。他一個個向他們臉上看去，也不得要領。

這一天下午，豫瑾本來有點事情要接洽，他提早出去，晚飯也沒有回來吃。同時，世鈞和曼楨也是在外面吃了晚飯，方才一同回來，豫瑾也才回來沒有一會兒。世鈞和曼楨走過他房門口，聽見裏面一片笑聲，原來傑民在那裏逼著豫瑾做給他看，怎樣演那個醫生的角色。豫瑾教他怎樣用聽筒，怎樣量血壓。曼楨和世鈞立在房門口看著，豫瑾便做不下去了，笑道：「我也就會這兩招兒，都教給你了。」傑民只管磨著他。孩子們向來是喜歡換新鮮的，從前世鈞教他們騎腳踏車的時候，他們和世鈞非常親近，現在有了豫瑾，對他就冷淡了許多。若在平常的時候，世鈞也許覺都不覺得，現在他卻特別敏感起來，連孩子們對豫瑾的愛戴，他也有些醋意。

豫瑾一個不防備，打了個呵欠。曼楨道：「傑民，我們上樓去吧，瑾哥哥要睡覺了。」豫瑾笑道：「不不，還早呢。我是因為這兩天睡得不大好——現在簡直變成個鄉下人了，給汽車電車的聲音吵得睡不著覺。」曼楨道：「還有隔壁這隻無線電，真討厭，一天開到晚。」豫瑾笑道：「我也是因為不習慣的緣故。我倒想找兩本書來看看，睡不著，看看書就睡著了。」曼楨道：「我那兒有。傑民，你上去拿，多拿兩本。」

傑民抱了一大疊書走進來，全是她書架上的，內中還有兩本是世鈞送她的。她一本本檢視著，遞給豫瑾，笑道：「不知道你看過沒有？」豫瑾笑道：「都沒看過。告訴你，我現在完全是個鄉下人，一天做到晚，哪兒有工夫看書。」他站在電燈底下翻閱著，曼楨道：「噯呀，這燈泡不夠亮，得要換個大點的。」豫瑾雖然極力攔阻著，曼楨還是上樓去拿燈泡去了。世鈞這時候就有點坐不住，要想走了，想想又有點不甘心。他信手拿起一本書來，翻翻看看。傑民又在那裏咭咭呱呱說他那齣戲，把情節告訴豫瑾。

曼楨拿了隻燈泡來，笑道：「世鈞，你幫我抬一抬桌子。」豫瑾搶著和世鈞兩人把桌子抬了過來，放在電燈底下，曼楨很敏捷地爬到桌子上面，豫瑾忙道：「讓我來。」曼楨笑道：「不要緊的，我行。」她站在桌子上，把電燈上那隻燈泡一擰，摘了下來，這間房屋頓時陷入黑暗中，在黑暗到來之前的一剎那，豫瑾正注意到曼楨的腳踝，他正站在桌子旁邊，實在沒法子不看見。她的腳踝是那樣纖細而又堅強的，正如她的為人。這兩天她母親常常跟豫瑾談家常，豫瑾知道他們一家七口人現在全靠著曼楨，她能夠若無其事的，一點也沒有怨意，他覺得真難得。他發現她的志趣跟一般人也兩樣。她真是充滿了朝氣的。現在他甚至於有這樣一個感想，和她比較起來，她姐姐只是一個夢幻似的美麗的影子了。

燈又亮了，那光明正托在她手裏，照耀在她臉上。曼楨蹲下身來，跳下桌子，笑道：「夠亮了吧？不過你是要躺在床上看書的，恐怕還是不行。」豫瑾道：「沒關係，一樣的。可別再費事了！」曼楨笑道：「我索性好人做到底吧。」她又跑上樓去，把一隻檯燈拿了來。世鈞認得那盞檯燈，就是曼楨床前的那一盞。

豫瑾坐在床沿上，就著檯燈看著書。他也覺得這燈光特別溫暖麼？世鈞本來早就想走了，但是他不願意做出負氣的樣子，因為曼楨一定要笑他的。他在理智上也認為他的妒忌是沒有根據的。將來他們結婚以後，她對他的朋友或者也是這樣殷勤招待著，他也決不會反對的——他不見得腦筋這樣舊，氣量這樣小。可是理智歸理智，他依舊覺得難以忍受。

尤其難以忍受的是臨走的時候，他一個人走向黑暗的街頭，而他們仍舊像一家人似的團聚在燈光下。

顧太太這一向冷眼看曼楨和豫瑾，覺得他們倆很說得來，心裏便存著七八分的希望，又看見世鈞不大來了，更是暗暗高興，想著一定是曼楨冷淡了他了。

又是一個星期六下午，午飯後，顧太太在桌上鋪了兩張報紙，把幾升米攤在報紙上，慢慢地揀出稗子和沙子。豫瑾便坐在她對過，和她談天。他說他後天就要回去了，顧太太覺得非常惋惜，因道：「我們也想回去呢，鄉下也還有幾畝地，兩間房子，我們老太太就老惦記著要回去。我也常跟老太太這麼說著，說起你娘，我說我們到鄉下去，空下來可以弄點吃的，接她來打打小牌，我們老姐妹聚聚。哪曉得就看不見了呢！」說著，又長嘆一聲。又道：「鄉下就是可惜沒有好學校，孩子們上學不方便。將來等他們年紀大些，可以住讀了，有這麼一天，曼楨也結婚了，我真跟我們老太太下鄉去了！」

豫瑾聽她的口氣，彷彿曼楨的結婚是在遙遠的將來，很不確定的一樁事情，便微笑問道：「二妹沒有訂婚麼？」顧太太低聲笑道：「沒有呀。她也沒有什麼朋友，那沈先生倒是常來，不過這種不知底細的人家，曼楨也不見得願意。」她的口風豫瑾也聽出來了，她顯然是屬意於他的。但是曼楨本人呢？那沈先生對於她，完全是單戀麼？豫瑾倒有些懷疑。可是，人都有這個脾氣，凡是他願意相信的事情，總是特別容易相信。豫瑾也不是例外。他心裏又有點活動起來了。

這一向，他心裏的苦悶，也不下於世鈞。

世鈞今天沒有來，也沒打電話來。曼楨疑心他可會是病了，不過也說不定是有什麼事情，所以來晚了。她一直在自己房裏，伏在窗台上往下看著。看了半天，無情無緒地走到隔壁房間裏來，她母親見了她便笑道：「今天怎麼不去看電影去呀？瑾哥哥後天就要走了，你請請他。」豫瑾笑道：「我請，我請。我到上海來了這些天，電影還一趟也沒看過呢！」曼楨笑道：「我記得你從前頂愛看電影的，怎麼現在好像不大有興趣了？」豫瑾笑道：「看電影也有癮的，越看得多越要看。在內地因為沒得看，憋個兩年也就戒掉了。」曼楨道：「有一張片子你可是不能不看。——不過現在不知道還在那兒演著嗎。」她馬上找報紙，找來找去，單缺那一張有電影廣告的。她伏在桌上，把她母親鋪著揀米的報紙掀起一角來看，顧太太便道：「我這都是舊報紙。」曼楨笑道：「喏，這不是今天的嗎？」她把最底下的一張報紙抽了出來，顧太太笑道：「好好，我讓你。我也是得去歇歇去了，這次這米不好，沙子特別多，把我揀得頭昏眼花的。」她收拾收拾，便走出去了。

曼楨在報上找出那張影片的廣告，向豫瑾說：「最後一天了。我勸你無論如何得去看。」豫瑾笑道：「你也去。」曼楨道：「我已經看過了。」豫瑾笑道：「要是有你說的那麼好，就有再看一遍的價值。」曼楨笑道：「你倒訛上我了！不，我今天實在有點累，不想再出去了，連我弟弟今天上台演戲，我也不打算去看。」豫瑾笑道：「那他一定很失望。」

豫瑾手裏拿著她借給他的一本書，他每天在臨睡前看上一段，把那本書捲著摺著，封面已經脫落了。他笑道：「你看，我把你的書看成這個樣子！」曼楨笑道：「這麼一本破書，有什麼要緊。瑾哥哥你後天就要走了？」豫瑾道：「噯。我已經多住了一個禮拜了。」他沒有說：「都是為了你。」這些話，他本來預備等到臨走那天對曼楨說，如果被她拒絕了，正好一走了之，被拒絕之後仍舊住在她家裏，天天見面，那一定很痛苦。但是他現在又想，難得有這麼一個機會，沒有人在旁邊。

他躊躇了一會，便道：「我很想請姑外婆跟表舅母到鄉下去玩，等偉民他們放春假的時候，可以大家一塊兒去，多住幾天。可以住在我們醫院裏，比較乾淨些。你們大概不放假？」曼楨搖搖頭笑道：「我們一年難得放幾天假的。」豫瑾道：「能不能告幾天假呢？」曼楨笑道：「恐怕不行，我們那兒沒這規矩。」豫瑾露出很失望的樣子，道：「我倒很希望你能夠去玩一趟，那地方風景也還不錯，一方面你對我這人也可以多認識認識。」

曼楨忽然發覺，他再說下去，大有向她求婚的趨勢。事出意外，她想著，趕緊攔住他吧。

這句話無論如何不要讓他說出口，徒然落一個痕跡。但是想雖這樣想著，一顆心只是突突地跳著，她只是低著頭，緩緩地把桌上遺留著的一些米粒擄到面前來，堆成一小堆。

豫瑾道：「你一定想我這人太冒失，怎麼剛認識了你這點時候，就說這些話。我實在是因為不得已──我又不能常到上海來，以後見面的機會很少了。」

曼楨想道：「都是我不好。他這次來，我一看見他就想起我小時候這樣頑皮，他和姐姐在一起，我總是跟他們搗亂，現在想起來很抱歉，所以對他特別好些。沒想到因為抱歉的緣故，現在倒要感到更深的歉疚了。」

豫瑾微笑著說道：「我這些年來，可以說一天忙到晚，埋頭在工作裏，倒也不覺得自己是漸漸老了。自從這次看見了你，我才覺得我是老了。也許我認識你已經太晚了……是太晚了吧？」曼楨沉默了一會，方才微笑道：「是太晚了，不過不是你想的那個緣故。」豫瑾頓了頓，道：「是因為沈世鈞嗎？」曼楨只是微笑著，沒有回答，她算是默認了。她是有意這樣說的，表示她先愛上了別人，所以只好對不起他了，她覺得這樣比較不傷害他的自尊心。其實她即使先碰見他，後碰見世鈞，她相信她還是喜歡世鈞的。

她現在忽然明白了，這一向世鈞的態度為什麼這樣奇怪，為什麼他不大到這兒來了。原來是因為豫瑾的緣故，他起了誤會。曼楨覺得非常生氣──他這樣不信任她，以為她這樣容易就變心了？就算她變心了吧，世鈞從前不是答應過她的麼，他說：「我無論如何要把你搶回來的。」那天晚上他在月光下所說的話，難道不算數的？他還是一貫的消極作風，一有第三者出現，他馬上悄悄地走開了，一句話也沒有，這人太可恨了。

曼楨越想越氣，在這一剎那間，她的心已經飛到世鈞那裏去了，幾乎忘了豫瑾的存在。豫瑾這時候也是百感交集，他默默地坐在她對過，半晌，終於站起來說：「我還要出去一趟。待會兒見。」

他走了，曼楨心裏倒又覺得一陣難過。她悵然把她借給他的那本書拿過來。封面撕破了。她把那本書捲成一個圓筒，緊緊地握在手裏，在桌上托托敲著。

已經近黃昏了，看樣子世鈞今天不會來了。這人真可惡，她賭氣要出去了，省得在家裏老是惦記著他，等他他又不來。

她走到隔壁房間裏，她祖母今天「犯陰天」，有點筋骨疼，躺在床上。她母親戴著眼鏡在那兒做活。曼楨道：「傑民今天演戲，媽去不去看？」顧太太道：「我不去了，我也跟奶奶一樣，犯陰天，腰痠背疼的。」曼楨道：「那麼我去吧，一個人也不去，太讓他失望了。」她祖母便道：「瑾哥哥呢？你叫瑾哥哥陪你去。」曼楨道：「瑾哥哥出去了。」她祖母向她臉上望了望，她母親始終淡淡的，不置一詞。曼楨也有些猜到兩位老太太的心事，她也不說什麼，自管自收拾收拾，就到她弟弟學校裏看戲去了。

她走了沒有多少時候，電話鈴響了，顧太太去聽電話，卻是豫瑾打來的，說：「我不回來吃飯了，表舅母別等我。我在一個朋友家裏，他留我在這兒住兩天，我今天晚上不回來了。」聽他說話的聲音，雖然帶著微笑，那一點笑意卻很勉強。顧太太心裏很明白，一定是剛才曼楨給他碰了釘子，他覺得難堪，所以住到別處去了。

顧太太心裏已經夠難過的，老太太卻又絮絮叨叨問長問短，說：「住到朋友家去了？怎麼一回事，曼楨一個人跑出去了。兩個小人兒別是拌了嘴吧？剛才還好好的嘽，我看他們有說有笑的。」顧太太嘆了口冷氣，道：「誰知道怎麼回事！曼楨那脾氣，真叫人灰心，反正以後再也不管她的事了！」

她打定主意不管曼楨的事，馬上就好像感情無處寄託似的，忽然想起大女兒曼璐。曼璐上次回娘家，曾經哭哭啼啼告訴她夫妻失和的事，近來不知道怎麼樣，倒又有好些日子不聽見她的消息了，很不放心。

她打了個電話給曼璐，問她這一向身體可好。曼璐聽她母親的口氣好像要來看她，自從那一次她妹妹來探病，惹出是非來，她現在抱定宗旨，儘量避免娘家人到她這裏來，寧可自己去。她便道：「我明天本來要出來的，我明天來看媽。」顧太太倒楞了一楞，想起豫瑾現在住在他們家裏，曼璐來了恐怕不大方便。豫瑾今天雖然住在外面，明天也許要回來了，剛巧碰見。她躊躇了一會，便道：「你明天來不大好，索性還是過了這幾天再來吧。」曼璐倒覺得很詫異，問：「為什麼？」顧太太在電話上不便多說，只含糊地答了一聲：「等見面再說吧。」

她越是這樣吞吞吐吐，曼璐越覺得好奇，在家裏獨守空閨，本來覺得十分無聊，當天晚上她就坐汽車趕到娘家，看看到底是怎麼回事。那天晚上，家裏孩子們都在學校裏開遊藝會，婆媳倆冷清清地吃了晚飯，便在燈下對坐著揀米。曼璐忽然來了，顧太太倒嚇了一跳，還當她跟姑爺鬧翻了，賭氣跑出來了，只管向她臉上端相著，不看見她有淚容，心裏還有些疑惑，問道：「你可有什麼事？」曼璐笑道：「沒有什麼事。我一直想來的，明天不叫來，所以我今天來了。」

她還沒坐定，顧老太太就夾七夾八地搶著告訴她：「豫瑾到上海來了，你媽有沒有跟你說，他現在住在我們這兒。他娘死了，特為跑來告訴我們。這孩子，幾年不見，比從前更能幹了，這次到上海來，給他們醫院裏買愛克司光機器。剛過了三十歲的人，就當了院長，他娘也是苦命，沒享到幾年福就死了，我聽見了真難受，幾個姪女兒裏頭，就數她對我最親熱了——哪兒想得到的，她倒走在我的前頭！」說著，又眼淚汪汪起來。

曼璐只聽得頭裏兩句，說豫瑾到上海來了，並且住在他們這兒，一聽見這兩句話，馬上耳朵裏嗡的一聲，底下的話一概聽不見了。怔了半天，她彷彿不大信任她祖母似的，別過臉去問她母親：「豫瑾住在我們這兒？」顧太太點點頭，道：「他今天出去了，在一個朋友家過夜，不回來了。」曼璐聽了，方才鬆了一口氣，道：「剛才你在電話上叫我明天不要來，就是為這緣故？」顧太太苦笑道：「是呀，我想著你來了，還是見面好不見面好呢？怪僵的。」曼璐道：「那倒也沒有什麼。」顧太太道：「照說呢，也沒什麼，已經這些年了，而且我們本來是老親，也不怕人家說什麼——」一語未完，忽然聽見門鈴響。曼璐坐在椅子上，不由得欠了欠身，向對過一面穿衣鏡裏張了一張，攏了攏頭髮，深悔剛才出來的時候太匆忙了，連衣服也沒有換一件。

顧老太太道：「可是豫瑾回來了？」顧太太道：「不會吧，他說今天晚上不回來了。」顧老太太道：「不會是曼楨他們，這時候才八點多，他們沒那麼快。」曼璐覺得樓上樓下的空氣都緊張起來了，彷彿一齣戲就要開場，而她身為女主角，一點準備也沒有，台詞一句也記不得，腦子裏一切都非常模糊而渺茫。

顧太太推開窗戶，嚷了聲：「誰呀？」一開窗，卻有兩三點冷雨洒在臉上。下雨了。房客的老媽子也在後門口嚷：「誰呀？……哦，是沈先生！」顧太太一聽見說是世鈞，頓時氣往上冲，回過身來便向曼璐說：「我們上那邊屋去坐，我懶得見他。是那個姓沈的。我想想真氣，要不是他——」說到這裏，又長長地嘆了口氣，便源源本本，把這件事的經過一一訴給她女兒聽。豫瑾這次到上海來，因為他至今尚未結婚，祖母就在背後說，把曼楨嫁給他倒挺好的，報答他十年未娶這一片心意。看他對曼楨也很有意思，曼楨呢也對他很好，不過就因為先有這姓沈的在這裏……

世鈞今天本來不打算來的，但是一到了星期六，一定要來找曼楨，已經成了習慣。白天憋了一天，沒有來，晚上還是來了。樓梯上黑黝黝的，平常走到這裏，曼楨就在上面把樓梯上的電燈開了，今天沒有人給他開燈，他就猜著曼楨也許不在家。摸黑走上去，走到轉彎的地方，忽然覺得腳脛上熱烘烘的，原來地下放著一隻煤球爐子，上面還煮著一鍋東西，踢翻了可不是玩的。他倒嚇了一跳，更加寸步留心起來。走到樓上，看見顧老太太一個人坐在燈下，面前攤著幾張舊報紙，在那裏揀米。世鈞一看見她，心裏便有點不自在。這一向顧老太太因為覺得他是豫瑾的敵人，她護著自己的姪孫，對世鈞的態度就跟從前大不相同了。世鈞是有生以來從來沒有被人家這樣冷遇過的，他勉強笑著叫了聲「老太太」。她抬起頭來笑笑，嘴裏嗡隆了一聲作為招呼，依舊揀她的米。世鈞道：「曼楨出去了嗎？」顧老太太道：「噯，她出去了。」世鈞道：「她上哪兒去了？」顧老太太道：「我也不大清楚。看戲去了吧？」世鈞這就想起來，剛才在樓下，在豫瑾的房門口經過，裏面沒有燈。豫瑾也出去了，大概一塊兒看戲去了。

椅子背上搭著一件女式大衣，桌上又擱著一隻皮包，好像有客在這裏。是曼楨的姐姐吧？剛才沒注意，後門口彷彿停著一輛汽車。

世鈞本來馬上就要走了，但是聽見外面的雨越下越大，他出來也沒帶雨衣，走出去還許叫不到車子。正躊躇著，那玻璃窗沒關嚴，一陣狂風，就把兩扇窗戶嘩啦啦吹開了。顧老太太忙去關窗戶，通到隔壁房間的一扇門也給風吹開了，顧太太在那邊說話，一句句聽得很清楚：「要不然，她嫁給豫瑾多好哇，你想！那她也用不著這樣累了，老太太一直想回家鄉去的，老太太也稱心了。我們兩家併一家，好在本來是老親，也不能說我們是靠上去。」另一個女人的聲音不知說了一句什麼，大概是叫她輕聲點，以後便喊喊喳喳，聽不見了。

顧老太太拴上窗戶，回過身來，面不改色的，那神氣好像是沒聽見什麼，也不知耳朵有點聾呢還是假裝不聽見。世鈞向她點了個頭，含糊地說了聲「我走了」。不要說下雨，就是下錐子他也要走了。

然而無論怎樣性急如火，走到那漆黑的樓梯上，還是得一步步試探著，把人的心都急碎了，要想氣烘烘地衝下樓去，那是絕對不可能的。世鈞在黑暗中想道：「也不怪她母親勢利——本來嘛，豫瑾的事業可以說已經成功了，在社會上也有相當地位了，不像我是剛出來做事，將來是怎麼樣，一點把握也沒有。曼楨呢，她對他是非常佩服的，不過因為她跟我雖然沒有正式訂婚，已經有了一種默契，她又不願意反悔。她和豫瑾有點相見恨晚吧？……好，反正我決不叫她為難。」

他把心一橫，立下這樣一個決心。下了樓，樓下那房客的老媽子還在廚房裏搓洗抹布，看見他就說：「雨下得這樣大，沈先生你沒問他們借把傘？這兒有把破傘，要不要撐了去？」倒是這不相干的老媽子，還有這種人情上的溫暖，相形之下，世鈞心裏更覺得一陣淒涼。他朝她笑了笑，便推開後門，向蕭蕭夜雨中走去。

樓上，他一走，顧老太太便到隔壁房裏去報告：「走了。……雨下得這樣大，曼楨他們回來要淋得像落湯雞了。」老太太一進來，顧太太便不言語了，祖孫三代默然對坐著，只聽見雨聲潺潺。

顧太太剛才對曼璐訴說，把豫瑾和曼楨的事情一五一十說給她聽，一點顧忌也沒有，因為曼璐自己已經嫁了人，而且嫁得這樣好，飛黃騰達的，而豫瑾為了她一直沒有結婚——叫自己妹妹去安慰安慰他，豈不好嗎？她母親以為她一定也贊成的。其實她是又驚又氣，最氣的就是她母親那種口吻，就好像是長輩與長輩之間，在那裏討論下一代的婚事。好像她完全是個局外人，這樁事情完全與她無關，她已經沒有妒忌的權利了。她母親也真是多事，怎麼想起來的，又要替她妹妹和豫瑾撮合，二妹不是已經有了朋友嗎，又讓豫瑾多受一回刺激。她知道的，豫瑾如果真是愛上了她妹妹，也是因為她的緣故——因為她妹妹有幾分像她。他到現在還在那裏追逐著一個影子呀！

她心裏非常感動。她要見他一面，勸勸他，勸他不要這樣癡心。她對自己說，她沒有別的目的，不過是要見見他，規諫他一番。但是誰知道呢，也許她還是抱著一種非份的希望的，尤其因為現在鴻才對她這樣壞，她的處境這樣痛苦。

當著她祖母，也不便說什麼，曼璐隨即站起身來，說要走了。她母親送她下樓，走到豫瑾房門口，曼璐順手就把電燈捻開了，笑道：「我看看。」那是她從前的臥房，不過家具全換過了，現在臨時佈置起來的，疏疏落落放著一張床，一張桌子，兩把椅子。房間顯得很空。豫瑾的洗臉毛巾晾在椅背上，豫瑾的帽子擱在桌上，桌上還有他的自來水筆和一把梳子。換下來的襯衣，她母親給他洗乾淨了，疊得整整齊齊的，放在他床上。枕邊還有一本書。曼璐在燈光下呆呆地望著這一切。幾年不見，他也變成一個陌生的人了。這房間是她住過好幾年的，也顯得這樣陌生，她心裏恍恍惚惚的，好像做夢一樣。

顧太太道：「他後天就要動身了，老太太說我們要做兩樣菜，給他餞行，也不知道他明天回來不回來。」曼璐道：「他的東西都在這裏，明天不回來，後天也要來拿東西的。他來的時候你打個電話告訴我。我要見見他，有兩句話跟他說。」顧太太倒怔了一怔，道：「你想再見面好嗎？待會兒讓姑爺知道了，不大好吧？」曼璐道：「我光明正大的，怕什麼？」顧太太道：「其實當然沒有什麼，不過讓姑爺知道了，他又要找碴子跟你鬧了！」曼璐不耐煩地道：「你放心好了，反正不會帶累你的！」也不知道為什麼，曼璐每次和她母親說話，儘管雙方都是好意，說到後來總要惹得曼璐發脾氣為止。

第二天，豫瑾沒有回來。第三天午後，他臨上火車，方才回來搬行李。曼璐沒等她母親打電話給她，一早就來了，午飯也是在娘家吃的。顧太太這一天担足心事，深恐他們這一見面，便舊情復熾，女兒女婿的感情本來已經有了裂痕，這樣一來，說不定就要決裂了。女兒的脾氣向來是這樣，不聽人勸的，哪裏攔得住她。待要跟在她後面，不讓她和豫瑾單獨會面，又好像是加以監視，做得太明顯了。

豫瑾來了，正在他房裏整理行李，一抬頭，卻看見一個穿著紫色絲絨旗袍的瘦削的婦人，也不知道她什麼時候進來的，倚在床欄杆上微笑望著他。豫瑾吃了一驚，然後他忽然發現，這女人就是曼璐——他又吃了一驚。他簡直說不出話來，望著她，一顆心直往下沉。

他終於微笑著向她微微一點頭。但是他實在不知道說什麼好，再也找不出一句話來，腦子裏空得像洗過了一樣。兩人默默相對，只覺得那似水流年在那裏滔滔地流著。

還是曼璐先開口。她說：「你馬上就要走了？」豫瑾道：「就是兩點鐘的車。」曼璐道：「一定要走了？」豫瑾道：「我已經在這兒住了半個多月了。」曼璐抱著胳膊，兩肘撐在床欄杆上，她低著眼皮，撫摸著自己的手臂，幽幽地道：「其實你不該上這兒來的。難得到上海來一趟，應當高高興興的玩玩。……我真希望你把我這人忘了。」

她這一席話，豫瑾倒覺得很難置答。她以為他還在那裏迷戀著她呢。他也無法辯白。他頓了一頓，便道：「從前那些話還提它幹嗎？曼璐，我聽見說你得到了很好的歸宿，我非常安慰。」曼璐淡淡地笑了一笑道：「哦，你聽見他們說的。他們只看見表面，他們哪兒知道我心裏的滋味。」

豫瑾不敢接口，他怕曼璐再說下去，就要細訴衷情，成為更進一步的深談了。於是又有一段較長的沉默。豫瑾極力制止自己，沒有看手錶。他注意到她的衣服，她今天穿這件紫色的衣服，不知道是不是偶然的。從前她有件深紫色的綢旗袍，他很喜歡她那件衣裳。冰心有一部小說裏說到一個「紫衣的姐姐」，豫瑾有一個時期寫信給她，就稱她為「紫衣的姐姐」。她和他同年，比他大兩個月。

曼璐微笑打量著他道：「你倒還是那樣子。你看我變了吧？」豫瑾微笑道：「人總要變的，我也變了。我現在脾氣也跟從前兩樣了，也不知是年紀的關係，想想從前的事，非常幼稚可笑。」

他把從前的一切都否定了。她所珍惜的一些回憶，他已經羞於承認了。曼璐身上穿著那件紫色的衣服，頓時覺得芒刺在背，渾身都像火燒似的。她恨不得把那件衣服撕成破布條子。

也幸而她母親不遲不早，正在這時候走了進來，拎著一隻提籃盒，笑道：「豫瑾你昨天不回來，姑外婆說給你餞行，做了兩樣菜，後來你沒回來，就給你留著，你帶到火車上吃。」豫瑾客氣了一番。顧太太又笑道：「我叫劉家的老媽子給你僱車去。」豫瑾忙道：「我自己去僱。」顧太太幫他拎著箱子，他匆匆和曼璐道別，顧太太送他出去，一直送到衖堂口。

曼璐一個人在房裏，眼淚便像拋沙似的落了下來。這房間跟她前天來的時候並沒有什麼兩樣，他用過的毛巾依舊晾在椅背上，不過桌上少了他的帽子。前天晚上她在燈下看到這一切，那種溫暖而親切的心情，現在想起來，卻已經恍如隔世了。

他枕邊那本書也還在那裏，掀到某一頁。她前天沒注意到，桌上還有好幾本小說，原來都是她妹妹的書，她認識的，還有那隻檯燈，也是她妹妹的東西。——二妹對豫瑾倒真體貼，借小說書給他看，還要拿一隻檯燈來，好讓他躺在床上舒舒服服的看。那一份殷勤，可想而知。她母親還不是也鼓勵她，故意支使她送茶送水，一天到晚借故跑到他房裏來，像個二房東的女兒似的，老在他面前轉來轉去，賣弄風情。只因為她是一個年青的女孩子，她無論怎麼樣賣弄風情，人家也還是以為她是天真無邪，以為她的動機是純潔的。曼璐真恨她，恨她恨入骨髓。

她年紀這樣輕，她是有前途的，不像曼璐的一生已經完了，所剩下的只有她從前和豫瑾的一些事跡，雖然悽楚，可是很有回味的。但是給她妹妹這樣一來，這一點回憶已經給糟蹋掉了，變成一堆刺心的東西，碰都不能碰，一想起來就覺得刺心。

連這一點如夢的回憶都不給她留下。為什麼這樣殘酷呢？曼楨自己另外有愛人的。聽母親說，那人已經在旁邊吃醋了。也許曼楨的目的就是要他吃醋。不為什麼，就為了要她的男朋友吃醋。

曼璐想道：「我沒有待錯她呀，她這樣恩將仇報。不想想從前，我都是為了誰，出賣了我的青春。要不是為了他們，我早和豫瑾結婚了。我真傻。真傻。」

她唯有痛哭。

顧太太回來的時候，看見她伏在桌上，哭得兩隻肩膀一聳一聳的。顧太太悄然站在她身邊，半晌方道：「你看，我勸你你不信，見了面有什麼好處，不是徒然傷心嗎！」

太陽光黃黃地晒在地板上，屋子裏剛走掉一個趕火車的人，總顯得有些零亂。有兩張包東西的舊報紙拋在地下，顧太太一一拾了起來，又道：「別難過了。還是這樣好！剛才你不知道，我真担心，我想你剛巧這一向心裏不痛快，老是跟姑爺嘔氣，不要一看見豫瑾，心裏就活動起來，還好，你倒還明白！」

曼璐也不答理。只聽見她那一陣一陣，摧毀了肝肺的啜泣。

9

世鈞在那個風雨之夕下了決心，再也不到曼楨家裏去了。但是這一類的決心，是沒有多大價值的。究竟他所受的刺激，不過是由於她母親的幾句話，與她本人無關。就算她本人也有異志了，憑他們倆過去這點交情，也不能就此算了，至少得見上一面，把話說明白了。

世鈞想是想通了，不知道為什麼，卻又延挨了一天。其實多挨上一天，不過使他多失眠一夜罷了。次日，他在辦公時間跑到總辦事處去找曼楨。自從叔惠走了，另調了一個人到曼楨的辦公室裏，說話也不大方便，世鈞也不大來了，免得惹人注目。這一天，他也只簡單地和她說：「今天晚上出去吃飯好麼，就在離楊家不遠那個咖啡館裏，吃了飯你上他們那兒教書也挺方便的。」曼楨道：「我今天不去教書，他們兩個孩子要去吃喜酒，昨兒就跟我說好了。」世鈞道：「你不去教書頂好了，我們可以多談一會。換一個地方吃飯也行。」曼楨笑道：「還是上我家吃飯吧，你好久沒來了。」世鈞頓了一頓，道：「誰說的，我前天剛來的。」曼楨倒很詫異，道：「哦？他們怎麼沒告訴我？」世鈞不語。曼楨見這情形，就猜著他一定是受了委屈了。當時也不便深究，只是笑道：「前天我剛巧出去了，我弟弟學堂裏不是演戲嗎，傑民他是第一次上台，沒辦法，得去給他捧場。回來又碰見下大雨，幾個人都著了涼，你過給我，我過給你，一家子都傷了風。今天就別出去吃館子了，太油膩的東西我也不能吃，你聽我嗓子都啞了！」世鈞正是覺得她的喉嚨略帶一些沙音，卻另有一種凄清的嫵媚之致。他於是就答應了到她家裏來吃飯。

他在黃昏時候來到她家，還沒走到半樓梯上，樓梯上的電燈就一亮，是她母親在樓上把燈捻開了。樓梯口也還像前天一樣，擱著個煤球爐子，上面一隻砂鍋咕嘟咕嘟，空氣裏火腿湯的氣味非常濃厚，世鈞在他們家吃飯的次數多了，顧太太是知道他的口味的，這樣菜大概還是特意為他做的。顧太太何以態度一變，忽然對他這樣殷勤起來，一定是曼楨跟她說了什麼，世鈞倒有點不好意思。

顧太太彷彿也有點不好意思，笑嘻嘻地和他一點頭道：「曼楨在裏頭呢。」只說了這樣一聲，她自去照料那隻火腿湯。世鈞走到房間裏面，看見顧老太太坐在那裏剝豆瓣。老太太看見他也笑吟吟的，向曼楨的臥室裏一努嘴，道：「曼楨在裏頭呢。」被她們這樣一來，世鈞倒有些不安起來。

走進去，曼楨正伏在窗台上往下看，世鈞悄悄走到她後面去，捉住她一隻手腕，笑道：「看什麼，看得這樣出神？」曼楨噯喲了一聲道：「嚇了我一跳！我在這兒看了半天了，怎麼你來我會沒看見？」世鈞笑道：「那也許眼睛一霎，就錯過了。」他老捉著她的手不放，曼楨道：「你幹嗎這些天不來？」世鈞笑道：「我這一向忙。」曼楨向他撇了撇嘴。世鈞笑道：「真的。叔惠不是有個妹妹在內地念書嗎，最近她到上海來考學校，要補習算術，叔惠現在又不住在家裏，這差使就落到我頭上了，每天晚飯後補習兩個鐘頭。——豫瑾呢？」曼楨道：「已經走了。就是今天走的。」世鈞道：「哦。」他在曼楨的床上一坐，只管把她床前那盞檯燈一開一關。曼楨打了他的手一下，道：「別這麼著，扳壞了！我問你，你前天來，媽跟你說了些什麼？」世鈞笑道：「沒說什麼呀。」曼楨笑道：「你就是這樣不坦白。我就是因為對我母親欠坦白，害你受了冤枉。」世鈞笑道：「冤枉我什麼了？」曼楨笑道：「你就甭管了，反正我已經對她解釋過了，她現在知道她是冤枉了好人。」世鈞笑道：「哦，我知道，她一定是當我對你沒有誠意。」曼楨笑道：「怎麼，你聽見她說的嗎？」世鈞笑道：「沒有沒有。那天我來，根本沒見到她。」曼楨道：「我不相信。」世鈞道：「是真的。那天你姐姐來的，是不是？」曼楨略點了點頭。世鈞道：「她們在裏邊屋子裏說話，我聽見你母親說——」他不願意說她母親勢利，略頓了一頓，方道：「我也記不清楚了，反正那意思是說豫瑾是個理想的女婿。」曼楨微笑道：「豫瑾也許是老太太們理想的女婿。」世鈞望著她笑道：「我倒覺得他這人是雅俗共賞的。」

曼楨瞅了他一眼，道：「你不提，我也不說了——我正要跟你算賬呢！」世鈞笑道：「怎麼？」曼楨道：「你以為我跟豫瑾很好，是不是？你這樣不信任我。」世鈞笑道：「沒這個事！剛才我說著玩的。我知道你對他不過是很佩服罷了，他呢，他是個最多情的人，他這些年來這樣忠於你姐姐，怎麼會在短短幾天內忽然愛上她的妹妹？不會有這樣的事情。」他提起豫瑾，就有點酸溜溜的，曼楨本來想把豫瑾向她求婚的經過索性告訴了他，免得他老有那樣一團疑雲在那裏。但是她倒又不願意說了，因為她也覺得豫瑾為她姐姐「守節」這些年，忽然移愛到她身上，是有點使人詫異，給世鈞那樣一說，也是顯得有點可笑。她不願意讓他給人家訕笑。她多少有一點迴護著他。

世鈞見她欲言又止的樣子，倒有點奇怪，不禁向她看了一眼。他也默然了。半晌，方才笑道：「你母親說的話對。」曼楨笑道：「哪一句話？」世鈞笑道：「還是早點結婚好。老這樣下去，容易發生誤會的。」曼楨笑道：「除非你，我是不會瞎疑心的。譬如你剛才說叔惠的妹妹——」世鈞笑道：「叔惠的妹妹？人家今年才十四歲呢。」曼楨笑道：「我並不是繞著彎子在那兒打聽著，你可別當我是誠心的。」世鈞笑道：「也許你是誠心的。」曼楨卻真的有點生氣了，道：「不跟你說話了！」便跑開了。

世鈞拉住她笑道：「跟你說正經的。」曼楨道：「我們不是早已決定了嗎，說再等兩年。」世鈞道：「其實結了婚也是一樣的，你不是照樣可以做事嗎？」曼楨道：「那要是——要是有了小孩子呢？孩子一多，就不能出去做事了，就得你一個人負担這兩份家的開銷。這種事情我看得多了，一個男人除了養家，丈人家裏也靠著他，逼得他見錢就抓，什麼事都幹，那還有什麼前途——你笑什麼？」世鈞笑道：「你打算要多少個小孩子？」曼楨啐道：「這回真不理你了！」

世鈞又道：「說真的，我也不是不能吃苦的，有苦大家吃。你也不替我想想，我眼看著你這樣辛苦，我不覺得難過嗎？」曼楨道：「我不要緊的。」她總是這樣固執。世鈞這些話也說過不止一回了。他鬱鬱地不作聲了。曼楨向他臉上望了望，微笑道：「你一定覺得我非常冷酷。」世鈞突然把她向懷中一拉，低聲道：「我知道，要說是為你打算的話，你一定不肯的。要是完全為了我，為了我自私的緣故，你肯不肯呢？」她且不答他這句話，只把他一推，避免讓他吻她，道：「我傷風，你別過上了。」世鈞笑道：「我也有點傷風。」曼楨噗哧一笑，道：「別胡說了！」她洒開了手，跑到隔壁房裏去了。她祖母的豆瓣才剝了一半，曼楨笑道：

「我來幫著剝。」

世鈞也走了出來，她祖母背後有一張書桌，世鈞便倚在書桌上，拿起一張報紙來，假裝看報，其實他一直在那兒看著她，並且向她微笑著。曼楨坐在那裏剝豆子，就有一點定不下心來。她心裏終於有點動搖起來了，想道：「那麼，就結了婚再說吧。家累重的人也多了，人家是怎樣過的？」正是這樣沉沉地想著，卻聽見她祖母呵喲了一聲，道：「你瞧你這是幹什麼呢？」曼楨倒嚇了一跳，看時，原來她把豆莢留在桌上，剝出來的豆子卻一顆顆的往地下扔。她把臉都要紅破了，忙蹲下身去揀豆子，笑道：「我這叫『郭獃子幫忙，越幫越忙！』」她祖母笑道：「也沒看見你這樣的，手裏做著事，眼睛也不看著。」曼楨笑道：「再剝幾顆不剝了。我這手指甲因為打字，剪得禿禿的，剝這豆子真有點疼。」她祖母道：「我就知道你不行！」說著，也就扯過去了。

曼楨雖然心裏起了動搖，世鈞並不知道，他依舊有點鬱鬱的。飯後，老太太拿出一包香烟來讓世鈞抽，這是她們剛才清理樓下的房間，在抽屜裏發現的，孩子們要拿去抽著玩，他們母親不允許。當下世鈞隨意拿了一根吸著，等老太太走了，便向曼楨笑道：「這是豫瑾丟在這兒的吧？」他記得豫瑾說過，在鄉下，像這種「小仙女」已經算是最上品的香烟了，抽慣了，就到上海來也買著抽。大概他也是省儉慣了。世鈞吸著他的烟，就又和曼楨談起他來，曼楨卻很不願意再提起豫瑾。她今天一回家，發現豫瑾已經來過了，把行李拿了直接上車站，分明是有意的避免和她見面，以後大概永遠也不會再來了。她拒絕了他，就失去了他這樣一個友人，雖然是沒有辦法的事，但是心裏不免覺得難過。世鈞見她滿臉悵惘的神色，他記得前些時他們兩人在一起的時候，她常常提起豫瑾，提起的次數簡直太多了，而現在她的態度剛巧相反，倒好像怕提起他。這中間一定發生了一些什麼事情。她不說，他也不去問她。

那天他一直有點悶悶不樂，回去得也比較早，藉口說要替叔惠的妹妹補習算術。他走了沒有多少時候，忽然又聽見門鈴響，顧太太她們只當是樓下的房客，也沒理會，後來聽見樓梯上腳步聲，便喊道：「誰呀？」世鈞笑道：「是我，我又來了！」

顧太太和老太太，連曼楨在內，都為之愕然，覺得他一天來兩次，心太熱了，曼楨面頰上就又熱烘烘起來，她覺得他這種做派，好像有點說不過去，給她家裏人看著，不是讓她受窘嗎，可是她心裏倒又很高興，也不知為什麼。

世鈞還沒走到房門口就站住了，笑道：「已經睡了吧？」顧太太笑道：「沒有沒有，還早著呢。」世鈞走進來，一屋子人都笑臉相迎，帶著三分取笑的意味。可是曼楨一眼看見他手裏拎著一隻小提箱，她先就吃了一驚，再看他臉上雖然帶著笑容，神色很不安定。他笑道：「我要回南京去一趟，就是今天的夜車。我想我上這兒來說一聲。」曼楨道：「怎麼忽然要走了？」世鈞道：「剛才來了個電報，說我父親病了，叫我回去一趟。」他站在那裏，根本就沒把箱子放下，那樣子彷彿不預備坐下了。曼楨也和他一樣，有點心亂如麻，只管怔怔的站在那裏。還是顧太太問了一聲：「幾點鐘的車？」世鈞道：「十一點半。」顧太太道：「那還早呢。坐一會，坐一會！」世鈞方才坐了下來，慢慢的摘掉圍巾，擱在桌上。

顧太太搭訕著說要泡茶去，就走開了，而且把其餘的兒女們一個個叫了出去，老太太也走開了，只剩他和曼楨兩個人。曼楨道：「電報上沒說是什麼病？不嚴重吧？」世鈞道：「電報是我母親打來的，我想，要不是很嚴重，我母親根本就不會知道他生病。我父親不是另外還有個家麼，他總是住在那邊。」曼楨點點頭。世鈞見她半天不說話，知道她一定是在那兒担心他一時不會回來，便道：「我總儘快的回來。廠裏也不能夠多請假。」曼楨又點點頭。

他上次回南京去，他們究竟交情還淺，這回他們算是第一次嘗到別離的滋味了。曼楨半晌才說出一句話來，道：「你家裏地址我還不知道呢。」她馬上去找紙筆，世鈞道：「不用寫了，我一到那兒就來信，我信封上會註明的。」曼楨道：「還是寫一個吧。」世鈞伏在書桌上寫，她伏在書桌的另一頭，看著他寫。兩人都感到一種淒涼的況味。

世鈞寫完了，將那紙條子拿起來看看，又微笑著說：「其實我幾天工夫就會回來的，也用不著寫什麼信。」曼楨不說什麼，只把他的圍巾拿在手裏絞來絞去。

世鈞看了看錶，站起身來道：「我該走了。你別出來了，你傷風。」曼楨道：「不要緊的。」她穿上大衣，和他一同走了出來。衖堂裏還沒有門鐵門，可是街上已經行人稀少，碰見兩輛黃包車，都是載著客的。沿街的房屋大都熄了燈了，只有一家老虎灶，還大開著門，在那黃色的電燈光下，可以看見灶頭上黑黝黝的木頭鍋蓋底下，一陣陣的冒出乳白色的水蒸氣來。一走到他家門口，就暖烘烘的。夜行人走過這裏，不由得就有些戀戀的。天氣是真的冷起來了，夜間相當寒冷了。

世鈞道：「我對我父親本來沒有什麼感情的，可是上次我回去，那次看見他，也不知為什麼，叫我心裏很難過。」曼楨點頭：「我聽見你說的。」世鈞道：「還有，我最担心的，就是以後家裏的經濟情形。其實這都是意料中的事，可是……心裏簡直亂極了。」

曼楨突然握住他的手道：「我恨不得跟你一塊兒去，我也不必露面，隨便找個什麼地方待著。有什麼事情發生了，你有一個人在旁邊，可以隨時的跟我說說，你心裏也痛快點兒。」世鈞望著她笑道：「你瞧，這時候你就知道了，要是結了婚就好辦了，那我們當然一塊兒回去，也省得你一個人在這兒惦記著。」曼楨白了他一眼道：「你還有心腸說這些，可見你不是真著急。」

遠遠來了輛黃包車。世鈞喊了一聲，車夫過街往這邊來了。世鈞忽然又想起來，向曼楨低聲叮囑道：「我的信沒有人看的，你可以寫得……長一點。」曼楨嗤的一笑，道：「你不是說用不著寫信了，沒有幾天就要回來的？我就知道你是騙我！」世鈞也笑了。

她站在街燈底下望著他遠去。

次日清晨，火車到了南京，世鈞趕到家裏，他家裏的店門還沒開。他從後門進去，看見包車夫在那裏撣拭包車。世鈞道：「太太起來了沒有？」包車夫道：「起來了，一會兒就要上那邊去了。」說到「那邊」兩個字，他把頭部輕輕地側了一側，當然「那邊」就是小公館的代名詞。世鈞心裏倒砰地一跳，想道：「父親的病一定是好不了了，所以母親得趕到那邊去見一面。」這樣一想，腳步便沉重起來。包車夫搶在他前面，跑上樓去通報，沈太太迎了出來，微笑道：「你倒來得這樣快。我正跟大少奶奶說著，待會兒叫車夫去接去，一定是中午那班車。」大少奶奶帶著小健正在那裏吃粥，連忙起身叫女傭添副碗筷，又叫她們切點香腸來。沈太太向世鈞道：「你吃了早飯就跟我一塊兒去吧。」世鈞道：「爸爸的病怎麼樣？」沈太太道：「這兩天總算好了些，前兩天可嚇死人了！我也顧不得什麼了，跑去跟他見了一面。看那樣子簡直不對，舌頭也硬了，話也說不清楚。現在天天打針，醫生說還得好好的靜養著，還沒脫離險境呢。我現在天天去。」

他母親竟是天天往小公館裏跑，和姨太太以及姨太太那虔婆式的母親相處，世鈞簡直不能想像。尤其因為他母親這種女人，叫她苦守寒窯，無論怎麼苦她也可以忍受，可是她有她的身分，她那種宗法社會的觀念非常強烈，決不肯在妾媵面前跌了架子的。雖然說是為了看護丈夫的病，但是那邊又不是沒有人照顧，她跑去一定很不受歡迎的，在她一定也是很痛苦的事。世鈞不由得想起他母親平時，一說起他父親，總是用一種冷酷的口吻，提起他的病與死的可能，她也很冷靜，笑嘻嘻的說：「我也不愁別的，他家裏一點東西也不留，將來我們這日子怎麼過呀？要不為這個，他馬上死了我也沒什麼，反正一年到頭也看不見他的人，還不如死了呢！」言猶在耳。

吃完早飯，他母親和他一同到父親那裏去，他母親坐著包車，另給世鈞叫了一輛黃包車。世鈞先到，跳下車來，一揿鈴，一個男傭來開門，看到他彷彿很詫異，叫了聲「二少爺」。世鈞走進去，看見姨太太的娘在客室裏坐著，替她外孫女兒編小辮子，一個女傭蹲在地下給那孩子繫鞋帶。姨太太的娘一面編辮子一面說：「可是鼓樓那個來了？——別動，別動，爸爸生病呢，你還不乖一點！周媽你抱她去溜溜，可別給她瞎吃，啊！」世鈞想道：「『鼓樓那個』想必是指我母親，我們不是住在鼓樓嗎？倒是人以地名。」這時候「鼓樓那個」也進來了。世鈞讓他母親在前面走，他跟在後面一同上樓。他這是第一次用別人的眼光看他的母親，看到她的臃腫的身軀和慘淡的面容。她爬樓很吃力。她極力做出坦然的樣子，表示她是到這裏來執行她的天職的。

世鈞從來沒到樓上來過。樓上臥室裏的陳設，多少還保留著姨太太從前在「生意浪」的作風，一堂紅木家具堆得滿坑滿谷，另外也加上一些家庭風味，淡綠色士林布的窗簾，白色窗紗，淡綠色的粉牆。房間裏因為有病人，稍形雜亂，嘯桐一個人睡一張雙人床，另外有張小鐵床，像是臨時搭的。姨太太正倚在嘯桐的床頭，在那裏用小銀匙餵他吃桔子汁，把他的頭抱在懷裏。嘯桐不知道可認為這是一種艷福的表演。他太太走進來，姨太太只抬了抬眼皮，輕輕的招呼了聲「太太」，依舊繼續餵著桔子水。嘯桐根本眼皮也沒抬。沈太太卻向他笑道：「你看誰來了？」姨太太笑道：「咦，二少爺來了！」世鈞叫了聲「爸爸。」嘯桐很費勁的說道：「噯，你來了。你請了幾天假？」沈太太道：「你就別說話了，大夫不是不叫你多說話麼？」嘯桐便不作聲了。姨太太又把小銀匙伸到他脣邊來碰碰他，他卻厭煩地搖搖頭，同時現出一種侷促的神氣。姨太太笑道：「不吃啦？」他越是這樣，她倒偏要賣弄她的溫柔體貼，將她衣襟上掖著的雪白的絲巾拉下來，替他嘴上擦擦，又把他的枕頭挪挪，被窩拉拉。

嘯桐又向世鈞問道：「你什麼時候回去？」沈太太道：「你放心，他不會走的，只要你不多說話。」嘯桐就又不言語了。

世鈞看見他父親，簡直不大認識，當然是因為消瘦的緣故，一半也因為父親躺在床上，沒戴眼鏡，看著覺得很不習慣。姨太太問知他是乘夜車來的，忙道：「二少爺，這兒靠靠吧，火車上一下來，一直也沒歇著。」把他讓到靠窗一張沙發椅上，世鈞順手拿起一張報紙來看。沈太太坐在嘯桐床面前一張椅子上，屋子裏靜悄悄的。樓下有個孩子哇哇哭起來了，姨太太的娘便在樓下往上喊：「姑奶奶你來抱抱他吧。」姨太太正拿著個小玻璃碾子在那裏擠桔子水，便嘟囔道：「一個老太爺，一個小太爺，簡直要了我的命了！老太爺也是囉唆，一樣一個桔子水，別人擠就嫌不乾淨。」

她忙出忙進，不一會，就有一個老媽子送上一大盤炒麵，兩副碗筷來，姨太太跟在後面，含笑讓太太跟二少爺吃麵。世鈞道：「我不餓，剛才在家裏吃過了。」姨太太再三說：「少吃一點吧。」世鈞見他母親也不動箸，他也不吃，好像有點難為情，只得扶起筷子來吃了一些。他父親躺在床上，只管眼睜睜地看著他吃，彷彿感到一種單純的滿足，脣上也泛起一絲微笑。世鈞在父親的病榻旁吃著那油膩膩的炒麵，心裏卻有一種異樣的淒梗的感覺。

午飯也是姨太太吩咐另開一桌，給太太和二少爺在老爺房裏吃的。世鈞在那間房裏整整坐了一天，沈太太想叫他早點回家去休息休息，嘯桐卻說：「世鈞今天就住在這兒吧。」姨太太聽見這話，心裏十分不願意，因笑道：「嗳喲，我們連一張好好的床都沒有，不知道二少爺可睡得慣呢！」嘯桐指了指姨太太睡的那張小鐵床，姨太太道：「就睡在這屋裏呀？你晚上要茶要水的，還把二少爺累壞了！他也做不慣這些事情。」嘯桐不語。姨太太向他臉上望了望，只得笑道：「這樣子吧，有什麼事，二少爺你叫人好了，我也睡得警醒點兒。」

姨太太督率著女傭把她床上的被褥搬走了，她和兩個孩子一床睡，給世鈞另外換上被褥，說道：「二少爺只好在這張小床上委屈點吧，不過這被窩倒都是新釘的，還乾淨。」

燈光照著蘋果綠的四壁，世鈞睡在這間伉儷的情味非常足的房間裏，覺得很奇怪，他怎麼會到這裏來了。姨太太一夜工夫跑進來無數遍，噓寒問暖，伺候嘯桐喝茶，吃藥，便溺。世鈞倒覺得很不過意，都是因為他在這裏過夜，害她多賠掉許多腳步。他睜開眼來看看，她便笑道：「二少爺你別動，讓我來，我做慣的。」她睡眼惺忪，髮髻睡得毛毛的，旗袍上鈕釦也沒扣好，露出裏面的紅絲格子紡短衫。世鈞簡直不敢朝她看，因為他忽然想起鳳儀亭的故事。她也許想製造一個機會，好誣賴他調戲她。他從小養成了這樣一種觀念，始終覺得這姨太太是一個詭計多端的惡人。後來再一想，她大概是因為不放心屋角那隻鐵箱，怕他們父子間有什麼私相授受的事，所以一趟趟的跑來察看。

沈太太那天回去，因為覺得世鈞胃口不大好，以為他吃不慣小公館的菜，第二天她來，便把自己家裏製的素鵝和萵筍圓子帶了些來。這萵筍圓子做得非常精緻，把萵筍醃好了，長長的一段，盤成一隻暗綠色的餅子，上面塞一朵紅紅的乾玫瑰花。她向世鈞笑道：「昨天你在家裏吃早飯，我看你連吃了好兩隻，想著你也許愛吃。」嘯桐看見了也要吃。他吃粥，就著這種醃菜，更是合適，他吃得津津有味，說：「多少年沒吃到過這東西了！」姨太太聽了非常生氣。

嘯桐這兩天精神好多了。有一次，賬房先生來了。嘯桐雖然在病中，業務上有許多事他還是要過問的，有些事情也必須向他請示，因為只有他是一本清賬，整套的數目字他都清清楚楚記在他腦子裏。賬房先生躬身坐在床前，湊得很近，嘯桐用極細微的聲音一一交代給他。賬房先生走後，世鈞便道：「爸爸，我覺得你不應當這樣勞神，大夫知道了，一定要說話的。」嘯桐嘆了口氣道：「實在放不下手來嗎，叫我有什麼辦法！我這一病下來，才知道什麼都是假的，用的這些人，就沒一個靠得住的！」

世鈞知道他是這個脾氣，再勸下去，只有更惹起他的牢騷，無非說他只要今天還剩一口氣在身上，就得賣一天命，不然家裏這些人，叫他們吃什麼呢？其實他何至於苦到這步田地，好像家裏全靠他做一天吃一天。他不過是犯了一般生意人的通病，錢心太重了，把全副精神都寄託在上面，所以總是念念不忘。

他小公館裏的電話是裝在臥室裏的，世鈞替他聽了兩次電話。有一次有一樁事情要接洽，他便向世鈞說：「你去一趟吧。」沈太太笑道：「他成嗎？」嘯桐微笑道：「他到底是在外頭混過的，連這點事都辦不了，那還行？」世鈞接連替他父親跑過兩次腿，他父親當面沒說什麼，背後卻向他母親誇獎他：「他倒還細心。倒想得周到。」沈太太得個機會便喜孜孜地轉述給世鈞聽。世鈞對於這些事本來是個外行，他對於人情世故也不大熟悉，在上海的時候，就吃虧在這一點上，所以他在廠裏的人緣並不怎麼好，他也常常為了這一點而煩惱著。但是在這裏，因為他是沈某人的兒子，大家都捧著他，辦起事來特別覺得順手，心裏當然也很痛快。

漸漸的，事情全都套到他頭上來了。賬房先生有什麼事要請老爺的示下，嘯桐便得意地笑道：「你問二少爺去！現在歸他管了，我不管了。去問他去！」

世鈞現在陡然變成一個重要的人物，姨太太的娘一看見他便說：「二少爺，這兩天瘦了，辛苦了！二少爺真孝順！」姨太太也道：「二少爺來了，老爺好多了，不然他一天到晚總是操心！」姨太太的娘又道：「二少爺你也不要客氣，要什麼只管說，我們姑奶奶這一向急糊塗了，照應得也不周到！」母女倆一遞一聲，二少爺長，二少爺短，背地裏卻大起恐慌。姨太太和她母親說：「老頭子就是現在馬上死了，都太晚了！店裏事情全給別人攬去管了。怪不得人家說生意人沒有良心，除了錢，就認得兒子。可不是嗎！跟他做了十幾年的夫妻，就一點也不替我打算打算！」她母親道：「我說你也別生氣，你跟他用點軟功夫。說良心話，他一向對你也還不錯，他倒是很有點懼著你。那一年跑到上海去玩舞女，你跟他一鬧，不是也就好了嗎？」

但是這回這件事卻有點棘手，姨太太想來想去，還是只有用兒女來打動他的心。當天她就把她最小的一個男孩子領到嘯桐房裏來，笑道：「老磨著我，說要看看爸爸。哪，爸爸在這裏！你不是說想爸爸的嗎？」那孩子不知道怎麼，忽然犯起彆扭勁來，站在嘯桐床前，只管低著頭揪著褥單。嘯桐伸過手去摸摸他的臉，心裏卻很難過。中年以後的人常有這種寂寞之感，覺得睜開眼來，全是倚靠他的人，而沒有一個人是可以倚靠的，連一個可以商量商量的人都沒有。所以他對世鈞特別倚重了。

世鈞早就想回上海去了。他把這意思悄悄的對他母親一說，他母親苦苦的留他再住幾天，世鈞也覺得父親的病才好了一點，不能給他這樣一個打擊。於是他就沒提要走的話，只說要住到家裏去。住在小公館裏，實在很彆扭。別的還在其次，第一就是讀信和寫信的環境太壞了。曼楨的來信寄到他家裏，都由他母親陸續的帶到這裏來，但是他始終沒能夠好好的給她寫一封長信。

世鈞對他父親說他要搬回家去，他父親點點頭，道：「我也想住到那邊去，那邊地段還清靜，養病也比較適宜。」他又向姨太太望了望，道：「她這一向起早睡晚的，也累病了，我想讓她好好的休息休息。」姨太太是因為晚上受涼了，得了咳嗽的毛病，而且白天黑夜像防賊似的，防著老頭子把鐵箱裏的東西交給世鈞，一個人的精神有限，也有些照顧不過來了。突然聽見老頭子說他要搬走了，她蒼白著臉，一聲也沒言語。沈太太也呆住了，頓了一頓方才笑道：「你剛好一點，不怕太勞動了？」嘯桐道：「那沒關係，待會兒叫輛汽車，我跟世鈞一塊兒回去。」沈太太笑道：「今天就回去？」嘯桐其實久有此意，先沒敢說出來，怕姨太太跟他鬧，心裏想等臨時再說，說了就馬上走。便笑道：「今天來得及嗎？要不你先回去吧，叫他們拾掇拾掇屋子，我們隨後再來。」沈太太嘴裏答應著，卻和世鈞對看了一下，兩人心裏都想著：「還不定走得成走不成呢。」

沈太太走了，姨太太便冷笑了一聲，發話道：「哼，說得那樣好聽，說叫我休息休息！」才說到這裏，眼圈就紅了。嘯桐只是閉著眼睛，露出很疲乏的樣子。世鈞看這樣子，是免不了有一場口舌，他夾在裏面，諸多不便，他立刻走了出去，到樓下去，假裝叫李升去買份晚報。僕人們都在那裏交頭接耳，嘁嘁喳喳，很緊張似的，大約他們已經知道老爺要搬走的消息了。世鈞在客室裏踱來踱去，遠遠聽見女傭們在那兒喊叫著：「老爺叫李升。」「李升給二少爺買報去了。」不一會，李升回來了，把報紙送到客室裏來，便有一個女傭跟進來說：「老爺叫你呢。叫你打電話叫汽車。」世鈞聽了，不由得也緊張起來了。汽車彷彿來得特別慢，他把一張晚報顛來倒去看了兩三遍，才聽見汽車喇叭響。李升在外面跟一個女傭說：「你上去說一聲。」那女傭便道：「你怎麼不去說？是你打電話叫來的。」李升正色道：「去，去，去說一聲！怕什麼呀？」兩人你推我，我推你，都不敢去，結果還是由李升跑到客室裏來，垂著手報告說：「二少爺，車子來了。」

世鈞想起來他還有些衣服和零星什物在他父親房裏，得要整理一下，便回到樓上來。還沒走到房門口，就聽見姨太太在裏面高聲說道：「怎麼樣？你把這些東西拿出來，全預備拿走哇？那可不行！你打算把我們娘兒幾個丟啦？不打算回來啦？這幾個孩子不是你養的呀？」嘯桐的聲音也很急促，道：「我還沒有死呢，我人在哪兒，當然東西得擱在哪兒，就是為了便當！」姨太太道：「便當——告訴你，沒這麼便當！」緊跟著就聽見一陣揪奪的聲音，然後咕咚一聲巨響，世鈞著實嚇了一跳，心裏想著他父親再跌上一跤，第二次中風，那就無救了。他不能再置身事外了，忙走進房去，一看，還好，他父親坐在沙發上直喘氣，說：「你要氣死我還是怎麼？」鐵箱開著，股票、存摺和棧單撒了一地，大約剛才他顫巍巍的去開鐵箱拿東西，姨太太急了，和他拉拉扯扯的一來，他往前一栽，幸而沒跌倒，卻把一張椅子推倒在地下。

姨太太也嚇得臉都黃了，猶自嘴硬，道：「那麼你自己想想你對得起我嗎？病了這些日子，我伺候得哪一點不周到，你說走就走，你太欺負人了！」她一扭身坐下來，伏在椅背上嗚嗚哭了起來。她母親這時候也進來了，拍著她肩膀勸道：「你別死心眼兒，老爺走了又不是不回來了！傻丫頭！」這話當然是說給老爺聽的，表示她女兒對老爺是一片癡心地愛著他的。但是自從姨太太動手來搶股票和存摺，嘯桐也有些覺得寒心了。乘著房間裏亂成一片，他就喊：「周媽！王媽！車來了沒有？——來了怎麼不說？混賬！快攙我下去。」世鈞把他自己的東西揀要緊的拿了幾樣，也就跟在後面，走下樓來，一同上車。

回到家裏，沈太太再也沒想到他們會來得這樣早，屋子還沒收拾好，只得先叫包車夫和女傭們攙老爺上樓，服侍他躺下了，沈太太自己的床讓出來給他睡，自己另搭了一張行軍床。吃的藥也沒帶全，又請了醫生來，重新開方子配藥。又張羅著給世鈞吃點心，晚餐也預備得特別豐盛。家裏清靜慣了，僕人們沒經著過這些事情，都顯得手忙腳亂。大少奶奶光只在婆婆後面跟出跟進，也忙得披頭散髮的，喉嚨都啞了。這「父歸」的一幕，也許是有些蒼涼的意味的，但結果是在忙亂中度過。

晚上，世鈞已經上床了，沈太太又到他房裏來，母子兩人這些天一直也沒能夠痛痛快快說兩句話。沈太太細問他臨走時候的情形，世鈞就沒告訴她關於父親差點跌了一跤的事，怕她害怕。沈太太笑道：「我先憋著也沒敢告訴你，你一說要搬回來住，我就心想著，這一向你爸爸對你這樣好，那女人正在那兒眼睛裏出火呢，你這一走開，說不定就把老頭子給謀害了！」世鈞笑了一笑，道：「那總還不至於吧？」

嘯桐住回來了，對於沈太太，這真是喜從天降，而且完全是由於兒子的力量，她這一份得意，可想而知。他回是回來了，對她始終不過如此，要說怎樣破鏡重圓，是不會的，但無論如何，他在病中是無法拒絕她的看護，她也就非常滿足了。

說也奇怪，家裏新添了這樣一個病人，馬上就生氣蓬勃起來。本來一直收在箱子裏的許多字畫，都拿出來懸掛著，大地毯也拿出來鋪上了，又新做了窗簾，因為沈太太說自從老爺回來了，常常有客人來探病和訪問，不能不佈置得像樣些。嘯桐有兩樣心愛的古董擺設，丟在小公館沒帶出來，他倒很想念，派傭人去拿，姨太太跟他賭氣，扣著不給。嘯桐大發脾氣，摔掉一隻茶杯，拍著床罵道：「混賬！叫你們做這點兒事都不成！你就說我要拿，她敢不給！」還是沈太太再三勸他：「不要為這點點事生氣了，太不犯著！大夫不是叫你別發急嗎？」這一套細磁茶杯還是她陪嫁的東西，一直捨不得用，最近才拿出來使用，一拿出來就給小健砸了一隻，這又砸了一隻。沈太太笑道：「剩下的幾隻我要給它們算算命了！」

沈太太因為嘯桐曾經稱讚過她的蒿筍圓子，所以今年大做各種醃臘的東西，筍豆子、香腸、香肚、醃菜、臭麵筋。這時候離過年還遠呢，她已經在那裏計畫著，今年要大過年。又拿出錢來給所有的傭人都做上新藍布褂子。世鈞從來沒看見她這樣高興過。他差不多有生以來，就看見母親是一副悒鬱的面容。她無論怎樣痛哭流涕，他看慣了，已經可以無動於衷了，倒反而是她現在這種快樂到極點的神氣，他看著覺得很悽慘。

姨太太那邊，父親不見得從此就不去了。以後當然還是要見面的。一見面，那邊免不了又要施展她們的挑撥離間的本領，對這邊就又會冷淡下來了。世鈞要是在南京，又還要好些，父親現在好像少不了他似的。他走了，父親一定很失望。母親一直勸他不要走，把上海的事情辭了。辭職的事情，他可從來沒有考慮過。可是最近他卻常常想到這問題了。要是真辭了職，那對於曼楨一定很是一個打擊。她是那樣重視他的前途，為了他的事業，她怎樣吃苦也願意的。而現在他倒自動的放棄了，好像太說不過去了——怎麼對得起人家呢？

本來那樣盼望著曼楨的信，現在他簡直有點怕看見她的信了。

10

世鈞跟家裏說，上海那個事情，他決定辭職了，另外也還有些未了的事情，需要去一趟。他回到上海來，在叔惠家裏住了一宿，第二天上午就到廠裏去見廠長，把一封正式辭職信交遞進去，又到他服務的地方去把事情交代清楚了，正是中午下班的時候，他上樓去找曼楨。他這次辭職，事前一點也沒有跟她商量過，因為告訴了她，她一定是要反對的，所以他想來想去，還是先斬後奏吧。

一走進那間辦公室，就看見曼楨那件淡灰色的舊羊皮大衣披在椅背上。她伏在桌上不知在那裏抄寫什麼文件。叔惠從前那隻寫字檯，現在是另一個辦事員坐在那裏，這人也仿效著他們經理先生的美國式作風，把一雙腳高高擱在寫字檯上，悠然地展覽著他的花條紋襪子與皮鞋，鞋底絕對沒有打過掌子。他和世鈞招呼了一聲，依舊蹺著腳看他的報。曼楨回過頭來笑道：「咦，你幾時回來的？」世鈞走到她寫字檯前面，搭訕著就一彎腰，看看她在那裏寫什麼東西。她彷彿很秘密似的，兩邊都用別的紙張蓋上了，只留下中間兩行。他這一注意，她索性完全蓋沒了，但是他已經看出來這是寫給他的一封信。他笑了一笑，當著人，也不便怎樣一定要看。他扶著桌子站著，說：「一塊兒出去吃飯去。」曼楨看著鐘，說：「好，走吧。」她站起來穿大衣，臨走，世鈞又說：「你那封信呢，帶出去寄了吧？」他逕自把那張信紙拿起來疊了疊，放到自己的大衣袋裏。曼楨笑著沒說什麼，走到外面方才說道：「拿來還我。你人已經來了，還寫什麼信？」世鈞不理她，把信拿出來一面走一面看。一面看著，臉上便泛出微笑來。曼楨見了，不由得就湊近前去看他看到什麼地方。一看，她便紅著臉把信搶了過來，道：「等一會再看。帶回去看。」世鈞笑道：「好好，不看不看。你還我，我收起來。」

曼楨問他關於他父親的病狀，世鈞約略說了一些，然後他就把他辭職的事情緩緩地告訴了她，從頭說起。他告訴她，這次回南京去，在火車上就急得一夜沒睡覺，心想著父親的病萬一要是不好的話，母親和嫂嫂姪兒馬上就成為他的負担，這担子可是不輕。幸而有這樣一個機會，父親現在非常需要他，一切事情都交給他管，趁此可以把經濟權從姨太太手裏抓過來，母親和寡嫂將來的生活就有了保障了。因為這個緣故，他不能不辭職了。當然這不過是一時權宜之計，將來還是要出來做事的。

他老早預備好了一番話，說得也很委婉，但是他真正的苦衷還是無法表達出來。譬如說，他母親近來這樣快樂，就像一個窮苦的小孩揀到個破爛的小玩藝，就拿它當個寶貝。而她這點悽慘可憐的幸福正是他一手造成的，既然給了她了，他實在不忍心又去從她手裏奪回來。此外還有一個原因，但是這一個原因，他不但不能夠告訴曼楨，就連對他自己他也不願意承認——就是他們的結婚問題。事實是，只要他繼承了父親的家業，那就什麼都好辦，結婚之後，接濟接濟丈人家，也算不了什麼。相反地，如果他不能夠抓住這個機會，那麼將來他母親、嫂嫂和姪兒勢必都要靠他養活，他和曼楨兩個人，他有他的家庭負担，她有她的家庭負担，她又不肯帶累了他，結婚的事更不必談了，簡直遙遙無期。他覺得他已經等得夠長久了，他心裏的煩悶是無法使她了解的。

還有一層，他對曼楨本來沒有什麼患得患失之心，可是自從有過豫瑾那回事，他始終心裏總不能釋然。人家說夜長夢多，他現在覺得也許倒是有點道理。這些話他都不好告訴她，曼楨當然不明白，他怎麼忽然和家庭妥協了，而且一點也沒徵求她的同意，就貿然的辭了職。她覺得非常痛心，她把他的事業看得那樣重，為它怎樣犧牲都可以，他卻把它看得這樣輕。本來要把這番道理跟他說一說，但是看他那神氣，已經是很慚愧的樣子，就也不忍心再去譴責他，所以她始終帶著笑容，只問了聲：「你告訴了叔惠沒有？」世鈞笑道：「告訴他了。」曼楨笑道：「他怎麼說？」世鈞笑道：「他說很可惜。」曼楨笑道：「他也是這樣說？」世鈞向她望了望，微笑道：「我知道，你一定很不高興。」曼楨笑道：「你呢，你很高興，是不是？你住到南京去了，從此我們也別見面了，你反正不在乎。」世鈞見她只是一味的兒女情長，並沒義正辭嚴地責備他自暴自棄，他頓時心裏一寬，笑道：「我以後一個禮拜到上海來一次，好不好？這不過是暫時的事。暫時只好這樣。我難道不想看見你麼？」

他在上海耽擱了兩三天，這幾天他們天天見面，表面上一切都和從前一樣，但是他一離開她，就回過味來了，覺得有點不對。所以他一回到南京，馬上寫了封信來。信上說：「我真想再看見你，但是我剛來過，這幾天內實在找不到一個藉口再到上海來一趟。這樣好不好，你和叔惠一同到南京來度一個週末。你還沒有到南京來過呢。我的父母和嫂嫂，我常常跟你說起他們，你一定也覺得他們是很熟悉的人，我想你住在這裏不會覺得拘束的。你一定要來的。叔惠我另外寫信給他。」

叔惠接到他的信，倒很費躊躇。南京他實在不想去了。他和曼楨通了一個電話，說：「要去還是等春天，現在這時候天太冷了，而且我上次已經去過一趟了。你要是沒去過，不妨去看看。」曼楨笑道：「你不去我也不去了。我一個人去好像顯得有點……突兀。」叔惠本來也有點看出來，世鈞這次邀他們去，目的是要他的父母和曼楨見見面。假如是這樣，叔惠倒也想著他是義不容辭的，應當陪她去一趟。

就在這一個星期尾，叔惠和曼楨結伴來到南京，世鈞到車站上去接他們。他先看見叔惠，曼楨用一條湖綠羊毛圍巾包著頭，他幾乎不認識她了。頭上這樣一紮，顯得下巴尖了許多，是否好看些倒也說不出來，不過他還是喜歡她平常的樣子，不喜歡有一點點改動。

世鈞叫了一輛馬車，叔惠笑道：「這大冷天，你請我們坐馬車兜風？」曼楨笑道：「南京可真冷。」世鈞道：「是比上海冷得多，我也忘了告訴你一聲，好多穿點衣裳。」曼楨笑道：「告訴我也是白告訴，不見得為了上南京來一趟，還特為做上一條大棉褲。」世鈞道：「待會兒問我嫂嫂借一條棉褲穿。」叔惠笑道：「她要肯穿才怪呢。」曼楨笑道：「你父親這兩天怎麼樣？可好些了？」世鈞道：「好多了。」曼楨向他臉上端詳了一下，微笑道：「那你怎麼好像很担憂的樣子。」叔惠笑道：「去年我來的時候他就是這神氣，好像担心極了，現在又是這副神氣來了，就像是怕你上他們家去隨地吐痰或是吃飯搶菜，丟他的人。」世鈞笑道：「什麼話！」曼楨也笑了笑，搭訕著把她的包頭緊了一緊，道：「風真大，幸而紮著頭，不然頭髮要吹得像蓬頭鬼了！」然而，沒有一會工夫，她又把那綠色的包頭解開了，笑道：「我看路上沒有什麼人紮著頭，大概此地不興這個，我也不高興紮了，顯著奇怪，像個紅頭阿三。」叔惠笑道：「紅頭阿三？綠頭蒼蠅！」世鈞噗哧一笑，道：「還是紮著好，護著耳朵，暖和一點。」

曼楨道：「暖和不暖和，倒沒什麼關係，把頭髮吹得不像樣子！」她拿出一把梳子來，用小粉鏡照著，才梳理整齊了，又吹亂了，結果還是把圍巾紮在頭上，預備等快到的時候再拿掉。世鈞和她認識了這些時，和她同出同進，無論到什麼地方去，也沒看見她像今天這樣怯場。他不禁微笑了。

他跟他家裏人是這樣說的，說他請叔惠和一位顧小姐來玩兩天，顧小姐是叔惠的一個朋友，和他也是同事。他也並不是有意隱瞞。他一向總覺得，家裏人對於外來的女友總特別苛刻些，總覺得人家配不上他們自己的人。他不願意他們用特殊的眼光看待曼楨，而希望他們能在較自然的情形下見面。至於見面後，對曼楨一定是一致贊成的，這一點他卻很有把握。

馬車來到皮貨莊門前，世鈞幫曼楨拿著箱子，三人一同往裏走。店堂裏正有兩個顧客在那裏挑選東西，走馬樓上面把一隻皮統子從窗口吊下來，噝噝噝放下繩子，吊下那麼小小的一捲東西，反面朝外，微微露出一些皮毛。那大紅綢裏子就像襁褓似的，裏面睡著一隻毛茸茸的小獸。走馬樓上的五彩玻璃窗後面，大概不是他母親就是他嫂嫂，在那裏親手主持一切。是他母親——她想必看見他們了，馬上哇啦一喊：「陳媽，客來了！」聲音尖厲到極點，簡直好像樓上養著一隻大鸚鵡。世鈞不覺皺了皺眉頭。

皮貨店裏總有一種特殊的氣息，皮毛與樟腦的氣味，一切都好像是從箱子裏才拿出來的，珍惜地用銀皮紙包著的。世鈞小時候總覺得樓下這爿店是一個陰森而華麗的殿堂。現在他把一切都看得平凡了，只剩下一些親切感。他常常想像著曼楨初次來到這裏，是怎樣一個情形。現在她真的來了。

叔惠是熟門熟路，上樓梯的時候，看見牆上掛著兩張猴皮，便指點著告訴曼楨：「這叫金絲猴，出在峨嵋山的。」曼楨笑道：「哦，是不是這黃毛上有點金光？」世鈞道：「據說是額上有三條金線，所以叫金絲猴。」樓梯上暗沉沉的，曼楨湊近前去看了看，也看不出所以然來。世鈞道：「我小時候走過這裏總覺得很神秘，有點害怕。」

大少奶奶在樓梯口迎了上來，和叔惠點頭招呼著，叔惠便介紹道：「這是大嫂。這是顧小姐。」大少奶奶笑道：「請裏邊坐。」世鈞無論怎樣撇清，說是叔惠的女朋友，反正是他專誠由上海請來的一個女客，家裏的人豈有不注意的。大少奶奶想道：「世鈞平常這樣眼高於頂，看不起本地的姑娘，我看他們這個上海小姐也不見得怎樣時髦。」

叔惠道：「小健呢？」大少奶奶道：「他又有點不舒服，躺著呢。」小健這次的病源，大少奶奶認為是他爺爺教他認字塊，給他吃東西作為獎勵，所以吃壞了。小健每一次生病，大少奶奶都要歸罪於這個人或那個人，這次連她婆婆都怪在裏面。沈太太這一向為了一個嘯桐，一個世鈞，天天挖空心思，弄上好些吃的，孩子看著怎麼不眼饞呢？沈太太近來過日子過得這樣興頭，那快樂的樣子，大少奶奶這傷心人在旁邊看著，自然覺得有點看不入眼。這兩天小健又病了，家裏一老一小兩個病人，還要從上海邀上些男朋女友跑來住在這裏，世鈞不懂事罷了，連他母親也跟著起鬨！

沈太太出來了，世鈞又給曼楨介紹了一下，沈太太對她十分客氣，對叔惠也十分親熱。大少奶奶只在這間房裏轉了一轉，就走開了。桌上已經擺好了一桌飯菜，叔惠笑道：「我們已經在火車上吃過了。」世鈞笑道：「那我上當了，我到現在還沒吃飯呢，就為等著你們。」沈太太道：「你快吃吧。顧小姐，許家少爺，你們也再吃一點，陪陪他。」他們坐下來吃飯，沈太太便指揮僕人把他們的行李送到各人的房間裏去。曼楨坐在那裏，忽然覺得有一隻狗尾巴招展著，在她腿上拂來拂去。她朝桌子底下看了一看，世鈞笑道：「一吃飯牠就來了，都是小健慣的牠，總拿菜餵牠。」叔惠便道：「這狗是不是就是石小姐送你們的那一隻？」世鈞道：「咦，你怎麼知道？」叔惠笑道：「我上次來的時候不是聽見她說，她家裏的狗生了一窩小狗，要送一隻給小健。」一面說著，便去撫弄那隻狗，默然了一會，因又微笑著問道：「她結了婚沒有？」世鈞道：「還沒有呢，大概快了吧，我最近也沒有看見一鵬。」曼楨便道：「哦，我知道，就是上回到上海來的那個方先生。」世鈞笑道：「對了，你還記得？我們一塊兒吃飯的時候，他不是說要訂婚了——就是這石小姐。他們是表兄妹。」

吃完飯，曼楨說：「我們去看看老伯。」世鈞陪他們到嘯桐房裏去，他們這時候剛吃過飯，嘯桐卻是剛吃過點心，他靠在床上，才說了聲「請坐請坐」，就深深地打了兩個嗝兒。世鈞心裏就想：「怎麼平常也不聽見父親打嗝，偏偏今天……也許平時也常常打，我沒注意。」也不知道為什麼原因，今天是他家裏人的操行最壞的一天。就是他母親和嫂嫂，也比她們平常的水準要低得多。

叔惠問起嘯桐的病情。俗語說，久病自成醫，嘯桐對於自己的病，知道得比醫生還多。尤其現在，他一切事情都交給世鈞照管，他自己安心做老太爺了，便買了一部《本草綱目》，研究之下，遇到家裏有女傭生病，就替她們開兩張方子，至今也沒有吃死人，這更增強了他的自信心。他自己雖然請的是西醫，他認為有些病還是中醫來得靈驗。他在家裏也沒有什麼可談的人，世鈞是簡直是個啞巴。倒是今天和叔惠雖然是初見，和他很談得來。叔惠本來是哪一等人都會敷衍的。

嘯桐正談得高興，沈太太進來了。嘯桐便問道：「小健今天可好些了？」沈太太道：「還有點熱度。」嘯桐道：「我看他吃王大夫的藥也不怎麼對勁。叫他們抱來給我看看。我給他開個方子。」沈太太笑道：「噯喲，老太爺，你就歇歇吧，別攬這樁事了！我們少奶奶又胆子小。再說，人家就是名醫，也還不給自己人治病呢。」嘯桐方才不言語了。

他對曼楨，因為她是女性，除了見面的時候和她一點頭之外，一直正眼也沒有朝她看，這時候忽然問道：「顧小姐從前可到南京來過？」曼楨笑道：「沒有。」嘯桐道：「我覺得好像在哪兒見過，可是再也想不起來了。」曼楨聽了，便又仔細看了看他的面貌，笑道：「我一時也想不起來了。可會是在上海碰見的？老伯可常常到上海去？」嘯桐沉吟了一會，道：「上海我也有好些年沒去過了。」他最後一次去，曾經惹起一場不小的風波。是姨太太親自找到上海去，把他押回來的。他每次去，都是住在他內弟家裏。他和他太太雖然不睦，郎舅二人卻很投機。他到上海來，舅爺常常陪他「出去溜溜」。在他認為是逢場作戲，在姨太太看來，卻是太太的陰謀，特意叫舅老爺帶他出去玩，娶一個舞女回來，好把姨太太壓下去。這樁事情是怎樣分辯也辯不明白的。當時他太太為這件事也很受屈，還跟她弟弟也嘔了一場氣。

嘯桐忽然脫口說道：「哦，想起來了！」——這顧小姐長得像誰？活像一個名叫李璐的舞女。怪不得看著這樣眼熟呢！他冒冒失失說了一聲「想起來了」，一屋子人都向他看著，等著他的下文，他怎麼能說出來，說人家像他從前認識的一個舞女。他頓了一頓，方向世鈞笑道：

「想起來了，你舅舅不是就要過生日了麼，我們送的禮正好託他們兩位帶去。」世鈞笑道：「我倒想自己跑一趟，給舅舅拜壽去。」嘯桐笑道：「你剛從上海回來，倒又要去了？」沈太太卻說：「你去一趟也好，舅舅今年是整生日。」叔惠有意無意的向曼楨睃了一眼，笑道：「世鈞現在簡直成了要人啦，上海南京兩頭跑！」

正說笑間，女傭進來說：「方家二少爺跟石小姐來了，在樓底下試大衣呢。」沈太太笑道：「準是在那兒辦嫁妝。世鈞你下去瞧瞧去，請他們上來坐。」世鈞便向曼楨和叔惠笑道：「走，我們下去。」又低聲笑道：「這不是說著曹操，曹操就到。」叔惠卻皺著眉說：「我們今天還出去不出去呀？」世鈞道：「一會兒就走——我們走我們的，好在有我嫂嫂陪著他們。」叔惠道：「那我把照相機拿著，省得再跑一趟樓梯。」

他自去開箱子取照相機，世鈞和曼楨先到樓下去和一鵬翠芝這一對未婚夫婦相見。翠芝送他們的那隻狗也跑出來了，牠還認識牠的舊主人，在店堂裏轉來轉去，直搖尾巴。一鵬一看見曼楨便含笑叫了聲「顧小姐！幾時到南京來的？」翠芝不由得向曼楨銳利地看了一眼，道：「咦，你們本來認識的？」一鵬笑道：「怎麼不認識，我跟顧小姐老朋友了！」說著，便向世鈞睞了睞眼睛。世鈞覺得他大可不必開這種玩笑，而且翠芝這人是一點幽默感也沒有的，你去逗著她玩，她不要認真起來才好。他向翠芝看看，翠芝笑道：「顧小姐來了幾天了？」曼楨笑道：「我們才到沒有一會。」翠芝道：「這兩天剛巧碰見天氣這樣冷。」曼楨笑道：「是呀。」世鈞每次看見兩個初見面的女人客客氣氣斯斯文文談著話，他就有點寒凜凜的，覺得害怕。也不知道為什麼。他自問也並不是一個胆小如鼠的人。

一鵬笑道：「喂，這兒還有一個人呢。我來介紹。」和他們同來的還有翠芝的一個女同學，站在稍遠的地方，在那裏照鏡子試皮大衣。那一個時期的女學生比較守舊，到哪兒都喜歡拖著個女同學，即使是和未婚夫一同出去，也要把一個女同學請在一起。翠芝也不脫這種習氣。她這同學是一位竇小姐，名叫竇文嫻，年紀比她略長兩歲，身材卻比她矮小。這竇小姐把她試穿的那件大衣脫了，一鵬這些地方向來伺候得最周到的，他立刻幫她穿上她自己的那件貂大衣。翠芝是一件豹皮大衣。豹皮這樣東西雖然很普通，但是好壞大有分別，壞的就跟貓皮差不多，像翠芝這件是最上等的貨色，顏色黃澄澄的，上面的一個個黑圈都圈得筆酣墨飽，但是也只有十八九歲的姑娘們穿著好看，顯得活潑而稍帶一些野性。世鈞笑道：「要像你們這兩件大衣，我敢保我們店裏就拿不出來。」叔惠在樓梯上接口道：「你這人太不會做生意了！」一鵬笑道：「咦，叔惠也來了！我都不知道。」叔惠走過來笑道：「恭喜，恭喜，幾時請我們吃喜酒？」世鈞笑道：「就快了，已經在這兒辦嫁妝了嘍！」一鵬只是笑。翠芝也微笑著，她俯身替那隻小狗抓癢癢，在牠頷下緩緩地搔著，搔得那隻狗伸長了脖子，不肯走開了。

一鵬笑道：「你們今天有些什麼節目？我請你們吃六華春。」世鈞道：「幹嗎這樣客氣？」一鵬道：「應當的。等這個月底我到上海，就該你們請我了。」世鈞笑道：「你又要到上海去了？」一鵬把頭轉向翠芝那邊側了側，笑道：「陪她去買點東西。」竇文嫻便道：「要買東西，是得到上海去。上海就是一個買東西，一個看電影，真方便！」她這樣一個時髦人，卻不住在上海，始終認為是一個缺陷，所以一提起來，她的一種優越感和自卑感就交戰起來，她的喉嚨馬上變得很尖銳。

大少奶奶也下樓來了，她和文嫻是見過的，老遠就笑著招呼了一聲「竇小姐」。翠芝叫了聲「表姐」，大少奶奶便道：「怎麼還叫我表姐？該叫我姐姐啦！」翠芝臉紅紅的，把臉一沉，道：「你不要拿我開心。」大少奶奶笑道：「上去坐會兒。」翠芝卻向一鵬說道：「該走了吧？你不是說要請文嫻看電影嗎？」一鵬便和世鈞他們說：「一塊兒去看電影，好不好？」翠芝道：「人家剛從上海來，誰要看我們那破電影兒！」大少奶奶便問世鈞：「你們預備上哪兒去玩？」世鈞想了想，臨時和叔惠商量著，道：「你上次來，好像沒到清涼寺去過。」大少奶奶道：「那你們就一塊兒到清涼寺去好了，一鵬有汽車，可以快一點，不然你們只夠來回跑的了！等一會一塊回到這兒來吃飯，媽特為預備了幾樣菜給他們兩位接風。」一鵬本來無所謂，便笑道：「好好，就是這樣辦。」

於是就到清涼山去了。六個人把一輛汽車擠得滿滿的。在汽車上，叔惠先沒大說話，後來忽然振作起來了，嘻嘻哈哈的，興致很好，不過世鈞覺得他今天說的笑話都不怎麼可笑，有點硬滑稽。翠芝和她的女同學始終是只有她們兩個人唧唧噥噥，咭咭咕咕笑著，那原是一般女學生的常態。到了清涼山，下了汽車，兩人也還是寸步不離，文嫻跟在翠芝後面，把兩隻手插在翠芝的皮領子底下取暖。她們倆只顧自己說話，完全把曼楨撇下了，一鵬倒覺得有些不過意，但是他也不敢和曼楨多敷衍，當著翠芝，他究竟有些顧忌，怕她誤會了。世鈞見曼楨一個人落了單，他只好去陪著她，兩人並肩走上山坡。

走不完的破爛殘缺的石級。不知什麼地方駐著兵，隱隱有喇叭聲順著風吹過來。在那淡淡的下午的陽光下聽到軍營的號聲，分外覺得荒涼。

江南的廟宇都是這種慘紅色的粉牆。走進去，幾座偏殿裏都有人住著，一個襤褸的老婆子坐在破蒲團上剝大蒜，她身邊擱著隻小風爐，豎著一捲蓆子，還有小孩子坐在門檻上玩。像是一群難民，其實也就是窮苦的人，常年過著難民的生活。翠芝笑道：「我聽見說這廟裏的和尚有家眷的，也穿著和尚衣服。」叔惠倒好奇起來，笑道：「哦？我們去看看。」翠芝笑道：「真的，我們去瞧瞧去。」一鵬笑道：「就有，他們也不會讓你看見的。」

院子正中有一座鼎，曼楨在那青石座子上坐下了。世鈞道：「你走得累了？」曼楨道：「累倒不累。」她頓了一頓，忽然仰起臉來向他笑道：「怎麼辦？我腳上的凍瘡破了。」她腳上穿著一雙瘦伶伶的半高跟灰色麂皮鞋。那時候女式的長統靴還沒有流行，棉鞋當然不登大雅之堂，毡鞋是有的，但是只能夠在家裏穿穿，穿出去就有點像個老闆娘。所以一般女人到了冬天也還是絲襪皮鞋。

世鈞道：「那怎麼辦呢？我們回去吧。」曼楨道：「那他們多掃興呢。」世鈞道：「不要緊，我們兩人先回去。」曼楨道：「我們坐黃包車回去吧，不要他們的車子送了。」世鈞道：「好，我去跟叔惠說一聲，叫他先別告訴一鵬。」

世鈞陪著曼楨坐黃包車回家去，南京的冬天雖然奇冷，火爐在南京並不像在北京那樣普遍，世鈞家裏今年算特別考究，父親房裏裝了個火爐，此外只有起坐間裏有一隻火盆，上面擱著個鐵架子，煨著一瓦鉢子荸薺。曼楨一面烤著火一面還是發抖。她笑著說：「剛才實在冰透了。」世鈞道：「我去找件衣裳來給你加上。」他本來想去問他嫂嫂借一件絨線衫，再一想，他嫂嫂的態度不是太友善，他懶得去問她借，而且嫂嫂和母親一樣，都是梳頭的，衣服上也許有頭油的氣味。他結果還是拿了他自己的一件咖啡色的舊絨線衫，還是他中學時代的東西，他母親稱為「狗套頭」式的。曼楨穿著太大了，袖子一直蓋到手背上。但是他非常喜歡她穿著這件絨線衫的姿態。在微明的火光中對坐著，他覺得完全心滿意足了，好像她已經是他家裏的人。

荸薺煮熟了，他們剝荸薺吃。世鈞道：「你沒有指甲，我去拿把刀來，你削了皮吃。」曼楨道：「你不要去。」世鈞也實在不願意動彈，這樣坐著，實在太舒服了。

他忽然在口袋裏掏摸了一會，拿出一樣東西來，很靦腆地遞到她面前來，笑道：「給你看。這是我在上海買的。」曼楨把那小盒子打開來，裏面有一隻紅寶石戒指。她微笑道：「哦，你還是上次在上海買的。怎麼沒聽見你說？」世鈞笑道：「因為你正在那裏跟我生氣。」曼楨笑道：「那是你多心了，我幾時生氣來著？」世鈞只管低著頭拿著那戒指把玩著，道：「我去辭職那天，領了半個月的薪水，拿著錢就去買了個戒指。」曼楨聽見說是他自己掙的錢買的，心裏便覺得很安慰，笑道：「貴不貴？」世鈞道：「便宜極了。你猜多少錢？才六十塊錢。這東西嚴格的說起來，並不是真的，不過假倒也不是假的，是寶石粉做的。」曼楨道：「顏色很好看。」世鈞道：「你戴上試試，恐怕太大了。」

戒指戴在她手上，世鈞拿著她的手看著，她也默默地看著。世鈞忽然微笑道：「你小時候有沒有把雪茄烟上匝著的那個紙圈圈當戒指戴過？」曼楨笑道：「戴過的。你們小時候也拿那個玩麼？」這紅寶石戒指很使他們聯想到那種硃紅花紋的燙金小紙圈。

世鈞道：「剛才石翠芝手上那個戒指你看見沒有？大概是他們的訂婚戒指。那顆金剛鑽總有一個手錶那樣大。」曼楨噗哧一笑道：「哪有那麼大，你也說得太過分了。」世鈞笑道：「大概是我的心理作用，因為我自己覺得我這紅寶石太小了。」曼楨笑道：「金剛鑽這樣東西我倒不怎麼喜歡，只聽見說那是世界上最硬的東西，我覺得連它那個光都硬，像鋼針似的，簡直扎眼睛。」世鈞道：「那你喜歡不喜歡珠子？」曼楨道：「珠子又好像太沒有色彩了。我還是比較喜歡紅寶石，尤其是寶石粉做的那一種。」世鈞不禁笑了起來。

那戒指她戴著嫌太大了。世鈞笑道：「我就猜著是太大了。得要送去收一收緊。」曼楨道：「那麼現在先不戴著。」世鈞笑道：「我去找點東西來裹在上頭，先對付著戴兩天。絲線成不成？」曼楨忙拉住他道：「你可別去問她們要！」世鈞笑道：「好好。」他忽然看見她袖口拖著一綹子絨線，原來他借給她穿的那件舊絨線衫已經破了。世鈞笑道：「就把這絨線揪一點下來，裹在戒指上吧。」他把那絨線一抽，抽出一截子來揪斷了，繞在戒指上，繞幾繞，又給她戴上試試。正在這時候，忽然聽見他母親在外面和女傭說話，說道：「點心先給老爺送去吧，他們不忙，等石小姐他們回來了一塊兒吃吧。」那說話聲音就在房門外面，世鈞倒嚇了一跳，馬上換了一張椅子坐著，坐到曼楨對過去。

房門一直是開著的，隨即看見陳媽端著一盤熱氣騰騰的點心從門口經過，往他父親房裏去了。大概本來是給他們預備的，被他母親攔住了，沒叫她進來。母親一定是有點知道了。好在他再過幾天就要向她宣佈的，早一點知道也沒什麼關係。

他心裏正這樣想著，曼楨忽然笑道：「噯，他們回來了。」樓梯上一陣腳步響，便聽見沈太太的聲音笑道：「咦，還有人呢？翠芝呢？」一鵬道：「咦，翠芝沒上這兒來呀？還以為他們先回來了！」一片「咦咦」之聲。世鈞忙迎出去，原來只有一鵬和竇文嫻兩個人。世鈞笑道：「叔惠呢？」一鵬道：「一個叔惠，一個翠芝，也不知他們跑哪兒去了。」世鈞道：「你們不是在一塊兒的麼？」一鵬道：「都是翠芝，她一高興，說聽人說那兒的和尚有老婆，就鬧著要去瞧瞧去，這兒文嫻說走不動了，我就說我們上掃葉樓去坐會兒吧，喝杯熱茶，就在那兒等他們。哪曉得左等也不來，右等也不來。」文嫻笑道：「我倒真急了，我說我們上這兒來瞧瞧，準許先來了——本來我沒打算再來了，我預備直接回去的。」世鈞笑道：「坐一會，坐一會，他們橫是也就要來了。這兩人也真是孩子脾氣——跑哪兒去了呢？」

世鈞吃荸薺已經吃飽了，又陪著他們用了些點心。談談說說，天已經黑下來了，還不見叔惠翠芝回來。一鵬不由得焦急起來，道：「別是碰見什麼壞人了。」世鈞道：「不會的，翠芝也是個老南京了，而且有叔惠跟她在一起，叔惠很機靈的，決不會吃人家的虧。」嘴裏這樣說著，心裏也有點嘀咕起來。

幸而沒有多大的工夫，叔惠和翠芝也就回來了。大家紛紛向他們責問，世鈞笑道：「再不回來，我們這兒就要組織探險隊，燈籠火把上山去找去了！」文嫻笑道：「可把一鵬急死啦！上哪兒去了，你們？」叔惠笑道：「不是去看和尚太太嗎？沒見著，和尚留我們吃素包子。吃了包子，到掃葉樓去找你們，已經不在那兒了。」曼楨道：「你們也是坐黃包車回來的？」叔惠道：「是呀，走了好些路也僱不到車，後來好容易才碰見一輛，又讓他去叫了一輛，所以鬧得這樣晚呢。」

一鵬道：「那地方本來太冷靜了，我想著別是出了什麼事了。」叔惠笑道：「我就猜著你們腦子裏一定會想起『火燒紅蓮寺』，當我們掉了陷阱裏去，出不來了。不是說那兒的和尚有家眷嗎，也許把石小姐也留下，組織小家庭了。」世鈞笑道：「我倒是也想到這一層，沒敢說，怕一鵬著急。」大家哈哈笑了起來。

翠芝一直沒開口，只是露出很愉快的樣子。叔惠也好像特別高興似的，看見曼楨坐在火盆旁邊，就向她嚷道：「喂，你怎麼這樣沒出息，簡直丟我們上海人的臉囉，走那麼點路就不行了，老早溜回來了！」翠芝笑道：「文嫻也不行，走不了幾步就鬧著要歇歇。」一鵬笑道：「你們累不累？不累我們待會兒再上哪兒玩去。」叔惠道：「上哪兒去呢？我對南京可是完全外行，就知道有個夫子廟，夫子廟有歌女。」幾個小姐們都笑了。世鈞笑道：「你橫是小說上看來的吧？」一鵬笑道：「那我們就到夫子廟聽清唱去，去見識見識也好。」叔惠笑道：「那些歌女漂亮不漂亮？」一鵬頓了一頓，方才笑道：「那倒不知道，我也不常去，我對京戲根本有限。」世鈞笑道：「一鵬現在是天下第一個正經人，你不知道嗎？」話雖然是對叔惠說的，卻向翠芝瞟了一眼。不料翠芝冷著臉，就像沒聽見似的。世鈞討了個沒趣，惟有自己怪自己，明知道翠芝是一點幽默感也沒有的，怎麼又忘了，又去跟她開玩笑。

大家說得熱熱鬧鬧的，說吃了飯要去聽戲，後來也沒去成。曼楨因為腳疼，不想再出去了，文嫻也說要早點回去。吃過飯，文嫻和翠芝就坐著一鵬的汽車回去了。他們走了，世鈞和叔惠曼楨又圍爐談了一會，也就睡覺了。

曼楨一個人住著很大的一間房。早上女傭送洗臉水來，順便帶來一瓶雪花膏和一盒半舊的三花牌香粉。曼楨昨天就注意到，沈太太雖然年紀不小了，仍舊收拾得頭光面滑，臉上也不少搽粉，就連大少奶奶是個寡居的人，臉上也搽得雪白的。大概舊式婦女是有這種風氣，年紀輕些的人，當然更不必說了，即使不出門，在家裏坐著，也得塗抹得粉白脂紅，方才顯得吉利而熱鬧。曼楨這一天早上洗過臉，就也多撲了些粉。走出來，正碰見世鈞，曼楨便笑道：「你看我臉上的粉花不花？」世鈞笑道：「花倒不花，好像太白了。」曼楨忙拿手絹擦了擦，笑道：「好了些嗎？」世鈞道：「還有鼻子上。」曼楨笑道：「變成白鼻子了？」她很仔細的擦了一會，方才到起坐間裏來吃早飯。

沈太太和叔惠已經坐在飯桌上等著他們。曼楨叫了聲「伯母」，沈太太笑道：「顧小姐昨天晚上睡好了吧，冷不冷哪，被窩夠不夠？」曼楨笑道：「不冷。」又笑著向叔惠說：「我這人真糊塗，今天早上起來，就轉了向了，差點找不到這間屋子。」叔惠笑道：「你這叫『新來的人，摸不著門。新來乍到，摸不著鍋灶。』」這兩句諺語也不知道是不是專指新媳婦說的，也不知是曼楨的心理作用，她立刻臉上一紅，道：「你又是從哪兒學來的這一套。」沈太太笑道：「許家少爺說話真有意思。」隨即別過臉去向世鈞笑道：「我剛在那兒告訴許家少爺，你爸爸昨天跟他那麼一談，後來就老說，說你要是有他一半兒就好了——又能幹，又活潑，一點也沒有現在這般年青人的習氣。我看那神氣，你要是個女孩子，你爸爸馬上就要招親，把許家少爺招進來了！」沈太太隨隨便便的一句笑話，世鈞和曼楨兩人聽了，都覺得有些突兀，怎麼想起來的，忽然牽扯到世鈞的婚事上去——明知道她是說笑話，心裏仍舊有些怔忡不安。

世鈞一面吃著粥，一面和他母親說：「待會兒叫車夫去買火車票，他們下午就要走了。」沈太太道：「怎麼倒要走了，不多住兩天。等再過幾天，世鈞就要到上海去給他舅舅拜壽去，你們等他一塊兒去不好麼？」挽留不住，她就又說：「明年春天你們再來，多住幾天。」世鈞想道：「明年春天也許我跟曼楨已經結婚了。」他母親到底知道不知道他們的關係呢？

沈太太笑道：「你們今天上哪兒玩去？可以到玄武湖去，坐船兜一個圈子，顧小姐不是不能多走路嗎？」她又告訴曼楨一些治凍瘡的偏方，和曼楨娓娓談著，並且問起她家裏有些什麼人。也許不過是極普通的應酬話，但是在世鈞聽來，卻好像是有特殊的意義似的。

那天上午他們就在湖上盤桓了一會。午飯後叔惠和曼楨就回上海去了，沈太太照例買了許多點心水果相送，看上去雙方都是「盡歡而散」。世鈞送他們上火車，曼楨在車窗裏向他揮手的時候，他看見她手上的紅寶石戒指在陽光中閃爍著，心裏覺得很安慰。

他回到家裏，一上樓，沈太太就迎上來說：「一鵬來找你，等了你半天了。」世鈞覺得很詫異，因為昨天剛在一起玩的，今天倒又來了，平常有時候一年半載的也不見面。他走進房，一鵬一看見他便道：「你這會兒有事麼，我們出去找個地方坐坐，我有話跟你說。」世鈞道：「在這兒說不行麼？」一鵬不作聲，皮鞋閣閣閣走到門口去向外面看了看，又走到窗口去，向窗外發了一會怔，突然旋過身來說道：「翠芝跟我解約了。」世鈞也呆了一呆，道：「這是幾時的事？」一鵬道：「就是昨天晚上。我不是送她們回去嗎，先送文嫻，後送她。到了她家，她叫我進去坐一會。她母親出去打牌去了，家裏沒有人，她就跟我說，說要解除婚約，把戒指還了我。」世鈞道：「沒說什麼？」一鵬道：「什麼也沒說。」

沉默了一會，一鵬又道：「她要稍微給我一點影子，給我打一點底子，又還好些——抽冷子給人家來這麼一下！」世鈞道：「據我看，總不是一天兩天的事情吧，你總也有點覺得。」

一鵬苦著臉道：「昨天在你們這兒吃飯，不還是高高興興的嗎？一點也沒有什麼。」世鈞回想了一下，也道：「可不是嗎！」一鵬又氣憤憤的道：「老實說，我這次訂婚，一半也是我家裏主動的，並不是我自己的意思。可是現在已經正式宣佈了，社會上的人都知道了，這時候她忽然變卦了，人家還不定怎麼樣疑心呢，一定以為我這人太荒唐。老實說，我的名譽很受損失。」世鈞看他確實是很痛苦的樣子，也想不出別的話來安慰他，惟有說：「其實，她要是這樣的脾氣，那也還是結婚前發現的好。」

一鵬只是楞磕磕的，楞了半天，又道：「這事情我跟誰也沒說。就是今天上這兒來，看見我姐姐，我也沒告訴她。倒是想去問問文嫻——文嫻不是她最好的朋友嗎？許知道是怎麼回事。」世鈞如釋重負，忙道：「對了，竇小姐昨天也跟我們在一起的。你去問問她，她也說不定知道。」

一鵬被他一慫恿，馬上就去找文嫻去了。第二天又來了，說：「我上文嫻那兒去過了。文嫻倒是很有見識——真看不出來，她那樣一個女孩子。跟她談談，心裏痛快多了。你猜她怎麼說？她說翠芝要是這樣的脾氣，將來結了婚也不會幸福的，還是結婚前發現的好。」世鈞想道：「咦，這不是我勸他的話嗎，他倒又從別處聽來了，鄭重其事的來告訴我，實在有點可氣。」心裏這樣想著，便笑了笑，道：「是呀，我也是這樣說呀。」一鵬又好像不聽見似的，只管點頭播腦的說：「我覺得她這話很有道理，你說是不是？」世鈞道：「那麼她知道不知道翠芝這次到底是為什麼緣故……」一鵬道：「她答應去給我打聽打聽，叫我今天再去聽回音。」

他這一次去了，倒隔了好兩天沒來。他再來的那天，世鈞正預備動身到上海去給他舅舅祝壽，不料他舅舅忽然來了一封快信，說他今年不預備做壽了，打算到南京來避壽，要到他們這裏來住兩天，和姐姐姐夫多年不見了，正好大家聚聚。世鈞本來想借這機會到上海去一趟的，又去不成了，至少得再等幾天，他覺得很懊喪。那天剛巧一鵬來了，世鈞看見他簡直頭痛。

一鵬倒還好，不像前兩天那副嚴重的神氣。這次來了就坐在那裏，默默的抽著烟，半晌方道：「世鈞，我跟你多年的老朋友了，你說老實話，你覺得我這人是不是很奇怪？」世鈞不大明白他問這話是什麼意思，幸而他也不需要回答，便繼續說下去道：「文嫻分析我這個人，我覺得她說得倒是很有道理。她說我這個人聰明起來比誰都聰明，糊塗起來又比誰都糊塗。」世鈞聽到這裏，不由得詫異地抬了抬眉毛。他從來沒想到一鵬「聰明起來比誰都聰明」。

一鵬有點慚恧的說：「真的，你都不相信，我糊塗起來比誰都糊塗。其實我愛的並不是翠芝，我愛的是文嫻，我自己會不知道！」

不久他就和文嫻結婚了。

11

世鈞的舅父馮菊蓀到南京來，目的雖然是避壽，世鈞家裏還是替他預備下了壽筵，不過沒有驚動別的親友，只有他們自己家裏幾個人。沈太太不免又有一番忙碌。她覺得她自從嫁過來就沒有過過這樣順心的日子，兄弟這時候來得正好，給他看看，自己委屈了一輩子，居然還有這樣一步老運。

菊蓀帶了幾聽外國貨的糖果餅乾來，說：「這是我們家少奶奶帶給她乾兒子的。」小健因為一生下來就身體孱弱，怕養不大，所以認了許多乾娘，菊蓀的媳婦也是他的乾娘之一。有人惦記小健，大少奶奶總是高興的，說等小健病好了，一定照個相片帶去給乾娘看。

菊蓀見到嘯桐，心裏便對自己說：「像我們這樣年紀的人，就是不能生病。一場大病生下來，簡直就老得不像樣子了！」嘯桐也想道：「菊蓀這副假牙齒裝壞了，簡直變成個癟嘴老太婆了嗎！上次看見他也還不是這個樣子。」雖如此，郎舅二人久別重逢，心裏還是有無限喜悅。菊蓀問起他的病情，嘯桐道：「現在已經好多了，就只有左手一隻手指還是麻木的。」菊蓀道：「上次我聽見說你病了，我就想來看你的，那時候你還住在那邊，我想著你們姨太太是不歡迎我上門的。她對我很有點誤會吧？我想你給她罰跪的時候，一定把什麼都推到我身上了。」

嘯桐只是笑。提起當年那一段事蹟，就是他到上海去遊玩，姨太太追了去和他大鬧那一回事，他不免有點神往。和菊蓀談起那一個時期他們「跌宕歡場」的經歷，感慨很多。他忽然想起來問菊蓀：「有一個李璐你記得不記得？」他一句還沒說完，菊蓀便把大腿一拍，道：「差點忘了——我告訴你一個新聞，不過也不是新聞了，已經是好兩年前的事了。有一次我聽見人說，李璐嫁了人又出來了，也不做舞女了，簡直就是個私娼。我就說，我倒要去看看，看她還搭架子不搭！」嘯桐笑道：「去了沒有呢？」菊蓀笑道：「後來也沒去，到底上了年紀的人，火氣不那麼大了。那要照我從前的脾氣，非得去出出氣不可！」

他們從前剛認識李璐那時候，她風頭很健，菊蓀一向自命為「老白相」，他帶著別人出去玩，決不會叫人家花冤錢的，但是嘯桐在李璐身上花了好些錢也沒有什麼收穫，結果還弄得不歡而散，菊蓀第一個認為大失面子，現在提起來還是恨恨的。

嘯桐聽到李璐的近況，也覺得很是快心。他嘆息著說：「想不到這個人墮落得這樣快！」菊蓀抖著腿笑道：「看樣子，你還對她很有意思呢。」嘯桐笑道：「不是，我告訴你怎麼忽然想起這個人來。我新近看見一個女孩子，長得非常像她。」菊蓀嘻嘻的笑著道：「哦？在哪兒看見的？你新近又出去玩過？」嘯桐笑道：「別胡說，這是人家一個小姐，長得可真像她，也是從上海來的。」菊蓀道：「可會是她的妹妹，我記得李璐有好幾個妹妹，不過那時候都是些拖鼻涕丫頭。」嘯桐道：「李璐本來姓什麼，不是真姓李吧？」菊蓀道：「她姓顧。」嘯桐不由得怔了怔，道：「那就是了！這人也姓顧。」菊蓀道：「長得怎麼樣？」嘯桐很矛盾的說道：「我也沒看仔細。還不難看吧。」菊蓀道：「生在這種人家，除非是真醜，要不然一定還是吃這碗飯的。」菊蓀很感興趣似的，儘著追問他是在哪兒見到的這位小姐，似乎很想去揭穿這個騙局，作為一種報復。嘯桐只含糊的說是在朋友家碰見的，他不大願意說出來是他自己兒子帶到家裏來的。

那天晚上，旁邊沒人的時候，他便和他太太說：「你說這事情怪不怪。那位顧小姐我一看見她就覺得很眼熟，我說像誰呢，就像菊蓀從前認識的一個舞女。那人可巧也姓顧——剛才我聽見菊蓀說的。還說那人現在也不做舞女了，更流落了。這顧小姐一定跟她是一家。想必是姐妹了，要不然決沒有這樣像。」沈太太起初聽了這話，一時腦子裏沒有轉過來，只是「嗯，嗯，哦，哦」的應著。再一想，不對了，心裏暗暗的吃了一驚，忙道：「真有這種事情？」嘯桐道：「還是假的？」沈太太道：「那顧小姐我看她倒挺好的，真看不出來！」嘯桐道：「你懂得些什麼，她們那種人，見人說人話，見鬼說鬼話，要騙騙你們這種大門不出，二門不邁的老太太們，還不容易！」說得沈太太啞口無言。

嘯桐又道：「世鈞不知道可曉得她的底細。」沈太太道：「他哪兒會知道人家家裏這些事情？他跟那顧小姐也不過是同事。」嘯桐哼了一聲道：「同事！」他連世鈞都懷疑起來了。但是到底愛子心切，自己又把話說回來了，道：「就算她現在是個女職員吧，從前也還不知幹過什麼——這種人家出身的人，除非長得真醜，長大了總是吃這碗飯的。」沈太太又是半晌說不出話來。她只有把這件事往叔惠身上推，因道：「我看，這事情要是真的，倒是得告訴許家少爺一聲，點醒他一下。我聽見世鈞說，她是許家少爺的朋友。」嘯桐道：「許叔惠我倒是很器重他的，要照這樣，那我真替他可惜，年紀輕輕的，去跟這樣一個女人攪在一起。」沈太太道：「我想他一定是不知道。其實究竟是不是，我們也還不能斷定。」嘯桐半天不言語，末了也只淡淡的說了一聲：「其實要打聽起來還不容易麼？不過既然跟我們不相干，也就不必去管它了。」

沈太太盤算了一晚上。她想跟世鈞好好的談談。她正這樣想著，剛巧世鈞也想找個機會跟她長談一下，把曼楨和他的婚約向她公開。這一天上午，沈太太獨自在起坐間裏，拿著兩隻錫蠟台在那裏擦著。年關將近了，香爐蠟台這些東西都拿出來了。世鈞走進來，在她對面坐下了，笑道：「舅舅怎麼才來兩天就要走了？」沈太太道：「快過年了，人家家裏也有事情。」世鈞道：「我送舅舅到上海去。」沈太太頓了一頓方才微笑道：「反正一天到晚就惦記著要到上海去。」世鈞微笑著不作聲，沈太太便又笑著代他加以解釋，道：「我知道，你們在上海住慣了的人，在別處待著總嫌悶得慌。你就去玩兩天，不過早點回來就是了，到了年底，店裏也要結賬，家裏也還有好些事情。」世鈞「唔」了一聲。

他老坐在那裏不走，想出一些閒話來跟她說。閒談了一會，沈太太忽然問道：「你跟顧小姐熟不熟？」世鈞不禁心跳起來了。他想她一定是有意的，特地引到這個題目上去，免得他要說又說不出口。母親真待他太好了。他可以趁此就把實話說出來了。但是她不容他開口，便接連著說下去道：「我問你不是為別的，昨天晚上你爸爸跟我說，說這顧小姐長得非常像他從前見過的一個舞女。」跟著就把那些話一一告訴了他，說那舞女也姓顧，和顧小姐一定是姐妹；那舞女，父親說是舅舅認識的，也說不定是他自己相好的，卻推在舅舅身上。世鈞聽了，半晌說不出話來。他定了定神，方道：「我想，爸爸也不過是隨便猜測的話，怎麼見得就是的，天下長得像的人也很多——」沈太太笑道：「是呀，同姓的人也多得很，不過剛巧兩樁巧事湊在一起，所以也不怪你爸爸疑心。」世鈞道：「顧小姐家裏我去過的，她家裏弟弟妹妹很多，她父親已經去世了，就一個母親，還有祖母，完全是個規規矩矩的人家。那絕對沒有這種事情的。」沈太太皺著眉說道：「我也說是不像呀，我看這小姐挺好的嘛！不過你爸爸就是這種囫圇脾氣，他心裏有了這樣一個成見，你跟他一輩子也說不清楚的。要不然從前怎麼為一點芝麻大的事情就嘔氣呢？再給姨太太在中間一挑唆，誰還說得進話去呀？」

世鈞聽她的口吻可以聽得出來，他和曼楨的事情是瞞不過她的，她完全知道了。曼楨住在這裏的時候，沈太太倒是一點也沒露出來，世鈞卻低估了她，沒想到她還有這點做工。其實舊式婦女別的不會，「裝羊」總會的，因為對自己的感情一向抑制慣了，要她們不動聲色，假作癡聾，在她們是很自然的事，並不感到困難。

沈太太又道：「你爸爸說你不曉得可知道顧小姐的底細，我說『他哪兒知道呀，這顧小姐是叔惠先認識的，是叔惠的朋友。』你爸爸也真可笑，先那麼喜歡叔惠，馬上就翻過來說他不好，說他年紀輕輕的，不上進。」

世鈞不語。沈太太沉默了一會，又低聲道：「你明天看見叔惠，你勸勸他。」世鈞冷冷的道：「這是各人自己的事情，朋友勸有什麼用——不要說是朋友，就是家裏人干涉也沒用的。」沈太太被他說得作聲不得。

世鈞自己也覺得他剛才那兩句話太冷酷了，不該對母親這樣，因此又把聲音放和緩了些，微笑望著她說道：「媽，你不是主張婚姻自主的麼？」沈太太道：「是的，不錯，可是……總得是個好人家的女孩子呀。」世鈞又不耐煩起來，道：「剛才我不是說了，她家裏絕對沒有這種事情的。」沈太太沒說什麼。兩人默然對坐著，後來一個女傭走進來說：「舅老爺找二少爺去跟他下棋。」世鈞便走開了。從此就沒再提這個話。

沈太太就好像自己幹下了什麼虧心事似的，一直有點心虛，在她丈夫和兄弟面前也是未語先笑，分外的陪小心。菊蓀本來說第二天要動身，世鈞說好了要送他去。沈太太打發人去買了板鴨、鴨肫，和南京出名的灶糖、松子糕，湊成四色土產，拿到世鈞房裏來，叫他送到舅舅家去，說：「人家帶東西給小健，我想著也給他們家小孩子帶點東西去。」她又問世鈞：「你這次去，可預備住在舅舅家裏？」世鈞道：「我還是住在叔惠那兒。」沈太太道：「那你也得買點東西送送他們，老是打攪人家。」世鈞道：「我知道。」沈太太道：「可要多帶點零用錢？」又再三叮囑他早點回來。他到上海的次數也多了，她從來沒像這樣不放心過。她在他房裏坐了一會，分明有許多話想跟他說，又說不出口來。

世鈞心裏也很難過。正因為心裏難過的緣故，他對他母親感到厭煩到極點。

第二天動身，他們乘的是午後那一班火車，在車上吃了晚飯。到了上海，世鈞送他舅舅回家去，在舅舅家裏坐了一會。他舅舅說：「這樣晚了，還不就住在這兒了。這大冷天，可別碰見剁豬玀的，一到年底，這種事情特別多。」世鈞笑著說他不怕，依舊告辭出來，叫了部黃包車，連人帶箱子，拖到叔惠家裏。他們已經睡了，叔惠的母親又披衣起來替他安排床舖，又問他晚飯吃過沒有。世鈞笑道：「早吃過了，剛才在我舅舅家裏又吃了麵。」

叔惠這一天剛巧也在家裏，因為是星期六，兩人聯床夜話，又像是從前學生時代的宿舍生活了。世鈞道：「我告訴你一個笑話。那天我送你們上火車，回到家裏，一鵬來了，告訴我說翠芝和他解除婚約了。」叔惠震了一震，道：「哦？為什麼？」世鈞道：「就是不知道呀——這沒有什麼可笑的，可笑的在後頭。」他把這樁事情的經過約略說了一遍，說那天晚上在他家裏吃飯，飯後一鵬送翠芝回去，她就把戒指還了他，也沒說是為什麼理由。後來一鵬去問文嫺，因為文嫺是翠芝的好朋友。叔惠怔怔的聽著，同時就回想到清涼山上的一幕。那一天，他和翠芝帶著一種冒險的心情到廟裏去發掘和尚的秘密，走了許多冤枉路之後，也就放棄了原來的目標，看見山，就稚氣地說：「爬到山頂上去吧。」天色蒼蒼的，風很緊，爬到山頂上，他們坐在那裏談了半天。說的都是些不相干的話，但是大家心裏或者都有這樣一個感想，想不到今日之下，還能夠見這樣一面，所以都捨不得說走，一直到天快黑了才下山去。那一段路很不好走，上來了簡直沒法下去，後來還是他拉了她一把，才下去的。本來可以順手就吻她一下，也確實的想這樣做，但是並沒有。因為他已經覺得太對不起她了。那天他的態度，卻是可以問心無愧的。可真沒想到，她馬上回去就和一鵬毀約了，好像她忽然之間一刻也不能忍耐了。

他正想得發了呆，忽然聽見世鈞在那裏帶笑說：「聰明起來比誰都聰明——」叔惠便問道：「說誰？」世鈞道：「還有誰？一鵬呀。」叔惠道：「一鵬『比誰都聰明』？」世鈞笑道：「這並不是我說的，是文嫺說的，怎麼，我說了半天你都沒聽見？睡著啦？」叔惠道：「不，我是在那兒想，翠芝真奇怪，你想她到底是為什麼？」世鈞道：「誰知道呢。反正她們那種小姐脾氣，也真難伺候。」

叔惠不語。他在黑暗中擦亮一根洋火，點上香烟抽著。世鈞道：「也給我一支。」叔惠把一盒香烟一盒洋火扔了過來。世鈞道：「我今天太累了，簡直睡不著。」

這兩天月亮升得很晚。到了後半夜，月光濛濛的照著瓦上霜，一片寒光，把天都照亮了。就有喔喔的雞啼聲，雞還當是天亮了。許多人家都養著一隻雞預備過年，雞聲四起，簡直不像一個大都市裏，而像一個村落。睡在床上聽著，有一種荒寒之感。

世鈞這天晚上思潮起伏，也不知道什麼時候才睡熟的。一覺醒來，看看叔惠還睡得很沉，褥單上落了許多香烟灰。世鈞也沒去喚醒他，心裏想昨天已經攪擾了他，害得他也沒睡好。世鈞起來了，便和叔惠的父母一桌吃早飯，還有叔惠的妹妹。世鈞問她考學校考取了沒有。她母親笑道：「考中了。你這先生真不錯。」世鈞吃完飯去看看，叔惠還沒有動靜，他便和許太太說了一聲，他一早便出門去，到曼楨家裏去了。

到了顧家，照例是那房客的老媽子開門放他進去。樓上靜悄悄的，顧太太一個人在前樓吃粥。老太太看見他便笑道：「呦，今天這樣早呀！幾時到上海來的？」自從曼楨到南京去了一趟，她祖母和母親便認為他們的婚事已經成了定局了，而且有戒指為證，因此老太太看見他也特別親熱些。她向隔壁房間喊道：「曼楨，快起來吧，你猜誰來了？」世鈞笑道：「還沒起來呀？」曼楨接口道：「人家起了一個禮拜的早，今天禮拜天，還不應該多睡一會兒。」世鈞笑道：「叔惠也跟你一樣懶，我出來的時候他還沒升帳呢。」曼楨笑道：「是呀，他也跟我一樣的，我們全是職工，像你們做老闆的當然不同了。」世鈞笑道：「你是在那兒罵人啦！」曼楨在那邊房裏嗤嗤的笑著。老太太笑道：「快起來吧，這樣隔著間屋子嚷嚷，多費勁呀。」

老太太吃完了早飯，桌上還有幾個吃過的空飯碗，她一併收拾收拾，疊在一起，向世鈞笑道：「說你早，我們家幾個孩子比你還早，已經出去了，看打球去了。」世鈞道：「伯母呢？」老太太道：「在曼楨的姐姐家裏。她姐姐這兩天又鬧不舒服，把她媽接去了，昨晚上就在那邊沒回來。」一提起曼楨的姐姐，便觸動了世鈞的心事，他臉上立刻罩上一層陰霾。

老太太把碗筷拿到樓下去洗涮，曼楨在裏屋一面穿衣服，一面和世鈞說著話，問他家裏這兩天怎麼樣，他姪兒的病好了沒有。世鈞勉強做出輕快的口吻和她對答著，又把一鵬和翠芝解約的事情也告訴了她。曼楨聽了道：「倒真是想不到，我們幾個人在一塊兒高高興興的吃晚飯，哪兒知道後來就演出這樣一幕。」世鈞笑道：「噯，很戲劇化的。」曼楨道：「我覺得這些人都是電影看得太多了，有時候做出的事情都是『為演戲而演戲』。」世鈞笑道：「的確有這種情形。」

曼楨洗了臉出來，到前面房裏去梳頭。世鈞望著她鏡子裏的影子，突然說道：「你跟你姐姐一點也不像嚜。」曼楨道：「我也覺得不像。不過有時候自己看著並不像，外人倒一看見就知道是一家人。」世鈞不語。曼楨向他看了一眼，微笑道：「怎麼？有誰說我像姐姐麼？」世鈞依舊不開口，過了一會方才說道：「我父親從前認識你姐姐的。」曼楨吃了一驚，道：「哦，怪不得他一看見我就說，好像在哪兒見過的！」

世鈞把他母親告訴他的話一一轉述給她聽。曼楨聽著，卻有點起反感，因為他父親那樣道貌儼然的一個人，原來還是個尋花問柳的慣家。世鈞說完了，她便問道：「那你怎麼樣說的呢？」世鈞道：「我就根本否認你有姐姐。」曼楨聽了，臉上便有些不以為然的神氣。世鈞便又說道：「其實你姐姐的事情也扯不到你身上去，你是一出學校就做寫字間工作的。不過對他們解釋這些事情，一輩子也解釋不清楚，還不如索性賴得乾乾淨淨的。」

曼楨靜默了一會，方才淡淡的笑了一笑，道：「其實姐姐現在已經結婚了，要是把這個實情告訴你父親，也許他老人家不會這樣固執了——而且我姐姐現在這樣有錢。」世鈞道：「那……我父親倒也不是那種只認得錢的人。」曼楨道：「我不是這意思，不過我覺得這樣瞞著他也不是事。瞞不住的。只要到我們衖堂裏一問就知道了。」世鈞道：「我也想到了這一點。我想頂好是搬一個家。所以我這兒帶了點錢來。搬家得用不少錢吧？」他從口袋裏拿出兩疊鈔票來，笑道：「這還是我在上海的時候陸續攢下的。」曼楨望著那錢，卻沒有什麼表示。世鈞催她道：「你先收起來，別讓老太太看見了，她想是怎麼回事。」一面說，一面就把桌上一張報紙拉過來，蓋在那鈔票上面。曼楨道：「那麼，將來你父親跟我姐姐還見面不見面呢？」世鈞頓了一頓道：「以後可以看情形再說。暫時我們只好……不跟她來往。」曼楨道：「那叫我怎麼樣對她解釋呢？」世鈞不作聲。他好像是伏在桌上看報。曼楨道：「我不能夠再去傷她的心，她已經為我們犧牲得很多了。」世鈞道：「我對你姐姐的身世一直是非常同情的，不過一般人的看法跟我們是兩樣的。一個人在社會上做人，有時候不能不——」曼楨沒等他說完便接口道：「有時候不能不拿點勇氣出來。」

世鈞又是半天不作聲。最後他說：「我知道，你一定覺得我這人太軟弱了，自從我那回辭了職。」其實他辭職一大半也還是為了她。他心裏真有說不出的冤苦。

曼楨不說話，世鈞便又用低沉的聲音說道：「我知道，你一定對我很灰心。」他心裏想：「你一定懊悔了。你這時候想起豫瑾來，一定覺得懊悔了。」他的腦子裏突然充滿了豫瑾，曼楨可是一點也不知道。她說：「我並沒有覺得灰心，不過我很希望你告訴我實話，你究竟還想不想出來做事了？我想你不見得就甘心在家裏待著，過一輩子，像你父親一樣。」世鈞道：「我父親不過腦筋舊些，也不至於這樣叫你看不起！」曼楨道：「我幾時看不起他了，是你看不起人！我覺得我姐姐沒有什麼見不得人的地方，她沒有錯，是這個不合理的社會逼得她這樣的。要說不道德，我不知道嫖客跟妓女是誰更不道德！」

世鈞覺得她很可以不必說得這樣刺耳。他惟有一言不發，默默的坐在那裏。那苦痛的沉默一直延長下去。

曼楨突然把她手上的戒指脫下來放在他面前，苦笑著說：「也不值得為它這樣發愁。」她說這話的口吻是很洒脫的，可是喉嚨不聽話，聲音卻有點異樣。

世鈞楞了一會，終於微笑道：「你這是幹什麼？才在那兒說人家那是演戲，你也要過過戲癮。」曼楨不答。世鈞看見她那蒼白的緊張的臉色，他的臉色也慢慢的變了。他把桌上的戒指拿起來，順手就往字紙簍裏一丟。

他站起來，把自己的大衣帽子呼嚕呼嚕拿起來就走。為了想叫自己鎮定一些，他臨走又把桌上的一杯茶端起來，一口氣喝完了。但是身上還是發冷，好像身上的肌肉都失掉了控制力似的，出去的時候隨手把門一帶，不料那房門就「砰」的一聲關上了。那一聲「砰！」使他和曼楨兩人同樣地神經上受到劇烈的震動。

天冷，一杯熱茶喝完了，空的玻璃杯還在那裏冒熱氣，就像一個人的呼吸似的。在那寒冷的空氣裏，幾縷稀薄的白烟從玻璃杯裏飄出來。曼楨呆呆的望著。他喝過的茶杯還是熱呼呼的，他的人已經走遠了，再也不回來了。

她大哭起來了。無論怎麼樣抑制著，也還是忍不住嗚嗚的哭出聲來。她向床上一倒，臉伏在枕頭上，一口氣透不過來，悶死了也好，反正得壓住那哭聲，不能讓她祖母聽見了。聽見了不免要來查問，要來勸解，她實在受不了那個。

幸而她祖母一直在樓下。後來她聽見祖母的腳步聲上樓來了，忙把一張報紙拉過來，預備躺在床上看報，把臉遮住了。報紙一拉過來，便看見桌上兩疊鈔票，祖母看見了要覺得奇怪的，她連忙把鈔票塞在枕頭底下。

她祖母走進來便問：「世鈞怎麼走了？」曼楨道：「他有事情。」老太太道：「不來吃飯了？我倒特為買了肉，樓底下老媽子上菜場去，我託她給我們帶了一斤肉來。還承人家一個情！我把米也淘多了，你媽這時候不回來，橫是也不見得回來吃飯了。」

她只管嘟囔著，曼楨也不接口，自顧自看她的報。忽然聽見「嘡」的一響，是老年人骨節的響聲，她祖母吃力地蹲下地去，在字紙簍裏揀廢紙去生煤球爐子。曼楨著急起來想起字紙簍裏那隻戒指。先還想著未見得剛巧給她看見了，才在那兒想著，她已經嚷了起來道：「咦，這不是你的戒指麼？怎麼掉了字紙簍裏去了？」曼楨只得一翻身坐了起來，笑道：「噯呀，一定是我剛才扔一張紙，這戒指太大了，一溜就溜下來了。」她祖母道：「你這孩子，怎麼這樣粗心哪？這裏丟了怎麼辦？人家不要生氣嗎？瞧你，還像沒事人兒似的！」著實數說了她一頓，掀起圍裙來將那戒指上的灰塵擦了擦，遞過來交給她，她也不能不接著。她祖母又道：「這上頭裏的絨線都髒了，你把它拆下來吧，趁早也別戴著了，拿到店裏收一收緊再戴。」曼楨想起世鈞從他那件咖啡色的破絨線衫上揪下一截絨線來，替她裹在戒指上的情形，這時候想起來，心裏就像萬箭鑽心一樣。

她祖母到樓下去生爐子去了。曼楨找到一隻不常開的抽屜，把戒指往裏面一擲。但是後來，她聽見她母親回來了，她還是又把那隻戒指戴在手上，因為母親對於這種地方向來很留心，看見她手上少了一樣東西，一定要問起的。母親又不像祖母那樣容易搪塞，祖母到底年紀大了。

顧太太一回來就說：「我們的門鈴壞了，我說怎麼揿了半天鈴也沒人開門。」老太太道：「剛才世鈞來也還沒壞嘛！」顧太太頓時笑逐顏開，道：「哦，世鈞來啦？」老太太道：「來過了又走了。——待會兒還來不來吃晚飯呀？」她只惦記著這一斤肉。曼楨道：「沒一定。」

顧太太道：「姐姐可好了點沒有？」顧太太搖頭嘆息道：「我看她那病簡直不好得很。早先不是說是胃病嗎，這次我聽她說，哪兒是胃病，是癆病蟲鑽到腸子裏去了。」老太太叫了聲「啊呀。」曼楨也怔住了，說：「是腸結核？」顧太太又悄聲道：「姑爺是一天到晚不回家，有本事家裏一個人病到這樣，他一點也不管！」老太太也悄聲道：「她這病橫也是氣出來的！」顧太太道：「我替她想想也真可憐，一共也沒過兩天舒服日子。人家說『三兩黃金四兩福』，這孩子難道就這樣沒福氣！」說著，不由得淚隨聲下。

老太太下樓去做飯，顧太太攔著她說：「媽，我去做菜去。」老太太道：「你就歇會兒吧——才回來。」顧太太坐下來，又和曼楨說：「你姐姐非常的惦記你，直提說你。你有空就去看看她去。哦，不過這兩天世鈞來了，你也走不開。」曼楨說：「沒關係的，我也是要去看看姐姐去。」顧太太卻向她一笑，道：「不好。人家特為到上海來一次，你還不陪陪他。姐姐那兒還是過了這幾天再去吧。病人反正都是這種脾氣，不管是想吃什麼，還是想什麼人，就恨不得一把抓到面前來；真來了，倒許她又嫌煩了。」坐著說了一會話，顧太太畢竟還是繫上圍裙，下樓去幫著老太太做飯去了。吃完飯，有幾床褥單要洗，顧太太想在年前趕著把它洗出來，此外還有許多髒衣服，也不能留著過年。老太太只能洗洗小件東西，婆媳倆吃過飯就忙著去洗衣服，曼楨一個人在屋裏發怔，顧太太還以為她是在等世鈞。其實，她心底裏也許還是有一種期待，想著他會來的，難道真的從此就不來了。她怎麼著也不能相信。但是他要是來的話，他心裏一定也很矛盾的。揿揿鈴沒有人開門，他也許想著是有意不開門，就會走了。剛巧這門鈴早不壞，遲不壞，偏偏今天壞了。曼楨就又添上了一樁憂慮。

平時常常站在窗前看著他來的，今天她卻不願意這樣做，只在房間裏坐坐，靠靠，看看報紙，又看看指甲。太陽影子都斜了，世鈞也沒來。他這樣負氣，她也負氣了——就是來了也不給他開門。但是命運好像有意捉弄她似的，才這樣決定了，就聽見敲門的聲音。母親和祖母在浴室裏嘩嘩嘩放著水洗衣服，是決聽不見的。樓下那家女傭一定也出去了，不然也不會讓人家這樣「哆哆哆」一直敲下去。要開門還得她自己去開，倒是去不去呢？有這躊躇的工夫，就聽出來了，原來是廚房裏「哆哆哆哆」斬肉的聲音——還當是有人敲門。她不禁惘然了。

她祖母忽然在那邊嚷了起來道：「你快來瞧瞧，你媽扭了腰了。」曼楨連忙跑了去，見她母親一隻手扶在門上直哼哼，她祖母道：「也不知怎麼一來，使岔了勁。」曼楨道：「媽，我跟你說過多少回了，褥單還是送到外頭去洗。」老太太也說：「你也是不好，太貪多了，恨不得一天工夫就洗出來。」顧太太哼哼唧唧的道：「我也是因為快過年了，這時候不洗，回頭大年下的又去洗褥單。」曼楨道：「好了好了，媽，還不去躺下歇歇。」便攙她去躺在床上。老太太道：「我看你倒是得找個傷科大夫瞧瞧，給他扳一扳就好了。」顧太太又不願意花這個錢，便說：「不要緊的，躺兩天就好了。」曼楨皺著眉也不說什麼，替她脫了鞋，蓋上被窩，又拿手巾來給她把一雙水淋淋的手擦乾了。顧太太在枕上側耳聽著，道：「可是有人敲門？怎麼你這小耳朵倒聽不見，我倒聽見了？」其實曼楨早聽見了，她心裏想別又聽錯了，所以沒言語。

顧太太道：「你去瞧瞧去。」正說著，客人倒已經上樓來了。老太太迎了出去，一出去便高聲笑道：「喲，你來啦！你好吧？」客人笑著叫了聲姑外婆。老太太笑道：「你來正好，你表舅母扭了腰了，你給她瞧瞧。」便把他引到裏屋來。顧太太忙撐起半身，擁被坐著。老太太道：「你就別動了，豫瑾又不是外人。」豫瑾問知她是洗衣服洗多了，所以扭了腰，便道：「可以拿熱水渥渥，家裏有松節油沒有，拿松節油多擦擦就好了。」曼楨笑道：「待會兒我去買去。」她給豫瑾倒了杯茶來。看見豫瑾，她不由得想到上次他來的時候，她那時候的心情多麼愉快，才隔了一兩個月的工夫，真是人事無常。她又有些惘惘的。

老太太問豫瑾是什麼時候到上海的。豫瑾笑道：「我已經來了一個多禮拜了。也是因為一直沒工夫來……」說到這裏，便拿出兩張喜柬，略有點忸怩地遞了過來。顧太太見了，便笑道：「哦，要請我們吃喜酒了！」老太太笑道：「是呀，你是該結婚了！」顧太太道：「新娘子是哪家的小姐？」曼楨笑著翻開喜柬，一看日期就是明天，新娘姓陳。老太太又問：「可是在家鄉認識的？」豫瑾笑道：「不是。還是上次到上海來，不是在一個朋友家住了兩天，就是他給我介紹的。後來我們一直就通通信。」曼楨不由得想道：「見見面通通信，就結婚了，而且這樣快，一共不到兩個月的工夫……」她知道豫瑾上次在這裏是受了一點刺激，不過她沒想到他後來見到她姐姐，也是一重刺激。她還當是完全因為她的緣故，所以起了一種反激作用，使他很快的跟別人結婚了。但無論如何，總是很好的事情，她應當替他高興的。可是今天剛巧碰著她自己心裏有事，越是想做出歡笑的樣子，越是笑不出來，不笑還是不行，人家又不知道她另有別的傷心的事情，或者還以為她是因他的結婚而懊喪。

她向豫瑾笑著說：「你們預備結了婚還在上海耽擱些時嗎？」豫瑾微笑道：「過了明天就要回去了。」在他結婚的前夕又見到曼楨，他心裏的一種感想也正是難言的。他稍微坐了一會就想走了，說：「對不起，不能多待了，還有許多事情要做。」曼楨笑道：「你不早點告訴我們，也許我們可以幫幫忙。」她儘管笑容滿面，笑得兩塊面頰都發酸了，豫瑾還是覺得她今天有點異樣，因為她兩隻眼睛紅紅的，而且有些腫，好像哭過了似的。他一來的時候就注意到了。今天來，沒看見世鈞，難道她和世鈞鬧翻了嗎？——不能再往下面想了，自己是明天就要結婚的人，卻還關心到人家這些事情，不知道是什麼意思。

他站起來拿起帽子，笑道：「明天早點來。」顧太太笑道：「明天一定來道喜。」曼楨正要送他下去，忽然又有一陣急促的敲門聲，然後就聽見樓底下的老媽子向上面喊了一聲：「顧太太，你們大小姐家裏派人來了！」曼楨這時候早已心灰意懶，想著世鈞決不會來了，但是聽見說不是他，她還是又一次的感到失望。顧太太聽見是曼璐家裏來了人，卻大吃一驚，猜著就是曼璐的病情起了變化。她把被窩一掀，兩隻腳踏到地上去找鞋子，連聲說：「是誰來了？叫他上來。」曼楨出去一看，是祝家的汽車夫。那車夫上樓來，站在房門外面說道：「老太太，我們太太叫我再來接您去一趟。」顧太太顫聲道：「怎麼啦？」車夫道：「我也不清楚，聽見說好像是病得很厲害。」顧太太道：「我這就去。」顧老太太道：「你能去麼？」顧太太道：「我行。」曼楨向車夫道：「好，你先下去吧。」顧太太便和曼楨說：「你也跟我一塊兒去。」曼楨應了一聲，攙著她慢慢的站起來，這一站，脊梁骨上簡直痛徹心肺，痛得她直噁心要吐，卻又不敢呻吟出聲來，怕別人攔她不叫去。

曼璐病重的情形，顧太太本來不想跟豫瑾多說，人家正是喜氣洋洋的要辦喜事了，不嫌忌諱麼。但是顧老太太憋不住，這時候早已一一告訴他了。豫瑾問是什麼病。顧太太也就從頭講給他聽，只是沒有告訴他曼璐的丈夫怎麼無情無義，置她的生死於不顧。想想曼璐那邊真是淒涼萬狀，豫瑾這裏卻是一團喜氣，馬上要做新郎了，相形之下，曼璐怎麼就這樣薄福——她母親說著說著，眼淚就滾下來了。

豫瑾也沒有話可以安慰她，只說了一句：「怎麼忽然的病得這樣厲害。」看見顧太太哭了，他忽然明白過來，曼楨哭得眼睛紅紅的，一定也是手足情深的緣故吧？於是他更覺得他剛才的猜想是無聊得近於可笑。她們馬上要去探望病人去了，他在這兒也是耽擱人家的時間，他匆匆的跟她們點了個頭就走了。走出後門，門口停著一輛最新型的汽車，想必是曼璐的汽車了。他看了它一眼。

幾分鐘後，顧太太和曼楨便坐著這輛汽車向虹橋路馳去。顧太太拭淚道：「剛才我本來不想跟豫瑾說這些話的。」曼楨說：「那倒也沒什麼關係。倒是他結婚的事情，我想我們看見姐姐先不要提起，她生病的人受不了刺激。」顧太太點頭稱是。

來到祝家，那小大姐阿寶一看見她們，就像見了親人似的，先忙著告訴她們姑爺如何如何，真氣死人，已經有好幾天不回來了，今天派人到處找，也找不到他。喊喊促促，指手劃腳，說個不了。帶她們走進曼璐房中，走到床前，悄悄的喚道：「大小姐，太太跟二小姐來了。」顧太太輕聲道：「她睡著了就別喊她。」正說著，曼璐已經微微的睜開眼睛，顧太太見她面色慘白，氣如游絲，覺得她今天早上也還不是這樣，便有些發慌，俯身摸摸她的額角，道：「你這時候心裏覺得怎麼樣？」曼璐卻又閉上了眼睛。顧太太只有望著她發呆。曼楨低聲問阿寶道：「醫生來過了沒有？」曼璐卻開口說話了，聲音輕微得幾乎聽不出來，道：「來過了，說今天……晚上……要特別當心……」顧太太心裏想，聽這醫生的口氣，簡直好像今天晚上是一個關口。這醫生也太冒失了，這種話怎麼能對病人自己說。但是轉念一想，也不能怪醫生，家裏就沒有一個負責的人，不對她對誰說呢？曼楨也是這樣想，母女倆無言地對看了一眼。

曼楨伸手去攙她母親，道：「媽在沙發上靠靠吧。」曼璐卻很留心，問了聲「媽怎麼了？」曼楨道：「剛才扭了下子腰。」曼璐在床上仰著臉向她母親說道：「其實先曉得……你不用來了，有二妹在這兒……也是一樣。」顧太太道：「我有什麼要緊，一下子使岔了勁了，歇歇就好了。」曼璐半天不言語，末了還是說：「你等會還是……回去吧。再累著了，叫我心裏……也難受。」顧太太想道：「她自己病到這樣，還這樣顧惜我，這種時候就看出一個人的心來了。照她這樣的心地，她不應當是一個短命的人。」她想到這裏，不由得鼻腔裏一陣酸慘，頓時又兩淚交流。幸而曼璐閉著眼睛，也沒看見。曼楨攙扶著顧太太，在沙發上艱難地坐下了。阿寶送茶進來，順手把電燈捻開了。房間裏一點上燈，好像馬上是夜晚了，醫生所說的關口已經來到了，不知道可能平安度過。顧太太和曼楨在燈光下坐著，心裏都有點茫然。

曼楨想道：「這次和世鈞衝突起來，起因雖然是為了姐姐，其實還是因為他的態度不大好，近來總覺得兩個人思想上有些距離。所以姐姐就是死了，問題也還是不能解決的。」她反覆地告訴自己，姐姐死了也沒用，自己就又對自己有一點疑惑，是不是還是有一點盼望她死呢？曼楨立刻覺得她這種意念是犯罪的，她慚愧極了。

阿寶來請她們去吃飯，飯開在樓上一間非正式的餐廳裏，只有她們母女二人同吃。顧太太問：「招弟呢？」阿寶道：「她向來不上桌子的。」顧太太一定要叫她來一同吃。阿寶只得把那孩子領了來。顧太太笑道：「這孩子，怎麼一直不看見她長高？」阿寶笑道：「是呀，才來的時候就是這樣高。哪，叫外婆！這是二姨。咦，叫人呀！不叫人沒有飯吃。」顧太太笑道：「這孩子就是胆兒小。」她看見那孩子戰戰兢兢的樣子，可以推想到曼璐平日相待情形，不覺暗自嗟嘆道：「曼璐就是這種地方不載福！」她存著要替女兒造福的念頭，極力應酬那孩子，只管忙著替她揀菜，從雞湯裏撈出雞肝來，連上面的「針線包」一併送到招弟碗裏，笑道：「吃個針線包，明兒大了會做針線。」又笑道：「等你媽好了，我叫她帶你上我們家來玩，我們家有好些小舅舅小姨娘，叫他們陪你玩。」

吃完飯，阿寶送上熱手巾來，便說：「大小姐說了，叫等太太吃完飯就讓車子送太太回去。」顧太太笑道：「這孩子就是這種脾氣一點也不改，永遠說一不二，你說什麼她也不聽。」曼楨道：「媽，你就回去吧，你在這兒熬夜，姐姐也不過意。」阿寶也道：「太太您放心回去好了，好在有二小姐在這兒。」顧太太道：「不然我就回去了，剛才不是說，醫生叫今天晚上要特別當心，我怕萬一要有什麼，你二小姐年紀輕，沒經過這些事情。」阿寶道：「醫生也不過是那麼句話，太太您別著急。真要有個什麼，馬上派車子去接您。」顧太太倒是也想回去好好的歇歇。平常在家操勞慣了，在這裏住著，茶來伸手，飯來張口，倒覺得很不對勁，昨天在這裏住了一天，已經住怕了。

顧太太到曼璐房裏去和她作別，曼楨在旁邊說：「媽回去的時候走過藥房，叫車夫下去買一瓶松節油，回去多擦擦，看明天可好一點。」顧太太說：「對了，我倒忘了，還得拿熱水渥。」那是豫瑾給她治腰的辦法。想起豫瑾，她忽然想起另一件事來，便悄悄的和曼楨說：「明天吃喜酒你去不去呀？我想你頂好去一趟。」她覺得別人去不去都還不要緊，只有曼楨是非去不可的，不然叫人家看著，倒好像她是不樂意。曼楨也明白這一層意思，便點了點頭。曼璐卻又聽見了，問：「吃誰的喜酒？」曼楨道：「是我一個老同學明天結婚。媽，我明天要是來不及，我直接去了，你到時候別等我。」顧太太道：「你不要回來換件衣服麼？你身上這件太素了。這樣吧，你問姐姐借件衣裳穿，上次我看見她穿的那件紫的絲絨的就挺合適。」曼楨不耐煩地說：「好好。」她母親囑咐了一番，終於走了。

曼璐好像睡著了。曼楨把燈關了，只剩下床前的一盞檯燈。房間裏充滿了藥水的氣息。曼楨一個人坐在那裏，她把今天一天的事情從頭想起，早上還沒起床，世鈞就來了，兩個人隔著間屋子提高了聲音說話，他笑她睡懶覺。不過是今天早上的事情。想想簡直像做夢一樣。

阿寶走進來低聲說：「二小姐，你去睡一會吧。我在這兒看著，大小姐要是醒了，我再叫你。」曼楨本來想就在沙發上靠靠，將就睡一晚，可是再一想，鴻才雖然幾天沒回家，他隨時可以回來的，自己睡在這裏究竟不方便。當下就點點頭，站了起來。阿寶伏下身去向曼璐看了看，悄聲道：「這會兒倒睡得挺好的。」曼楨也說：「噯。我想打個電話告訴太太一聲，免得她惦記著。」阿寶輕聲笑道：「噯喲，您這時候打電話回去，太太不嚇一跳嗎？」曼楨一想，倒也是的，母親一定以為姐姐的病勢突然惡化了，好容易纏清楚了，也已經受驚不小。她本來是這樣想，打一個電話回家去，萬一世鈞倒來過了，母親一定會告訴她。現在想想，只好算了，不打了。反正她也知道他是不會來的。

他們這裏給她預備下了一間房，阿寶帶她去，先穿過一間堆家具的房間，就是曼璐從前陪嫁的一堂家具，現在另有了好的，就給刷下來了，雜亂地堆在這裏，桌椅上積滿了灰塵，沙發上包著報紙。這兩間平常大約是空關著的，裏面一間現在稍稍佈置了一下，成為一間臨時的臥室，曼楨想她母親昨天不知道是不是就住在這裏。她也沒跟阿寶多說話，就只催她：「你快去吧，姐姐那邊離不了人。」阿寶道：「不要緊的，張媽在那兒呢。二小姐還要什麼不要？」曼楨道：「沒有什麼了，我馬上就要睡了。」阿寶在旁邊伺候著，等她上了床，替她關了燈才走。

曼楨因為家裏人多，從小就過著一種集團生活，像這樣冷冷清清一個人住一間房，還是有生以來第一次。這裏的地段又特別僻靜，到了晚上簡直一點聲音都沒有，連犬吠聲都很稀少。太靜了，反而覺得異樣。曼楨忽然想到豫瑾初到上海來的時候，每夜被嘈雜的市聲吵得不能安眠，她恰巧和他掉了個過。一想到豫瑾，今天一天裏面發生的無數事情立刻就又一哄而上，全到眼前來了，顛來倒去一樣一樣要在腦子裏過一過。在那死寂的空氣裏，可以聽見鐵路上有火車駛過，蕭蕭的兩三聲汽笛。也不知道是北站還是西站開出的火車，是開到什麼地方去的。反正她一聽見那聲音就想著世鈞一定是回南京去了，他是離開她更遠更遠了。

馬路上有汽車駛行的聲音，可會是鴻才回來了？汽車一直開過去了，沒有停下來，她方才放下心來。為什麼要這樣提心吊胆的，其實一點理由也沒有，鴻才即使是喝醉了酒回來，也決不會走錯房間，她住的這間房跟那邊完全隔絕的。但是不知道為什麼，她一直側耳聽著外面的汽車聲。

從前有一次，鴻才用汽車送她回去，他搽了許許多多香水，和他同坐在汽車上，簡直香極了。怎麼會忽然的又想起那一幕？因為好像又嗅到那強烈的香氣。而且在黑暗中那香水的氣味越來越濃了。她忽然覺得毛骨悚然起來。

她突然坐起身來了。

有人在這間房間裏。

12

豫瑾結婚，是借了人家一個俱樂部的地方。那天人來得很多，差不多全是女方的親友，豫瑾在上海的熟人比較少。顧太太去賀喜，她本來和曼楨說好了在那裏碰頭，所以一直在人叢裏張望著，但是直到婚禮完畢還不看見她來。顧太太想道：「這孩子也真奇怪，就算她是不願意來吧，昨天我那樣囑咐她，她今天無論如何也該到一到。怎麼會不來呢，除非是她姐姐的病又忽然不好起來了，她實在沒法子走開？」顧太太馬上坐立不安起來，想著曼璐已經進入彌留狀態了也說不定。這時候新郎新娘已經在音樂聲中退出禮堂，來賓入座用茶點，一眼望過去，全是一些笑臉，一片嘈嘈的笑語聲，顧太太置身其間，只有更覺得心亂如麻。本來想等新郎新娘回來了，和他們說一聲再走，後來還是等不及，先走了，一出門就叫了一輛黃包車，直奔虹橋路祝家。

其實她的想像和事實差得很遠。曼璐竟是好好的，連一點病容也沒有，正披著一件緞面棉晨衣，坐在沙發上抽著烟，和鴻才說話。倒是鴻才很有點像個病人，臉上斜貼著兩塊橡皮膏，手上也包紮著。他直到現在還有幾分驚愕，再三說：「真沒看見過這樣的女人。會咬人的！」他被她拖著從床上滾下來，一跤摜得不輕，差點壓不住，讓她跑了，只覺得鼻尖底下一陣子熱，鼻血涔涔的流下來。被她狂叫得心慌意亂，自己也被她咬得叫出聲來，結果還是發狠一把揪住她頭髮，把一顆頭在地板上下死勁磕了幾下，才把她砸昏了過去。當時在黑暗中也不知道她可是死了，死了也要了他這番心願。事後開了燈一看，還有口氣，乘著還沒醒過來，抱上床去脫光了衣服，像個艷屍似的，這回讓他玩了個夠，恨不得死在她身上，料想是最初也是最後的一夜。

曼璐淡淡的道：「那也不怪她，你還想著人家會拿你當個花錢的大爺似的伺候著，還是怎麼著？」鴻才道：「不是，你沒看見她那樣子，簡直像發了瘋似的！早曉得她是這個脾氣——」曼璐不等他說完便剪斷他的話道：「我就是因為曉得她這個脾氣，所以我總是說辦不到，辦不到。你還當我是吃醋，為這個就跟我像仇人似的。這時候我實在給你逼得沒法兒了，好容易給你出了這麼個主意，你這時候倒又怕起來了，你這不是誠心氣我嗎？」她把一支烟捲直指到他臉上去，差點燙了他一下。

鴻才皺眉道：「你別儘自埋怨我，你倒是說怎麼辦吧。」曼璐道：「依你說怎麼辦？」鴻才道：「老把她鎖在屋裏也不是事，早晚你媽要來問我們要人。」曼璐道：「那倒不怕她，我媽是最容易對付的，除非她那未婚夫出來說話。」鴻才霍地立起身來，踱來踱去，喃喃的道：「這事情可鬧大了。」曼璐見他那懦怯的樣子，實在心裏有氣，便冷笑道：「那可怎麼好？快放她走吧？人家肯白吃你這樣一個虧？你花多少錢也沒用，人家又不是做生意的，沒這麼好打發。」鴻才道：「所以我著急呀。」曼璐卻又哼了一聲，笑道：「要你急什麼？該她急呀。她反正已經跟你發生關係了，她再狠也狠不過這個去，給她兩天工夫仔細想想，我再去勸勸她，那時候她要是個明白人，也只好『見台階就下』。」鴻才仍舊有些懷疑，因為他在曼楨面前實在缺少自信心。他說：「要是勸她不聽呢？」曼璐道：「那只好多關幾天，捺捺她的性子。」

鴻才道：「總不能關一輩子。」曼璐微笑道：「還能關她一輩子？哪天她養了孩子了，你放心，你趕她走她也不肯走了，她還得告你遺棄呢！」

鴻才聽了這話，方始轉憂為喜。他怔了一會，似乎仍舊有些不放心，又道：「不過照她那脾氣，你想她真肯做小麼？」曼璐冷冷的道：「她不肯我讓她，總行了？」鴻才知道她這是氣話，忙笑道：「你這是什麼話？由我這兒起就不答應！我以後正要慢慢的補報你呢，像你這樣賢慧的太太往哪兒找去，我還不好好的孝順孝順你。」曼璐笑道：「好了好了，別哄我了，少給我點氣受就得。」鴻才笑道：「你還跟我生氣呢！」他涎著臉拉著她的手，又道：「你看我給人家打得這樣，你倒不心疼麼？」曼璐用力把他一推，道：「你也只配人家這樣對你，誰要是一片心都撲在你身上，準得給你氣傷心了！你說是不是，你自己摸摸良心看！」鴻才笑道：「得，得，可別又跟我打一架！我架不住你們姐兒倆這樣搓弄！」說著，不由得面有得色，曼璐覺得，他已經儼然是一副左擁右抱的眉眼了。

她恨不得馬上揚起手來，辣辣兩個耳刮子打過去，但是這不過是她一時的衝動。她這次是抱定宗旨，要利用她妹妹來吊住他的心，也就彷彿像從前有些老太太們，因為怕兒子在外面遊蕩，難以約束，竟故意的教他抽上鴉片，使他沉溺其中，就不怕他不戀家了。

夫妻倆正在房中密談，阿寶有點慌張的進來說：「大小姐，太太來了。」曼璐把烟捲一扔，向鴻才說道：「交給我好了，你先躲一躲。」鴻才忙站起來，曼璐又道：「你還在昨天那間屋子裏待著，聽我的信兒。不許又往外跑。」鴻才笑道：「你也不瞧瞧我這樣兒，怎麼走得出去。叫朋友看見了不笑話我。」曼璐道：「你幾時又這樣顧面子了。人家還不當你是夫妻打架，打得鼻青眼腫的。」鴻才笑道：「那倒不會，人家都知道我太太賢慧。」曼璐忍不住噗哧一笑道：「走吧走吧，你當我就這樣愛戴高帽子。」

鴻才匆匆的開了一扇門，向後房一鑽，從後面繞道下樓。曼璐也手忙腳亂的，先把頭髮打散了，揉得像雞窩似的，又撈起一塊冷毛巾，胡亂擦了把臉，把臉上的脂粉擦掉了，把晨衣也脫了，鑽到被窩裏去躺著。這裏顧太太已經進來了。曼璐雖然作出生病的樣子，顧太太一看見她，已經大出意料之外，笑道：「喲，你今天氣色好多了，簡直跟昨天是兩個人。」曼璐嘆道：「咳，好什麼呀，才打了兩針強心針。」顧太太也沒十分聽懂她的話，只管喜孜孜的說：「說話也響亮多了！昨天那樣兒，可真嚇我一跳。」剛才她儘等曼楨不來，自己嚇唬自己，還當是曼璐病勢垂危，所以立刻趕來探看，這一節情事她當然就略過不提了。

她在床沿上坐下，握著曼璐的手笑道：「你二妹呢？」曼璐道：「媽，你都不知道，就為了她，我急得都厥過去了，要不是醫生給打了兩針強心針，這時候早沒命了！」顧太太倒怔住了，只說了一聲「怎麼了？」曼璐似乎很痛苦的，別過臉去向著裏床，道：「媽，我都不知道怎樣對你說。」顧太太道：「她怎麼了？人呢？上哪兒去了？」她急得站起身來四下亂看。曼璐緊緊的拉住她道：「媽，你坐下，等我告訴你，我都別提多惱叨了——鴻才這東西，這有好幾天也沒回家來過，偏昨兒晚上倒又回來了，也不知他怎麼醉得這樣厲害，糊裏糊塗的會跑到二妹住的那間房裏去，我是病得人事不知，趕到我知道已經闖了禍了。」

顧太太呆了半晌方道：「這怎麼行，你二妹已經有了人家了，他怎麼能這樣胡來，我的姑奶奶，這可坑死我了！」曼璐道：「媽，你先別鬧，再一鬧我心裏更亂了。」顧太太急得眼睛都直了，道：「鴻才呢，我去跟他拚命去！」曼璐道：「他哪兒有臉見你。他自己也知道闖了禍了，我跟他說：『你這不是害人家一輩子嗎？叫她以後怎麼嫁人。你得還我一句話！』」顧太太道：「是呀，他怎麼說？」曼璐道：「他答應跟二妹正式結婚。」顧太太聽了這話，又是十分出於意料之外的，道：「正式結婚。那你呢？」曼璐道：「我跟他又不是正式的。」顧太太毅然道：「那不成。沒這個理。」曼璐卻嘆了口氣，道：「噯喲，媽，你看我還能活多久呀，我還在乎這些！」顧太太不由得心裏一酸，道：「你別胡說了。」曼璐道：「我就一時還不會死，我這樣病歪歪的，哪兒還能出去應酬，我想以後有什麼事全讓她出面，讓外頭人就知道她是祝鴻才太太，我只要在家裏吃碗閒飯，好在我們是自己姐妹，還怕她待虧我嗎？」

顧太太被她說得心裏很是悽慘，因道：「話雖然這樣說，到底還是不行，這樣你太委屈了。」曼璐道：「誰叫我嫁的這男人太不是東西呢！再說，這回要不是因為我病了，也不會鬧出這個事情來。我真沒臉見媽。」說到這裏，她直擦眼淚。顧太太也哭了。

顧太太這時候心裏難過，也是因為曼楨，叫她就此跟了祝鴻才，她一定是不願意的，但是事到如今，也只好委曲求全了。曼璐的建議，顧太太雖然還是覺得不很妥當，也未始不是無辦法中的一個辦法。

顧太太泫然了一會，便站起來說：「我去看看她去。」曼璐一骨碌坐了起來，道：「你先別去——」隨又把聲音壓得低低的，秘密地說道：「你不知道，鬧得厲害著呢，鬧著要去報警察局。」顧太太失驚道：「噯呀，這孩子就是這樣不懂事，這種事怎麼能嚷嚷出去，自己也沒臉哪。」曼璐低聲道：「是呀，大家沒臉。鴻才他現在算是在社會上也有點地位了，這要給人家知道了，多丟人哪。」顧太太點頭道：「我去勸勸她去。」曼璐道：「媽，我看你這時候還是先別跟她見面，她那脾氣你知道的，你說的話她幾時聽過來著，現在她又是正在火頭上。」顧太太不由得也躊躇起來，道：「那總不能由著她的性兒鬧。」曼璐道：「是呀，我急得沒辦法，只好說她病了，得要靜養，誰也不許上她屋裏去，也不讓她出來。」顧太太聽到這話，不知道為什麼忽然打了個寒噤，覺得有點不對。

曼璐見她呆呆的不作聲，便道：「媽，你先別著急，再等兩天，等她火氣下去了些，那時候我們慢慢的勸她，只要她肯了，我們馬上就把喜事辦起來，鴻才那邊是沒問題的，現在問題就在她本人，還有那姓沈的——你說他們已經訂婚了？」顧太太道：「是呀，這時候拿什麼話去回人家？」曼璐道：「他現在可在上海？」顧太太道：「就是昨天早上到上海來的。」曼璐道：「她上這兒來他知道不知道？」顧太太道：「不知道吧，他就是昨天早上來過一趟，後來一直也沒來過。」曼璐沉吟道：「那倒顯著奇怪，兩人吵了架了？」顧太太道：「你不說我也沒想到，昨天聽老太太說，曼楨把那個訂婚戒指掉了字紙簍裏去了。別是她誠心扔的？」曼璐道：「準是吵了架了。不知道因為什麼？不是又為了豫瑾吧？」豫瑾和曼楨一度很是接近，這一段情事是曼璐最覺得痛心，永遠念念不忘的。顧太太想了一想，道：「不會是為了豫瑾，豫瑾昨天倒是上我們那兒去來著，那時候世鈞早走了，兩人根本沒有遇見。」曼璐道：「哦，豫瑾昨天來的？他來有什麼事嗎？」她突然勾起了滿腔醋意，竟忘記了其他的一切。

顧太太道：「他是給我們送喜帖兒來的——你瞧，我本來沒打算告訴你的，又叫我說漏了！我這會兒是急糊塗了。」曼璐呆了一呆，道：「哦，他要結婚了？」顧太太道：「就是今天。」曼璐微笑道：「你們昨天說要去吃喜酒，就是吃他的喜酒呀？這又瞞著我幹嗎？」顧太太道：「是你二妹說的，說先別告訴你，你生病的人受不了刺激。」

但是這兩句話在現在這時候給曼璐聽到，卻使她受了很深的刺激。因為她發現她妹妹對她這樣體貼，這樣看來，家裏這許多人裏面，還只有二妹一個人是她的知己，而自己所做的事情太對不起人了。她突然覺得很慚愧，以前關於豫瑾的事情，或者也是錯怪了二妹，很不必把她恨到這樣，現在可是懊悔也來不及了，也只有自己跟自己譬解著，事已至此，也叫騎虎難下，只好惡人做到底了。

曼璐只管沉沉的想著，把床前的電話線握在手裏玩弄著，那電話線圓滾滾的像小蛇似的被她匝在手腕上。顧太太突然說道：「好好的一個人，不能就這樣不見了，我回去怎麼跟他們說呢？」曼璐道：「老太太不要緊的，可以告訴她實話。就怕她嘴不緊。你看著辦吧。弟弟他們好在還小，也不懂什麼。」顧太太緊皺著眉毛道：「你當他們還是小孩哪，偉民過了年都十五啦。」曼璐道：「他要是問起來，就說二妹病了，在我這兒養病呢。就告訴他是肺病，以後不能出去做事了，以後家裏得省著點過，住在上海太費了，得搬到內地去。」顧太太茫然道：「幹嗎？」曼璐低聲道：「暫時避一避呀，免得那姓沈的來找她。」顧太太不語。她在上海居住多年，一下子叫她把這份人家拆了，好像連根都劃掉了，她實在有點捨不得。

但是曼璐也不容她三心兩意，拉起電話來就打了一個到鴻才的辦事處，他們那裏有一個茶房名叫小陶，人很機警，而且知書識字，他常常替曼璐跑跑腿，家裏雖然有當差的，卻沒有一個像他這樣得用的人，她叫他馬上來一趟。掛上電話，她對顧太太說：「我預備叫他到蘇州去找房子。」顧太太道：「搬到蘇州去，還不如回鄉下去呢，老太太老惦記著要回去。」曼璐卻嫌那邊熟人太多，而且世鈞也知道那是他們的故鄉，很容易尋訪他們的下落。她便說：「還是蘇州好，近些。反正也住不長的，等這兒辦喜事一有了日子，馬上就得接媽回來主婚。以後當然還是住在上海，孩子們上學也方便些。大弟弟等他畢業了，也別忙著叫他去找事，讓他多念兩年書，趕明兒叫鴻才送他出洋留學去。媽吃了這麼些年的苦，也該享享福了，以後你跟我過。我可不許你再洗衣裳做飯了，媽這麼大年紀了，實在不該再做這樣重的事，昨天就是累的，把腰都扭了。你都不知道，我聽著心裏不知多難受呢！」一席話把顧太太說得心裏迷迷糊糊的，尤其是她所描繪的大弟弟的錦片前程。

母女倆談談說說，小陶已經趕來了，曼璐當著她母親的面囑咐他當天就動身，到蘇州去賃下一所房子，日內就要搬去住了，臨時再打電報給他，他好到車站上去迎接。又叫顧太太趕緊回去收拾東西，叫汽車送她回去，讓小陶搭她的車子一同走。顧太太本來還想要求和曼楨見一面，當著小陶，也沒好說什麼，只好就這樣走了，身上揣著曼璐給的一筆錢。

顧太太坐著汽車回去，心裏一直有點惴惴的。想著老太太和孩子們等會問起曼楨來，應當怎樣對答。這時候想必他們吃喜酒總還沒有回來。她一撳鈴，是劉家的老媽子來開門，一開門就說：「沈先生來了，你們都出去了，他在這兒等了半天了。」顧太太心裏卜通一跳，這一緊張，幾乎把曼璐教給她的話全忘得乾乾淨淨。當下也只得硬著頭皮走進來，和世鈞相見。原來世鈞自從昨天和曼楨鬧翻了，離開顧家以後，一直就一個人在外面亂走，到很晚才回到叔惠家裏去，一夜也沒有睡。今天下午他打了個電話到曼楨的辦公處，一問，曼楨今天沒有來，他心裏想她不要是病了吧，因此馬上趕到她家裏來，不料他們全家都出去了，劉家的老媽子告訴他曼楨昨天就到她姐姐家去了，是她姐姐家派汽車來接的，後來就沒有回來過。世鈞因為昨天就聽見說她姐姐生病，她一定是和她母親替換著前去照料，但不知道她今天回來不回來。劉家那老媽子倒是十分殷勤，讓他進去坐，顧家沒有人在家，把樓上的房門都鎖了起來，只有樓下那間空房沒有上鎖，她便從她東家房裏端了一把椅子過去，讓世鈞在那邊坐著。那間房就是從前豫瑾住過的，那老媽子便笑道：「從前住在這兒那個張先生，昨天又來了。」世鈞略怔了一怔，因笑道：「哦？他這次來，還住在這兒吧？」那老媽子道：「那倒不曉得，昨天沒住在這兒。」正說著，劉家的太太在那邊喊「高媽！高媽！」她便跑出去了。這間房空關了許久，灰塵滿積，呼吸都有點窒息。世鈞一個人坐在這裏，萬分無聊，又在窗前站了一會，窗台上一層浮灰，便信手在那灰上畫字，畫畫又都抹了，心裏亂得很，只管盤算著見到曼楨應當怎樣對她解釋，又想著豫瑾昨天來，不知道看見了曼楨沒有，豫瑾不曉得可知道不知道他和曼楨解約的事——她該不會告訴他吧？她正在氣憤和傷心的時候，對於豫瑾倒是一個很好的機會。想到這裏，越發心裏像火燒似的。恨不得馬上就能見到曼楨，把事情挽回過來。

好容易盼到後門口門鈴響，聽見高媽去開門，世鈞忙跟了出去，見是顧太太。便迎上去笑道：「伯母回來了。」他這次從南京來，和顧太太還是第一次見面，顧太太看見他，卻一句寒暄的話也沒有，世鈞覺得很奇怪，她那神氣倒好像是有點張皇。他再轉念一想，一定是她已經知道他和曼楨鬧決裂了，所以生氣，他這樣一想，不免有點窘，一時就也說不出話來。顧太太本來心裏懷著個鬼胎，所以怕見他，一見面，卻又覺得非常激動，恨不得馬上告訴他。她心裏實在是又急又氣，苦於沒有一個人可以商量，見到世鈞，就像是見了自己人似的，幾乎眼淚都要掉下來了。在樓下究竟說話不便，因道：「上樓去坐。」她引路上樓，樓上兩間房都鎖著，房門鑰匙她帶在身邊，便伸手到口袋裏去拿，一摸，卻摸到曼璐給的那一大疊鈔票。那種八成舊的鈔票，摸上去是溫軟的，又是那麼厚墩墩的方方的一大疊。錢這樣東西，確是有一種微妙的力量，顧太太當時不由得就有一個感覺，覺得對不起曼璐。和曼璐說得好好的，這時候她要是嘴快走漏了消息，告訴了世鈞，年青人都是意氣用事的，勢必要驚官動府，鬧得不可收拾。再說，他們年青人的事，都拿不準的，但看他和曼楨兩個人，為一點小事就可以鬧得把訂婚戒指都扔了，要是給他知道曼楨現在這樁事情，他能說一點都不在乎嗎？到了兒也不知道他們還結得成結不成婚，倒先把鴻才這頭的事情打散了，反而兩頭落空。這麼一想，好像理由也很多。

顧太太把鑰匙摸了出來，便去開房門，她這麼一會兒工夫，倒連換了兩個主意，鬧得心亂如麻。也不知道是因為手汗還是手顫，那鑰匙開來開去也開不開，結果還是世鈞代她開了。兩人走進房內，世鈞便搭訕著問道：「老太太也出去了？」顧太太心不在焉的應了聲：「呃……嗯。」頓了一頓，又道：「我腰疼，我一個人先回來了，」她去給世鈞倒茶，世鈞忙道：「不要倒了，伯母歇著吧。曼楨到哪兒去了，可知道她什麼時候回來？」顧太太背著身子在那兒倒茶，倒了兩杯，送了一杯過來，方道：「曼楨病了，在她姐姐家，想在她那兒休息幾天。」世鈞道：「病了？什麼病？」顧太太道：「沒什麼要緊。過兩天等她好了叫她給你打電話。你在上海總還有幾天耽擱？」她急於要打聽他要在上海住多少天，但是世鈞並沒有答她這句話，卻道：「我想去看看她。那兒是在虹橋路多少號？」顧太太遲疑了一下，因道：「多少號……我倒不知道。我這人真糊塗，只認得那房子，就不知道門牌號碼。」說著，又勉強笑了一笑。世鈞看她那樣子分明是有意隱瞞，覺得十分詫異。除非是曼楨自己的意思，不許她母親把地址告訴他，不願和他見面。但是無論怎麼樣，老年人總是主張和解的，即使顧太太對他十分不滿，怪他不好，她至多對他冷淡些，也決不會夾在裏面阻止他們見面。他忽然想起剛才高媽說，昨天豫瑾來過。難道還是為了豫瑾？……

不管是為什麼原因，顧太太既然是這種態度，他也實在對她無話可說，只有站起身來告辭。走出來就到一爿店裏借了電話簿子一翻，虹橋路上只有一個祝公館，當然就是曼楨的姐姐家了。他查出門牌號碼，立刻就僱車去，到了那裏，見是一座大房子，一帶花磚圍牆。世鈞去揿鈴，鐵門上一個小方洞一開，一個男僕露出半張臉來，世鈞便道：「這兒是祝公館嗎？我來看顧家二小姐。」那人道：「你貴姓？」世鈞道：「我姓沈。」那人把門洞豁喇一關，隨即聽見裏面煤屑路上咵嚓咵嚓一陣腳步聲，漸漸遠去，想是進去通報了。但是世鈞在外面等了很久的時候，也沒有人來開門。他很想再揿一揿鈴，又忍住了。這座房子並沒有左鄰右舍，前後都是荒地和菜園，天寒地凍，四下裏鴉雀無聲。下午的天色黃陰陰的，忽然起了一陣風，半空中隱隱的似有女人的哭聲，風過處，就又聽不見了。世鈞想道：「這聲音是從哪兒來的，不會是房子裏邊吧？這地方離虹橋公墓想必很近，也許是墓園裏新墳上的哭聲。」再凝神聽時，卻一點也聽不見了，只覺心中慘戚。正在這時候，鐵門上的洞又開了，還是剛才那男僕，向他說道：「顧家二小姐不在這兒。」世鈞呆了一呆，道：「怎麼？我剛從顧家來，顧太太說二小姐在這兒嘍。」那男僕道：「我去問過了，是不在這兒。」說著，早已豁喇一聲又把門洞關上了。世鈞想道：「她竟這樣絕情，不肯見我。」他站在那兒發了一會怔，便又舉手拍門，那男僕又把門洞開了。世鈞道：「喂，你們太太在家麼？」他想他從前和曼璐見過一面的，如果能見到她，或者可以託她轉圜。但是那男僕答道：「太太不舒服，躺著呢。」世鈞沒有話可說了。拖他來的黃包車因為這一帶地方冷靜，沒有什麼生意，兜了個圈子又回來了，見世鈞還站在那裏，便問他可要拉他回去。那男僕眼看著他上車走了，方才把門洞關上。

阿寶本來一直站在門內，不過沒有露面，是曼璐不放心，派她來的，怕那男僕萬一應付得不好。這時她便悄悄的問道：「走了沒有？」那男僕道：「走了走了！」阿寶道：「太太叫你們都進去，有話關照你們。」她把幾個男女僕人一齊喚了進去，曼璐向他們說道：「以後有人來找二小姐，一概回他不在這兒。二小姐是在我們這兒養病，你們小心伺候，我決不會叫你們白忙的。她這病有時候明白，有時候糊塗，反正不能讓她出去，我們老太太把她重託給我了，跑了可得問你們。可是不許在外頭亂說，明白不明白？」眾人自是諾諾連聲。曼璐又把年賞提早發給他們，比往年加倍。僕人們都走了，只剩阿寶一個人在旁邊，阿寶見事情已經過了明路，便向曼璐低聲道：「大小姐，以後給二小姐送飯，叫張媽去吧，張媽力氣大。剛才我進去的時候，差點兒都給她衝了出來，我拉都拉不住她。」說到這裏，又把聲音低了一低，悄悄的道：「不過我看她那樣子，好像有病，站都站不穩。」曼璐皺眉道：「怎麼病了？」阿寶輕聲道：「一定是凍的——給她砸破那扇窗子，直往裏頭灌風，這大冷天，連吹一天一夜，怎麼不凍病了。」曼璐沉吟了一會，便道：「得要給她挪間屋子。我去看看去。」阿寶道：「您進去可得小心點兒。」

曼璐便拿了一瓶治感冒的藥片去看曼楨。後樓那兩間空房，裏間一道鎖，外間一道鎖，先把外間那扇門開了，叫阿寶和張媽跟進去，在通裏間的門口把守著，再去開那一扇門。隔著門，忽然聽見裏面嗆啷啷一陣響，不由得吃了一驚，其實還是那一扇砸破的玻璃窗，在寒風中自己開闔著。每次砰的一關，就有一些碎玻璃紛紛落到樓下去，嗆啷啷跌在地上。曼楨是因為夜間叫喊沒有人聽見，所以把玻璃窗砸破的，她手上也割破了，用一塊手帕包著。她躺在床上，一動也不動。曼璐推門進去，她便把一雙眼睛定定的望著曼璐。昨天她姐姐病得那樣子，簡直就像要死了，今天倒已經起來走動了，可見是假病——這樣看來，她姐姐竟是同謀的了。她想到這裏，本來身上有寒熱的，只覺那熱氣像一蓬火似的，轟的一聲，都奔到頭上來，把臉脹得通紅，一陣陣的眼前發黑。

曼璐也自心虛，勉強笑道：「怎麼臉上這樣紅？發燒呀？」曼楨不答。曼璐一步步的走過來，有一把椅子倒在地下攔著路，她俯身把椅子扶了起來。風吹著那破玻璃窗，一開一關，「咵！」一關，發出一聲巨響，那聲音不但刺耳而且驚心。

曼楨突然坐了起來，道：「我要回去。你馬上讓我回去，我也就算了，譬如給瘋狗咬了。」曼璐道：「二妹，這不是賭氣的事，我也氣呀，我怎麼不氣，我跟他大鬧，不過鬧又有什麼用，還能真拿他怎麼樣？要說他這個人，實在是可恨，不過他對你倒是一片真心，這個我是知道的，有好兩年了，還是我們結婚以前，他看見你就很羡慕。可是他一直很敬重你的，昨天要不是喝醉了，他再也不敢這樣。只要你肯原諒他，他以後總要好好的補報你，反正他對你決不會變心的。」曼楨劈手把桌上一隻碗拿起來往地下一扔，是阿寶剛才送進來的飯菜，湯汁流了一地，碗也破了，她揀起一塊鋒利的磁片，道：「你去告訴祝鴻才，他再來可得小心點，我有把刀在這兒。」

曼璐默然半晌，俯下身去用手帕擦了擦腳上濺的油漬，終於說道：「你別著急，現在先不談這些，你先把病養好了再說。」曼楨道：「你倒是讓我回去不讓我回去？」說著，就扶著桌子，支撐著站起來往外走，卻被曼璐一把拉住不放，一剎那間兩人已是扭成一團。曼楨手裏還抓著那半隻破碗，像刀鋒一樣的銳利，曼璐也有些害怕，喃喃的道：「幹什麼，你瘋了？」在掙扎間，那隻破碗脫手跌得粉碎，曼楨喘著氣說道：「你才瘋了呢，你這都幹的什麼事情，你跟人家串通了害我，你還是個人嗎？」曼璐叫道：「我串通了害你？我都冤枉死了，為你這樁事也不知受了多少夾棍氣——」曼楨道：「你還要賴！你還要賴！」她實在恨極了，刷的一聲打了曼璐一個耳刮子。這一下打得不輕，連曼楨自己也覺得震動而且眩暈。她怔住了，曼璐也怔住了。曼璐本能的抬起手來，想在面頰上摸摸，那隻手卻停止在半空中。她紅著半邊臉，只管呆呆的站在那裏，曼楨見了，也不知怎麼的，倒又想起她從前的好處來，過去這許多年來受著她的幫助，從來也沒跟她說過感激的話。固然自己家裏人是談不上什麼施恩和報恩，同時也是因為骨肉至親之間反而有一種本能的羞澀，有許多話都好像不便出口。在曼璐是只覺得她妹妹一直看不起她。剛才這一巴掌打下去，兩個人同時都想起從前那一筆賬，曼璐自己想想，覺得真冤，她又是氣忿又是傷心，尤其覺得可恨的就是曼楨這樣一副烈女面孔。她便冷笑了一聲道：「哼，倒想不到，我們家裏出了這麼個烈女，啊？我那時候要是個烈女，我們一家子全餓死了！我做舞女做妓女，不也受人家欺負，我上哪兒去撒嬌去？我也是跟你一樣的人，一樣姐妹兩個，憑什麼我就這樣賤，你就尊貴到這樣地步？」她越說聲音越高，說到這裏，不知不覺的，竟是眼淚流了一臉。阿寶和張媽守在門外，起先聽見房內扭打的聲音，已是吃了一驚，推開房門待要進來拉勸，後來聽見曼璐說什麼做舞女做妓女，自然這些話都是不願讓人聽見的，阿寶忙向張媽使了個眼色，正要退出去，依舊把門掩上，曼楨卻乘這機會搶上前去，橫著身子向外一衝。曼璐來不及攔住她，只扯著她一隻胳膊，兩人便又掙扎起來。曼楨嚷道：「你還不讓我走？這是犯法的你知道不知道？你還能把我關上一輩子？還能把我殺了？」曼璐也不答言，只把她狠命的一摔摔開了，曼楨究竟發著熱，身上虛飄飄的，被曼璐一甩，她連退兩步，然後一跌跌出去多遠，坐在地下，一隻手正撳在那隻破碗的碎片上，不禁噯喲了一聲。曼璐倒已經咖嗞咖嗞踏著碎磁片跑了出去，把房門一關，鑰匙嗒的一響，又從外面鎖上了。

曼楨手上拉了個大口子，血涔涔的流下來。她把手拿起來看看，一看，倒先看見手上那隻紅寶戒指。她的貞操觀念當然和從前的女人有些不同，她並不覺得她有什麼愧對世鈞的地方，但是這時候看見手上戴的那隻戒指，心裏卻像針扎了一下。

世鈞……他到底還在上海不在？他可會到這兒來找她？她母親也不知道來過沒有？指望母親搭救是沒有用的，母親即使知道實情，也決不會去報告警察局，一來家醜不可外揚，而且母親是篤信「從一而終」的，一定認為木已成舟，只好馬馬虎虎的就跟了鴻才吧。姐姐這方面再加上一點壓力，母親她又是個沒主意的人，唯一的希望是母親肯把這件事情的真相告訴世鈞，和世鈞商量。但是世鈞到底還在上海不在呢？

她扶著窗台爬起來，窗櫺上的破玻璃成為鋸齒形，像尖刀山似的。窗外是花園，冬天的草皮地光禿禿的，特別顯得遼闊。四面圍著高牆，她從來沒注意到那圍牆有這樣高。花園裏有一棵紫荊花，枯藤似的枝幹在寒風中搖擺著。她忽然想起小時候聽見人家說，紫荊花底下有鬼的。不知道為什麼這樣說，但是，也許就因為有這樣一句話，總覺得紫荊花看上去有一種陰森之感。她要是死在這裏，這紫荊花下一定有她的鬼魂吧？反正不能糊裏糊塗的死在這裏，死也不伏這口氣。房間裏只要有一盒火柴，她真會放火，乘亂裏也許可以逃出去。

忽然聽見外面房間裏有人聲，有一個木匠在那裏敲敲打打工作著。是預備在外房的房門上開一扇小門，可以從小門裏面送飯，可是曼楨並不知道他們是幹什麼，猜著也許是把房門釘死了，把她當一個瘋子那樣關起來。那釘鎚一聲一聲敲下來，聽著簡直椎心，就像是釘棺材板似的。

又聽見阿寶的聲音，在那裏和木匠說話，那木匠一口浦東話，聲音有一點蒼老。對於曼楨，那是外面廣大的世界裏來的聲音，她心裏突然顫慄著，充滿了希望，她撲在門上大聲喊叫起來了，叫他給她家裏送信，把家裏的地址告訴他，又把世鈞的地址告訴他，她說她被人陷害，把她關起來了，還說了許許多多話，自己都不知道說了些什麼，連那尖銳的聲音聽著也不像自己的聲音。這樣大哭大喊，砰砰砰搥著門，不簡直像個瘋子嗎？

她突然停止了。外面顯得異樣的寂靜。阿寶當然已經解釋過了，裏面禁閉著一個有瘋病的小姐。而她自己也疑惑，她已經在瘋狂的邊緣上了。

木匠又工作起來了。阿寶守在旁邊和他攀談著。那木匠的語氣依舊很和平，他說他們今天來叫他，要是來遲一步，他就已經下鄉去了，回家去過年了。阿寶問他家裏有幾個兒女。聽他們說話，曼楨彷彿在大風雪的夜裏遠遠看見人家窗戶裏的燈光紅紅的，更覺得一陣悽惶。她靠在門上，無力地啜泣起來了。

她忽然覺得身體實在支持不住了，只得踉踉蹌蹌回到床上去。剛一躺下，倒是軟洋洋的，舒服極了，但是沒有一會兒工夫，就覺得渾身骨節痠痛，這樣睡也不合適，那樣睡也不合適，只管翻來覆去，鼻管裏的呼吸像火燒似的。她自己也知道是感冒症，可是沒想到這樣厲害。渾身的毛孔裏都像是分泌出一種黏液，說不出來的難受。天色黑了，房間裏一點一點的暗了下來，始終也沒有開燈，也不知道過了多少時候，方才昏昏睡去，但是因為手上的傷口痛得火辣辣的，也睡不沉，半夜裏醒了過來，忽然看見房門底下露出一線燈光，不覺吃了一驚。同時就聽見門上的鑰匙嗒的一響，但是這一響之後，卻又寂然無聲。她本來是時刻戒備著的，和衣躺著，連鞋也沒脫，便把被窩一掀，坐了起來，但是一坐起來覺得天旋地轉，差點沒栽倒在地下。定睛看時，門縫裏那一線燈光倒已經沒有了。等了許久，也沒有一點響動，只聽見自己的一顆心哄通哄通跳著。她想著一定又是祝鴻才。她也不知道哪兒來的一股子力氣，立刻跑去把燈一開，搶著站在窗口。大約心裏有這樣一個模糊的意念，真要是沒有辦法，還可以跳樓，跳樓也要拉他一同跳。但是隔了半晌，始終一點動靜也沒有，緊張著的神經漸漸鬆弛下來，這才覺得她正站在風口裏，西北風呼呼的吹進來，那冷風吹到發燒的身體上，卻有一種異樣的感覺，又是寒颼颼的，又是熱烘烘乾敷敷的，非常難受。

她走到門口，把門鈕一旋，門就開了，她的心倒又狂跳起來。難道有人幫忙，私自放她逃走麼？外面那間堆東西的房間黑洞洞的，她走去把燈開了。一個人也沒有。她一眼看見門上新裝了一扇小門，小門裏安著個窗台，上擱著一隻漆盤，托著一壺茶，一隻茶杯，一碟乾點心。她突然明白過來了，哪裏是放她逃走，不過是把裏外兩間打通了，以後可以經常的由這扇小門裏送飯。這樣看來，竟是一種天長地久的打算了。她這樣一想，身子就像掉到冰窖子裏一樣。把門鈕試了一試，果然是鎖著。那小門也鎖著。摸摸那壺茶，還是熱的。她用顫抖的手倒了一杯喝著，正是口渴得厲害，但是第一口喝進去，就覺得味道不對。其實是自己嘴裏沒味兒，可是她不能不疑心，茶裏也許下了藥。再喝了一口，簡直難吃，實在有點犯疑心，就擱下了。她實在不願意回到裏面房裏那張床上去，就在外面沙發上躺下了，在那舊報紙包裹著的沙發上睡了一宿，電燈也沒有關。

第二天早上，大概是阿寶送飯的時候，從那扇小門裏看見她那呻吟囈語的樣子，她因為熱度太高，神志已經不很清楚了，彷彿有點知道有人開了鎖進來，把她抬到裏面床上去，後來就不斷的有人送茶送水。這樣昏昏沉沉的，也不知過了多少時候，有一天忽然清醒了許多，見阿寶坐在旁邊織絨線，嘴裏哼哼唧唧唱著十二月花名的小調。她恍惚覺得這還是從前，阿寶在她們家幫傭的時候。她想她一定是病得很厲害，要不然阿寶怎麼不在樓下做事，卻到樓上來守著病人。母親怎麼倒不在跟前？她又惦記著辦公室的抽屜鑰匙，應當給叔惠送去，有許多文件被她鎖在抽屜裏，他要拿也拿不到。她想到這裏，不禁著急起來，便喃喃說道：「傑民呢？叫他把鑰匙送到許家去。」阿寶先還當她是說胡話，也沒聽清楚，只聽見「鑰匙」兩個字，以為她是說房門鑰匙，總是還在那兒鬧著要出去，便道：「二小姐，你不要著急，你好好的保重身體吧，把病養好了，什麼話都好說。」曼楨見她答非所問，心裏覺得很奇怪。這房間裏光線很暗，半邊窗戶因為砸破了玻璃，用一塊木板擋住了。曼楨四面一看，也就漸漸的記起來了，那許多瘋狂的事情，本來以為是高熱度下的亂夢，竟不是夢，不是夢……

阿寶道：「二小姐，你不想吃什麼嗎？」曼楨沒有回答，半晌，方在枕上微微搖了搖頭。因道：「阿寶，你想想看，我從前待你也不錯。」阿寶略頓了一頓，方才微笑道：「是的呀，二小姐待人最好了。」曼楨道：「你現在要是肯幫我一個忙，我以後決不會忘記的。」阿寶織著絨線，把竹針倒過來搔了搔頭髮，露出那躊躇的樣子，微笑道：「二小姐，我們吃人家飯的人，只能東家叫怎麼就這麼，二小姐是明白人。」曼楨道：「我知道。我也不想找你別的，只想你給我送個信。我雖然沒有大小姐有錢，我總無論如何要想法子，不能叫你吃虧。」阿寶笑道：「二小姐，不是這個話，你不知道他們防備得多緊，我要是出去他們要疑心的。」曼楨見她一味推托，只恨自己身邊沒有多帶錢，這時候無論許她多少錢，也是空口說白話，如何能夠取信於人。心裏十分焦急，不知不覺把兩隻手都握著拳頭，握得緊緊的。她因為怕看見那隻戒指，所以一直反戴著，把那塊紅寶石轉到後面去了。一捏著拳頭，就覺得那塊寶石硬邦邦的在那兒。她忽然心裏一動，想道：「女人都是喜歡首飾的，把這戒指給她，也許可以打動她的心。她要是嫌不好，就算是抵押品，將來我再拿錢去贖。」因把戒指褪了下來，她現在雖然怕看見它，也覺得很捨不得。她遞給阿寶，低聲道：「我也知道你很為難。你先把這個拿著，這個雖然不值錢，我是很寶貴它的，將來我一定要拿錢跟你換回來。」阿寶起初一定不肯接。曼楨道：「你拿著，你不拿你就是不肯幫我忙。」阿寶半推半就的，也就收下了。

曼楨便道：「你想法子給我拿一支筆一張紙，下次你來的時候帶進來。」她想她寫封信叫阿寶送到叔惠家裏去，如果世鈞已經回南京去了，可以叫叔惠轉寄。阿寶當時就問：「二小姐要寫信給家裏呀？」曼楨在枕上搖了搖頭，默然了一會，方道：「寫給沈先生。那沈先生你看見過的。」她一提到世鈞，已是順著臉滾下淚來，因把頭別了過去。阿寶又勸了她幾句，無非是叫她不要著急，然後就起身出去，依舊把門從外面鎖上了，隨即來到曼璐房中。

曼璐正在那裏打電話，聽她那焦躁的聲口，一定是和她母親說話，這兩天她天天打電話去，催他們快動身。阿寶把地下的香烟頭和報紙都拾起來，又把梳妝台上的東西整理了一下，敞開的雪花膏缸一隻一隻都蓋好，又把刷子上黏纏著的一根根頭髮都揀掉。等曼璐打完了電話，阿寶先去把門關了，方才含著神秘的微笑，從口袋裏掏出那隻戒指來，送到曼璐跟前，笑道：「剛才二小姐一定要把這個押給我，又答應給我錢，叫我給她送信。」曼璐道：「哦？送信給誰？」阿寶笑道：「給那個沈先生。」曼璐把那戒指拿在手裏看了看，她早聽她母親說過，曼楨有這樣一隻紅寶戒指。是那姓沈的送她的，大概算是訂婚戒指。因笑道：「這東西一個錢也不值，你給我吧。我當然不能白拿你的。」說著，便拿鑰匙開抽屜，拿出一搭子鈔票，阿寶偷眼看著，是那種十張一疊的十元鈔票，約有五六疊之多。從前曼璐潦倒的時候，也常常把首飾拿去賣或是當，所以阿寶對於這些事也有相當經驗，像這種戒指她也想著是賣不出多少錢的，還不如拿去交給曼璐，還上算些。果然不出她所料，竟是發了一筆小財。當下不免假意推辭了一下。曼璐噗的一聲把那一搭子鈔票丟在桌上，道：「你拿著吧。總算你還有良心！」阿寶也就謝了一聲，拿起來揣在身上，因笑道：「二小姐還等著我拿紙跟筆給她呢。」曼璐想了一想，便道：「那你以後就不要進去了，讓張媽去好了。」說著，她又想起一樁事來，便打發阿寶到她娘家去，只說他們人手不夠，派阿寶來幫他們理東西，名為幫忙，也就是督促的意思，要他們儘快的離開上海。

顧太太再也沒想到，今年要到蘇州去過年。一來曼璐那邊催逼得厲害，二來顧太太也相信那句話，「正月裏不搬家」，所以要搬只好在年前搬。她趕著在年前洗出來的褥單，想不到全都做了包袱，打了許多大包裹。她整理東西，這樣也捨不得丟，那樣也捨不得丟。要是全部帶去，在火車上打行李票也嫌太糜費了。而且都是歷年積下的破爛，一旦曝露在光天化日之下，僅只是運出大門陳列在衖堂裏，堆在塌車上，都有點見不得人。阿寶見她為難，就答應把這些東西全部運到公館裏去，好在那邊有的是閒房。其實等顧太太一走，阿寶馬上叫了個收舊貨的來，把這些東西統統賣了。

顧太太臨走的時候，心裏本就十分倉皇，覺得就像充軍似的。想想曼璐說的話也恐怕不一定可靠，但是以後一切的希望都著落在她身上了，就也不願意把她往壞處想。世鈞有一封信給曼楨，顧太太收到了，也不敢給誰看，所以並不知道裏面說些什麼。一直揣在身上，揣了好些時候，臨走那天還是拿了出來交給阿寶，叫她帶去給曼璐看。

世鈞的信是從南京寄出的。那天他到祝家去找曼楨，沒見到她，他還當是她誠心不出來見他，心裏十分難過。回到家裏，許太太告訴他說，他舅舅那裏派人來找過他。他想著也不知出了什麼事情，趕了去一問，原來並沒有什麼。他有一個小舅舅，是老姨太太生的，老姨太太一直住在南京，小舅舅在上海讀書，現在放寒假了，要回去過年，舅舅不放心他一個人走，要世鈞和他一同回去。一同去，當然不成問題，但是世鈞在上海還有幾天耽擱，他舅舅卻執意要他馬上動身，說他母親的意思也盼望他早點回去，年底結賬還有一番忙碌，他不在那裏，他父親又不放心別人，勢必又要自己來管，這一勞碌，恐怕於他的病體有礙。世鈞聽他舅舅的話音，好像沈太太曾經在他們動身前囑託過他，叫他務必催世鈞快快回來，而沈太太對他說的話一定還不止這些，恐怕把她心底裏的憂慮全都告訴了他了，不然他也不會這樣固執，左說右說，一定要世鈞馬上明天就走。世鈞見他那樣子簡直有點急扯白咧的，覺得很不值得為這點事情跟舅舅鬧翻臉，也就同意了。他本來也是心緒非常紊亂，他覺得他和曼楨兩個人都需要冷靜一下，回到南京之後再給她寫信，這樣也好，寫起信來總比較理智些。

他回到南京就寫了一封信，接連寫過兩封，也沒有得到回信。過年了，今年過年特別熱鬧，家裏人來人往，他父親過了一個年，又累著了，病勢突然沉重起來。這一次來勢洶洶，本來替他診治著的那醫生也感覺到棘手，後來世鈞就陪他父親到上海來就醫。

到了上海，他父親就進了醫院，起初一兩天情形很嚴重，世鈞簡直走不開，也住在醫院裏日夜陪伴著。叔惠聽到這消息，到醫院裏來探看，那一天世鈞的父親倒好了一點。談了一會，世鈞問叔惠：「你這一向看見過曼楨沒有？」叔惠道：「我好久沒看見她了。她不知道你來？」世鈞有點尷尬地說：「我這兩天忙得也沒有工夫打電話給她。」說到這裏，世鈞見他父親似乎對他們很注意，就掉轉話鋒說到別處去了。

他們用的一個特別看護，一直在旁邊，是一個朱小姐，人很活潑，把她的小白帽子俏皮地坐在腦後，他們來了沒兩天，她已經和他們相當熟了。世鈞的父親叫他拿出他們自己帶來的茶葉給叔惠泡杯茶，朱小姐早已注意到他們是講究喝茶的人，便笑道：「你們喝不喝六安茶？有個楊小姐，也是此地的看護，她現在在六安一個醫院裏工作，託人帶了十斤茶葉來，叫我替她賣，價錢倒是真便宜。」世鈞一聽見說六安，便有一種異樣的感觸，那是曼楨的故鄉。他笑道：「六安……你說的那個醫院，是不是一個張醫生辦的？」朱小姐笑道：「是呀，你認識張醫生呀？他人很和氣的，這次他到上海來結婚，這茶葉就是託他帶來的。」世鈞一聽見這話，不知道為什麼就呆住了。叔惠跟他說話他也沒聽見，後來忽然覺察，叔惠是問他「哪一個張醫生？」他連忙帶笑答道：「張豫瑾。你不認識的。」又向朱小姐笑道：「哦，他結婚了？新娘姓什麼你可知道？」朱小姐笑道：「我倒也不大清楚，只曉得新娘子家在上海，不過他們結了婚就一塊回去了。」世鈞就沒有再問下去，料想多問也問不出所以然來，而且當著他父親和叔惠，他們也許要奇怪，他對這位張醫生的結婚經過這樣感到興趣。朱小姐見他默默無言，還當他是無意購買茶葉，又不好意思拒絕，她自命是個最識趣的人，立刻看了看她腕上的手錶，就忙著去拿寒暑表替嘯桐試熱度。

世鈞只盼望叔惠快走。幸而不多一會，叔惠就站起來告辭了。世鈞道：「我跟你一塊出去，我要去買點東西。」兩人一同走出醫院，世鈞道：「你現在上哪兒去？」叔惠看了看手錶，道：「我還得上廠裏去一趟。今天沒等到下班就溜出來了，怕你們這兒過了探望的時間就不准進來。」

他匆匆回廠裏去了，世鈞便走進一家店舖去借打電話，他計算著這時候曼楨應當還在辦公室裏，就撥了辦公室的號碼。和她同處一室的那個男職員來接電話，世鈞先和他寒暄了兩句，方才叫他請顧小姐聽電話。那人說：「她現在不在這兒了，怎麼，你不知道嗎？」世鈞怔了一怔道：「不在這兒了——她辭職了？」那職員說：「不知道後來有沒有補一封辭職信來，我就知道她接連好幾天沒來，這兒派人上她家去找她，說全家都搬走了。」說到這裏，因為世鈞那邊寂然無聲，他就又說下去，道：「也不知搬哪兒去。你不知道啊？」世鈞勉強笑道：「我一點也不知道，我剛從南京來，我也有好久沒看見她了。」他居然還又跟那人客套了兩句，才掛上電話。然後就到櫃台上去再買了一隻打電話的銀角子，再打一個電話到曼楨家裏去。當然那人所說的話絕對不會是假話，可是他總有點不相信。鈴聲響了又響，響了又響，顯然是在一所空屋裏面。當然是搬走了。世鈞就像是一個人才離開家不到兩個鐘頭，打個電話回去，倒說是已經搬走了。使人覺得震恐而又迷茫。簡直好像遇見了鬼一樣。

他掛上電話，又在電話機旁邊站了半天。走出這家店舖，在馬路上茫然的走著，淡淡的斜陽照在地上，他覺得世界之大，他竟沒有一個地方可去似的。

當然還是應當到她從前住的地方去問問，看衖堂的也許知道他們搬到哪裏去了，他們樓下還有一家三房客，想必也已經遷出了，如果有地址留下來，從那裏也許可以打聽到一些什麼。曼楨的家離這裏很遠，他坐黃包車去，在路上忽然想到，他們最後一次見面的時候，他不是叫她搬家嗎？或者她這次搬走，還是因為聽從他的主張？搬是搬了，因為負氣的緣故，卻遲遲的沒有寫信給他，是不是有這可能？也許他離開南京這兩天，她的信早已寄到了。還有一個可能：也許她早就寫信來了，被他母親藏了起來，沒有交給他。——但是她突然辭了職卻又是為什麼呢？這就把以上的假定完全推翻了。

黃包車在衖口停下了。這地方他不知道來過多少回了，但是這一次來，一走進衖堂就感到一種異樣的生疏，也許因為他曉得已經人去樓空了，馬上這裏的房屋就顯得湫隘破敗灰暗，好像連上面的天也低了許多。

他記得他第一次來的時候，因為曼楨的家始終帶一點神秘性，所以踏進這衖堂就有點莫名其妙的慄慄自危的感覺，當然也不是沒有喜悅的成份在內。在那種心情下，看見一些女傭大姐在公共的自來水龍頭下淘米洗衣裳，也覺得是一個新鮮明快的畫面。而現在是寒冷的冬天，衖堂裏沒有什麼人。衖口有一個小木棚，看衖人就住在那裏，卻有一個女傭立在他的窗外和他談心。她一身棉襖褲，褲腰部份特別臃腫，把肚子頂得高高的，把她的白圍裙支出去老遠。她伏在窗口和裏面的人臉對臉談著。世鈞見這情形，就沒有和看衖堂的人說話。先走進去看看再說。

但是並沒有什麼可看的，只是門窗緊閉的一幢空屋，玻璃窗上罩著昏霧似的灰塵。世鈞在門外站了一會，又慢慢的向衖口走了出來。這次那看衖堂的卻看見了他，他從小屋裏迎了出來，向世鈞點點頭笑笑。世鈞從前常常給他錢的，因為常常在顧家談到很晚才走，衖堂口的鐵門已經拉上了，要驚動看衖堂的替他開鐵門。現在這看衖堂的和他點頭招呼，世鈞便帶笑問道：「顧家他們搬走了？」看衖堂的笑道：「還是去年年底搬的。我這兒有他們兩封信，要曉得他們地址就給他們轉去了，沈先生你可有地方打聽？」說著，便從窗外探手進去，在桌上摸索著尋找那兩封信。剛才和他談天的那個女傭始終立在窗外，在窗口斜倚著，她連忙一偏身讓開了。向來人家家裏的事情都是靠傭人替他們傳播出去的，顧家就是因為沒有用傭人，所以看衖堂的儘管消息靈通，對於衖內每一家人家都是一本清賬，獨有顧家的事情他卻不大熟悉，而且因為曼璐過去的歷史，好像他們家的事情總有些神秘性似的，他們不說，人家就也不便多問。

世鈞道：「住在他們樓下的還有一個劉家呢，搬到什麼地方去了，你可知道？」看衖堂的喃喃的道：「劉家……好像說搬到虹口去了吧。顧家是不在上海了，我聽見拉塌車的說，說上北火車站嘍。」世鈞心裏砰的一跳，想道：「北火車站。曼楨當然是嫁了豫瑾，一同回去了，一家子都跟了去，靠上了豫瑾了。曼楨的祖母和母親的夢想終於成為事實了。」

他早就知道，曼楨的祖母和母親一直有這個意思，而且他覺得這並不是兩位老太太一廂情願的想法。豫瑾對曼楨很有好感的，至於他對她有沒有更進一步的表示，曼楨沒有說，可是世鈞直覺地知道她沒有把全部事實告訴他。並不是他多疑，實在是兩個人要好到一個程度，中間稍微有點隔閡就不能不感覺到。她對豫瑾非常佩服，這一點她是並不諱言的，她對他簡直有點英雄崇拜的心理，雖然他是默默地工作著，準備以一個鄉村醫生終老的。世鈞想道：「是的，我拿什麼去跟人家比，我的事業才開始倒已經中斷了，她認為我對家庭投降了，對我非常失望。不過因為我們已經有兩三年的歷史，所以她對我也不無戀戀。但是兩三年間，我們從來沒有爭吵過，而豫瑾來過不久，我們就大吵，這該不是偶然的事情。當然她絕對不是借故和我爭吵，只是因為感情上先有了個癥結在那裏，所以一觸即發了。」

看衖堂的把兩封信遞給他，一封是曼楨的弟弟的學校裏寄來的，大約是成績報告單。還有一封是他寫給曼楨的，他一看見自己的字跡便震了一震。信封上除了郵戳之外還有一個圓圈形的醬油漬，想必看衖堂的曾經把菜碗放在上面。他把兩封信拿在手裏看了一看，便向看衖堂的微笑著點了個頭，說：「好，我……想法子給他們轉寄去。」就拿著走了。

走出衖堂，街燈已經亮了。他把他寫給曼楨的那封信拿出來辨認了一下。是第二封信。第一封她想必收到了。其實第一封信已經把話說盡說絕了，第二封根本就是多餘的。他立刻把它撕成一片片。

賣蘑菇豆腐乾的人遠遠吆喝著。那人又來了。每天差不多這時候，他總到這一帶來叫賣，大街小巷都串遍，一個瘦長身材的老頭子挽著個籃子，曼楨住的衖堂裏，他每天一定要到一到的。世鈞一聽見那聲音，就想起他在曼楨家裏消磨過的無數的黃昏。「豆……乾！五香蘑菇豆……乾！」沉著而蒼涼的呼聲，漸漸叫到這邊來了，叫得人心裏發空。

於是他又想著，還可以到她姐姐家裏去問問。她姐姐家他上回去過一次，門牌號數也還記得。只是那地方很遠，到了那兒恐怕太晚了。他就多走了幾步路，到附近一家汽車行去叫了一輛汽車，趕到虹橋路，天色倒還沒有黑透。下了車一揿鈴，依舊在鐵門上開了一個方洞，一個僕人露出半邊臉來，似乎還是上次那個人。世鈞道：「我要見你們太太。我姓沈。我叫沈世鈞。」那人頓了一頓，方道：「太太恐怕出去了，我瞧瞧去。」說著，便把方洞關上了。世鈞也知道這是闊人家的僕役應付來客的一種慣技，因為不確定主人見與不見，所以先說著活動話。可是他心裏還是很著急，想著曼楨的姐姐也許倒是剛巧出去了。其實她姐夫要是在家，見她姐夫也是一樣，剛才忘了問一聲。

在門外等著，他也早料到的，一等就等了許久。終於聽見裏面拔去門閂，開了一扇側門，那僕人閃在一邊，說了聲「請進來。」他等世鈞走進去，依舊把門閂上了，然後在前面引路，沿著一條煤屑鋪的汽車道走進去，兩旁都是厚厚的冬青牆。在這傍晚的時候，園子裏已經昏黑了，天上倒還很亮，和白天差不多。映著那淡淡的天色，有一鉤淡金色的蛾眉月。

世鈞在樓窗下經過，曼楨在樓上聽見那腳步聲，皮鞋踐踏在煤屑路上。這本來也沒有什麼特異之點，但是這裏上上下下就沒有一個人穿皮鞋的，僕人都穿布鞋，曼璐平常總穿綉花鞋，祝鴻才穿的是那種粉底直貢呢鞋子。他們家也很少來客。這卻是什麼人呢？曼楨躺在床上，竭力撐起半身，很注意的向窗外看著，雖然什麼也看不見，只看見那一片空明的天，和天上細細的一鉤淡金色的月亮。她想，也許是世鈞來了。但是立刻又想著，我真是瘋了，一天到晚盼望世鈞來救我，聽見腳步聲就以為是世鈞。那皮鞋聲越來越近，漸漸的又由近而遠。曼楨心裏急得什麼似的，因想道：「管他是誰呢，反正我喊救命。」可是她病了這些時，發熱發得喉嚨都啞了，她總有好些天沒有和任何人說過話了，所以自己還不大覺得。這時候一張開嘴，自己都吃一驚，這樣啞著嗓子叫喊，只聽見喉嚨管裏發出一種沙沙之聲罷了。

房間裏黑沉沉的，只有她一個人在那裏，阿寶自從上回白拿了她一隻戒指，就沒有再進來過，一直是張媽照料著。張媽剛巧走開了一會，到廚房裏吃年糕去了。這還是正月裏，家裏剩下很多的年糕，傭人們也可以隨時做著吃。張媽煮了一大碗年糕湯，才呷了一口，忽見阿寶鬼鬼祟祟的跑進來，低聲叫道：「張奶奶，快上去，叫你呢！」張媽忙放下碗來，問道：「太太叫我？」阿寶略點了點頭，附耳說道：「叫你到後頭房去看著。留點神！」張媽聽見這話，只當是曼楨那裏又出了什麼意外，慌得三腳兩步跑上樓去。阿寶跟在後面，才走到樓梯腳下，正遇見那男僕引著世鈞從大門外面走進來。世鈞從前在曼楨家裏看見過阿寶的，雖然只見過一面，他倒很記得她，因向她看了一眼。阿寶一時心虛，怕他和她攀談起來，要是問起顧家現在搬到什麼地方去了，萬一倒說得前言不對後語。她只把頭低著，裝作不認識他，逕自上樓去了。

那男僕把世鈞引到客廳裏去，把電燈開了。這客廳非常大，佈置得也極華麗，但是這地方好像不大有人來似的，說話都有回聲。熱水汀燒得很旺，世鈞一坐下來便掏出手帕來擦汗。那男僕出去了一會，又送茶進來，擱在他面前的一張矮桌上。世鈞見是兩杯茶，再抬起眼來一看，原來曼璐已經進來了，從房間的另一頭遠遠走來，她穿著一件黑色的長旗袍，袍叉裏露出水鑽鑲邊的黑綢長褲，踏在那藕灰絲絨大地毯上面，悄無聲息的走過來。世鈞覺得他上次看見她的時候，好像不是這樣瘦，兩個眼眶都深深的陷了進去，在燈影中看去，兩隻眼睛簡直陷成個兩個窟窿。臉上經過化妝，自是紅紅白白的，也不知怎麼的，卻使世鈞想起「紅粉骷髏」四個字，單就字面上講，應當是有點像她的臉型。

他從來沒和她這樣的女人周旋過，本就有點慌張，因站起身來，向她深深的一點頭，沒等她走到跟前，就急於申明來意，道：「對不起，來打攪祝太太——剛才我去找曼楨，他們全家都搬走了。他們現在不知搬到哪兒去了？」曼璐只是笑著「嗯，嗯」答應著，因道：「沈先生坐。喝點茶。」她先坐了下來。世鈞早就注意到了，她手裏拿著一個小紙包，他不禁向那紙包連看了兩眼，卻猜不出是什麼東西，也不像是信件。他在她對面坐了下來，曼璐便把那紙包拆開了，裏面另是一層銀皮紙，再把那銀皮紙的小包打開來，拿出一隻紅寶戒指。世鈞一看見那戒指，不由得心中顫抖了一下，也說不出是何感想。曼璐把戒指遞了過來，笑道：「曼楨倒是料到的，她說沈先生也許會來找我。她叫我把這個交給你。」世鈞想道：「這就是她給我的回信嗎？」他機械地接了過來，可是同時就又想著：「這戒指不是早已還了我了？當時還了我，我當她的面就扔了字紙簍裏了，怎麼這時候倒又拿來還我？這又不是什麼貴重的東西，假使非還我不可，就是寄給我也行，也不必這樣鄭重其事的，還要她姐姐親手轉交，不是誠心氣我嗎？她不是這樣的人哪，我倒不相信，難道一個人變了心，就整個的人都變了？」

他默然了一會，便道：「那麼她現在不在上海了？我還是想當面跟她談談。」曼璐卻望著他笑了一笑，然後慢吞吞的說道：「那我看也不必了吧？」世鈞頓了一頓，便紅著臉問道：「她是不是結婚了？」曼璐的臉色動了一動，可是並沒有立刻回答。世鈞便又微笑道：「是不是跟張豫瑾結婚了？」曼璐端起茶杯來抿了一口。她本來是抱著隨機應變的態度，雖然知道世鈞對豫瑾是很疑心，她倒也不敢一口咬定說曼楨是嫁了豫瑾了，因為這種謊話是很容易對穿的，但是看這情形，要是不這樣說，料想他也不肯死心。她端著茶杯，在杯沿上凝視著他，因笑道：「你既然知道，也用不著我細說了。」世鈞其實到她這兒來的時候也就沒有存著多少希望，但是聽了這話，依舊覺得轟然一聲，人都呆住了，一個字也說不出來。隔了有一會工夫，他很倉卒的站起來，和她點了個頭，微笑道：「對不起，打攪你這半天。」就轉身走了。可是才一舉步，就彷彿腳底下咯吱一響，踩著一個什麼東西，低頭一看，卻是他那隻戒指。好好的拿在手裏，不知怎麼會手一鬆，滾到地下去了。也不知什麼時候掉了地下的，那地毯那樣厚，自然是聽不見聲音。他彎下腰去拾了起來，就很快的向口袋裏一揣。要是鬧了半天，還把那戒指丟在人家家裏，那才是笑話呢。曼璐這時候也站起來了，世鈞也沒朝她看，不管她是一種嘲笑的還是同情的神氣，同樣是不可忍耐的。他匆匆的向門外走去，剛才那僕人倒已經把大門開了，等在那裏。曼璐送到大門口就回去了，依舊由那男僕送他出去。世鈞走得非常快，那男僕也在後面緊緊跟著。不一會，他已經出了園門，在馬路上走著了，那邊嗚嗚的來了一輛汽車，兩道白光在前面開路。這虹橋路上並沒有人行道，只是一條瀝青大道，旁邊卻留出一條沙土鋪的路，專為在上面跑馬。世鈞避到那條騎馬道上走著，腳踩在那鬆鬆的灰土上，一軟一軟的，一點聲音也沒有。街燈昏昏沉沉的照著，人也有點昏昏沉沉的。

那隻戒指還在他口袋裏。他要是帶回家去仔細看看，就可以看見戒指上裏的絨線上面有血跡。那絨線是咖啡色的，乾了的血跡是紅褐色，染在上面並看不出來，但是那血液膠黏在絨線上，絨線全僵硬了，細看是可以看出來的。他看見了一定會覺得奇怪，因此起了疑心，但是那好像是偵探小說裏的事，在實生活裏大概是不會發生的。世鈞一路走著，老覺得那戒指在他褲袋裏，那顆紅寶石就像一個燃燒著的香烟頭一樣，燙痛他的腿。他伸進手去，把那戒指掏出來，一看也沒看，就向道旁的野地裏一扔。

那天晚上他回到醫院裏，他父親因為他出去了一天，問他上哪兒去了，他只推說遇見了熟人，被他們拉著不放，所以這時候才回來。他父親見他有些神情恍惚，也猜著他一定是去找女朋友去了。第二天，他舅舅到醫院裏來探病，坐的時間比較久，嘯桐說話說多了，當天晚上病情就又加重起來。自這一天起，竟是一天比一天沉重，在醫院裏一住兩個月，後來沈太太也到上海來了，姨太太帶著孩子們也來了，就等著送終。嘯桐在那年春天就死在醫院裏。

春天，虹橋路紫荊花也開花了，紫鬱鬱的開了一樹的小紅花。有一隻鳥立在曼楨的窗台上跳跳蹦蹦，房間裏面寂靜得異樣，牠以為房間裏沒有人，竟飛進來了，撲喇撲喇亂飛亂撞，曼楨似乎對牠也不怎麼注意。她坐在一張椅子上，她的病已經好了，但是她發現她有孕了。她現在總是這樣呆呆的，人整個的有點麻木。坐在那裏，太陽晒在腳背上，很是溫暖，像有一隻黃貓咕嚕咕嚕伏在她腳上。她因為和這世界完全隔離了，所以連這陽光照在身上都覺得有一種異樣的親切的意味。

她現在倒是從來不哭了，除了有時候，她想起將來有一天跟世鈞見面，要把她的遭遇一一告訴他聽，這樣想著的時候，就好像已經面對面在那兒對他說著，她立刻兩行眼淚掛下來了。

13

嘯桐的靈櫬由水路運回南京，世鈞跟著船回去，沈太太和姨太太則是分別乘火車回去的。沈太太死了丈夫，心境倒開展了許多。寡居的生活她原是很習慣的，過去她是因為丈夫被別人霸佔去而守活寡，所以心裏總有這樣一口氣嚥不下，不像現在是名正言順的守寡了，而且丈夫簡直可以說是死在她的懷抱中，蓋棺論定，現在誰也沒法把他搶走了。這使她心裏覺得非常安定而舒泰。

因為家裏地方狹窄，把靈櫬寄存在廟裏，循例開弔發喪，忙過這些，就忙分家的事情。是姨太太那邊提出分家的要求，姨太太那邊的小孩既多，她預算中的一筆教育費又特別龐大，還有她那母親，她說嘯桐從前答應給她母親養老送終的。雖然大家都知道她這些年來積下的私蓄一定很可觀，而且嘯桐在病中遷出小公館的時候，也還有許多要緊東西沒有帶出來，無如這都是死無對證的事。世鈞是一貫抱著息事寧人的主張，勸他母親吃點虧算了，但是女人總是氣量小的，而且裏面還牽涉著他嫂嫂。他們這次分家是對姨太太而言，他嫂嫂以後還是跟著婆婆過活，不過將來總是要分的。他嫂嫂覺得她不為自己打算，也得為小健打算。她背後有許多怨言，怪世鈞太軟弱了，又說他少爺脾氣，不知稼穡之艱難，又疑心他從前住在小公館裏的時候，被姨太太十分恭維，年青人沒有主見，所以反而偏向著她。其實世鈞在裏面做盡難人。拖延了許多時候，這件事總算了結了。

他父親死後，百日期滿，世鈞照例到親戚家裏去「謝孝」，挨家拜訪過來，石翠芝家裏也去了一趟。翠芝的家是一個半中半西的五開間老式洋房，前面那花園也是半中半西的，一片寬闊的草坪，草坪正中卻又堆出一座假山，挖了一個小小的池塘，養著金魚。世鈞這次來，是一個夏天的傍晚，太陽落山了，樹上的蟬聲卻還沒有休歇，翠芝正在花園裏溜狗。她牽著狗，其實是狗牽著人，把一根皮帶拉得筆直的，拉著她飛跑。世鈞向她點頭招呼，她便喊著那匹狗的英文名字：「來利！來利！」好容易使那狗站住了。世鈞笑道：「這狗年紀不小了吧？我記得一直從前你就有這麼個黑狗。」翠芝道：「你說的是牠的祖母了。這一隻跟你們家那隻是一窩。」世鈞道：「叫來利？」翠芝道：「媽本來叫牠來富，我嫌難聽。」世鈞笑道：「伯母在家？」翠芝道：「出去打牌去了。」

翠芝在他們開弔的時候也來過的，但是那時候世鈞是孝子，始終在孝幃裏，並沒有和她交談，所以這次見面，她不免又向他問起他父親故世前的情形。她聽見說世鈞一直在醫院裏伺候，便道：「那你這次去沒住在叔惠家裏？你看見他沒有？」世鈞道：「他到醫院裏來過兩次。」翠芝不言語了。她本來還想著，叔惠也說不定不在上海了，她曾經寫過一封信給他，信裏提起她和一鵬解除婚約的事，而他一直沒有回信。他一直避免和她接近，她也猜著是因為她家裏有錢，他自己覺得高攀不上，所以她總想著應當由她這一方面採取主動的態度。但是這次寫信給他他沒有回信，她又懊悔，倒不是懊悔她這種舉動太失身分，因為她對他是從來不想到這些的。她懊悔不是為別的，只是怕人家覺得她太露骨了，即使他本來有意於她的，也會本能地起反感。所以她這一向一直鬱鬱的。

她又笑著和世鈞說：「你在上海常看見顧小姐吧？她好嗎？」世鈞道：「這回沒看見她。」翠芝笑道：「她跟叔惠很好吧？」世鈞聽她這話，先覺得有點詫異，然而馬上就明白過來，她一定是從他嫂嫂那裏聽來的，曼楨和叔惠那次到南京來玩，他不是告訴他家裏人說曼楨是叔惠的朋友，免得他們用一種特殊的眼光看待曼楨。現在想起那時候的情景，好像已經事隔多年，渺茫得很了。他勉強笑道：「她跟叔惠也是普通朋友。」翠芝道：「我真羨慕像她那樣的人，在外面做事多好。」世鈞不由得苦笑了，他想曼楨身兼數職，整天辛苦奔波的情形，居然還有人羨慕她。但是那也是過去的事了，人家現在做了醫院院長的太太，當然生活比較安定了。

翠芝又道：「我也很想到上海去找一個事做做。」世鈞笑道：「你要做事幹什麼？」翠芝笑道：「怎麼，你覺得我不行？」世鈞笑道：「不是，你現在不是在大學念書麼？」翠芝道：「大學畢業也不過是那麼回事，我就是等畢了業說要出去做事，我家裏人也還是要反對的。」說著，她長長的透了口氣。她好像有一肚子的牢騷無從說起似的。世鈞不由得向她臉上望了望。她近來瘦多了。世鈞覺得她自從訂了婚又毀約之後，人好像跟從前有點不同，至少比從前沉靜了許多。

兩人跟在那隻狗後面，在草坪上緩緩走著。翠芝忽然說了一聲：「他真活潑。」世鈞道：「你是說來利？」翠芝略頓了一頓，道：「不，我說叔惠。」世鈞道：「是的，他真活潑，我要是心裏不痛快的時候，去找他說說話，就真的會精神好起來了。」他心裏想，究竟和翠芝沒有什麼可談的，談談就又談到叔惠身上來了。

翠芝讓他進去坐一會，他說他還有兩家人家要去一趟，就告辭走了。他這些日子一直沒到親戚家裏去走動過，這時候已經滿了一百天，就沒有這些忌諱了，漸漸就有許多不可避免的應酬。從前他嫂嫂替他和翠芝做媒碰了個釘子，他嫂嫂覺得非常對不起她的表妹，「鞋子不做倒落了個樣」。事後當然就揭過不提了，翠芝的母親那方面當然更是諱莫如深，因此他們親戚間對於這件事都不大知道內情。愛咪說起這樁事情，總是歸罪於世鈞的怕羞，和翠芝的脾氣倔，要不然兩人倒是很好的一對。翠芝一度訂了婚又悔婚，現在又成了個問題人物了。世鈞也許是多心，他覺得人家請起客來，總是有他一定有她。翠芝也有同感。她常到愛咪那裏去打網球，愛咪就常常找世鈞去湊一腳。世鈞在那裏碰見一位丁小姐，網球打得很好，她是在上海進大學的，和世鈞還是先後同學。世鈞回家去，說話中間提起過她幾次，他母親就借故到愛咪那裏去了一趟，偷偷的把那丁小姐相看了一下。世鈞的父親臨終的時候曾經說過，說他唯一的遺憾就是沒有看見世鈞結婚。他母親當時就沒敢接這個碴，因為想著世鈞如果結婚的話，一定就是和曼楨結婚了。但是現在事隔多時，沈太太認為危機已經過去了，就又常常把他父親這句遺言提出來，掛在嘴上說著。

相識的一班年青人差不多都結婚了，好像那一年結婚的人特別多似的，入秋以來，接二連三的吃人家的喜酒。這其間最感刺激的是翠芝的母親。本來翠芝年紀也還不算大，她母親其實用不著這樣著急，但是翠芝最近有一次竟想私自逃走，留下一封信來，說要到上海去找事，幸而家裏發覺得早，在火車站上把她截獲了，雖然在火車站上沒看見有什麼人和她在一起，她母親還是相信她一定是受人誘惑，所以自從出過這樁事情，她母親更加急於要把她嫁出去，認為留她在家裏遲早要出亂子。

最近有人替她做媒，說一個秦家，是一個土財主的少爺，還有人說他是有嗜好的。介紹人請客，翠芝無論如何不肯去，一早就躲出去了，也沒想好上哪兒去。她覺得她目前的處境，還只有她那表姐比較能夠了解，就想去找她的表姐痛痛快快哭訴一番。沈家大少奶奶跟翠芝倒是一直很知己的，就連翠芝和一鵬解約，一個是她的表妹，一個是她自己的弟弟，她也並沒有偏向著誰。因為在她簡單的頭腦中，凡是她娘家的人都是好的，她弟弟當然是一等一的好人。她的表妹也錯不了，這事情一定是有外人從中作祟。一鵬解約後馬上就娶了竇文嫻，那一定就是竇文嫻不好，處心積慮破壞他們的感情，把一鵬搶了去了。因此她對翠芝倒頗為同情。

這一天翠芝到沈家來想對她表姐訴苦，沒想到大少奶奶從來不出門的人，倒剛巧出去了，因為她公公停靈在廟裏，她婆婆想起來說好久也沒去看看，便買了香燭紙錢要去磕個頭，把小健也帶著。就剩世鈞一個人在家，他一看見翠芝就笑道：「哦，你家裏知道你要上這兒來？剛才他們打電話來問的，我還告訴他們說不在這兒。」翠芝知道她母親一定是著急起來了，在那兒到處找她。她自管自坐下來，問道：「表姐出去了？」世鈞道：「跟我媽上廟裏去了。」翠芝道：「哦，伯母也不在家？」她看見桌上有本書，就隨手翻看著，世鈞見她那樣子好像還預備坐一會，便笑道：「要不要打個電話回去告訴你家裏，說你來了？」翠芝突然抬起頭來道：「幹什麼？」世鈞倒怔了一怔，笑道：「不是，我想伯母找你也許有什麼事情。」她又低下頭去看書，道：「她不會有什麼事情。」

世鈞聽她的口吻就有點明白了，她一定是和母親嘔氣跑出來的。翠芝這一向一直很不快樂，他早就看出來了，但是因為他自己心裏也很悲哀，而他絕對不希望人家問起他悲哀的原因，所以推己及人，別人為什麼悲哀他也不想知道。說是同病相憐也可以，他覺得和她在一起的時候，比和別人作伴要舒服得多，至少用不著那樣強顏歡笑。翠芝送他們的那隻狗，怯怯的走上前來搖著尾巴，翠芝放下書給牠抓癢癢，世鈞便搭訕著笑道：「這狗落到我們家裏也夠可憐的，也沒有花園，也沒有人帶牠出去溜溜。」翠芝也沒聽見他說些什麼。世鈞忽然看見她的眼眶裏充滿了淚水，他便默然了。還是翠芝打破了這沉默，問道：「你這兩天有沒有去打網球？」世鈞微笑道：「沒有。你今天去不去？一塊去吧？」翠芝道：「我打來打去也沒有進步。」她說話的聲音倒很鎮靜，跟平常完全一樣，但是一面說著話，眼淚就簌簌的落下來了，她別過臉去不耐煩地擦著，然而永遠擦不乾。世鈞微笑著叫了聲「翠芝。」又道：「你怎麼了？」她不答應。他又呆了一會，便走過來坐在她身邊，用手臂圍住她的肩膀。

新秋的風從窗戶裏吹進來，桌上那本書自己一頁一頁掀動著，拍拍作聲，那聲音非常清脆可愛。

翠芝終於掙脫了他的手臂。然後她又好像解釋似的低聲說了一句：「待會兒給人家看見了。」那麼，如果沒有被人看見的危險，就是可以的了。世鈞不禁望著她微微一笑，翠芝立刻脹紅了臉，站起來就走，道：「我走了。」世鈞笑道：「回家去？」翠芝大聲道：「誰說的？我才不回去呢！」世鈞笑道：「那麼上哪兒去？」翠芝笑道：「那你就別管了！」世鈞笑道：「去打網球去，好不好？」翠芝先是不置可否，後來也就一同去了。

第二天他又到她家裏去接她，預備一同去打網球，但是結果也沒去，就在她家裏坐著談談說說，吃了晚飯才回去。她母親對他非常親熱，對翠芝也親熱起來了。這以後世鈞就常常三天兩天的到他們家去。沈太太和大少奶奶知道了，當然非常高興，但是也不敢十分露出來，恐怕大家一起鬨，他那裏倒又要打退堂鼓了。大家表面上儘管不說什麼，可是自會造成一種祥和的空氣，世鈞無論在自己家裏或是到翠芝那裏去，總被這種祥和的空氣所包圍著。

翠芝過生日，世鈞送了她一隻鑽石別針，鑽石是他家裏本來有在那裏的，是他母親的一副耳環，拿去重鑲了一下，平排四粒鑽石，下面托著一隻白金管子，式樣倒很簡單大方。翠芝當場就把它別在衣領上，世鈞站在她背後看著她對鏡子別別針，她便問他：「你怎麼知道我什麼時候過生日？」世鈞笑道：「我嫂嫂告訴我的。」翠芝笑道：「是你問她的還是她自己告訴你的？」世鈞扯了個謊道：「我問她的。」他在鏡子裏看她，今天她臉上淡淡的抹了些胭脂，額前依舊打著很長的前劉海，一頭鬈髮用一根烏絨帶子束住了，身上穿著件深紅燈芯絨的短袖夾袍。世鈞兩隻手撫摸著她兩隻手臂，笑道：「你怎麼瘦了？瞧你這胳膊多瘦！」翠芝只管仰著臉，很費勁的扣她的別針，道：「我大概是疰夏，過了一個夏天，總要瘦些。」世鈞撫摸著她的手臂，也許是試探性的，跟著就又從後面湊上去，吻她的面頰。她的粉很香。翠芝掙扎著道：「別這麼著——算什麼呢——給人看見了——」世鈞道：「看見就看見。現在不要緊了。」為什麼現在即使被人看見也不要緊，他沒有說明白，翠芝也沒有一定要他說出來。她只是回過頭來有些靦腆地和他相視一笑。兩人也就算是一言為定了。

世鈞平常看小說，總覺得小說上的人物不論男婚女嫁，總是特別麻煩，其實結婚這樁事情真是再便當也沒有了，他現在發現。

因為世鈞的父親才亡故不久，不能太鋪張，所以他們訂婚也不預備有什麼舉動。預定十月裏結婚。他和翠芝單獨相處的時候，他們常常喜歡談到將來婚後的情形，翠芝總希望有一天能夠到上海去組織小家庭，住什麼樣的房子，買什麼樣的家具，牆壁漆什麼顏色，或是用什麼花紙，一切都是非常具體的。不像從前和曼楨在一起，想到將來共同生活，只覺得飄飄然，卻不大能夠想像是怎樣的一個情形。

結婚前要添置許多東西，世鈞打算到上海去一趟。他向翠芝說：「我順便也要去看看叔惠，找他來做伴郎，有許多別的事他也可以幫幫忙，不要看他那樣嘻嘻哈哈的，他做起事來真能做，我真佩服他。」翠芝先沒說什麼，過了一會，她忽然很憤激地說：「我不懂為什麼，你一提起叔惠總是說他好，好像你樣樣事情都不如他似的，其實你比他好得多，你比他好一萬倍。」她擁抱著他，把她的臉埋在他肩上。世鈞從來沒看見她有這樣熱情的表示，他倒有點受寵若驚了。同時他又覺得慚愧，因為她對他是這樣一種天真的熱情，而他直到現在恐怕心底裏還是有點忐忑不定。也就是為這個原因，他急於想跟叔惠當面談談，跟他商量商量。

他來到上海，知道叔惠不到星期日不會回家來的，就直接到楊樹浦他們那宿舍裏去找他。叔惠已經下班了，世鈞注意到他身上穿著件灰色絨線背心，那還是從前曼楨打了同樣的兩件分送給他們兩個人，世鈞那一件他久已不穿了，卻不能禁止別人穿。

兩人在郊外散步，叔惠說：「你來得真巧，我正想給你寫信呢。我弄了個獎學金，到美國去，去當窮學生去，真是活回去了。沒辦法，我看看這兒也混不出什麼來，搞個博士回來也許好點。」世鈞忙問：「到美國什麼地方？」叔惠道：「是他們西北部一個小大學，名不見經傳的。管它呢，念個博士回來，我們也當當波士。你有興趣，我到了那兒給你找關係，你也去。」世鈞笑道：「我去是也未嘗不想去，可是我的情形不太簡單。」叔惠笑道：「聽你這口氣，你要結婚了是不是？」世鈞一聽就知道他誤會了，以為是曼楨，倒真有點窘，只得微笑道：「我就是為這樁事來跟你商量商量。我跟翠芝訂婚了。」叔惠愕然道：「石翠芝？」說著忽然怪笑了起來，又道：「跟我商量什麼？」他那聲口簡直有敵意，不見得完全是為曼楨不平，似乎含有一種侮辱的意味。世鈞覺得實在可氣，在這種情形下，當然絕對不肯承認自己也在狐疑不決，便道：「想找你做伴郎。」叔惠默然了一會，方道：「跟翠芝結婚，那你就完全泥足了，只好一輩子安份守己，做個闊少奶奶的丈夫。」世鈞只淡淡地笑了笑，道：「那也在乎各人自己。」他顯然是不大高興，叔惠也覺得了，自己就又譴責自己，為什麼這樣反對他們結合呢？是否還是有一點私心，對於翠芝，一方面理智地不容許自己和她接近，卻又不願意別人佔有她。那太卑鄙了。他這樣一想，本來有許多話要勸世鈞的，也就不打算說了。

他笑道：「你看我這人真豈有此理，還沒跟你道喜呢，只顧跟你抬槓！」世鈞也笑了。叔惠又笑道：「你們什麼時候訂婚的？」世鈞道：「就是最近。」他覺得似乎需要一點解釋，因為他一向對翠芝毫無好感，叔惠是比誰都知道得更清楚的。他便說：「從前你記得，我嫂嫂也給我們介紹過的，不過那時候她也還是個小孩，我呢，我那時候大概也有點孩子脾氣，越是要給我介紹，我越是不願意。」他這口吻好像是說，從前那種任性的年青時代已經過去了，而現在是穩步進入中年，按照他們同一階層的人們所習慣的生活方式，循規蹈矩的踏上人生的旅程。叔惠聽見他這話，倒覺得一陣淒涼。他們在曠野中走著，楊樹浦的工廠都放工了，遠遠近近許多汽笛嗚嗚長鳴，烟囪裏的烟，在通紅的夕陽天上筆直上升。一群歸鴉呱呱叫著在頭上飛過。世鈞又說起叫他做伴郎的話，叔惠推辭說動身在即，恐怕來不及參與世鈞的婚禮了。但是世鈞說，如果來不及的話，他寧可把婚期提早一些，想必翠芝也會同意的。叔惠見他這樣堅持，也就無法拒絕了。

那天晚上叔惠留他在宿舍裏吃了晚飯，飯後又談了一會才走，他這次來是住在他舅舅家裏。住了幾天，東西買得差不多了，就回南京去了。

叔惠在他們的喜期的前一天來到南京。辦喜事的人家向來是鬧哄哄的，家翻宅亂，沈太太在百忙中還替叔惠佈置下一間客房。他們自己家裏地方是偪仄一點，可是這次辦喜事排場倒不小，先在中央飯店舉行婚禮，晚上又在一個大酒樓上排下喜宴。翠芝在酒樓上出現的時候，已經換上一身便裝，大紅絲絨窄袖旗袍上面罩一件大紅絲絨小坎肩，是那時候最流行的式樣。叔惠遠遠的在燈下望著她，好久不見了，快一年了吧，上次見面的時候，他向她道賀因為她和一鵬訂了婚，現在倒又向她道賀了。永遠身為局外人的他，是不免有一點感慨的。他是伴郎，照理應當和新郎新娘同席，但是因為他善於應酬，要借重他招待客人，所以把他安插在另外一桌上。他們那一桌上也許因為有他，特別熱鬧，鬧酒鬧得很兇。叔惠豁拳的技術實在不大高明，又不肯服輸，結果是他喝得最多。

後來大家輪流到新人的席上去敬酒，叔惠也跟著起鬨，大家又鬧著要他們報告戀愛經過。僵持了許久，又有人出來打圓場，叫他們當眾攙一攙手就算了。這在舊式的新郎新娘，或許是一個難題，像他們這是由戀愛而結婚的新式婚姻，握握手又算得了什麼，然而翠芝脾氣很僵，她只管低著頭坐在那裏，世鈞又面嫩，還是叔惠在旁邊算是替他們解圍，他硬把翠芝的手一拉，笑道：「來來來，世鈞，手伸出來，快。」但是翠芝這時候忽然抬起頭來，向叔惠呆呆的望著。叔惠一定是喝醉了，他也不知怎麼的，儘拉著她的手不放。世鈞心裏想，翠芝一定生氣了，她臉上顏色很不對，簡直慘白，她簡直好像要哭出來了。

席散了以後，一部份人仍舊跟他們回到家裏去，繼續鬧房，叔惠卻沒有參加，他早跟世鈞說好的，當天就得乘夜車回上海去，因為馬上就要動身出國了，還有許多事情需要料理。所以他回到世鈞家裏，只和沈太太謝了一聲，就悄悄的拿著箱子僱車走了。

鬧房的人一直鬧到很晚才走。本來擠滿了一屋子的人，人都走了，照理應當顯得空闊得多，但是恰巧相反，不知道為什麼反而覺得地方變狹小了。屋頂也太低了，簡直有點透不過氣來。世鈞裝出閒適的樣子，伸了個懶腰。翠芝道：「剛才鬧得最厲害的有一個小胖子，那是誰？」他們把今天的來賓一一提出來討論著，某小姐最引人注目，某太太最「瘋」了，某人的舉動最滑稽，一談就談了半天，談得很有興味似的。桌上擺著幾隻高腳玻璃碟子，裏面盛著各色糖果，世鈞就像主人似的讓她吃，她每樣都吃了一些。這間房本來是他們家的起坐間，經過一番改裝，沈太太因為迎合他們年青人的心理，並沒有照舊式新房那樣一切都用大紅色，紅天紅地像個血海似的。現在這間房卻是佈置得很幽雅，比較像一個西式的旅館房間。不過桌上有一對銀蠟台，點著兩隻紅燭。只有這深宵的紅燭是有一些新房的意味。

翠芝道：「叔惠今天醉得真厲害。」世鈞笑道：「可不是！他一個人怎麼上火車，我倒真有點不放心。」翠芝默然，過了一會又道：「等他酒醒的時候，不知道火車開到什麼地方了。」她坐在梳妝台前面刷頭髮，頭髮上全是人家撒的紅綠紙屑。

世鈞又和她說起他舅舅家那個老姨太太，吃齋念佛，十廿年沒出過大門，今天居然也來觀禮。翠芝刷著頭髮，又想起來說：「你有沒有看見愛咪今天的頭髮樣子，很特別。」世鈞道：「哦，我倒沒注意。」翠芝道：「據說是上海最新的樣子。你上次到上海去有沒有看見？」世鈞想了一想，道：「不知道。倒沒留心。……」

談話的資料漸漸感到缺乏，世鈞便笑道：「你今天一定累了吧？」翠芝道：「我倒還好。」世鈞道：「我一點也不睏，大概話說多了，反而提起神來了。我倒想再坐一會，看看書，你先睡吧。」翠芝道：「好。」

世鈞拿著一本畫報在那兒看。翠芝繼續刷頭髮。刷完頭髮，又把首飾一樣樣脫下來收在梳妝台抽屜裏。世鈞見她儘管慢吞吞的，心裏想她也許覺得當著人就解衣上床有許多不便，就笑道：「開著燈你恐怕睡不著吧？」翠芝笑道：「噯。」世鈞道：「我也有這個習慣的。」他立起來把燈關了，他另外開了一盞檯燈看書，房間裏立刻暗了下來。

半晌，他別過頭去一看，她還沒睡，卻在燭光下剪手指甲。時候真的不早了，兩隻蠟燭已經有一隻先點完了。要照迷信的說法，這是很不好的預兆，雖然翠芝不見得會相信這些，但是世鈞還是留了個神，只笑著說了一聲：「呦，蠟燭倒已經點完了，你還不睡？」翠芝隔了一會方才答道：「我就要睡了。」世鈞聽她的聲音有點喑啞，就想著她別是又哭了，因為他冷淡了她？總不會是因為有一隻蠟燭先點完？

他向她注意地看了看，但是就在這時候，她剛巧用她剪指甲的那把剪刀去剪燭花，一剪，紅燭的光焰就往下一挫，頓時眼前一黑，等到剪好了，燭光又亮了起來，照在她臉上，她的臉色已經是很平靜的。但是世鈞知道她剛才一定是哭了。

他走到她跟前去，微笑道：「為什麼又不高興了？」一遍一遍問著。她先是厭煩地推開了他。然後她突然拉住他的衣服嗚咽起來，衝口而出地說：「世鈞，怎麼辦，你也不喜歡我。我想過多少回了，要不是從前已經鬧過一次——待會人家說，怎麼老是退婚，成什麼話？現在來不及了吧，你說是不是來不及了？」

當然來不及了。她說的話也正是他心裏所想的，他佩服她有這勇氣說出來，但是這種話說出來又有什麼好處？

他惟有喃喃地安慰著她：「你不要這樣想。不管你怎麼樣，反正我對你總是……翠芝，真的，你放心。你不要這樣。你不要哭。……喂，翠芝。」他在她耳邊喃喃地說著安慰她的話，其實他自己心裏也和她一樣的茫茫無主。他覺得他們像兩個闖了禍的小孩。

14

曼楨因為難產的緣故進了醫院。祝家本來請了一個產科醫生到家裏來接生，是他們熟識的一個女醫生，常常和曼璐一桌打牌的，那女醫生也是一個清客一流的人物，對於闊人家裏有許多怪現狀也見得多了，絲毫不以為奇，所以曼璐認為她是可以信託的。她的醫道可並不高明，偏又碰到難產。她主張送醫院，可是祝家一直延挨著，不放心讓曼楨走出那個大門，直到最後關頭方才倉皇地用汽車把她送到一個醫院裏。是曼璐陪她去的，曼璐的意思當然要住頭等病室，儘可能地把她和外界隔離起來，可是剛巧頭二等病房都客滿了，再換一家醫院又怕耽誤時候，結果只好住了三等病房。

曼楨在她離開祝家的時候已經陷入昏迷狀態了，但是汽車門砰的一關，汽車緩緩開出去，花園的大鐵門也豁朗朗打開了，她忽然心裏一清。她終於出來了。死也要死在外面。她恨透了那所房子，這次出去是再也不會回去了，除非是在噩夢中。她知道她會夢見它的。無論活到多麼大，她也難以忘記那魔宮似的房屋與花園，在恐怖的夢裏她會一次一次的回到那裏去。

她在醫院裏生下一個男孩子，只有五磅重，她想他一定不會活的。夜班看護把小孩抱來給她餵奶，她在黯黃的燈光下望著他的赤紅色的臉。孩子還沒出世的時候她對他的感覺是憎恨大於一切，雖然明知道孩子是無辜的。就連現在，小孩已經在這裏了，抱在她懷裏了，她也仍舊於驚訝中感到一絲輕微的憎惡的顫慄。他長得像誰？其實這初生的嬰兒是什麼人都不像，只像一個紅赤赤的剝了皮的小貓，但是曼楨彷彿在他臉上找到某種可疑之點，使她疑心他可是有點像祝鴻才。……無論如何是不像她，一點也不像。也有人說，孩子懷在肚裏的時候，如果那母親常常想念著什麼人，孩子將來就會長得像那個人。——像不像世鈞呢？實在看不出來。

想到世鈞，她立刻覺得心裏很混亂。在祝家度著幽囚的歲月的時候，她是渴望和他見面的，見了面她要把一切都告訴他聽，只有他能夠安慰她。她好像從來沒想到，她已經跟別人有了小孩了，他會不會對她有點兩樣呢？那也是人情之常吧？但是她把他理想化了，她相信他只有更愛她，因為她受過這許多磨難。她在苦痛中幸而有這樣一個絕對可信賴的人，她可以放在腦子裏常常去想想他，那是她唯一的安慰。但是現在，她就快恢復自由了，也許不久就可以和他見面了，她倒又担憂起來。假如他在上海，並且剛巧到這家醫院來探望朋友，走過這間房間看見了她——那太好了，馬上可以救她出去，但是——如果剛巧被他看見這吃奶的孩子偎在她身邊，他作何感想呢？替他想想，也真是很難堪。

她望著那孩子，孩子只是全心全力地吮吸著乳汁，好像恨不得把她這個人統統喝下去似的。

她得要趕緊設法離開這醫院，也許明天就走，但是她不能帶著孩子一同走。她自己也前途茫茫，還不知道出去之後是怎樣一個情形。孩子丟給她姐姐倒不用担心，她姐姐不會待虧他的，不是一直想要一個兒子嗎？不過這孩子太瘦弱了，她相信他會死掉的。

她突然俯下身去戀戀地吻著他。她覺得他們母子一場，是在生與死的邊疆上匆匆的遇合，馬上就要分開了，然而現在暫時他們是世界上最親近的人。

看護來把孩子抱走的時候，她向看護要一杯水喝。上次來量熱度的時候她已經說過這話，現在又說了，始終也沒有拿來。她實在口渴得厲害，只得大聲喊：「鄭小姐！鄭小姐！」卻把隔壁床上的一個產婦驚醒了，她聽見那人咳嗽。

她們兩張床中間隔著一個白布屏風。她們曾經隔著屏風說過話的，那女人問曼楨是不是頭胎，是男是女。她自己生的也是一個男的，和曼楨的孩子同日生的，先後只相差一個鐘頭不到。這女人的聲音聽上去很年青，她卻已經是四個孩子的母親了，她丈夫姓蔡，她叫金芳，夫妻倆都在小菜場擺蛋攤度日。那天晚上曼楨聽見她咳嗽，便道：「蔡師母，把你吵醒了吧？」蔡金芳道：「沒關係的。此地的看護頂壞了，求她們做點事情就要像叫化子似的，『小姐小姐』叫得震天響。我真恨傷了，想想真是，爺娘公婆的氣我都不受，跑到這裏來受她們的氣！」

蔡金芳翻了個身，又道：「祝師母，你嫂嫂今天沒來看你？」曼楨一時摸不著頭腦，「祝師母」是誰，「嫂嫂」又是誰，後來忽然想起來，曼璐送她進院的時候，大概是把她當作祝鴻才太太來登記的。前幾天曼璐天天來探視，醫院裏的人都知道她也姓祝，還當作她是曼楨婆家的人。

金芳見曼楨答不出話來，就又問：「是你的嫂嫂吧？」曼楨只得含糊地答應了一聲。金芳又道：「你的先生不在上海呀？」曼楨又「唔」了一聲，心裏卻覺得非常難過。

夜深了，除了她們兩個人，一房間的人都睡熟了。窗外是墨黑的天，天上面嵌著白漆窗櫺的白十字架。在昏黃的燈光下，曼楨把她的遭遇一樣一樣都告訴了蔡金芳了。她跟金芳直到現在始終也沒有見過面，不過直覺地感到那是一個熱心人，而她實在需要援助。本來想一有機會就告訴此地的醫生，她要求提早出院，不等家屬來接。或者告訴看護叫她們轉達，也是一樣，但是這裏的醫生看護對三等病房的病人顯然是不拿他們當回事，誰高興管你們這些家庭糾紛。

而且她的事情這樣離奇，人家能不能相信她呢？萬一曼璐倒一口咬定她是有精神病的，趁她這時候身體還沒有復元，沒有掙扎的力量，就又硬把她架回去，醫院裏人雖然多，誰有工夫來管這些閒事。她自己看看也的確有點像個精神病患者，頭髮長得非常長，亂蓬蓬地披在肩上，這裏沒有鏡子，無法看見自己的臉，但是她可以看見她的一雙手現在變得這樣蒼白，手腕瘦得像柴棒似的，一根螺螄骨高高的頂了起來。

只要兩隻腳稍微有點勁，下地能夠站得住，她就悄悄的自己溜出去了，但是她現在連坐起來都覺得頭暈，只恨自己身體不爭氣。她跟金芳商量，想託金芳的丈夫給她家裏送個信，叫她母親馬上來接她。其實她也覺得這辦法不是頂妥當，她母親究竟是什麼態度也還不知道，多半已經被她姐姐收買了，不然怎麼她失去自由快一年了也不設法營救她？這一點是她最覺得痛心的，想不到她自己的母親對她竟是這樣，倒反而不及像蔡金芳這樣一個陌路相逢的人。

金芳憤慨極了，說她的姐姐姐夫簡直不是人，說：「拖他們到巡捕房裏去！」曼楨忙道：「你輕一點！」金芳不作聲了，聽聽別的病人依舊睡得聲息毫無，極大的房間裏，只聽見那坐在門口織絨線的看護的竹針偶爾輕微地「嗒——」一響。

曼楨低聲道：「我倒不想跟他們打官司。打起官司來，總是他們花得起錢的人佔上風。」金芳道：「你這話一點也不錯。我剛才是叫氣昏了，其實像我們這樣做小生意的人，吃巡捕的苦頭還沒有吃夠？我還有什麼不曉得——拖他們到巡捕房裏去有什麼用，還不是誰有鈔票誰兇！決不會辦他們吃官司的，頂多叫他們拿出點錢來算賠償損失。」

曼楨道：「我是不要他們的錢。」金芳聽了這話，似乎又對她多了幾分敬意，便道：「那麼你快點出去吧，明天我家霖生來，就叫他陪你一塊出去，你就算是我，就算他是來接我的。你走不動叫他攙攙你好了。」曼楨遲疑了一下，道：「好倒是好，不過萬一給人家看出來了，不要連累你們嗎？」金芳笑了一聲道：「他們要來尋著我正好，我正好辣辣兩記耳光打下去。」曼楨聽她這樣說，倒反而一句話也說不出，心裏的感激之情都要滿溢出來了。金芳又道：「不過就是你才生了沒有幾天工夫，這樣走動不要帶了毛病。」曼楨道：「我想不要緊的。也顧不了這許多了。」

兩人又仔細商議了一回。她們說話的聲音太輕了，頭一著枕就聽不清楚，所以永遠需要把頭懸空，非常吃力。說說停停，看看已經天色微明了。

第二天下午，到了允許家屬來探望的時間，曼楨非常焦急地盼望金芳的丈夫快來，誰知他還沒來，曼璐倒和鴻才一同來了，鴻才這還是第一次到醫院來，以前一直沒露面。他手裏拿著一把花，露出很侷促的樣子。曼璐拎著一個食籃，她每天都要煨了雞湯送來的。曼楨一看見他們就把眼睛閉上了。曼璐帶著微笑輕輕地叫了聲「二妹」。曼楨不答。鴻才站在那裏覺得非常不得勁，只得向周圍張張望望，皺著眉向曼璐說道：「這房間真太不行了，怎麼能住？」曼璐道：「是呀，真氣死人，好一點的病房全滿了。我跟他們說過了，頭二等的房間一有空的出來，立刻就搬過去。」鴻才手裏拿著一束花沒處放，便道：「叫看護拿個花瓶來。」曼璐笑道：「叫她把孩子抱來給你看看。你還沒看見呢。」便忙著找看護。

亂了一會，把孩子抱來了。鴻才是中年得子，看見這孩子，簡直不知道要怎樣疼他才好。夫妻倆逗著孩子玩，孩子呱呱地哭了，曼璐又做出各種奇怪的聲音來叫他。曼楨始終閉著眼睛不理他們。又聽見鴻才問曼璐：「昨天來的那個奶媽行不行？」曼璐道：「不行呀，今天驗了又說是有沙眼。」夫妻倆只管一吹一唱，曼楨突然不耐煩地睜開眼睛，有氣無力地說了一聲：「我想睡一會，你們還是回去吧。」曼璐呆了一呆，便輕聲向鴻才道：「二妹嫌吵得慌。你先走吧。」鴻才懊喪地轉身就走，曼璐卻又趕上去，釘住了他低聲問：「你預備上哪兒去？」鴻才咕噥了一句，不知道他是怎樣回答她的，她好像仍舊不大放心，卻又無可奈何，只說了一聲：「那你到那兒就叫車子回來接我。」

鴻才走了，曼璐卻默默無言起來，只是抱著孩子，坐在曼楨床前，輕輕地搖著拍著孩子。半晌方道：「他早就想來看你的，又怕惹你生氣。前兩天，他看見你那樣子，聽見醫生說危險，他急得飯都吃不下。」

曼楨不語。曼璐從那一束花裏抽出一枝大紅色的康乃馨，在孩子眼前晃來晃去，孩子的一顆頭就跟著它動。曼璐笑道：「咦，倒已經曉得喜歡紅顏色了！」孩子把花抓在手裏，一個捏不牢，那朵花落在曼楨枕邊。曼璐看了看曼楨的臉色，見她並沒有嫌惡的神情，便又低聲說道：「二妹，你難道因為一個人酒後無德做錯了事情，就恨他一輩子？」說著，又把孩子送到她身邊，道：「二妹，現在你看在這孩子份上，你就原諒了他吧。」

曼楨因為她馬上就要丟下孩子走了，心裏正覺得酸楚，沒想到在最後一面之後倒又要見上這樣一面。她也不朝孩子看，只是默然地摟住了他，把她的面頰在他頭上揉擦著。曼璐不知道她的心理。在旁邊看著，卻高興起來，以為曼楨終於回心轉意了，不過一時還下不下這個面子，轉不過口來；在這要緊關頭，自己說話倒要格外小心才是，不要又觸犯了她。因此曼璐也沉默下來了。

金芳的丈夫蔡霖生已經來了好半天了。隔著一扇白布屏風，可以聽見他們喁喁細語，想必金芳已經把曼楨的故事一情一節都告訴他了。他們那邊也凝神聽著這邊說話，這邊靜默下來，那邊就又說起話來了。金芳問他染了多少紅蛋，又問他到這裏來，蛋攤上託誰在那裏照應著。他們本來沒有這許多話說的，霖生早該走了，只因為要帶著曼楨一同走，所以只好等著。老坐在那裏不說話，也顯得奇怪，只得斷斷續續地想出些話來說。大概他們夫婦倆從來也沒有這樣長談過，覺得非常吃力。霖生說這兩天他的姐姐在蛋攤上幫忙，姐姐也是大著肚子。金芳又告訴他此地的看護怎樣怎樣壞。

曼璐儘坐在那兒不走，家屬探望的時間已經快過去了。有些家屬給產婦帶了點心和零食來，吃了一地的栗子殼，家裏人走了，醫院裏一個工役拿著掃帚來掃地，瑟瑟地掃著，漸漸掃到這邊來了，分明有些逐客的意味。曼楨心裏非常著急。看見那些栗子殼，她想起糖炒栗子上市了，可不是已經深秋了，糊裏糊塗的倒已經在祝家被監禁了快一年了。突然她自言自語似地說：「現在栗子粉蛋糕大概有了吧？」她忽然對食物感到興味，曼璐更覺得放心了，忙笑道：「你可想吃？想吃我去給你買。」曼楨道：「時候也許來不及了吧？」曼璐看了看手錶道：「那我就去。」曼楨卻又冷淡起來，懶懶地道：「特為跑一趟，不必了。」曼璐道：「難得想吃點什麼，還不吃一點。你就是因為吃得太少了，所以復元得慢。」說著，已經把大衣穿好，把小孩送去交給看護，便匆匆走了。

曼楨估量著她已經走遠了，正待在屏風上敲一下，霖生卻已經抱著一捲衣服掩到這邊來了。是金芳的一件格子布旗袍，一條絨線圍巾和一雙青布搭襻鞋。他雙手交給曼楨，一言不發地又走了。曼楨看見他兩隻手都是鮮紅的，想必是染紅蛋染的。她不禁微笑了，又覺得有點悵惘，因為她和金芳同樣是生孩子，她自己的境遇卻是這樣淒涼。

她急忙把金芳的衣服加在外面，然後用那條圍巾兜頭兜臉一包，把大半個臉都藏在裏面，好在產婦向來怕風，倒也不顯得特別。穿紮整齊，倒已經累出一身汗來，站在地下，兩隻腳虛飄飄好像踩在棉花上似的。她扶牆摸壁溜到屏風那邊去，霖生攙著她就走。她對金芳只有匆匆一瞥，金芳是長長的臉，臉色黃黃的，眉眼卻生得很俊俏。霖生的相貌也不差，他扶著曼楨往外走，值班的看護把曼楨的孩子送到嬰兒的房間裏去，還沒有回來，所以他們如入無人之境。下了這一層樓，當然更沒有人認識他們了。走出大門，門口停著幾輛黃包車，曼楨立刻坐上一輛，霖生叫車夫把車篷放下來，說她怕風，前面又遮上雨布。黃包車拉走了，走了很長的路，還過橋。天已經黑了，滿眼零亂的燈光。霖生住在虹口一個陋巷裏，家裏就是他們夫婦倆帶著幾個孩子，住著一間亭子間。霖生一到家，把曼楨安頓好了，就又匆匆出去了，到她家裏去送信。她同時又託他打一個電話到許家去，打聽一個沈世鈞先生在不在上海，如果在的話，就說有個姓顧的找他，請他到這裏來一趟。

霖生走了，曼楨躺在他們床上，床倒很大，裏床還睡著一個週歲的孩子。灰泥剝落的牆壁上糊著各種畫報，代替花紙，有名媛的照片，水旱災情的照片，連環圖畫和結婚照，有五彩的，有黑白的，有咖啡色的，像舞台上的百衲衣一樣的鮮艷。緊挨著床就是一張小長桌，一切的日用品都擺在桌上，熱水瓶、油瓶、鏡子、杯盤碗盞，擠得叫人插不下手去。屋頂上掛下一隻電燈泡，在燈光的照射下，曼楨望著這熱鬧的小房間，她來到這裏真像做夢一樣，身邊還是躺著一個小孩，不過不是她自己的孩子了。

蔡家四個小孩，最大的一個是個六七歲的女孩子，霖生臨走的時候丟了些錢給她，叫她去買些搶餅來作為晚飯。灶披間好婆看見了，問他這新來的女客是誰，他說是他女人的小姐妹，但是這事情實在顯得奇怪，使人有點疑心他是趁女人在醫院裏生產，把女朋友帶到家裏來了。

那小女孩買了搶餅回來，和弟妹們分著吃，又遞了一大塊給曼楨，擱在桌沿上。曼楨便叫她把桌上一面鏡子遞給她，拿著鏡子照了照，自己簡直都不認識了，兩隻顴骨撐得高高的，臉上一點血色都沒有，連嘴唇都是白的，眼睛大而無神。她向鏡子裏呆望了許久，自己用手爬梳著頭髮，偏是越急越梳不通。她心裏十分著急，想著世鈞萬一要是在上海的話，也許馬上就要來了。

其實世鈞這兩天倒是剛巧在上海，不過他這次來是住在他舅舅家裏，他正是為著籌備著結婚的事，來請叔惠做伴郎，此外還有許多東西要買。他找叔惠，是到楊樹浦的宿舍裏去的，並沒到叔惠家裏去，所以許家並不知道他來了。霖生打電話去問，許太太就告訴他說沈先生不在上海。

霖生按照曼楨給他的住址，又找到曼楨家裏去，已經換了一家人家住在那裏了，門口還掛著招牌，開了一爿跳舞學校。霖生去問看衖堂的，那人說顧家早已搬走了，還是去年年底搬的。霖生回來告訴曼楨，曼楨聽了，倒也不覺得怎樣詫異。這沒有別的，一定是曼璐的釜底抽薪之計。可見她母親是完全在姐姐的掌握中，這時候即使找到母親也沒用，或者反而要惹出許多麻煩。但是現在她怎麼辦呢，不但舉目無親，而且身無分文。霖生留她住在這裏，他自己當晚就住到他姐姐家去了。曼楨覺得非常不過意。她不知道窮人在危難中互相照顧是不算什麼的，他們永遠生活在風雨飄搖中，所以對於遭難的人特別能夠同情，而他們的同情心也不像有錢的人一樣地為種種顧忌所箝制著。這是她後來慢慢地才感覺到的，當時她只是私自慶幸，剛巧被她碰見霖生和金芳這一對特別義氣的夫妻。

那天晚上，她向他們最大的那個女孩子借了一枝鉛筆，要了一張紙，想寫一封簡單的信給世鈞，叫他趕緊來一趟。眼見得就可以看見他了，她倒反而覺得渺茫起來，對他這人感覺到不確定了。她記起他性格中的保守的一面。他即使對她完全諒解，還能夠像從前一樣地愛她麼？如果他是不顧一切地愛她的，那他們最後一次見面的時候根本就不會爭吵，爭吵的原因也是因為他對家庭太妥協了。他的婚事，如果當初他家裏就不能通過，現在當然更談不到了——要是被他們知道她在外面生過一個孩子。

她執筆在手，心裏倒覺得茫然。結果她寫了一封很簡短的信，就說她自從分別後，一病至今，希望他見信能夠儘早的到上海來一趟，她把現在的地址告訴了他，此外並沒有別的話，署名也只有一個「楨」字。她也是想著，世鈞從前雖然說過，他的信是沒有人拆的，但是萬一倒給別人看見了。

她寄的是快信，信到了南京，世鈞還在上海還沒有回來。他母親雖然不識字，從前曼楨常常寫信來的，有一個時期世鈞住在他父親的小公館裏，他的信還是他母親親手帶去轉交給他的，她也看得出是個女孩子的筆跡，後來見到曼楨，就猜著是她，再也沒有別人。現在隔了有大半年光景沒有信來，忽然又來了這樣一封信，沈太太見了，很是忐忑不安，心裏想世鈞這裏已經有了日子，就快結婚了，不要因為這一封信，又要變卦起來。她略一躊躇，便把信拆了，拿去叫大少奶奶念給她聽。大少奶奶讀了一遍，因道：「我看這神氣，好像這女人已經跟他斷了，這時候又假裝生病，叫他趕緊去看她。」沈太太點頭不語。兩人商量了一會，都說「這封信不能給他看見。」當場就擦了根洋火把它燒了。

曼楨自從寄出這封信，就每天計算著日子。雖然他們從前有過一些芥蒂，她相信他接到信一定會馬上趕來，這一點她倒是非常確定。她算著他不出三四天內就可以趕到了，然而一等等了一個多星期，從早盼到晚，不但人不來，連一封回信都沒有。她心裏想著，難道他已經從別處聽到她遭遇的事情，所以不願意再跟她見面了？他果然是這樣薄情寡義，當初真是白認識了一場。她躺在床上，雖然閉著眼睛，那眼淚只管流出來，枕頭上冰冷的濕了一大片，有時候她把枕頭翻一個身再枕著，有時候翻過來那一面也是哭濕了的。

她想來想去，除非是他根本沒收到那封信，被他家裏人截留下來了。如果是那樣的話，那就是再寫了去也沒有用，照樣還是被截留下來。只好還是耐心養病，等身體復元了，自己到南京去找他。但是這手邊一個錢沒有，實在急人。住在蔡家，白吃人家的不算，還把僅有的一間房間佔住了，害得霖生有家歸不得，真是於心不安。她想起她辦公處還有半個月薪水沒拿，拿了來也可以救急，就寫了一張便條，託霖生送了去。廠裏派了一個人跟他一塊回來，把款子當面交給她。她聽見那人說，他們已經另外用了一個打字員了。

她拿到錢，就把三層樓上空著的一個亭子間租了下來，搬到樓上去住，霖生又替她置了兩張舖板和兩件必需的家具，茶水飯食仍舊由他供應。曼楨把她剩下的一些錢交給他，作為伙食錢，他一定不肯收，說等她將來找到了事情再慢慢的還他們好了。這時候金芳也已經從醫院裏回來了，在家裏養息著，曼楨一定逼著她要她收下這錢，金芳便自作主張，叫霖生去剪了幾尺線呢，配上裏子，交給衖口的裁縫店，替曼楨做了一件夾袍子，不然她連一件衣服都沒有。多下的錢金芳依舊還了她，叫她留著零花，曼楨拗不過她，也只好拿著。

金芳出院的時候告訴她說，那天曼璐買了栗子粉蛋糕回來，發現曼楨已經失蹤了，倒也沒有怎樣追究，只是當天就把孩子接了回去。曼楨猜著他們一定是心虛，所以也不敢聲張，只要能保全孩子就算了。

曼楨究竟本底子身體好，年紀輕的人也恢復得快，不久就健康起來了。她馬上去找叔惠，想託他找事，同時也想著，碰得巧的話，也說不定可以看見世鈞，如果他在上海的話。她揀了個星期六的傍晚到許家去，因為那時候叔惠在家的機會比較多。從後門走進去，正碰見叔惠的母親在廚房裏操作，曼楨叫了聲伯母。許太太笑道：「咦，顧小姐，好久不看見了。」曼楨笑道：「叔惠在家吧？」許太太笑道：「在家在家。真巧了，他剛從南京回來。」曼楨哦了一聲，心裏想叔惠又到南京去玩過了，總是世鈞約他去的。她走到三層樓上，房間裏的人大約是聽見她的皮鞋聲，就有一個不相識的少女迎了出來，帶著詢問的神氣向她望著。曼楨倒疑心是走錯人家了，便笑道：「許叔惠先生在家嗎？」她這一問，叔惠便從裏面出來了，笑道：「咦，是你！請進來請進來！這是我妹妹。」曼楨這才想起來，就是世鈞曾經替她補算術的那個女孩子，倒又覺得悃然。

到房間裏坐下了，叔惠笑道：「我正在那兒想著要找你呢，你倒就來了。」說到這裏，他妹妹送了杯茶進來，打了個岔就沒說下去，曼楨心裏就有點疑惑，想著他許是聽見世鈞和她鬧決裂的事，要給他們講和。也許就是世鈞託他的。當下她接過茶來喝了一口，便搭訕著和叔惠的妹妹說話。他妹妹大概正在一個怕羞的年齡，含笑在旁邊站了一會，就又出去了。叔惠笑道：「我就要走了。」便把他出國的事告訴她聽，曼楨自是替他高興。但是他把這件新聞從頭至尾報告完了，還是沒提起世鈞。她覺得很奇怪。不然她早就問起了，也不知怎麼的，越是心裏有點害怕，越是不敢動問。難道他是知道他們吵翻了，所以不提？那除非是世鈞對他表示過，他們是完了。

她要不是中間經過了這一番，也還不肯在叔惠面前下這口氣。她端起茶杯來喝茶，因搭訕著四面看了看，笑道：「這屋子怎麼改了樣子了？」叔惠笑道：「現在是我妹妹住在這兒了。」曼楨笑道：「怪不得，我說怎麼收拾得這樣齊齊整整的——從前給你們兩人堆得亂七八糟的！」她所說的「你們兩人」，當然是指世鈞和叔惠。她以為這樣說著，叔惠一定會提起世鈞的，可是他並沒有接這個碴。曼楨便又問起他什麼時候動身，叔惠道：「後天一早走。」曼楨笑道：「可惜我早沒能來找你，本來我還想託你給我找事呢。」叔惠道：「怎麼，你不是有事麼？你不在那兒了？」曼楨道：「我生了一場大病，他們等不及，另外用了人了。」叔惠道：「怪不得，我說你怎麼瘦了呢！」他問她生的什麼病，她隨口說是傷寒。他叫她到一家洋行去找一個姓吳的，聽說他們要用人，一方面他先替她打電話去託人。

說了半天話，始終也沒提起世鈞。曼楨終於含笑問道：「你新近到南京去過的？」叔惠笑道：「咦，你怎麼知道？」曼楨笑道：「我剛才聽伯母說的。」話說到這裏，叔惠仍舊沒有提起世鈞，他擦起一根洋火點香烟，把火柴向窗外一擲，便站在那裏，面向著窗外，深深的呼了口烟。曼楨實在忍不住了，便也走過去，手扶著窗台站在他旁邊，笑道：「你到南京去看見世鈞沒有？」叔惠笑道：「就是他找我去的呀。他結婚了，就是前天。」曼楨兩隻手撳在窗台上，只覺得那窗台一陣陣波動著，也不知道那堅固的木頭怎麼會變成像波浪似的，捏都捏不住。叔惠見她彷彿怔住了，便又笑道：「你沒聽見說？他跟石小姐結婚了，你也見過的吧？」曼楨道：「哦，那回我們到南京去見過的。」

叔惠對於這件事彷彿不願意多說似的，曼楨當然以為他是因為知道她跟世鈞的關係。她不知道他自己也是滿懷抑鬱，因為翠芝的緣故。曼楨沒再坐下來談，便道：「你後天就要動身了，這兩天一定忙得很，不攪糊你了。」叔惠留她吃飯，又要陪她出去吃，曼楨笑道：「我也不替你餞行，你也不用請客了，兩免了吧。」叔惠要跟她交換通訊處，但是他到美國去也還沒有住址，只寫了個學校地址給她。

她從叔惠家裏走出來，簡直覺得天地變色，真想不到她在祝家關了將近一年，跑出來，外面已經換了一個世界。還不到一年，世鈞已經和別人結婚了嗎？

她在街燈下走著，走了許多路才想起來應當搭電車。但是又把電車乘錯了，這電車不過橋，在外灘就停下了，她只能下來自己走。剛才大概下過幾點雨，地下有些潮濕。漸漸走到橋頭上，那鋼鐵的大橋上電燈點得雪亮，橋樑的巨大的黑影，一條條的大黑槓子，橫在灰黃色的水面上。橋下停泊著許多小船，那一大條一大條的陰影也落在船篷船板上。水面上一絲亮光也沒有。這裏的水不知道有多深？那平板的水面，簡直像灰黃色的水門汀一樣，跳下去也不知是摔死還是淹死。

橋上一輛輛卡車轟隆隆開過去，地面顫抖著，震得人腳底心發麻。她只管背著身子站在橋邊，呆呆的向水上望去。不管別人對她怎樣壞，就連她自己的姐姐，自己的母親，都還沒有世鈞這樣的使她傷心。剛才在叔惠家裏聽到他的消息，她當時是好像開刀的時候上了麻藥，糊裏糊塗的，倒也不覺得怎樣痛苦，現在方才漸漸甦醒過來了，那痛楚也正開始。

橋下的小船都是黑魆魆的，沒有點燈，船上的人想必都睡了。時候大概很晚了，金芳還說叫她一定要回去吃晚飯，因為今天的菜特別好，他們的孩子今天滿月。曼楨又想起她自己的孩子，不知道還在人世嗎？……

那天晚上真不知道是怎麼過去的。但是人既然活著，也就這麼一天天的活下去了，在這以後不久，她找著了一個事情，在一個學校裏教書，待遇並不好，就圖它有地方住。她從金芳那裏搬了出來，住到教員宿舍裏去。她從前曾經在一個楊家教過書，兩個孩子都和她感情很好，現在這事情就是楊家替她介紹的，楊家他們只曉得她因為患病，所以失業了，家裏的人都回鄉下去了，只剩她一個人在上海。

現在她住在學校裏簡直不大出門，楊家她也難得去一趟。有一天，這已經是兩三年以後的事了，她到楊家去玩，楊太太告訴她說，她母親昨天來過，問他們可知道她現在在哪裏。楊太太大概覺得很奇怪，她母親怎麼會不曉得。就把她的地址告訴了她母親。曼楨聽見了，就知道一定有麻煩來了。

這兩年來她也不是不惦記著她母親，但是她實在不想看見她。那天她從楊家出來，簡直不願意回宿舍裏去。再一想，這也是無法避免的事，她母親遲早會找到那裏去的。那天回去，果然她母親已經在會客室裏等候著了。

顧太太一看見她就流下淚來。曼楨只淡淡的叫了聲「媽」。顧太太道：「你瘦了。」曼楨沒說什麼，也不問他們現在住在什麼地方，家裏情形怎樣，因為她知道一定是她姐姐在那裏養活著他們。顧太太只得一樣樣的自動告訴她，道：「你奶奶這兩年身體倒很強健的，倒比從前好了，大弟弟今年夏天就要畢業了。你大概不知道，我們現在住在蘇州——」曼楨道：「我只知道你們從吉慶坊搬走了。我猜著是姐姐的主意，她安排得真周到。」說著，不由得冷笑了一聲。顧太太嘆道：「我說了回頭你又不愛聽，其實你姐姐她倒也沒有壞心，是怪鴻才不好。現在你既然已經生了孩子，又何必一個人跑到外頭來受苦呢。」

曼楨聽她母親這口吻，好像還是可憐她漂泊無依，想叫她回祝家去做一個現成的姨太太。她氣得臉都紅了，道：「媽，你不要跟我說這些話了，說了我不由得就要生氣。」顧太太拭淚道：「我也都是為了你好……」曼楨道：「為我好，你可真害了我了。那時候也不知道姐姐是怎樣跟你說的，你怎麼能讓他們把我關在家裏那些時。他們心也太毒了，那時候要是早點送到醫院裏，也不至於受那些罪，差點把命都送掉了！」顧太太道：「我知道你要怪我的。我也是因為曉得你性子急，照我這個老腦筋想起來，想著你也只好嫁給鴻才了，難得你姐姐她倒氣量大，還說讓你們正式結婚。其實要叫我說，你也還是太倔了，你將來這樣下去怎麼辦呢？」說到這裏，漸漸嗚嗚咽咽哭出聲來了。曼楨起先也沒言語，後來她有點不耐煩地說：「媽不要這樣。給人家看著算什麼呢？」

顧太太極力止住悲聲，坐在那裏拿手帕擦眼睛擤鼻子，半晌，又自言自語地道：「孩子現在聰明著呢，什麼都會說了，見了人也不認生，直趕著我叫外婆。養下的時候那麼瘦，現在長得又白又胖。」曼楨還是不作聲，後來終於說道：「你也不要多說了，反正無論怎麼樣，我絕對不會再到祝家去的。」

學校裏噹噹噹打起鐘來，要吃晚飯了。曼楨道：「媽該回去了。不早了。」顧太太只得嘆了口氣站起身來，道：「我看你再想想吧。過天再來看你。」

但是她自從那次來過以後就沒有再來，大概因為曼楨對她太冷酷了，使她覺得心灰意冷。她想必又回蘇州去了。曼楨也覺得她自己也許太過分了些，但是因為有祝家夾在中間，她實在不能跟她母親來往，否則更要糾纏不清了。

又過了不少時候。放寒假了，宿舍裏的人都回家過年去了，只剩下曼楨一個人是無家可歸的。整個的樓面上只住著她一個人，她搬到最好的一間屋裏去，但是實在冷靜得很。假期中的校舍，沒有比這個更荒涼的地方了。

有一天下午，她沒事做，坐著又冷，就鑽到被窩裏去睡中覺。夏天的午睡是非常舒適而自然的事情，冬天的午睡就不是味兒，睡得人昏昏沉沉的。房間裏晒滿了淡黃色的斜陽，玻璃窗外垂著一根晾衣裳的舊繩子，風吹著那繩子，吹起來多高，那繩子的影子直竄到房間裏來，就像有一個人影子一晃。曼楨突然驚醒了。

她醒過來半天也還是有點迷迷糊糊的。忽然聽見學校裏的女傭在樓底下高聲喊：「顧先生，你家裏有人來看你。」她心裏想她母親又來了，卻聽見外面一陣雜亂的腳步聲，絕對不止一個人。曼楨想道：「來這許多人幹什麼？」她定了定神，急忙披衣起床，這些人卻已經走了進來，阿寶和張媽攙著曼璐，後面跟著一個奶媽，抱著孩子。阿寶叫了聲「二小姐」，也來不及說什麼，就把曼璐扶到床上去，把被窩堆成一堆，讓她靠在上面。曼璐瘦得整個的人都縮小了，但是衣服一層層地穿得非常臃腫，倒反而顯得胖大。外面罩著一件駱駝毛大衣，頭上包著羊毛圍巾，把嘴部也遮住了，只看見她一雙眼睛半開半掩，慘白的臉上汗瀅瀅的，坐在那裏直喘氣。阿寶替她把手和腳擺擺好，使她坐得舒服一點。曼璐低聲道：「你們到車上去等著我。把孩子丟在這兒。」阿寶便把孩子抱過來放在床上，然後就和奶媽她們一同下樓去了。

孩子穿著一套簇新的棗紅毛絨衫褲，彷彿是特別打扮了一下，帶來給曼楨看的，臉上還撲了粉，搽著兩朵圓圓的紅胭脂。他滿床爬著，咿咿啞啞說著叫人聽不懂的話，拉著曼璐叫她看這樣看那樣。

曼楨抱著胳膊站在窗前朝他們望著。曼璐道：「二妹，你看我病得這樣，看上去也拖不了幾個月了。」曼楨不由得哼了一聲，冷笑道：「你何必淨咒自己呢。」曼璐頓了一頓方才說道：「也難怪你不相信我。可是這回實在是真的。我這腸癆的毛病是好不了了。」她自己也覺得她就像那騙人的牧童，屢次喊「狼來了！狼來了！」等到狼真的來了，誰還相信他。

房間裏的空氣冷冰冰的，她開口說話，就像是赤著腳踏到冷水裏去似的。然而她還是得說下去。她顫聲道：「你不知道，我這兩年的日子都不是人過的。鴻才成天的在外頭鬼混，要不是因為有這孩子，他早不要我了。你想等我死了，這孩子指不定落在一個什麼女人手裏呢。所以我求求你，你還是回去吧。」曼楨道：「這些廢話你可以不必再說了。」曼璐又道：「我講你不信，其實是真的；鴻才他就佩服你，他對你真是同別的女人兩樣，你要是管他一定管得好的。」曼楨怒道：「祝鴻才是我什麼人，我憑什麼要管他？」曼璐道：「那麼不去說他了，就看這孩子可憐，我要是死了他該多苦，孩子總是你養的。」

曼楨怔了一會，道：「我趕明兒想法子把他領出來。」曼璐道：「那怎麼行，鴻才他哪兒肯哪！你就是告他，他也要傾家蕩產跟你打官司的，好容易有這麼個寶貝兒子，哪裏肯放手。」曼楨道：「我也想著是難。」曼璐道：「是呀，要不然我也不來找你了。只有這一個辦法，我死了你可以跟他結婚——」曼楨道：「這種話你就不要去說它了。我死也不會嫁給祝鴻才的。」曼璐卻掙扎著把孩子抱了起來，送到曼楨跟前，嘆息著道：「為來為去還不是為了他嗎。你的心就這樣狠！」

曼楨實在不想抱那孩子，因為她不願意在曼璐面前掉眼淚。但是曼璐只管氣喘喘地把孩子掗了過來。她還沒伸手去接，孩子卻哇的一聲哭了起來，別過頭去叫著「媽！媽！」向曼璐懷中躲去。他當然只認得曼璐是他的母親，但是曼楨當時忽然變得無可理喻起來，她看見孩子那樣子，覺得非常刺激。

曼璐因為孩子對她這樣依戀，她也悲從中來，哽咽著向曼楨說道：「我這時候死了，別的沒什麼丟不下的，就是不放心他。我真捨不得。」說到這裏，不由得淚如泉湧。曼楨心裏也不見得比她好過，後來看見她越哭越厲害，而且喘成一團，曼楨實在不能忍受了，只得硬起心腸，厭煩地皺著眉說道：「你看你這樣子！還不趕快回去吧！」說著，立刻掉轉身來跑下樓去，把汽車上的阿寶和張媽叫出來，叫她們來攙曼璐下樓。曼璐就這樣哭哭啼啼的走了，奶媽抱著孩子跟在她後面。

曼楨一個人在房間裏，她把床上亂堆著的被窩疊疊好，然後就在床沿上坐下了，發了一會呆。根本一提起鴻才她就是一肚子火，她對他除了仇恨還有一種本能的憎惡，所以剛才不加考慮地就拒絕了她姐姐的要求。現在冷靜下來仔細想想，她這樣做也是對的。她並不是不疼孩子，現在她除了這孩子，在這世界上再也沒有第二個親人了。如果能夠把他領出來由她撫養，雖然一個未婚的母親在這社會上是被歧視的，但是她什麼都不怕。為他怎麼樣犧牲都行，就是不能夠嫁給鴻才。

她不打算在這裏再住下去了，因為怕曼璐會再來和她糾纏，或者又要叫她母親來找她。她向學校提出辭職，但是因為放寒假前已經接受了下學期的聘書，所以費了許多唇舌才辭掉了，另外在別處找了個事做會計。她從前學過會計的。找到事又找房子，分租了人家一間房間，二房東姓郭。有一天她下了班回去，走到郭家後門口，裏面剛巧走出一個年青女子，小圓臉兒，黃黑皮色，腮頰上的胭脂抹得紅紅的，兩邊的鬢髮吊得高高的，穿著一件白地子紅黃小花麻紗旗袍。原來是阿寶。——怎麼會又被他們找到這裏來了？曼楨不覺怔了一怔。阿寶看見她也似乎非常詫異，叫了聲「咦，二小姐！」阿寶身後還跟著一個男子，曼楨認得他是荐頭店的人，這才想起來，郭家的一個老媽子回鄉下去了，前兩天他們家從荐頭店裏叫了一個女傭來試工，大概不合適，所以又另外找人。看樣子阿寶是到郭家來上工的，並不是奉命來找曼楨的，但是曼楨仍舊懶得理她，因為看見她不免就想起從前在祝家被禁閉的時候，她也是一個幫兇。固然她們做傭人的人也是沒辦法，吃人家的飯，就得聽人家指揮，所以也不能十分怪她，但無論如何，曼楨看到她總覺得非常不愉快，只略微把頭點了一點，腳步始終沒有停下來，就繼續地往裏面走。阿寶卻趕上來叫道：「二小姐大概不知道吧，大小姐不在了呀。」這消息該不是怎樣意外的，然而曼楨還是吃了一驚，說：「哦？是幾時不在的？」阿寶道：「喏，就是那次到您學校裏去，後來不到半個月呀。」說著，竟眼圈一紅，落下兩點眼淚。她倒哭了，曼楨只是怔怔地朝她看著，心裏覺得空空洞洞的。

阿寶用一隻指頭頂著手帕，很小心地在眼角擦了擦，便向荐頭店的人說：「你可要先回去？我還要跟老東家說兩句話。」曼楨卻不想跟她多談，便道：「你有事你還是去吧，不要耽擱了你的事。」阿寶也覺得曼楨對她非常冷淡，想來總是為了從前那隻戒指的事情，便道：「二小姐，我知道你一定怪我那時候不給你送信，咳，你都不知道——你曉得後來為什麼不讓我到你房裏來了？」她才說到這裏，曼楨便皺著眉攔住她道：「這些事還說它幹什麼？」阿寶看了看她的臉色，便也默然了，自己抱住自己兩隻胳膊，只管撫摸著。半晌方道：「我現在不在他家做了。我都氣死了，二小姐你不知道，大小姐一死，周媽就在姑爺面前說我的壞話，這周媽專門會拍馬屁，才來了幾個月，就把奶媽戳掉了，小少爺就歸她帶著。當著姑爺的面假裝的待小少爺不知多麼好，背後簡直像個晚娘。我真看不過去，我就走了。」

她忽然變得這樣正義感起來。曼楨覺得她說的話多少得打點折扣，但是她在祝家被別的傭人擠出來了，這大約是實情。她顯然是很氣憤，好像憋著一肚子話沒處說似的，曼楨不邀她進去，她站在後門口就滔滔不絕地長談起來。又說：「姑爺這一向做生意淨蝕本，所以脾氣更壞了，家當橫是快蝕光了，虹橋路的房子也賣掉了，現在他們搬了，就在大安里。說是大小姐有幫夫運，是真的呵，大小姐一死，馬上就倒楣了！他自己橫是也懊悔了，這一向倒楣瞌銃的蹲在家裏，外頭的女人都斷掉了，我常看見他對大小姐的照片淌眼淚。」

一說到鴻才，曼楨就露出不耐煩的神氣，彷彿已經在後門口站得太久了。阿寶究竟還知趣，就沒有再往下說，轉過口來問道：「二小姐現在住在這兒？」曼楨只含糊地應了一聲，就轉問她：「你到這兒來是不是來上工的？」阿寶笑道：「是呀，不過我看他們這兒人又多，工錢也不大，我不想做。我託託二小姐好吧，二小姐有什麼朋友要用人，就來喊我，我就在對過的荐頭店裏。」曼楨也隨口答應著。

隨即有一剎那的沉默。曼楨很希望她再多說一點關於那孩子的事情，說他長得有多高了，怎樣頑皮——一個孩子可以製造出許多「軼聞」和「佳話」，為女傭們所樂道的。曼楨也很想知道，他說話是什麼地方的口音？他身體還結實嗎？脾氣好不好？阿寶不說，曼楨卻也不願意問她，不知道為什麼這樣羞於啟齒。

阿寶笑道：「那我走了，二小姐。」她走了，曼楨也就進去了。

阿寶說祝家現在住在大安里，曼楨常常走過那裏的，她每天乘電車，從她家裏走到電車站有不少路，這大安里就是必經之地，現在她走到這裏總是換到馬路對過走著，很担心也許會碰見鴻才，雖然不怕他糾纏不清，究竟討厭。

這一天，她下班回來，有兩個放學回來的小學生走在她前面。她近來看見任何小孩就要猜測他們的年齡，同時計算著自己的孩子的歲數，想著那孩子是不是也有這樣高了。這兩個小孩當然比她的孩子大好些，總有七八歲的光景，一律在棉袍上罩著新藍布罩袍，穿得胖墩墩的。兩人像操兵似的並排走著，齊齊地舉起手裏的算盤，有節奏地一舉一舉，使那算盤珠發出「咵！咵！」的巨響，作為助威的軍樂。有時候又把算盤扛在肩上代表槍枝。

曼楨在他們後面，偶爾聽見他們談話的片段，他們的談話卻是太沒有志氣了，一個孩子說：「馬正林的爸爸開麵包店的，馬正林天天有麵包吃。」言下不勝艷羨的樣子。

他們忽然穿過馬路，向大安里裏面走去。曼楨不禁震了一震，雖然也知道這決不是她的小孩，而且這一個衖堂裏面的孩子也多得很，但是她不由自主地就跟在他們後面過了馬路，走進這衖堂。她的腳步究竟有些遲疑，所以等她走進去，那兩個孩子早已失蹤了。

那是春二三月天氣，一個凝冷的灰色的下午。春天常常是這樣的，還沒有嗅到春的氣息，先覺得一切東西都發出氣味來，人身上除了冷颼颼之外又有點癢梭梭的，覺得骯髒。雖然沒下雨，衖堂裏地下也是濕黏黏的。走進去，兩旁都是石庫門房子，正中停著個臭豆腐乾担子，挑担子的人叉著腰站在稍遠的地方，拖長了聲音吆喝著。有一個小女孩在那担子上買了一串臭豆腐乾，自己動手在那裏抹辣醬。好像是鴻才前妻的女兒招弟。曼楨也沒來得及向她細看，眼光就被她身旁的一個男孩子吸引了去，一個四五歲的男孩子，和招弟分明是姐弟，兩人穿著同樣的紫花布棉袍，雖然已經是春天了，他們腳上還穿著老棉鞋，可是光著腳沒穿襪子，那紅赤赤的腳踝襯著那舊黑布棉鞋，看上去使人有一種奇異的悽慘的感覺。那男孩子頭髮長長的，一直覆到眉心上，臉上雖然髒，彷彿很俊秀似的。

曼楨心慌意亂地也沒有來得及細看，卻又把眼光回到招弟身上，想仔細認一認她到底是不是招弟。雖然只見過一面，而且是在好幾年前，曼楨倒記得很清楚。照理一個小孩是改變得最快的，這面黃肌瘦的小姑娘卻始終是那副模樣，甚至於一點也沒長高——其實當然不是沒有長高，她的太短的袍子就是一個證據。

那招弟站在豆腐乾担子旁邊，從小瓦罐裏挑出辣醬抹在臭豆腐乾上。大概因為辣醬是不要錢的，所以大量地抹上去，就像在麵包上塗果子醬似的，把整塊的豆腐乾塗得鮮紅。挑担子的人看了她一眼，彷彿想說話了，結果也沒說。招弟一共買了三塊，穿在一根稻草上，拎在手裏吃著。她弟弟也想吃，他踮著腳，兩隻手撲在她身上，仰著臉咬了一口。曼楨心裏想這一口吃下去，一定辣得眼淚出，喉嚨也要燙壞了。她不覺替他捏一把汗，誰知他竟面不改色地吞了下去，而且吃了還要吃，依舊踮著腳尖把嘴湊上去。招弟也很友愛似的，自己咬一口，又讓他咬一口。曼楨看著她那孩子的傻相，不由得要笑，但是一面笑著，眼眶裏的淚水已經滴下來了。

她急忙別過身去，轉了個彎走到支衖裏去，一面走一面抬起手背來擦眼淚。忽然聽見背後一陣腳步聲，一回頭，卻是招弟，向這邊啪嗒啪嗒追了過來，她那棉鞋越穿越大，踏在那潮濕的水門汀上，一吸一吸，發出唧唧的響聲。曼楨想道：「糟了，她一定是認識我。我還以為她那時候小，只看見過我一回，一定不記得了。」曼楨只得扭過頭去假裝尋找門牌，一路走過去，從眼角裏看看那招弟，招弟卻在一家人家的門首站定了，這家人家想必新近做過佛事，門框上貼的黃紙條子剛撕掉一半，現在又在天井裏焚化紙錢，火光熊熊。招弟一面看著他們燒錫箔，一面吃她的臭豆腐乾，似乎對曼楨並不注意。曼楨方才放下心來，便從容地往回走，走了出去。

那男孩身邊現在多了一個女傭，那女傭約有四十來歲年紀，一臉橫肉，兩隻蝌蚪式的烏黑的小眼睛，她端了一隻長凳坐在後門口摘菜，曼楨心裏想這一定就是阿寶所說的那個周媽，招弟就是看見她出來了，所以逃到支衖裏去，大概要躲在那裏把豆腐乾吃完了再回來。

曼楨緩緩地從他們面前走過。那孩子看見她，也不知道是喜歡她的臉還是喜歡她的衣裳，他忽然喊了一聲「阿姨！」曼楨回過頭來向他笑一笑，他竟「阿姨！阿姨！」地一連串喊下去了。那女傭便嘟囔了一句：「叫你喊的時候倒不喊，不叫你喊的時候倒喊個不停！」

曼楨走出那個衖堂，一連走過十幾家店面，一顆心還是突突地跳著。走過一家店鋪的櫥窗，她向櫥窗裏的影子微笑。倒看不出來，她有什麼地方使一個小孩一看見她就對她發生好感，「阿姨！阿姨！」地喊著。她耳邊一直聽見那孩子的聲音。她又仔細回想他的面貌，上次她姐姐把他帶來給她看，那時候他還不會走路吧，滿床爬著，像一個可愛的小動物，現在卻已經是一個有個性的「人物」了。

這次總算運氣，一走進去就看見了他。以後可不能再去了。多看見了也無益，徒然傷心罷了。倒是她母親那裏，她想著她姐姐現在死了，鴻才也未見得有這個閒錢津貼她母親，曼楨便匯了一筆錢去，但是沒有寫她自己的地址，因為她仍舊不願意她母親來找她。

轉瞬已經到了夏天，她母親上次說大弟弟今年夏天畢業，他畢了業就可以出去掙錢了，但是曼楨總覺得他剛出去做事，要他獨力支持這樣一份人家，那是絕對不可能的。她又給他們寄了一筆錢去。她把她這兩年的一些積蓄陸續都貼給他們了。

這一天天氣非常悶熱，傍晚忽然下起大雨來，二房東的女傭奔到晒台上去搶救她晾出去的衣裳。樓底下有人揿鈴，揿了半天沒有人開門，曼楨只得跑下樓去，一開門，見是一個陌生的少婦。那少婦有點侷促地向曼楨微笑道：「我借打一個電話，便當嗎？我就住在九號裏，就在對過。」

外面嘩嘩地下著雨，曼楨便請她進來等著，笑道：「我去喊郭太太。」喊了幾聲沒人應，那女傭抱著一捲衣裳下樓來說：「太太不在家。」曼楨只得把那少婦領到穿堂裏，裝著電話的地方。那少婦先拿起電話簿子來查號碼，曼楨替她把電燈開了，在燈光下看見那少婦雖然披著斗篷式的雨衣，依舊可以看出她是懷著孕的。她的頭髮是直的，養得長長的擄在耳後，看上去不像一個上海女人，然而也沒有小城市的氣息，相貌很娟秀，稍有點扁平的鵝蛋臉。她費了很多的時候查電話簿，似乎有些抱歉，不時地抬起頭來向曼楨微笑著，搭訕著問曼楨貴姓，說她自己姓張。又問曼楨是什麼地方人，曼楨說是安徽人。她卻立刻注意起來，笑道：「顧小姐是安徽人？安徽什麼地方？」曼楨道：「六安。」那少婦笑道：「咦，我新近剛從六安來的。」曼楨笑道：「張太太也是六安人嗎？倒沒有六安口音。」那少婦道：「我是上海人呀，我一直就住在這兒。是我們張先生他是六安人。」曼楨忖了一忖，便道：「哦。六安有一個張豫瑾醫生，不知道張太太可認識嗎？」那少婦略頓了一頓，方才低聲笑道：「他就叫豫瑾。」曼楨笑道：「那真巧極了，我們是親戚呀。」那少婦喲了一聲，笑道：「那真巧，豫瑾這回也來了，顧小姐幾時到我們那兒玩去，我現在住在我母親家。」

她撥了號碼，曼楨就走開了，到後面去轉了一轉，等她的電話打完了，再回到這裏來送她出去。本來要留她坐一會等雨小些再走，但是她說她還有事，今天有個親戚請他們吃飯，剛才她就為這個事打電話找豫瑾，叫他直接到館子裏去。

她走後，曼楨回到樓上她自己的房間裏，聽那雨聲緊一陣慢一陣，不像要停的樣子。她心裏想豫瑾要是知道她住在這裏，過兩天他一定會來看她的。她倒有點怕看見他，因為一看見他就要想起別後這幾年來她的經歷，那噩夢似的一段時間，和她過去的二十來年的生活完全不發生連繫，和豫瑾所認識的她也毫不相干。她非常需要把這些事情痛痛快快地和他說一說，要不然，那好像是永遠隱藏在她心底裏的一個恐怖的世界。

這樣想著的時候，立刻往事如潮，她知道今天晚上一定要睡不著覺了。那天天氣又熱，下著雨又沒法開窗子，她躺在床上，不停地搧著扇子，反而搧出一身汗來。已經快十點鐘了，忽然聽見門鈴響，睡在廚房裏的女傭睡得糊裏糊塗的，甕聲甕氣地問：「誰呀？……啊？……啊？找誰？」曼楨忽然靈機一動，猜著一定是豫瑾來了。她急忙從床上爬起來，撳開電燈，手忙腳亂地穿上衣裳，便跑下樓去。那女傭因為是晚上，不認識的人不敢輕易放他進來。是豫瑾，穿著雨衣站在後門口，正拿著手帕擦臉，頭髮上亮晶晶地流下水珠來。

他向曼楨點頭笑道：「我剛回來。聽見說你住在這兒。」曼楨也不知道為什麼，一看見他，馬上覺得萬種辛酸都湧上心頭，幸而她站的地方是背著燈，人家看不見她眼睛裏的淚光。她立刻別過身去引路上樓，好在她總是走在前面，依舊沒有人看見她的臉。進了房，她又搶著把床上蓋上一幅被單，趁著這背過身去鋪床的時候，終於把眼淚忍回去了。

豫瑾走進房來，四面看看，便道：「你怎麼一個人住在這兒？老太太他們都好吧？」曼楨只得先含糊地答了一句：「他們現在搬到蘇州去住了。」豫瑾似乎很詫異，曼楨本來可以趁此就提起她預備告訴他的那些事情，她看見豫瑾這樣熱心，一聽見說她住在這裏，連夜就冒雨來看她，可見他對她的友情是始終如一的，她更加決定了要把一切都告訴他。但是有一種難於出口的話，反而倒是對一個萍水相逢的人可以傾心吐胆地訴說。上次她在醫院裏，把她的身世告訴金芳，就不像現在對豫瑾這樣感覺到難以啟齒。

她便換了個話題，笑道：「真巧了，剛巧會碰見你太太。你們幾時到上海來的？」豫瑾道：「我們來了也沒有幾天。是因為她需要開刀，我們那邊的醫院沒有好的設備，所以到上海來的。」曼楨也沒有細問他太太需要開刀的原因，猜著總是因為生產的緣故，大概預先知道要難產。豫瑾又道：「她明天就要住到醫院裏去了，現在這兒是她母親家裏。」

他坐下來，身上的雨衣濕淋淋的，也沒有脫下來。當然他是不預備久坐的，因為時間太晚了。曼楨倒了一杯開水擱在他面前，笑道：「你們今天有應酬吧？」豫瑾笑道：「是的，在錦江吃飯，現在剛散，她們回去了，我就直接到這兒來了。」豫瑾大概喝了點酒，臉上紅紅的，在室內穿著雨衣，也特別覺得悶熱，他把桌上一張報紙拿起來當扇子搧著。曼楨遞了一把芭蕉扇給他，又把窗子開了半扇。一推開窗戶，就看見對過一排房屋黑沉沉的，差不多全都熄了燈，豫瑾在岳家的人想必都已經睡覺了。豫瑾倘若在這裏耽擱得太久了，他的太太雖然不會多心，太太娘家的人倒說不定要說閒話的。曼楨便想著，以後反正總還要見面的，她想告訴他的那些話還是過天再跟他說吧。但是豫瑾自從踏進她這間房間，就覺得很奇怪，怎麼曼楨現在弄得這樣孑然一身，家裏人搬到內地去住，或許是為了節省開銷，沈世鈞又到哪裏去了呢？怎麼他們到現在還沒有結婚？

豫瑾忍不住問道：「沈世鈞還常看見吧？」曼楨微笑道：「好久不看見了。他好幾年前就回南京去了。」豫瑾道：「哦？」曼楨默然片刻，又說了一聲：「後來聽說他結婚了。」豫瑾聽了，也覺得無話可說。

在沉默中忽然聽見一陣瑟瑟的響聲，是雨點斜撲進來打在書本上，桌上有幾本書，全打濕了。豫瑾笑道：「你這窗子還是不能開。」他拿起一本書，掏出手帕把書面的水漬擦乾了。曼楨道：「隨它去吧，這上頭有灰，把你的手絹子弄髒了。」但是豫瑾仍舊很珍惜地把那些書一本本都擦乾了，因為他想起從前住在曼楨家裏的時候，晚上被隔壁的無線電吵得睡不著覺，她怎樣借書給他看。那時候要不是因為沈世鈞，他們現在的情形也許很兩樣吧？

他急於要打斷自己的思潮，立刻開口說話了，談起他的近況，因道：「在這種小地方辦醫院，根本沒有錢可賺，有些設備又是沒法省的，只好少僱兩個人，自己忙一點。我雖然是土生土長的，跟地方上的人也很少來往。蓉珍剛去的時候，這種孤獨的生活她也有點過不慣，覺得悶得慌，後來她就學看護，也在醫院裏幫忙，有了事情做也就不寂寞了。」蓉珍想必是他太太的名字。

他自己覺得談得時間夠長了，突然站起身來笑道：「走了！」曼楨因為時候也是不早了，也就沒有留他。她送他下樓，豫瑾在樓梯上忽然又想起一件事來，問道：「上次我在這兒，聽見說你姐姐病了，她現在可好了？」曼楨低聲道：「她死了。就是不久以前的事。」豫瑾惘然道：「那次我聽見說是腸結核，是不是就是那毛病？」曼楨道：「哦，那一次……那一次並沒有那麼嚴重。」那次就是她姐姐假裝命在旦夕，做成了圈套陷害她。曼楨頓了一頓，便又淡笑著說道：「她死我都沒去——這兩年裏頭發生的事情多了，等你幾時有空講給你聽。」豫瑾不由得站住了腳，向她注視了一下，彷彿很願意馬上聽她說出來，但是他看見她臉上突然顯得非常疲乏似的，他也就沒有說什麼，依舊轉身下樓。她一直送到後門口。

她回到樓上來，她房間裏唯一的一張沙發椅，豫瑾剛才坐在這上面的，椅子上有幾塊濕印子，是他雨衣上的水痕染上去的。曼楨望著那水漬發了一會呆，心裏有說不出來的惆悵。今天這雨是突然之間下起來的，豫瑾出去的時候未見得帶著雨衣，一定是他太太給他把雨衣帶到飯館子裏去的。他們當然是感情非常好，這在豫瑾說話的口吻中也可以聽得出來。

那麼世鈞呢？他的婚後生活是不是也一樣的美滿？許久沒有想起他來了。她自己也以為她的痛苦久已鈍化了。但是那痛苦似乎是她身體裏面唯一的有生命力的東西，永遠是新鮮強烈的，一發作起來就不給她片刻的休息。

她把豫瑾的那杯茶倒在痰盂裏，自己另外倒上一杯。不知道怎麼一來，熱水瓶裏的開水一衝衝出來，全倒在她腳面上，她也木木的，不大覺得，彷彿腳背上被一隻鐵鎚打了一下，但是並不痛。

那天晚上的雨一直下到天明才住，曼楨也直到天明才睡著。剛睡了沒有一會，忽然有人推醒了她，好像還是在醫院裏的時候，天一亮，看護就把孩子送來餵奶。她迷迷糊糊地抱著孩子，心中悲喜交集，彷彿那孩子已經是失而復得的了。但是她忽然發現那孩子渾身冰冷——不知道什麼時候死了，都已經僵硬了。她更緊地抱住了他，把他的臉揿沒在她胸前，唯恐被人家發覺這是一個死孩子。然而已經被發覺了。那滿臉橫肉的周媽走過來就把他奪了過去，用蘆蓆一捲，挾著就走。那死掉的孩子卻在蘆蓆捲裏掙扎著，叫喊起來：「阿姨！阿姨！」那孩子越叫越響，曼楨一身冷汗，醒了過來，窗外已是一片雪白的晨光。

曼楨覺得她這夢做得非常奇怪。她不知道她是因為想起過去的事情，想到世鈞，心裏空虛得難過，所以更加渴念著她的孩子，就把一些片段的印象湊成了這樣一個夢。

她再也睡不著了，就起來了。今天她一切都提早，等她走出大門的時候，還不到七點，離她辦公的時間還有兩個鐘頭呢。她在馬路上慢慢地走著，忽然決定要去看看她那孩子。其實，與其說是「決定」，不如說是她忽然發現了她一直有這意念，所以出來得特別早，恐怕也是為了這個緣故。

快到大安里了。遠遠的看見那衖堂裏走出一行人來，兩個扛夫挑著一個小棺材，後面跟著一個女傭——不就是那周媽嗎！曼楨突然眼前一黑，她身體已經靠在牆上了，兩條腿站都站不住。她極力鎮定著，再向那邊望過去。那周媽一隻手舉著把大芭蕉扇，遮住頭上的陽光，嘴裏一動一動的，大概剛吃過早飯，在那裏吮舐著牙齒。這一幅畫面在曼楨眼中看來，顯得特別清晰，她心裏卻有點迷迷糊糊的。她覺得她又走入噩夢中了。

那棺材在她面前經過。她想走上去向那周媽打聽一聲，死的是什麼人，但是那周媽又不認識她是誰。她這一躊躇之間，他們倒已經去遠了。她一轉念，竟毫不猶豫地走進大安里，她記得祝家是一進門第四家，她逕自去撳鈴，就有一個女傭來開門，這女傭卻是一個舊人，姓張。這張媽見是曼楨，不由得呆了一呆，叫了聲「二小姐」。曼楨也不和她多說，只道：「孩子怎麼樣了？」張媽道：「今天好些了。」——顯然是還活著。曼楨心裏一鬆，陡然腳踏實地了，但是就像電梯降落得太快，反而覺得一陣眩暈。她扶著門框站了一會，便直截地舉步往裏走，說道：「他在哪兒？我去看看。」那張媽還以為曼楨一定是從別處聽見說孩子病了，所以前來探看，便在前面引路，這是個一樓一底的石庫門房子，從後門進出的，穿過灶披間，來到客堂裏。客堂間前面一列排門都釘死了，房間裏暗沉沉的，靠裏放著一張大床，孩子就睡在那張床上。曼楨見他臉上通紅，似睡非睡的，伸手在他額上摸了摸，熱得燙手。剛才張媽說他「今天好些了。」那原來是她們的一種照例的應酬話。曼楨低聲說：「請醫生看過沒有？」張媽道：「請的。醫生講是他姐姐過的，叫兩人不要在一個房間裏。」曼楨道：「哦，是傳染病。你可知道是什麼病？」張媽道：「叫什麼猩紅熱。招弟後來看著真難受——可憐，昨天晚上就死了呀。」曼楨方才明白過來，剛才她看見的就是招弟的棺材。

她仔細看那孩子臉上，倒沒有紅色的斑點。不過猩紅熱聽說也有時候皮膚上並不現出紅斑。他在床上翻來覆去，不到一分鐘就換一個姿勢，怎樣睡也不舒服。曼楨握住他的手，他的手又乾又熱，更覺得她自己的手冷得像冰一樣。

張媽送茶進來，曼楨道：「你可知道，醫生今天還來不來？」張媽道：「沒聽見說。老爺今天一早就出去了。」曼楨聽了，不禁咬了咬牙，她真恨這鴻才，又要霸住孩子不肯放手，又不好好的當心他，她不能讓她這孩子再跟招弟一樣，糊裏糊塗的送掉一條命。她突然站起身來往外走，只匆匆地和張媽說了一聲：「我一會兒還要來的。」她決定去把豫瑾請來，叫他看看到底是不是猩紅熱。她總有點懷疑祝家請的醫生是否靠得住。

這時候豫瑾大概還沒有出門，時候還早。她跳上一部黃包車，趕回她自己的寓所，走到斜對過那家人家，一撳鈴，豫瑾卻已經在洋台上看見了她，她這裏正在門口問傭人：「張醫生可在家？」豫瑾已經走了出來，笑著讓她進去。曼楨勉強笑道：「我不進去了。你現在可有事？」豫瑾見她神色不對，便道：「怎麼了？你是不是病了？」曼楨道：「不是我病了，因為姐姐的小孩病得很厲害，恐怕是猩紅熱，我想請你去看看。」豫瑾道：「好，我立刻就去。」他進去穿上一件上裝，拿了皮包，就和曼楨一同走出來，兩人乘黃包車來到大安里。

豫瑾曾經聽說曼璐嫁得非常好，是她祖母告訴他的，說她怎樣發財，造了房子在虹橋路，想不到他們家現在卻住著這樣湫隘的房屋，他覺得很是意外。他以為他會看見曼璐的丈夫，但是屋主人並沒有出現，只有一個女傭任招待之職。豫瑾一走進客堂就看見曼璐的遺容，配了鏡框迎面掛著。曼楨一直就沒看見，她兩次到這裏來，都是心慌意亂的，全神貫注在孩子身上。

那張大照片大概是曼璐故世前兩年拍的，眼睛斜睨著，一隻手托著腮，手上戴著一隻晶光四射的大鑽戒。豫瑾看到她那種不調和的媚態與老態，只覺得愴然。他不由得想起他們最後一次見面的時候。那次他也許是對她太冷酷了，後來想起來一直耿耿於心。

是她的孩子，他當然也是很關切的。經他診斷，也說是猩紅熱。曼楨說：「要不要進醫院？」醫生向來主張進醫院的，但是豫瑾看看祝家這樣子，彷彿手頭很拮据，也不能不替他們打算打算，便道：「現在醫院也挺貴的，在家裏只要有人好好的看護，也是一樣的。」曼楨本來想著，如果進醫院的話，她去照料比較方便些，但是實際上她也出不起這個錢，也不能指望鴻才拿出來。不進醫院也罷。她叫張媽把那一個醫生的藥方找出來給豫瑾看，豫瑾也認為這方子開得很對。

豫瑾走的時候，曼楨一路送他出去，就在衖口的一爿藥房裏配了藥帶回來，順便在藥房裏打了個電話到她做事的地方去，請了半天假。那孩子這時候清醒些了，只管目光灼灼地望著她。她一轉背，他就悄悄地問：「張媽，這是什麼人？」張媽頓了一頓，笑道：「這是啊……是二姨。」說時向曼楨偷眼望了望，彷彿不大確定她願意她怎樣回答。曼楨只管搖晃著藥瓶，搖了一會，拿了隻湯匙走過來叫孩子吃藥，道：「趕快吃，吃了就好了。」又問張媽：「他叫什麼名字？」張媽道：「叫榮寶。這孩子也可憐，太太活著的時候都寶貝得不得了，現在是周媽帶他——」說到這裏，便四面張望了一下，方才鬼鬼祟祟地說：「周媽沒良心，老爺雖然也疼孩子，到底是男人家，有許多地方他也想不到——那死鬼招弟是常常給她打的，這寶寶她雖然不敢明欺負他，暗地裏也不少吃她的虧。二小姐你不要對別人講呵，她要曉得我跟你說這些話，我這碗飯就吃不成了。阿寶就是因為跟她兩個人鬧翻了，所以給她戳走了。阿寶也不好，太太死了許多東西在她手裏弄得不明不白，周媽一點也沒拿著，所以氣不伏，就在老爺面前說壞話了。」

這張媽把他們家那些是是非非全都搬出來告訴曼楨，分明以為曼楨這次到祝家來，還不是跟鴻才言歸於好了，以後她就是這裏的主婦了，趁這時候周媽出去了還沒回來，應當趕緊告她一狀。張媽這種看法使曼楨覺得非常不舒服，祝家的事情她實在不願意過問，但是一時也沒法子表明自己的立場。

後門口忽然有人拍門，不知道可是鴻才回來了。雖然曼楨心裏並不是一點準備也沒有，終究不免有些惴惴不安，這裏到底是他的家。張媽去開門，隨即聽見兩個人在廚房裏喊喊喳喳說了幾句，然後就一先一後走進房來。原來是那周媽，把招弟的棺材送到義塚地去葬了，現在回來了。那周媽雖然沒有見過曼楨，大概早就聽說過有她這樣一個人，也知道這榮寶不是他們太太親生的。現在曼楨忽然出現了，周媽不免小心翼翼，「二小姐」長「二小姐」短，在旁邊轉來轉去獻殷勤，她那滿臉殺氣上再濃濃堆上滿面笑容，卻有點使人不寒而慄。曼楨對她只是淡淡的，心裏想倒也不能得罪她，她還是可以把一口怨氣發洩在孩子身上。那周媽自己心虛，深恐張媽要在曼楨跟前揭發她的罪行，她一向把那邋遢老太婆欺壓慣了的，現在卻把她當作老前輩似的尊崇起來，趕著她喊「張奶奶」，拉她到廚房裏去商量著添點什麼菜，款待二小姐。

曼楨卻在那裏提醒自己，她應當走了。揀要緊的事情囑咐張媽兩句，就走吧，寧可下午再來一次。正想著，榮寶卻說話了，問道：「姐姐呢？」這是他第一次直接和曼楨說話，說的話卻叫她無法答覆。曼楨過了一會方才悄聲說道：「姐姐睡著了。你別鬧。」

想起招弟的死，便有一陣寒冷襲上她的心頭，一種原始的恐懼使她許願似的對自己說：「只要他好了，我永生永世也不離開他了。」雖然她明知道這是辦不到的事。榮寶墊的一床蓆子上面破了一個洞，他總是煩躁地用手去挖它，越挖越大。曼楨把他兩隻手都握住了，輕聲道：「不要這樣。」說著，她眼睛裏卻有一雙淚珠「嗒」地一聲掉在蓆子上。

忽然聽見鴻才的聲音在後門口說話，一進門就問：「醫生可來過了？」張媽道：「沒來。

二小姐來了。」鴻才聽了，頓時寂然無語起來。半晌沒有聲息，曼楨知道他已經站在客堂門口，站了半天了。她坐在那裏一動也不動，只是臉上的神情變得嚴冷了些。

她不朝他看，但是他終於趦趄著走入她的視線內。他一副潦倒不堪的樣子，看上去似乎臉也沒洗，鬍子也沒剃，瘦削的臉上膩著一層黃黑色的油光，身上穿著一件白裏泛黃的舊綢長衫，戴著一頂白裏泛黃的舊草帽，帽子始終戴在頭上沒有脫下來。他搭訕著走到床前在榮寶額上摸了摸，喃喃地道：「今天可好一點？醫生怎麼還不來？」曼楨不語。鴻才咳嗽了一聲，又道：「二妹，你來了我就放心了。我真著急。這兩年不知怎麼走的這種悖運，晦氣事情全給我碰到了。招弟害病，沒當它樁事情，等曉得不好，趕緊給她打針，錢也花了不少，可是已經太遲了。這孩子也就是給過上的，可不能再耽擱了，今天早上為了想籌一點錢，就跑了一早上。」說到這裏，他嘆了口冷氣，又道：「真想不到落到今天這個日子！」

其實他投機失敗，一半也是迷信幫夫運的緣故。雖然他向不承認他的發跡是沾了曼璐的光，他心底裏對於那句話卻一直有三分相信。剛巧在曼璐去世的時候，他接連有兩樁事情不順手，心裏便有些害怕。做投機本來是一種賭博，越是怕越是輸，所以終至一敗塗地。而他就更加篤信幫夫之說了。

周媽絞了一把熱手巾送上來，給鴻才擦臉，他心不在焉地接過來，只管拿著擦手，把一雙手擦了又擦。周媽走開了，半晌，他忽然迸出一句話來：「我現在想想，真對不起她。」他背過身去望著曼璐的照片，便把那毛巾撳在臉上擤鼻子。他分明是在那裏流淚。

陽光正照在曼璐的遺像上，鏡框上的玻璃反射出一片白光，底下的照片一點也看不見，只看見那玻璃上的一層浮塵。曼楨呆呆地望著那照片，她姐姐是死了，她自己這幾年來也心灰意冷，過去那一重重糾結不開的恩怨，似乎都化為烟塵了。

鴻才又道：「想想真對不起她。那時候病得那樣，我還給她氣受，要不然她還許不會死呢。二妹，從前的事都是我不好，你不要恨你姐姐了。」他這樣自怨自艾，其實還是因為心疼錢的緣故，曼楨沒想到這一點，見他這樣引咎自責，便覺得他這人倒還不是完全沒有良心。她究竟涉世未深，她不知道往往越是殘暴的人越是怯懦，越是在得意的時候橫行不法的人，越是禁不起一點挫折，立刻就矮了一截子，露出一副可憐的臉相。她對鴻才竟於憎恨中生出一絲憐憫，雖然還是不打算理他，卻也不願意使他過於難堪。

鴻才向她臉上看了一眼，囁嚅著說道：「二妹，你不看別的，看這小孩可憐，你在這兒照應他幾天，等他好了再回去。我到朋友家去住幾天。」他唯恐她要拒絕似的，沒等說完就走出房去，從口袋裏掏出一疊鈔票來，向張媽手裏一塞，道：「你待會交給二小姐，醫生來了請她給付付。」又道：「我不是在王家就是在嚴先生那裏，萬一有什麼事，打電話找我好了。」說罷，馬上逃也似地匆匆走了。

曼楨倒相信他這次大概說話算話，說不回來就不回來。曼璐從前曾經一再地向她說，鴻才對她始終是非常敬愛，他總認為她是和任何女人都兩樣的，他只是一時神志不清做下犯罪的事情，也是因為愛得她太厲害的緣故。像這一類的話，在一個女人聽來是很容易相信的，恐怕沒有一個女人是例外。曼楨當時聽了雖然沒有什麼反應，曼璐這些話終究並不是白說的。

那天晚上她住在祝家沒回去，守著孩子一夜也沒睡。第二天早上她不能不照常去辦公，下班後又回到祝家來，知道鴻才已經來過一次又走了。曼楨這時候便覺得心定了許多，至少她可以安心看護孩子的病，不必顧慮到鴻才了。她本來預備再請豫瑾來一趟，但是她忽然想起來，豫瑾這兩天一定也很忙，不是說他太太昨天就要進醫院了嗎，總在這兩天就要動手術了。昨天她是急糊塗了，竟把這樁事情忘得乾乾淨淨。其實也可以不必再找豫瑾了，就找原來的醫生繼續看下去吧。

豫瑾對那孩子的病，卻有一種責任感，那一天晚上，他又到曼楨的寓所裏去過一趟，想問問她那孩子可好些了。二房東告訴他：曼楨一直沒有回來。豫瑾也知道他們另外有醫生在那裏診治著，既然有曼楨在那裏主持一切，想必決不會有什麼差池的，就也把這樁事情拋開了。

豫瑾在他丈人家寄居，他們的樓窗正對著曼楨的窗子，豫瑾常常不免要向那邊看一眼。這樣炎熱的天氣，那兩扇窗戶始終緊閉著，想必總是沒有人在家。隔著玻璃窗，可以看見裏面晒著兩條毛巾，一條粉紅色的搭在椅背上，一條白色的晒在繩子上，永遠是這個位置。那黃烘烘的太陽從早晒到晚，兩條毛巾一定要晒餿了。一連十幾天晒下來，毛巾烤成僵硬的兩片，顏色也淡了許多。曼楨一直住在祝家沒有回來，豫瑾倒也並不覺得奇怪，想著她姐姐死了，丟下這樣一個孩子沒人照應，他父親也許是一個沒有知識的人，也許他終日為衣食奔走，分不開身來，曼楨向來是最熱心的，最肯負責的，孩子病了，她當然義不容辭地要去代為照料。

但是時間一天天地過去了，豫瑾的太太施手術產下一個女孩之後，在醫院裏休養了一個時期，夫婦倆已經預備動身回六安去了，曼楨卻還沒有回來。豫瑾本來想到她姐夫家裏去一趟，去和她道別，但是究竟是不大熟悉的人家，冒冒失失地跑去似乎不大好，因此一直拖延著，也沒有去。

這一天，他忽然在無意中看見曼楨那邊開著一扇窗戶，兩條毛巾也換了一個位置，彷彿新洗過，又晾上了。他想著她一定是回來了。他馬上走下樓去，到對門去找她。

他來過兩次，那二房東已經認識他了，便不加阻止，讓他自己走上樓去。曼楨正在那裏掃地擦桌子，她這些日子沒回家，灰塵積得厚厚的。豫瑾帶笑在那開著的房門上敲了兩下，曼楨一抬頭看見是他，在最初的一剎那間她臉上似乎有一層陰影掠過，她好像不願意他來似的，但是豫瑾認為這大概是他的一種錯覺。

他走進去笑道：「好久不看見了。那小孩好了沒有？」曼楨笑道：「好了。我也沒來給你道喜，你太太現在已經出院了吧？是一個男孩子還是女孩子？」豫瑾笑道：「是個女孩子。蓉珍已經出來一個禮拜了，我們明天就打算回去了。」曼楨噯呀了一聲道：「就要走啦？」她拿抹布在椅子上擦了一把，讓豫瑾坐下。豫瑾坐下來笑道：「明天就要走了，下次又不知什麼時候才見得著，所以我今天無論如何要來看看你，跟你多談談。」他一定要在動身前再和她見一次面，也是因為她上次曾經表示過，她有許多話要告訴他，聽她的口氣彷彿有什麼隱痛似的。但是這時候曼楨倒又懊悔她對他說過那樣的話。她現在已經決定要嫁給鴻才了，從前那些事當然也不必提了。

桌上已經擦得很乾淨了，她又還拿抹布在桌上無意識地揩來揩去。揩了半天，又去伏在窗口抖掉抹布上的灰。本來是一條破舊的粉紅色包頭紗巾，她拿它做了抹布。兩隻手拎著它在窗外抖灰，那紅紗在夕陽與微風中懶洋洋地飄著。下午的天氣非常好。

豫瑾等候了一會，不見她開口，便笑道：「你上次不是說有好些事要告訴我麼？」曼楨道：「是的，不過我後來想想，又不想再提起那些事了。」豫瑾以為她是怕提起來徒然引起傷感，他頓了一頓，方道：「說說也許心裏還痛快些。」曼楨依舊不作聲。豫瑾沉默了一會，又道：「我這次來，是覺得你興致不大好，跟從前很兩樣了。」他雖然說得這樣輕描淡寫，說這話的時候卻是帶著一種感慨的口吻。

曼楨不覺打了個寒噤。他一看見她就看得出來她是疊經刺激，整個的人已經破碎不堪了？她一向以為她至少外貌還算鎮靜。她望著豫瑾微笑著說道：「你覺得我完全變了個人吧？」豫瑾遲疑了一下，方道：「外貌並沒有改變，不過我總覺得……」從前他總認為她是最有朝氣的，她的個性也有它的沉毅的一面，一門老幼都倚賴著她生活，她好像還餘勇可賈似的，保留著一種閒靜的風度。這次見面，她卻是那樣神情蕭索，而且有點恍恍惚惚的。僅僅是生活的壓迫決不會使她變得這樣厲害。他相信那還是因為沈世鈞的緣故。中間不知道出了些什麼變故，使他們不能有始有終。她既然不願意說，豫瑾當然也不便去問她。

他只能懇切地對她說：「我又不在此地，你明天常常給我寫信好不好？說老實話，我看你現在這樣，我倒是真有點不放心。」他越是這樣關切，曼楨倒反而一陣心酸，再也止不住自己，頓時淚如雨下。豫瑾望著她，倒呆住了，半晌，方才微笑道：「都是我不好，不要說這些了。」曼楨忽然衝口而出地說：「不，我是要告訴你——」說到這裏，又噎住了。

她實在不知道從何說起。看見豫瑾那樣凝神聽著，她忽然腦筋裏一陣混亂，便又衝口而出地說道：「你看見的那個孩子不是姐姐的——」豫瑾愕然望著她，她把臉別了過去，臉上卻是一種冷淡而強硬的神情。豫瑾想道：「那孩子難道是她的麼，是她的私生子，交給她姐姐撫養的？是沈世鈞的孩子？還是別人的——世鈞離開她就是為這個原因？」一連串的推想，都是使他無法相信的，都在這一剎那間在他腦子裏掠過。

曼楨卻又斷斷續續地說起話來了，這次她是從豫瑾到她家裏來送喜柬的那一天說起，就是那一天，她陪著她母親到她姐姐家去探病。在敘述中間，她總想為她姐姐留一點餘地，因為豫瑾過去和曼璐的關係那樣深，他對曼璐的那點殘餘的感情她不願意加以破壞。況且她姐姐現在已經死了。但是她無論怎麼樣為曼璐開脫，她被禁閉在祝家一年之久，曼璐始終坐視不救，這總是實情。豫瑾簡直覺得駭然。他不能夠想像曼璐怎樣能夠參與這樣卑鄙的陰謀。曼璐的丈夫他根本不認識，可能是一個無惡不作的人，但是曼璐……他想起他們十五六歲的時候剛見面的情景，還有他們初訂婚的時候，還有後來，她為了家庭出去做舞女，和他訣別的時候。他所知道的她是那樣一個純良的人。就連他最後一次看見她，他覺得她好像變粗俗了，但那並不是她的過錯，他相信她的本質還是好的。怎麼她對她自己的妹妹竟是這樣沒有人心。

曼楨繼續說下去，說到她生產後好容易逃了出來，她母親輾轉訪到她的下落，卻又勸她回到祝家去。豫瑾覺得她母親簡直荒謬到極點，他氣得也說不出話來。曼楨又說到她姐姐後來病重的時候親自去求她，叫她為孩子的緣故嫁給鴻才，又被她拒絕了。她說到這裏，聲調不由得就變得澀滯而低沉，因為當時雖然拒絕了，現在也還是要照死者的願望做去了。她也曉得這樣做是不對的，心裏萬分矛盾，非常需要跟豫瑾商量商量，但是她實在沒有勇氣說出來。她自己心裏覺得非常抱愧，尤其覺得愧對豫瑾。

剛才她因為顧全豫瑾的感情，所以極力減輕她姐姐應負的責任，無形中就加重了鴻才的罪名，更把他表現成一個惡魔，這時候她忽然翻過來說要嫁給他，當然更無法啟齒了。其實她也知道，即使把他說得好些，成為一個多少是被動的人物，豫瑾也還是不會贊成的。這種將錯就錯的婚姻，大概凡是真心為她打算的朋友都不會贊成的。

她說到她姐姐的死，就沒有再說下去了。豫瑾抱著胳膊垂著眼睛坐在那裏，一直也沒開口。他實在不知道應當用什麼話來安慰她。但是她這故事其實還沒有完——豫瑾忽然想起來，這次她那孩子生病，她去看護他，在祝家住了那麼些日子，想必她和鴻才之間總有相當的諒解，不然她怎麼能夠在那裏住下去，而且住得這樣久。莫非她已經改變初衷，準備為了孩子的幸福犧牲自己，和鴻才結婚。他甚至於疑心她已經和鴻才同居了。不，那倒不會，她決不是那樣的人，他未免太把她看輕了。

他考慮了半天，終於很謹慎地說道：「我覺得你的態度是對的，你姐姐那種要求簡直太沒有道理了。這種勉強的結合豈不是把一生都葬送了。」他還勸了她許多話，她從來沒聽見豫瑾一口氣說過這麼些話。他認為夫婦倆共同生活，如果有一個人覺得痛苦的話，其他的一個人也不可能得到幸福的。其實也用不著他說，他所能夠說的她全想到了，也許還更徹底。譬如說鴻才對她，就算他是真心愛她吧，像他那樣的人，他那種愛是不是能持久呢？但是話不能這樣說。當初她相信世鈞是確實愛她的，他那種愛也應當是能夠持久的，然而結果並不是。所以她現在對世界上任何事物都沒有確切的信念，覺得無一不是渺茫的。倒是她的孩子是唯一的真實的東西。尤其這次她是在生死關頭把他搶回來的，她不能再扔下不管了。

她自己是無足重輕的，隨便怎樣處置她自己好像都沒有多大關係。譬如她已經死了。

豫瑾又道：「其實你現在只要拿定了主意，你的前途一定是光明的。」他不過是一種勉勵的話，曼楨聽了，卻覺得心中一陣傷慘，眼淚又要流下來了。老對著他哭算什麼呢？豫瑾現在的環境也不同了，在現在這樣的情形下，她應當稍微有分寸一點。她很突兀地站起身來，帶笑說道：「你看我這人，說了這半天廢話，也不給你倒碗茶。」五斗櫥上覆著兩隻玻璃杯，她拿起一隻來迎著亮照了一照，許久不用，上面也落了許多灰。她在這裏忙著擦茶杯找茶葉，豫瑾卻楞住了。她為什麼忽然這樣客套起來，倒好像是不願再談下去了。然而他再一想，他那些勸勉的話也不過是空言安慰，他對她實在也是愛莫能助。他沉默了一會，便道：「你不用倒茶了，我就要走了。」曼楨也沒有阻止他。她又把另外一隻玻璃杯拿起來，把上面的灰吹了一吹，又拿抹布擦擦。豫瑾站起來要走，又從口袋裏摸出一本記事簿來，撕下一張紙來，彎著腰伏在桌上寫下他自己的地址，遞給曼楨。曼楨道：「你的地址我有的。」豫瑾道：「你這兒是十四號吧？」他也寫在他的記事簿上。曼楨心裏想這裏的房子她就要回掉了，他寫信來也寄不到的，但是她也沒說什麼。她實在沒法子告訴他。將來他總會從別人那裏聽到的，說她嫁給鴻才了。他一定想著她怎麼這樣沒出息，他一定會懊悔他過去太看重她了。

她送他下樓，臨別的時候問道：「你們明天什麼時候動身？」豫瑾道：「明天一早就走。」

曼楨回到樓上來，站在窗口，看見豫瑾還站在斜對過的後門口，似乎揿過鈴還沒有人來開門。他也看見她了，微笑著把一隻手抬了一抬，做了一個近於揮手的姿態。曼楨也笑著點了個頭，隨後就很快地往後一縮，因為她的眼淚已經流了一臉。她站在桌子跟前啜泣著，順手拿起那塊抹布來預備擦眼睛，等到明白是抹布的時候，就又往桌上一擲。那敝舊的紅紗懶洋洋地從桌上滑到地下去。

15

八一三抗戰開始的時候，在上海連打了三個月，很有一些有錢的人著了慌往內地跑的。曼楨的母親在蘇州，蘇州也是人心惶惶。顧太太雖然不是有錢的人，她也受了他們一窩蜂的影響，人家都向長江上游一帶逃難，她也逃到他們六安原籍去。這時候他們老太太已經去世了。顧太太做媳婦一直做到五六十歲，平常背地裏並不是沒有怨言，但是婆媳倆一向在一起苦熬苦過，倒也不無一種老來伴的感覺。老太太死了，就剩她一個人，幾個兒女都不在身邊，一個女孩子在蘇州學看護，兩個小的由他們哥哥資助著進學校。偉民在上海教書，他也已經娶親了。

顧太太回到六安，他們家在城外有兩間瓦屋，本來給看墳人住的，現在收回自用了。她回來不久，豫瑾就到她家來看她，他想問問她關於曼楨的近況，他屢次寫信給曼楨，都無法投遞退了回來。他因為知道曼楨和祝家那一段糾葛，覺得顧太太始終一味的委曲求全，甚至於曼楨被祝家長期禁鎖起來，似乎也得到了她的同意。不管她是忍心出賣了自己的女兒還是被愚弄了，豫瑾反正對她有些鄙薄。見面之後，神情間也冷淡得很，顧太太初看見他，卻像他鄉遇故知一樣，分外親熱。談了一會，豫瑾便道：「曼楨現在在哪兒？」顧太太道：「她還在上海，她結婚了呀——哦，曼璐死你知道吧，曼楨就是跟鴻才結婚了。」顧太太幾句話說得很冠冕，彷彿曼楨嫁給她姐夫也是很自然的事情，料想豫瑾未見得知道裏面的隱情，但是她對於這件事究竟有些心虛，認為是家門之玷，所以就這樣提了一聲，就岔開去說到別處去了。

豫瑾聽到這消息，雖然並不是完全出於意料之外，也還是十分刺激。他真替曼楨覺得可惜。顧太太儘自和他說話，他唯唯諾諾地隨口敷衍了兩句，便推說還有一點事情，告辭走了。他就來過這麼一次。過年也不來拜年，過節也不來拜節。顧太太非常生氣，心裏想「太豈有此理了，想不到他也這麼勢利，那時候到上海來不是總住在我們家，現在看見我窮了，就連親戚也不認了。」

打仗打到這裏來了。顧太太一直主意不定，想要到上海去，這時候路上也難走，她孤身一個人，又上了年紀，沿途又沒有人照應。後來是想走也不能走了。

上海這時候早已淪陷了。報紙上登出六安陷落的消息，六安原是一個小地方，報上刊出這消息，也只是短短幾行，以後從此就不提了。曼楨和偉民傑民自然都很憂慮，不知道顧太太在那裏可還平安。偉民收到顧太太一封信，其實這封信還是淪陷前寄出的，所以仍舊不知道她現在的狀況，但還是把這封信互相傳觀著，給傑民看了，又叫他送去給曼楨看。傑民現在在銀行裏做事，他大學只讀了一年，就進了這爿銀行。這一天他到祝家來，榮寶是最喜歡這一個小舅舅的，他一來，就守在面前不肯離開。天氣熱，傑民只穿著一件白襯衫，一條黃卡其短褲。他才一坐下，那榮寶正偎在曼楨身邊，忽然回過頭去叫了一聲「媽。」曼楨應了聲「唔？」榮寶卻又不作聲了，隔了一會，方才仰著臉悄悄的說道：「媽，小舅舅腿上有個疤。」曼楨向傑民膝蓋上望了一望，不禁笑了起來道：「我記得你這疤從前沒有這樣大的。人長大，疤也跟著長大了。」傑民低下頭去在膝蓋上摸了一摸，笑道：「這還是那時候學著騎自行車，摔了一跤。」說到這裏，他忽然若有所思起來。曼楨問他銀行裏忙不忙，他只是漫應著，然後忽然握著拳頭在腿上搥了一下，笑道：「我說我有一樁什麼事要告訴你的！看見你就忘了。——那天我碰見一個人，你猜是誰？碰見沈世鈞。」也是因為說起那時候學騎自行車，還是世鈞教他騎的，說起來就想起來了。他見曼楨怔怔的，彷彿沒聽懂他的話，便又重了一句道：「沈世鈞。他到我們行裏來開了個戶頭，來過好兩次了。」曼楨微笑道：「你倒還認識他。」傑民道：「要不然我也不會認得了，我也是看見他的名字，才想起來的。我也沒跟他招呼。他當然是不認得我了——他看見我那時候我才多大？」說著，便指了指榮寶，笑道：「才跟他一樣大！」曼楨也笑了。她很想問他，世鈞現在是什麼樣子，一句話在口邊，還沒有說出來，傑民卻欠了欠身，從褲袋裏把顧太太那封信摸出來，遞給她看。又談起他們行裏的事情，說下個月也許要把他調到鎮江去了。幾個岔一打，曼楨就不好再提起那樁事了。其實也沒有什麼不好意思的，問一聲有什麼要緊，是她多年前的戀人，現在她已經是三十多歲的人，孩子都這麼大了，尤其在她弟弟的眼光中，已經是很老了吧？但是正因為是這樣，她更是不好意思在他前面做出那種一往情深的樣子。

她看了她母親的信，也沒什麼可說的，彼此說了兩句互相寬慰的話，不過大家心裏都有這樣一個感想，萬一母親要是遭到了不幸，大家不免要責備自己，當時沒有堅持著叫她到上海來。傑民當然是沒有辦法，他自己也沒有地方住，他是住在銀行宿舍裏。偉民那裏也擠得很，一共一間統廂房，還有一個丈母娘和他們住在一起，他丈母娘就這一個女兒，結婚的時候說好了的，要跟他們一同住，靠老終身。曼楨和他不同，她並不是沒有力量接她母親來。自從淪陷後，只有商人賺錢容易，所以鴻才這兩年的境況倒又好轉了，新頂下一幢兩上兩下的房子，顧太太要是來住也很方便，但是曼楨不願意她來。曼楨平常和她兩個弟弟也很少見面的，她和什麼人都不來往，恨不得把自己藏在一個黑洞裏。她自己總有一種不潔之感。

鴻才是對她非常失望。從前因為她總好像是可望而不可即的，想了她好兩年了，就連到手以後，也還覺得恍恍惚惚的，從來沒有覺得他是佔有了她。她一旦嫁了他，日子長了，當然也就沒有什麼稀罕了，甚至於覺得他是上了當，就像一碗素蝦仁，看著是蝦仁，其實是洋山芋做的，木木的一點滋味也沒有。他先還想著，至少她外場還不錯，有她這樣一個太太是很有面子的事，所以有一個時期他常常逼著她一同出去應酬，但是她現在簡直不行了，和他那些朋友的太太們比起來，一點也不見得出色。她完全無意於修飾，臉色黃黃的，老是帶著幾分病容，裝束也不入時，見了人總是默默無言，有時候人家說話她也聽不見，她眼睛裏常常有一種呆笨的神情。怎麼她到了他手裏就變了個人了，鴻才真覺得憤恨。所以他總是跟她吵鬧。無論吵得多厲害，曼楨也從來沒有跟他翻舊賬，說她嫁給他本來不是自願。她也是因為怕想起從前的事情，想起來只有更傷心。她不提，他當然也就忘了。本來，一結婚以後，結婚前的經過也就變成無足重輕的了，不管當初是誰追求誰，反正一結婚之後就是誰不講理誰佔上風。一天到晚總是鴻才向她尋釁，曼楨是不大和他爭執的，根本她覺得她是整個一個人都躺在泥塘裏了，還有什麼事是值得計較的。什麼都沒有多大關係。

六安淪陷了有十來天了，匯兌一直還不通，想必那邊情形還是很混亂。曼楨想給她母親寄一點錢去，要問問傑民匯兌通了沒有，這些話在電話上是不便說的，還是得自己去一趟，把錢交給他，能匯就給匯去。他們這是一個小小的分行，職員宿舍就在銀行的樓上，由後門出入。

那天曼楨特意等到他們下班以後才去，因為她上次聽見傑民說，世鈞到他們行裏去過，她很怕碰見他。其實當初是他對不起她，但是隔了這些年，她已經不想起那些了，她只覺得她現在過的這種日子是對不起她自己。也許她還是有一點恨他，因為她不願意得到他的憐憫。

這一向正是酷熱的秋老虎的天氣，這一天傍晚倒涼爽了些。曼楨因為不常出去，鴻才雖然有一輛自備三輪車，她從來也不坐他的。她乘電車到傑民那裏去，下了電車，在馬路上走著，淡墨色的天光，一陣陣的涼風吹上身來，別處一定有地方在那裏下雨了。這兩天她常常想起世鈞。想到他，就使她想起她自己年青的時候。那時候她天天晚上出去教書，世鈞送她去，也就是這樣在馬路上走著。那兩個人彷彿離她這樣近，只要伸出手去就可以碰到，有時候覺得那風吹著他們的衣角，就飄拂到她身上來。彷彿就在她旁邊，但是中間已經隔著一重山了。

傑民他們那銀行前門臨街，後門開在一個衖堂裏。曼楨記得是五百零九號，她一路認著門牌認了過來，近衖口有一爿店，高高挑出一個紅色的霓虹燈招牌，那衖口便靜靜的浴在紅光中。衖堂裏有個人走了出來，在那紅燈影裏，也看得不很清晰，曼楨卻吃了一驚。也許是那走路的姿勢有一點熟悉……但是她和世鈞總有上十年沒見面了，要不是正在那裏想到他，也決不會一下子就看出是他。——是他。她疾忙背過臉去，對著櫥窗。他大概並沒有看見她。當然，他要是不知道到這兒來有碰見她的可能，對一個路過的女人是不會怎樣注意的。曼楨卻也沒有想到，他這樣晚還會到那銀行裏去。總是因為來晚了，所以只好從後門進去，找他相熟的行員通融辦理。這是曼楨後來這樣想著，當時是心裏亂得什麼似的，就光知道她全世界最不要看見的人就是他了。她掉轉身來就順著馬路朝西走。他似乎也是朝西走，她聽見背後的腳步聲，想著大概是他。雖然她仍舊相信他並沒有看見她，心裏可就更加著慌起來。偏是一輛三輪車也沒有，附近有一家戲院散戲，三輪車全擁到那邊去了。也是因為散戲的緣故，街上汽車一輛接著一輛，想穿過馬路也沒法過去。後面那個人倒越走越快，竟奔跑起來了。曼楨一下子發糊塗了，見有一輛公共汽車轟隆轟隆開了過來，前面就是一個站頭，她就也向前跑去，想上那公共汽車。跑了沒有幾步，忽然看見世鈞由她身邊擦過，越過她前頭去了，原來他並不是追她，卻是追那公共汽車。

曼楨便站定了腳，這時候似乎危險已經過去了，她倒又忍不住要看看，到底是不是世鈞，因為太像做夢了，她總有點不能相信。這一段地方因為有兩家皮鞋店櫥窗裏燈光雪亮，照到街沿上，光線也很亮，可以看得十分清楚，世鈞穿的什麼衣服，臉上什麼樣子。雖然這都是一剎那間的事，大致總可以感覺到他是胖了還是瘦了，好像很發財還是不甚得意。但是曼楨不知道為什麼，一點印象也沒有，就只看見是世鈞，已經心裏震盪著，一陣陣的似喜似悲，一個身體就像浮在大海裏似的，也不知道是在什麼地方。

她只管呆呆的向那邊望著，其實那公共汽車已經開走了，世鈞卻還站在那裏，是因為車上太擠，上不去，所以只好再等下一部。下一部車子要來還是從東面來，他自然是轉過身來向東望著，正是向著曼楨。她忽然之間覺得了。要是馬上掉過身來往回走，未免顯得太突然，倒反而要引起注意。這麼一想，也來不及再加考量，就很倉皇的穿過馬路，向對街走去。這時候那汽車的一字長蛇陣倒是鬆動了些，但是忽然來了一輛卡車，嗤溜溜的頓時已經到了眼前，車頭上兩盞大燈白茫茫的照得人眼花，那車頭放大得無可再大，有一間房間大，像一間黑暗的房間向她直衝過來。以後的事情她都不大清楚了，只聽見「吱呦」一聲拖長的尖叫，倒是煞住了車，然後就聽見那開車的破口大罵。曼楨兩條腿顫抖得站都站不住，但是她很快的走到對街去，幸而走了沒有多少路就遇到一輛三輪車，坐上去，車子已經踏過了好幾條馬路，心裏還是砰砰的狂跳個不停。

也不知道是不是受過驚恐後的歇斯底里，她兩行眼淚像湧泉似的流著。真要是給汽車撞死了也好，她真想死。下起雨來了，很大的雨點打到身上，她也沒有叫車夫停下來拉上車篷。她回到家裏，走到樓上臥房裏，因為下雨，窗戶全關得緊騰騰的，一走進來覺得暖烘烘的。她電燈也不開，就往床上一躺。在那昏黑的房間裏，只有衣櫥上一面鏡子閃出一些微光。房間裏那些家具，有的是她和鴻才結婚的時候買的，也有後添的。在那鬱悶的空氣裏，這些家具都好像黑壓壓的擠得特別近，她覺得氣也透不過來。這是她自己掘的活埋的坑。她倒在床上，只管一抽一提的哭著。

忽然電燈一亮，是鴻才回來了。曼楨便一翻身朝裏睡著。鴻才今天回來得特別早，他難得回家吃晚飯的，曼楨也從來不去查問他。她也知道他現在又在外面玩得很厲害，今天是因為下雨，懶得出去了，所以回來得早些。他走到床前，坐下來脫鞋換上拖鞋，因順口問了一聲：「怎麼一個人躺在這兒？唔？」說著，便把手擱在她膝蓋上捏了一捏。他今天不知道為什麼，好像對她倒又頗有好感起來。遇到這種時候，她需要這樣大的力氣來壓伏自己的憎恨，剩下的力氣一點也沒有了。她躺在那裏不動，也不作聲。鴻才嫌這房間裏熱，換上拖鞋便下樓去了，客廳裏有個風扇可以用。

曼楨躺在床上，房間裏窗戶雖然關著，依舊可以聽見衖堂裏有一家人家的無線電，叮叮咚咚正彈著琵琶，一個中年男子在那裏唱著，略帶點婦人腔的呢喃的歌聲，卻聽得不甚分明。那琵琶的聲音本來就像雨聲，再在這陰雨的天氣，隔著雨遙遙聽著，更透出那一種淒涼的意味。

這一場雨一下，次日天氣就冷了起來。曼楨為了給她母親匯錢的事，本要打電話給傑民，叫他下班後到她這裏來一趟，但是忽然接到偉民一個電話，說顧太太已經到上海來了，現在在他那裏。曼楨一聽便趕到他家裏去，當下母女相見。顧太太這次出來，一路上吃了許多苦，乘獨輪車，推車的被拉夫拉去了，她徒步走了百十里路。今天天氣轉寒，在火車上又凍著了，直咳嗽，喉嚨都啞了，可是自從到了上海，就說話說得沒停，因為剛到的時候，偉民還沒有回來，她不免把她的經歷先向媳婦和親家母敘述了一遍，偉民回來了，又敘了一遍，等偉民打電話把傑民找了來，她又對傑民訴了一遍，現在對曼楨說，已是第四遍了。原來六安淪陷後又收復了——淪陷區的報紙自然是不提的。顧太太在六安，本來住在城外，那房子經過兩次兵燹，早已化為平地了。她寄住在城裏一個堂房小叔家裏。日本兵進城的時候，照例有一番奸淫擄掠，幸而她小叔家裏只有老兩口子，也沒有什麼積蓄，所以損失不大。六安一共只淪陷了十天，就又收復了。她乘著這時候平靖些，急於要到上海去，剛巧本城也有幾個人要走，找到一個熟悉路上情形的人做嚮導，便和他們結伴同行，到了上海。

她找到偉民家裏，偉民他們只住著一間房，另用板壁隔出一小間，作為他丈母陶太太下榻的地方。那陶太太見了顧太太，心中便有些慚恧，覺得她這是雀巢鳩佔了。她很熱心的招待親家母，比她的女兒還要熱心些，但是又得小心不能太殷勤了，變了反客為主，或者反而叫對方感到不快，因此倒弄得左右為難。顧太太只覺得她的態度很不自然，一會兒親熱，一會兒又淡淡的。偉民的妻子名叫琬珠，琬珠雖然表面上的態度也很好，顧太太總覺得她們只多著她一個人。後來偉民回來了，母子二人談了一會。他本來覺得母親剛來，不應當馬上哭窮，但是隨便談談，不由得就談到這上面去了。教師的待遇向來是苦的，尤其現在物價高漲，更加度日艱難。琬珠在旁邊插嘴說，她也在那裏想出去做事，賺幾個錢來貼補家用，偉民便道：「在現在的上海，找事情真難，倒是發財容易，所以有那麼些暴發戶。」陶太太在旁邊沒說什麼。陶太太的意思，女兒找事倒還在其次，就使找到事又怎樣，也救不了窮。倒是偉民，他應當打打主意了。既然他們有這樣一位闊姑奶奶，祝鴻才現在做生意這樣賺錢，也可以帶他一個，都是自己人，怎麼不提攜提攜他。陶太太心裏總是這樣想著，因此她每次看見曼楨，總有點酸溜溜的，不大愉快的樣子。這一天曼楨來了，大家坐著說了一會話。曼楨看這神氣，她母親和陶太太是絕合不來的，根本兩個老太太同住，各有各的一定不移的生活習慣，就很難弄得合適，這裏地方又實在是小，曼楨沒有辦法，只得說要接她母親到她那裏去住。偉民便道：「那也好，你那兒寬敞些，可以讓媽好好的休息休息。」顧太太便跟著曼楨一同回去了。

到了祝家，鴻才還沒有回來，顧太太便問曼楨：「姑爺現在做些什麼生意呀？做得還順手吧？」曼楨道：「他們現在做的那些事我真看不慣，不是囤米就是囤藥，全是些昧良心的事。」顧太太想不到她至今還是跟以前一樣，一提起鴻才就是一種憤激的口吻，當下只得陪笑道：「現在就是這個時世嘛，有什麼辦法！」曼楨不語。顧太太見她總是那樣無精打采的，而且臉上帶著一種蒼黃的顏色，便皺眉問道：「你身體好吧？咳，你都是從前做事，從早上忙到晚上，把身體累傷了！那時候年紀輕撐得住，年紀大一點就覺得了。」曼楨也不去和她辯駁。提起做事，那也是一個痛瘡，她本來和鴻才預先說好的，婚後還要繼續做事，那時候鴻才當然千依百順，但是她在外面做事他總覺得不放心，後來就鬧著要她辭職，為這件事也不知吵過多少回。最後她因為極度疲倦的緣故，終於把事情辭掉了。

顧太太道：「剛才在你弟弟家，你弟媳婦在那兒說，要想找個事，也好貼補家用。他們說是說錢不夠用，那些話全是說給我聽的——把個丈母娘接在家裏住著，難道不要花錢嗎？……想想養了兒子真是沒有意思。」說著，不由得嘆了口冷氣。

榮寶放學回來了，顧太太一看見他便拉著他問：「還認識不認識我呀？我是誰呀？」又向曼楨笑道：「你猜他長得像誰？越長越像了——活像他外公。」曼楨有點茫然的說：「像爸爸？」她記憶中的父親是一個蓄著八字鬍的瘦削的面容，但是母親回憶中的他大概是很兩樣的，還是他年青的時候的模樣，並且在一切可愛的面貌裏都很容易看見他的影子。曼楨不由得微笑起來。

曼楨叫女傭去買點心。顧太太道：「你不用張羅我，我什麼都不想吃，倒想躺一會兒。」曼楨道：「可是路上累著了？」顧太太道：「唔。這時候心裏挺難受的。」樓上床鋪已經預備好了，曼楨便陪她上樓去。顧太太躺下，曼楨便坐在床前陪她說話，因又談起她在危城中的經歷。她老沒提起豫瑾，曼楨卻一直在那兒惦記著他，因道：「我前些日子聽見說打到六安了，我真著急，想著媽就是一個人在那兒，後來想豫瑾也在那兒，也許可以有點照應。」顧太太嗐了一聲道：「別提豫瑾了，我到了六安，一共他才來了一趟。」說到這裏突然想起來，在枕上欠起半身，輕聲道：「噯，你可知道，他少奶奶死了，他給抓去了。」曼楨吃了一驚，道：「啊？怎麼好好的——？」顧太太偏要從頭說起，先把她和豫瑾嘔氣的經過敘述了一遍，把曼楨聽得急死了。她有條不紊地說下去，說他不來她也不去找他，又道：「剛才在你弟弟那兒，我就沒提這些，給陶家他們聽見了，好像連我們這邊的親戚都看不起我們。這倒不去說它了，等打仗了，風聲越來越緊，我一個人住在城外，他問也不來問一聲。好了，後來日本人進來了，把他逮了去，醫院的看護都給輪姦，說是他少奶奶也給糟蹋了，就這麼送了命。噯呀，我聽見這話真是——！人家眼睛裏沒我這個窮表舅母，我到底看他長大的！這姪甥媳婦是向不來往的，可怎麼死得這麼慘！豫瑾逮了去也不知怎麼了，我走那兩天，城裏都亂極了，就知道醫院的機器都給搬走了——還不就是看中他那點機器！」

曼楨呆了半晌，方才悄然道：「明天我到豫瑾的丈人家問問，也許他們會知道得清楚一點。」顧太太道：「他丈人家？我聽見他說，他丈人一家子都到內地去了。那一陣子不是因為上海打仗，好些人都走了。」

曼楨又是半天說不出話來。豫瑾是唯一的一個關心她的人，他也許已經不在人間了。她儘坐在那裏發呆，顧太太忽然湊上前來，伸手在她額上摸了摸，又在自己額上摸了摸，皺著眉也沒說什麼，又躺下了。曼楨道：「媽怎麼了？是不是有點發熱？」顧太太哼著應了一聲。曼楨道：「可要請個醫生來看看？」顧太太道：「不用了，不過是路上受了點感冒，吃一包午時茶也就好了。」曼楨找出午時茶來，叫女傭去煎，又叫榮寶到樓下去玩，不要吵了外婆。榮寶一個人在客廳裏摺紙飛機玩，還是傑民那天教他的，擲出去可以飛得很遠。他一擲擲出去，又飛奔著追過去，又是喘又是笑，蹲在地下拎起來再擲。恰巧鴻才進來了，榮寶叫了聲「爸爸，」站起來就往後面走。鴻才不由得心裏有氣，便道：「怎麼看見我就跑！不許走！」他真覺得痛心，想著這孩子自從他母親來了，就光認識他母親。榮寶縮在沙發背後，被鴻才一把拖了出來，喝道：「幹嗎看見我就嚇得像小鬼似的？你說！說！」榮寶哇的一聲哭了起來。鴻才叱道：「哭什麼？又沒打你！惹起我的氣來我真打你！」

曼楨在樓上聽見孩子哭，忙趕下樓來，見鴻才一回來就在那兒打孩子，便上前去拉，道：「你這是幹什麼？無緣無故的。」鴻才橫鼻子豎眼的嚷道：「是我的兒子我就能打！他到底是我的兒子不是？」曼楨一時急氣攻心，氣得打戰，但是也不屑和他說話，只把那孩子下死勁一拉，拉了過去，鴻才還趕著打了他幾下，恨恨的道：「也不知道誰教的他，見了我就像仇人似的！」一個女傭跑進來拉勸，把榮寶帶走了，榮寶還在那裏哭，那女傭便叫他道：「不要鬧，不要鬧，帶你到外婆那兒去！」鴻才聽了，倒是一怔，便道：「她說什麼？他外婆來了？」因向曼楨望了望，曼楨只是冷冷的，也不作聲，自上樓去了。那女傭便在外面接口道：「外老太太來了，在樓上呢。」鴻才聽見說有遠客來到，也就不便再發脾氣了，因整了整衣，把捲起的袖子放了下來，隨即邁步登樓。

他聽見顧太太咳嗽聲音，便走進後房，見顧太太一個人在那裏，他叫了聲「媽。」顧太太忙從床上坐了起來，寒暄之下，顧太太告訴他聽這次逃難的經過。她又問起鴻才的近況，鴻才便向她嘆苦經，說現在生活程度高，總是入不敷出。但是他一向有這脾氣，訴了一陣苦之後，又怕人家當他是真窮，連忙又擺闊，說他那天和幾個朋友在一個華字頭酒家吃飯，五個人，隨便吃吃，就吃掉了一筆驚人的鉅款。

曼楨一直沒有進來。女傭送了一碗午時茶進來。鴻才問知顧太太有點不大舒服，便道：「媽多休息幾天，等媽好了我請媽去看戲，現在上海倒比從前更熱鬧了。」女傭來請吃晚飯，今天把飯開在樓上，免得顧太太還要上樓下樓，也給她預備了稀飯，但是顧太太說一點也吃不下，所以依舊是他們自己家裏兩個人帶著孩子一同吃。榮寶已經由曼楨替他擦了把臉，眼皮還有些紅腫。飯桌上太寂靜了，咀嚼的聲音顯得異樣的響。三個人圍著一張方桌坐著，就像有一片烏雲沉沉地籠罩在頭上，好像頭頂上撐著一把傘似的。

鴻才突然說道：「這燒飯的簡直不行，燒的這菜像什麼東西！」曼楨也不語。半晌，鴻才又憤憤的道：「這菜簡直沒有一樣能吃的！」曼楨依舊不去睬他。有一碗鯽魚湯放在較遠的地方，榮寶揀不著，站起身來伸長了手臂去揀，卻被鴻才伸過筷子來把他的筷子攔腰打了一下，罵道：「你看你吃飯也沒個吃相！一點規矩也沒有！」啪的一聲，榮寶的筷子落到桌子上，他的眼淚也落到桌布上。曼楨知道鴻才是有心找碴子，他還不是想著他要傷她的心，只有從孩子身上著手。她依舊冷漠地吃她的飯，一句話也不說。榮寶對於這些也習慣了，他一面啜泣著一面拾起了筷子。又端起飯碗，爬了兩口飯，卻有一大塊魚，魚肚子上，沒有什麼刺的，送到他碗裏來，是曼楨揀給他的。他本來已經不哭了，不知道為什麼，眼淚倒又流下來了。

曼楨心裏想，照這樣下去，這孩子一定要得消化不良症的。差不多天天吃飯的時候都是這樣。簡直叫人受不了。但是鴻才似乎也受不了這種空氣的壓迫，要想快一點離開這張桌子。他一碗飯還剩小半碗，就想一口氣吃完它算了。他仰起了頭，舉起飯碗，幾乎把一隻飯碗覆在臉上，不耐煩地連連爬著飯，筷子像急雨似的敲得那碗一片聲響。他每次快要吃完飯的時候例必有這樣一著。他有好幾個習慣性的小動作，譬如他擤鼻涕總是用一隻手指揿住鼻翅，用另一隻鼻孔往地下一哼，短短的哼那麼一聲。其實這也沒有什麼，也不能說是什麼惡習慣。倒是曼楨現在養成了一種很不好的習慣，就是她每次看見他這種小動作，她臉上馬上起了一種憎惡的痙攣，她可以覺得自己眼睛下面的肌肉往上一牽，一皺。她沒有法子制止自己。

鴻才的筷子還在那裏噹噹噹敲著碗底，曼楨已經放下飯碗站起身來，走到後面房裏去。顧太太見她走進來，便假裝睡熟了。外面房間裏說的話，顧太太當然聽得很清楚，雖然一共也沒說幾句話，她聽到的只是那僵冷的沉默，但是也可以知道，他們兩個人嘔氣不是一朝一夕的事。照這樣一天到晚吵架，到他們家裏來做客的人實在是很難處置自己的。顧太太便想著，鴻才剛才雖然是對她很表示歡迎，可是親戚向來是「遠香近臭」，住長了恐怕又是一回事了。這樣看起來，還是住到兒子那兒去吧，雖然他們弄了個丈母娘在那裏，大家面和心不和的，非常討厭，但是無論如何，自己住在那邊是名正言順的，到底心裏還痛快些。

於是顧太太就決定了，等她病一好就回到偉民那裏去。偏偏她這病老不見好，一連躺了一個多禮拜。曼楨這裏是沒有一天不鬧口舌的，顧太太也不敢夾在裏面勸解，只好裝作不聞不問。要想在背後勸勸曼楨，但是她雖然是一肚子的媽媽經與馭夫術，在曼楨面前卻感覺到很難進言。她自己也知道，曼楨現在對她的感情也有限，剩下的只是一點責任心罷了。

顧太太的病算是好了，已經能夠起來走動，但是胃口一直不大好，身上老是啾啾唧唧的不大舒服，曼楨說應當找個醫生去驗驗。顧太太先不肯，說為這麼點事不值得去找醫生，後來聽曼楨說有個魏醫生，鴻才跟他很熟的，顧太太覺得熟識的醫生總比較可靠，看得也仔細些，那天下午就由曼楨陪著她一同去了。這魏醫生的診所設在一個大廈裏，門口停著好些三輪車，許多三輪車夫在那裏閒站著，曼楨一眼看見她自己家裏的車夫春元也站在那裏，他看見曼楨卻彷彿怔了一怔，沒有立刻和她打招呼。曼楨覺得有點奇怪，心裏想他或者是背地裏在外面載客賺外快，把一個不相干的人踏到這裏來了，所以他自己心虛。她當時也沒有理會，自和她母親走進門去，乘電梯上樓。

魏醫生這裏生意很好，候診室裏坐滿了人。曼楨掛了號之後，替她母親找了一個位子，在靠窗的一張椅子上坐下，她自己就在窗口站著。對面一張沙發上倒是只坐著兩個人，一個男子和一個小女孩，沙發上還有很多的空餘，但是按照一般的習慣，一個女子還是不會跑去坐在他們中間的。那小姑娘約有十一二歲模樣，長長的臉蛋，黃白皮色，似乎身體很孱弱，她坐在那裏十分無聊，把一個男子的呢帽抱在胸前緩緩的旋轉著，卻露出一種溫柔的神氣。想必總是她父親的帽子。坐在她旁邊看報的那個人總是她父親了。曼楨不由得向他們多看了兩眼，覺得這一個畫面很有一種家庭意味。

那看報的人被報紙遮著，只看見他的袍褲和鞋襪，彷彿都很眼熟。曼楨不覺呆了一呆。鴻才早上就是穿著這套衣裳出去的。——他到這兒來是看病還是找魏醫生有什麼事情？可能是帶這小孩來看病。難道是他自己的小孩？怪不得剛才在大門口碰見春元，春元看見她好像見了鬼似的。她和她母親走進來的時候，鴻才一定已經看見她們了，所以一直捧著張報紙不放手，不敢露面。曼楨倒也不想當場戳穿他。當著這許多人鬧上那麼一齣，算什麼呢，而且又有她母親在場，她很不願意叫她母親夾在裏面，更添上許多麻煩。

從這大廈的窗口望下去，可以望得很遠，曼楨便指點著說道：「媽，你來看，喏，那就是我們從前住的地方，就是那教堂的尖頂背後。看見吧？」顧太太站到她旁邊來，一同憑窗俯眺，曼楨口裏說著話，眼梢裏好像看見那看報的男子已經立起身來要往外走。她猛一回頭，那人急忙背過身去，反剪著手望著壁上掛的醫生證書。分明是鴻才的背影。

鴻才只管昂著頭望著那配了鏡框的醫生證書，那鏡框的玻璃暗沉沉的，倒是正映出了窗口兩個人的動態。曼楨又別過身去了，和顧太太一同伏在窗口，眺望著下面的街道。鴻才在鏡框裏看見了，連忙拔腿就走。誰知正在這時候，顧太太卻又掉過身來，把眼睛閉了一閉，笑道：「呦，看著這底下簡直頭暈！」她離開了窗口，依舊在她原來的座位上坐下，正好看見鴻才的背影匆匆的往外走，但是也並沒有加以注意。倒是那小女孩喊了起來道：「爸爸你到哪兒去？」她這一叫喚，候診室裏枯坐著的一班病人本就感覺到百無聊賴，這就不約而同地都向鴻才注視著。顧太太便咦了一聲，向曼楨說道：「那可是鴻才？」鴻才知道溜不掉了，只得掉過身來笑道：「咦，你們也在這兒！」顧太太因為聽見那小女孩喊他爸爸，覺得非常奇怪，一時就怔住了說不出話來。曼楨也不言語。鴻才也僵住了，隔了一會方才笑道：「這是我的乾女兒，是老何的女孩子。」又望著曼楨笑道：「哦，我告訴你沒呀？這是老何一定要跟我認乾親。」一房間人都眼睜睜向他們望著，那小女孩也在內。鴻才又道：「他們曉得我認識這魏醫生，一定要叫我帶她來看看，這孩子鬧肚子。——噯，你們怎麼來的？是不是陪媽來的？」他自己又點了點頭，鄭重地說：「噯，媽是應當找魏醫生看看，他看病非常細心。」他心裏有點發慌，話就特別多。顧太太只有氣無力地說了一聲：「曼楨一定要我來看看，其實我也好了。」

醫生的房門開了，走出一個病人，一個看護婦跟在後面走了出來，叫道：「祝先生。」輪到鴻才了。他笑道：「那我先進去了。」便拉著那孩子往裏走，那孩子對於看醫生卻有些害怕，她楞磕磕的捧著鴻才的帽子，一隻手被鴻才牽著，才走了沒有兩步，突然回過頭來向旁邊的一個女人大聲叫道：「姆媽，姆媽也來！」那女人坐在他們隔壁的一張沙發椅上，一直在那兒埋頭看畫報，被她這樣一叫，卻不能不放下畫報，站起身來。鴻才顯得很尷尬，當時也沒來得及解釋，就訕訕地和這女人和孩子一同進去了。

顧太太輕輕地在喉嚨管裏咳了一聲嗽，向曼楨看了一眼。那沙發現在空著了，曼楨便走過去坐了下來，並且向顧太太招手笑道：「媽坐到這邊來吧？」顧太太一語不發地跟了過去，和她並排坐下。曼楨順手拿起一張報紙來看。她也並不是故作鎮靜。發現鴻才外面另有女人，她並不覺得怎樣刺激——已經沒有什麼東西能夠刺激她的感情了，她對於他們整個的痛苦的關係只覺得徹骨的疲倦。她只是想著，他要是有這樣一個女兒在外面，或者還有兒子。他要是不止榮寶這一個兒子，那麼假使離婚的話，或者榮寶可以歸她撫養。離婚的意念，她是久已有了的。

顧太太手裏拿著那門診的銅牌，儘自盤弄著，不時的偷眼望望曼楨，又輕輕的咳了一聲嗽。曼楨心裏想著，今天等一會先把她母親送回去，有機會就到楊家去一趟。她這些年來因為不願意和人來往，把朋友都斷盡了，只有她從前教書的那個楊家，那兩個孩子倒是一直和她很好。兩個孩子一男一女，男的現在已經大學畢業了，在一個律師那裏做幫辦。她想託他介紹，和他們那律師談談。有熟人介紹總好些，不至於太敲竹槓。

通到醫生的房間那一扇小白門關得緊緊的，那幾個人進去了老不出來了。那魏醫生大概看在鴻才的交情份上，看得格外仔細，又和鴻才東拉西扯談天，儘讓外面的病人等著。半晌，方才開了門，裏面三個人魚貫而出。這次顧太太和曼楨看得十分真切，那女人年紀總有三十開外了，一張棗核臉，妖媚的小眼睛，嫣紅的胭脂直塗到鬢腳裏去，穿著件黑呢氅衣，腳上卻是一雙窄窄的黑綉花鞋，白緞滾口，鞋頭綉著一朵白蟹爪菊。鴻才跟在她後面出來，便搶先一步，上前介紹道：「這是何太太。這是我岳母。這是我太太。」那何太太並沒有走過來，只遠遠地朝這邊帶笑點了個頭，又和鴻才點點頭笑笑，便帶著孩子走了。鴻才自走過來在顧太太身邊坐下，有一搭沒一搭地逗著顧太太閒談，一直陪著她們，一同進去看了醫生出來，又一同回去。他自己心虛，其實今天這樁事情，他不怕別的，就怕曼楨當場發作，既然並沒有，那是最好了，以後就是鬧穿了，也不怕她怎樣。但是他對於曼楨，也說不上來是一種什麼心理，有時候儘量的侮辱她，有時候卻又微微的感覺到一種莫名其妙的恐懼。

他把自備三輪車讓給顧太太和曼楨坐，自己另僱了一輛車。顧太太坐三輪車總覺得害怕，所以春元踏得特別慢，漸漸落在後面。顧太太在路上就想和曼楨談論剛才那女人的事，只是礙著春元，怕給他聽見了不好。曼楨又叫春元彎到一個藥房裏，照醫生開的方子買了兩樣藥，然後回家。

鴻才已經到家了，坐在客廳裏看晚報。顧太太出去了這麼一趟，倒又累著了，想躺一會，便到樓上去和衣睡下，又把那丸藥拿出來吃，因見曼楨在門外走過，便叫道：「噯，你來，你給我看看這仿單上說些什麼。」曼楨走了進來，把那丸藥的仿單拿起來看，顧太太卻從枕上翹起頭來，見四面無人，便望著她笑道：「剛才那女人也不知是怎麼回事。」曼楨淡淡的笑了一笑，道：「是呀，看他們那鬼鬼祟祟的樣子，一定是他的外家。」顧太太嘆道：「我說呢，鴻才現在在家裏這麼找碴子，是外頭有人了吧？姑娘，不是我說，也怪你不好，你把一個心整個的放在孩子身上了，對鴻才也太不拿他當樁事了！他的脾氣你還不知道嗎？你也得稍微籠絡著他一點。」曼楨只是低著頭看仿單。顧太太見她老是不作聲，心裏想曼楨也奇怪，平常為一點小事也會和鴻才爭吵起來，真是碰見這種事情，倒是不能輕輕放過他的，她倒又好像很有容讓似的。這孩子怎麼這樣糊塗。照說我這做丈母的，只有從中排解，沒有反而在中間挑唆的道理，可是實在叫人看著著急。

曼楨還有在銀錢上面，也太沒有心眼了，一點也不想著積攢幾個私房。根本她對於鴻才的錢就嫌它來路不正，簡直不願過問。顧太太覺得這是非常不智的。她默然片刻，遂又開口說道：「我知道說了你又不愛聽，我這回在你這兒住了這些日子，我在旁邊看著，早就想勸勸你了。別的不說，趁著他現在手頭還寬裕，你應該自己攢幾個錢。看你們這樣一天到晚的吵，萬一真鬧僵了，家用錢他不拿出來，自己手裏有幾個錢總好些。我也不曉得你肚子裏打的什麼主意。」她說到這裏，不禁有一種寂寞之感，兒女們有什麼話是從來不肯告訴她的。

她又嘆了口氣，道：「唼！我看你們成天的吵吵鬧鬧的，真揪心！」曼楨把眼珠一轉，便微笑道：「是真的，我也知道媽嫌煩。過兩天等媽好了，還不如到偉民那兒去住幾天，還清靜點。」顧太太萬想不到她女兒會下逐客令，倒怔了一怔，便道：「那倒也好。」轉念一想，一定是曼楨下了決心要和鴻才大鬧，要他和那女人斷絕關係；這次一定有一場劇烈的爭吵，所以要她避一避開，免得她在旁邊礙事。顧太太忖量了一會，倒又有點不放心起來，便又叮囑道：「我可憋不住，還又要說啊，你要跟他鬧，也不要太決裂了，還得給他留點地步。你看剛才那孩子已經有那麼大了，那個人橫是也不止一年了，算起來還許在你跟他結婚之前呢。這樣長久了，叫她走恐怕難呢。」

曼楨略點了點頭。顧太太還待要說下去，忽然有個女子的聲音在樓梯口高叫了一聲「二姐，」顧太太一時矇住了，忙輕聲問曼楨：「誰？」曼楨一時也想不起來，原來是她弟媳婦琬珠，逕笑著走了進來。曼楨忙招呼她坐下，琬珠笑道：「偉民也來了。媽好了點沒有？」正說著，鴻才也陪著偉民上樓來了。鴻才今天對偉民夫婦也特別敷衍，說：「你們二位難得來的，把傑民找來，我們熱鬧熱鬧。」立逼著偉民去打電話，又吩咐僕人到館子裏去叫菜。又笑道：「媽不是愛打麻將嗎？今天正好打幾圈。」顧太太雖然沒心腸取樂，但是看曼楨始終不動聲色，她本人這樣有涵養，顧太太當然也只好隨和些。女傭馬上把麻將桌佈置起來，偉民夫婦和鴻才就陪著顧太太打了起來。不久傑民也來了，曼楨和他坐在一邊說話，傑民便問：「榮寶呢？」把榮寶找了來，但是榮寶因鴻才在這裏，就像避貓鼠似的，站得遠遠的，傑民和他說話，他也不大搭碴。顧太太便回過頭來笑道：「今天怎麼了，不喜歡小舅舅啦？」一個眼不見，榮寶倒已經溜了。

傑民踱過去站在顧太太身後看牌。那牌桌上的強烈的燈光照著他們一個個的臉龐，從曼楨坐的地方望過去，卻有一種奇異的感覺，彷彿這燈光下坐著立著的一圈人已經離她很遠很遠了，連那笑語聲聽上去也覺得異常渺茫。

她心裏籌劃著的這件事情，她娘家這麼些人，就沒有一個可商量的。她母親是不用說了，絕對不能給她知道，知道了不但要驚慌萬分，而且要竭力阻撓了。至於偉民和傑民，他們雖然對鴻才一向沒有好感，當初她嫁他的時候，他們原是不贊成的，但是現在既然已經結了婚好幾年了，這時候再鬧離婚，他們一定還是不贊成的。本來像她這個情形，一個女人一過了三十歲，只要丈夫對她不是絕對虐待，或是完全不予贍養，即使他外面另外弄了個人，既然並不是明目張胆的，也就算是顧面子的了。要是為她打算的話，隨便去問什麼人也不會認為她有離婚的理由。曼楨可以想像偉民的丈母聽見這話，一定要說她發瘋了。她以後進行離婚，也說不定有一個時期需要住在偉民家裏，只好和她母親和陶太太那兩位老太太擠一擠了。她想到這裏，卻微笑起來。

鴻才一面打著牌，留神看看曼楨的臉色，覺得她今天倒好像很高興似的，至少臉上活泛了一點，不像平常那樣死氣沉沉的。他心裏就想著，她剛才未必疑心到什麼，即使有些疑心，大概也預備含混過去，不打算揭穿了。他心裏一塊石頭落了地，便說起他今天晚上還有一個飯局，得要出去一趟。他逼著傑民坐下來替他打，自己就坐著三輪車出去了。曼楨心裏便忖了一忖，他要是真有人請吃飯，春元等一會一定要回來吃飯的。向例是這樣，主人在外面吃館子，車夫雖然拿到一份飯錢，往往還是踏著車子回到家裏來吃，把那份錢省下來。曼楨便和女傭說了一聲：「春元要是回來吃飯，你叫他來，我有話關照他。我要叫他去買點東西。」

館子裏叫的菜已經送來了，他們打完了這一圈，也就吃飯了，飯後又繼續打牌。曼楨獨自到樓上去，拿鑰匙把櫃門開了。她手邊也沒有多少錢，她拿出來正在數著，春元上樓來了，他站在房門口，曼楨叫他進來，便把一捲鈔票遞到他手裏，笑道：「這是剛才老太太給你的。」春元見是很厚的一疊，而且全是大票子，從來人家給錢，沒有給得這樣多的，倒看不出這外老太太貌不驚人，像個鄉下人似的，出手倒這樣大。他不由得滿面笑容，說了聲「呵喲，謝謝老太太！」他心裏也有點數，想著這錢一定是太太拿出來的，還不是因為今天在醫生那裏看見老爺和那女人在一起，形跡可疑，向來老爺們的行動，只有車夫最清楚的，所以要向他打聽。果然他猜得不錯，曼楨走到門外去看了一看，她也知道女傭都在樓下吃飯，但還是很謹慎的把門關了，接著就盤問他，她只作為她已經完全知道了，就只要打聽那女人住在哪裏。春元起初推不知道，說他也就是今天才看見那女人，想必她是到號子裏去找老爺的，他從號子裏把他們踏到醫生那裏去，後來就看見她一個人帶著孩子先出來，另外叫車子走了。曼楨聽他賴得乾乾淨淨，便笑道：「一定是老爺叫你不要講的。不要緊，你告訴我我不會叫你為難的。」又許了他一些好處。她平常對傭人總是很客氣的，但是真要是得罪了她，當然也有被解僱的危險。而且春元也知道，她向來說話算話，決不會讓老爺知道是他洩漏的秘密，當下他也就鬆了口，不但把那女人的住址據實說了出來，連她的來歷也都和盤托出。原來那女人是鴻才的一個朋友何劍如的下堂妾，鴻才介紹她的時候說是何太太，倒也是實話，那何劍如和她拆開的時候，挽出鴻才來替他講條件，鴻才因此就和她認識了，終至於同居。這是前年春天的事。春元又道：「這女人還有個拖油瓶女兒，就是今天去看病的那個。」這一點，曼楨卻覺得非常意外，原來那孩子並不是鴻才的。那小女孩抱著鴻才的帽子盤弄著，那一個姿態不知道為什麼，倒給她很深的印象。那孩子對鴻才顯得那樣的親切，那好像是一種父愛的反映。想必鴻才平日對她總是很疼愛的了。他在自己家裏也是很痛苦的吧，倒還是和別人的孩子在一起，也許他能夠嘗到一點家庭之樂。曼楨這樣想著的時候，唇邊浮上一個淡淡的苦笑。她覺得這是命運對於她的一種諷刺。

這些年來她固然是痛苦的，他也沒能夠得到幸福。要說是為了孩子吧，孩子也被帶累著受罪。當初她想著犧牲她自己，本來是帶著一種自殺的心情。要是真的自殺，死了倒也就完了，生命卻是比死更可怕的，生命可以無限制地發展下去，變得更壞，更壞，比當初想像中最不堪的境界還要不堪。

她一個人倚在桌子角上呆呆的想著，春元已經下樓去了。隱隱的可以聽見樓下清脆的洗牌聲。房間裏靜極了，只有那青白色的日光燈發出那微細的嗞嗞的聲響。

眼前最大的難題還是在孩子身上。儘管鴻才現在對榮寶那樣成天的打他罵他，也還是決不肯讓曼楨把他帶走的。不要說他就是這麼一個兒子，哪怕他再有三個四個，照他們那種人的心理，也還是想著不能夠讓自己的一點親骨血流落在外邊。固然鴻才現在是有把柄落在曼楨手裏，他和那個女人的事，要是給她抓到真憑實據，她可以控告他，法律上應當准許她離婚，並且孩子應當判給她的。但是他要是儘量拿出錢來運動，勝負正在未定之天。所以還是錢的問題。她手裏拿著剛才束鈔票的一條橡皮筋，不住的綳在手上彈著，一下子彈得太重了，打在手上非常痛。

現在這時候出去找事，時機可以說是不能再壞了，一切正當的營業都在停頓狀態中，各處只有裁人，決沒有添人的。而且她已經不是那麼年青了，她還有那種精神，能夠在沒有路中間打出一條路來嗎？

以後的生活問題總還比較容易解決，她這一點自信心還有。但是眼前這一筆費用到哪裏去設法——打官司是需要錢的。……真到沒有辦法的時候，她甚至於可以帶著孩子逃出淪陷區。或者應當事先就把榮寶藏匿起來，免得鴻才到那時候又使出憊賴的手段，把孩子劫了去不放。

她忽然想起蔡金芳來，把孩子寄存在他們那裏，照理是再妥當也沒有了。鴻才根本不知道她有這樣一個知己的朋友。她和金芳已經多年沒見面了，不知道他們還住在那兒嗎？自從她嫁給鴻才，她就沒有到他們家去過，因為她從前在金芳面前曾經那樣慷慨激昂過的，竟自出爾反爾，她實在沒有面目再去把她的婚事通知金芳。現在想起來，她真是恨自己做錯了事情。從前的事，那是鴻才不對，後來她不該嫁給他。……是她錯了。

16

天下的事情常常是叫人意想不到的。世鈞的嫂嫂從前那樣熱心地為世鈞和翠芝撮合，翠芝過門以後，妯娌間卻不大和睦。翠芝還是小孩脾氣，大少奶奶又愛多心，雖然是嫡親的表姐妹，也許正因為太近了，反而容易發生摩擦。一來也是因為世鈞的母親太偏心了，俗語說新箍馬桶三日香，新來的人自然得寵些，而且沈太太疼兒子的心盛，她當然偏袒著世鈞這一方面，雖然這些糾紛並不與世鈞相干。

家庭間漸漸意見很深了。翠芝就和世鈞說，還不如早點分了家吧，免得老是好像欺負了他們孤兒寡婦。分家這個話，醞釀了一個時期，終於實行了。把皮貨店也盤掉了。大少奶奶帶著小健自己住，世鈞卻在上海找到了一個事情，在一爿洋行的工程部裏任職。沈太太和翠芝便跟著世鈞一同到上海來了。

沈太太在上海究竟住不慣，而且少了一個大少奶奶，沒有一個共同的敵人，沈太太和翠芝也漸漸的不對起來。沈太太總嫌翠芝對世鈞不夠體貼的，甚至於覺得她處處欺負他，又恨世鈞太讓著她了。沈太太忍不住有的時候就要插身在他們夫婦之間，和翠芝嘔氣。沈太太這樣大年紀的人，卻還是像一般婦人的行徑，動不動就會賭氣回娘家，到她兄弟那裏一住住上好兩天，總要世鈞去親自接她回來。她一直想回南京去，又怕被大少奶奶訕笑，笑她那樣幫著二房裏，結果人家自己去組織小家庭去了，她還是被人家擠走了。

沈太太最後還是回南京去的，帶著兩個老僕賃了一所房子住著。世鈞常常回去看她。後來翠芝有了小孩，也帶著小孩一同回去過一次，是個男孩子，沈太太十分歡喜。她算是同翠芝言歸於好了。此後不久就回去了。

有些女人生過第一個孩子以後，倒反而出落得更漂亮了，翠芝便是這樣，豐滿中更見苗條。她前後一共生了一男一女兩個孩子，這些年來歷經世變，但是她的心境一直非常平靜。在一個少奶奶的生活裏，比在水果裏吃出一條肉蟲來更驚險的事情是沒有的了。

這已經是戰後，叔惠回國，世鈞去接飛機，翠芝也一同去了。看看叔惠家裏人還沒來，飛機場裏面向來冷冷清清，倒像戰時缺貨的百貨公司，空櫃台，光溜溜的塑膠地板。一時擴音機嗡隆嗡隆報告起來，明明看見那年青貌美的女職員手執話機，那聲音絕對與她連不到一起，不知道是從哪一個角落裏發出來的，帶著一絲恐怖的意味。兩人在當地徘徊著，世鈞因道：「叔惠在那兒這些年，想必總已經結婚了。」翠芝先沒說什麼，隔了一會方道：「要是結婚了，他信上怎麼不提呢？」世鈞笑道：「他向來喜歡鬧著玩，也許他要想給我們驚奇一下。」翠芝卻別過頭去，沒好氣的說道：「瞎猜些什麼呢，一會兒他來了不就知道了！」世鈞今天是太高興了，她那不耐煩的神氣他竟完全沒有注意到，依舊笑嘻嘻的說道：「他要是還沒結婚，我們來給他做個媒。」翠芝一聽見這話，她真火了，但是也只能忍著氣冷笑道：「叔惠他那麼大歲數的人，他要是要結婚，自己不會去找，還要你替他操心？」

在一度沉默之後，翠芝再開口說話，聲氣便和緩了許多，她說道：「這明天要好好的請請叔惠。我們可以借袁家的廚子來，做一桌菜。」世鈞微笑道：「呵喲，那位大司務手筆多麼大，叔惠也不是外人，何必這麼排場？」翠芝道：「也是你的好朋友，這麼些年不見了，難不成這幾個錢都捨不得花。」世鈞道：「不是這麼說，與其在家裏大請客，不如陪他出去吃，人少些，說話也痛快些。」翠芝剛才勉強捺下的怒氣又湧了上來，她大聲道：「好了好了，我也不管了，隨你愛請不請，不要這樣面紅耳赤的好不好？」世鈞本來並沒有面紅耳赤，被她這一說，倒氣得臉都紅了，道：「你自己面紅耳赤的，還說我呢！」翠芝正待回嘴，世鈞遠遠看見許太太來了，翠芝見他向那邊打招呼，也猜著是叔惠的母親，兩人不約而同的便都收起怒容，滿面春風的齊齊迎了上去。裕舫在抗戰期間到重慶去了，還沒復員回來。許太太沒跟去，回家鄉去住著，這回趕著到上海來等著叔惠，暫住在她女兒家裏。世鈞本來要去接她一同上飛機場，她因為女婿一家子都要去，所以叫世鈞還是先去。當下一一介紹，她女兒已經是廿幾歲的少婦，不說都不認識了。站在那裏談了幾句，世鈞便笑道：「叔惠來信可提起，他結了婚沒有？」許太太輕聲笑道：「結了婚又離了吧？還是好兩年前的事了，他信上也沒多說。」大家不由得寂然了一會，他妹夫便道：「現在美國還不都是這樣。」世鈞便也隨口輕聲問了聲：「是美國人？」許太太悄悄的笑道：「中國人。」世鈞心裏想中國夫婦在外國離婚的倒少，不過這幾年消息隔絕，或者情形又不同些，也許是美國化的華僑小姐？他並沒有問出口，許太太倒彷彿已經料到他有此一問，帶笑補了一句道：「也是個留學生。」他們親家太太便道：「是紀航森的女兒。」世鈞不知道這紀航森是何許人也，但是聽這口氣，想必不是個名人也是個大闊人。當下又有片刻的寂靜。世鈞因笑道：「真想不到他一去十年。」許太太道：「可不是，誰想到趕上打仗，回不來。」他妹妹笑道：「好容易盼得他回來了，爸爸又還回不來，急死人了。」世鈞道：「老伯最近有信沒有？」許太太道：「還在等船呢，能趕上回來過年就算好的了。」

談談講講，時間過得快些，這班飛機倒已經準時到達。大家擠著出去等著，隔著一溜鐵絲網矮欄杆，看見叔惠在人叢裏提著小件行李，挽著雨衣走來。飛機場就是這樣，是時間空間的交界處，而又那麼平凡，平凡得使人失望，失望得要笑，一方面也是高興得笑起來。叔惠還是那麼漂亮，但是做母親的向來又是一副眼光，許太太便向女兒笑道：「叔惠瘦了。你看是不是瘦了？瘦多了。」

沒一會工夫，已經大家包圍著他，叔惠跟世鈞緊緊握著手，跟翠芝當然也這樣，對自己家裏人還是中國規矩，妹夫他根本沒見過。翠芝今天特別的沉默寡言，但是這也是很自然的事。她跟許太太是初會，又夾在人家骨肉重逢的場面裏。他妹妹問道：「吃了飯沒有？」叔惠道：「飛機上吃過了。」世鈞幫著拿行李，道：「先上我們那兒去。」許太太道：「現在上海找房子難，我想著還是等你來了再說，想給你定個旅館的，世鈞一定要你住在他們那兒。」他們親家太太道：「還是在我們那兒擠兩天吧，難得的，熱鬧熱鬧。」世鈞道：「你們是在白克路？離我們那兒不遠，他回去看伯母挺便當的。」翠芝也道：「還是住我們那兒吧。」再三說著，叔惠也就應諾了。

大家叫了兩部汽車，滿載而歸，先到白克路，他們親家太太本來要大家都進去坐，晚上在豐澤樓替他接風。世鈞與翠芝剛巧今天還有個應酬，就沒有下車，料想他們母子久別重逢，一定有許多話說，講定他今天在這裏住一夜，明天搬過來。翠芝向叔惠笑道：「那我們先回去了，你可一定要來。」

他們回到自己的住宅裏，他們那兒房子是不大，門前卻有一片草皮地，這是因為翠芝喜歡養狗，需要有點空地溜狗，同時小孩也可以在花園裏玩。兩個小孩，大的一個本來叫貝貝，後來有了妹妹，就叫他大貝，小的一個就叫二貝。他們現在都放學回來了，二貝在客廳裏吃麵包，吃了一地的粒屑，招了許多螞蟻來。她蹲在地下看，世鈞來了，她便叫道：「爸爸爸爸你來看螞蟻，排班呢！」世鈞蹲下來笑道：「螞蟻排班幹什麼？」二貝道：「螞蟻排班拿戶口米。」世鈞笑道：「哦？拿戶口米啊？」翠芝走過來，便說二貝：「你看，吃麵包不在桌子上吃，蹲在地下多髒！」二貝帶笑嚷道：「媽來看軋米呵！」翠芝便向世鈞道：「你就是這樣，不管管她，還領著她胡鬧！」世鈞笑道：「我覺得她說的話挺有意思的。」翠芝道：「你反正淨捧她，淨叫我做惡人，所以兩個小孩都喜歡你不喜歡我呢！你看這地上搞得這樣，螞蟻來慣了又要來的，明天人家來了看著像什麼樣子？我這兒拾掇都來不及。」

她本來騰出地方來，預備留叔惠在書房裏住，傭人還在打蠟。家裏亂鬨鬨的，一隻狗便興興頭頭，跟在人背後竄出竄進，剛打了蠟的地板，好幾次絆得人差一點跌跤。翠芝便想起來對世鈞說：「這狗看見生人，說不定要咬人的，記著明天把牠拴在亭子間裏。」翠芝向來不肯承認她這隻狗會咬人的，去年世鈞的姪兒小健到上海來考大學，到他們家裏來住著，被狗咬了，翠芝還怪小健自己不好，說他胆子太小，他要是不跑，狗決不會咬他的。這次她破例要把狗拴起來，闔家大小都覺得稀罕。

二貝與狗跟著世鈞一同上樓，走過亭子間，世鈞見他書房裏的一些書籍什物都搬到這裏來了，亂七八糟堆了一地，不覺噯呀了一聲，道：「怎麼把我這些書全堆在地下？」正說著，那狗已經去咬地下的書，把他歷年訂閱的工程雜誌咬得七零八落。世鈞忙嚷道：「嗨！不許亂咬！」二貝也嚷著：「不許亂咬！」她拿起一本書來打狗，沒有打中，書本滾得老遠。她又雙手搬起一本大書，還沒擲出去，被世鈞劈手奪了過來，道：「你看你這孩子！」二貝便哭了起來。她一半也是放刁，因為聽見她母親到樓上來了。孩子們一向知道翠芝有這脾氣，她平常儘管怪世鈞把小孩慣壞了，他要是真的管教起來，她就又要攔在頭裏，護著孩子。

這時候翠芝走進亭子間，看見二貝哇哇的直哭，跟世鈞搶奪一本書，便皺著眉向世鈞道：「你看，你這人怎麼跟孩子一樣見識，她拿本書玩，就給她玩好了，又引得她哭！」那二貝聽見這話，越發扯開喉嚨大哭起來。世鈞只顧忙著把雜誌往一疊箱子上搬。翠芝蹙額道：「給你們一鬧，我都忘了，我上來幹什麼的。哦，想起來了，你出去買一瓶好點的酒來吧，買瓶強尼華格的威士忌，要黑牌的。」世鈞道：「叔惠也不一定講究喝外國酒，我們不是還有兩瓶挺好的青梅酒嗎，也讓他換換口味。」翠芝道：「他不愛喝中國酒。」世鈞笑道：「哪有那麼回事。我認識他這麼些年了，還不知道？」他覺得很可笑，倒要她來告訴他叔惠愛吃什麼，不愛吃什麼。她一共才見過叔惠幾回？他又道：「咦，你不記得，我們結婚的時候，他喝了多少酒那不是中國酒麼？」他忽然提起他們結婚那天，她覺得很是意外。她不禁想到叔惠那天喝得那樣酩酊大醉，在喜筵上拉著她的手的情景。這時候想起來，於傷心之外又有點迴腸蕩氣。她總有這麼一個印象，覺得他那時候出國也是為了受了刺激，為了她的緣故。

當下她一句話也沒說，轉身便走。世鈞把書籍馬馬虎虎整理了一下，回到樓下，不見翠芝，便問女傭：「少奶奶呢？」女傭道：「出去了，去買酒去了。」世鈞不覺皺了皺眉，心裏想女人這種虛榮心真是沒有辦法。當然他也能夠了解她的用意，無非是因為叔惠是他最好的朋友，唯恐怠慢了人家，其實叔惠就跟自己人一樣，何必這樣。走到書房看看，地板打好了蠟，家具還是雜亂地堆在一隅。大掃除的工作做了一半，家裏攪得家翻宅亂，她自己倒又丟下來跑出去了。去了好些時候也沒回來，天已經黑了，他們八點鐘還有個飯局，也是翠芝應承下來的。世鈞忍不住屢次看鐘，見女傭送晚報進來，便道：「李媽你去把書房家具擺擺好。」李媽道：「我擺的怕不合適，還是等少奶奶回來再擺吧。」

翠芝終於大包小裹滿載而歸，由三輪車夫幫著拿進來，除了酒還買了一套酒杯，兩大把花，一條愛爾蘭麻布桌布，兩聽義大利咖啡，一隻新型煮咖啡的壺。世鈞道：「你再不回來，我當你忘了還要到袁家去。」翠芝道：「可不差點忘了。早曉得打個電話去回掉他們。」世鈞道：「不去頂好──又得欠他們一個人情。」翠芝道：「幾點了？應該早點打的。這時候來不及了。」又道：「忘了買兩聽好一點的香烟。就手去買了點火腿，跑到拋球場──只有那家的頂好了，叫傭人買又不行，非得自己去揀。」世鈞笑道：「我這兩天倒正在這兒想吃火腿。」翠芝卻怔了一怔，用不相信的口吻說道：「你愛吃火腿？怎麼從來沒聽見你說過？」世鈞笑道：「我怎麼沒說過？我每次說，你總是說，非得要跑到拋球場去，非得要自己去揀。結果從來也沒吃著過。」翠芝不作聲了，忙著找花瓶插花，分擱在客室飯廳書房裏。到書房裏一看，便叫道：「噯呀，怎麼這房間還是這樣亂七八糟的？你反正什麼都不管，怎麼不叫他們把東西擺好呢？李媽！陶媽！都是些死人，一家子簡直離掉我就不行！」捧著一瓶花沒處擱，又捧回客室，望了望牆上，又道：「早沒想著開箱子，把那兩幅古畫拿出來掛。」世鈞道：「你要去還不快點預備起來。」翠芝道：「你儘著催我，你怎麼坐這兒不動？」世鈞道：「我要不了五分鐘。」

翠芝方去打扮，先到浴室，回到臥房來換衣服，世鈞正在翻抽屜，道：「李媽呢？我的襯衫一件也找不到。」翠芝道：「我叫她去買香烟去了。你襯衫就不要換了，她洗倒洗出來了，還沒燙。」世鈞道：「怎麼一件也沒燙？」翠芝道：「也要她忙得過來呀！她這麼大年紀了。」世鈞道：「我就不懂，怎麼我們用的人總是些老弱殘兵，就沒有一個能做事情的。」翠芝道：「能做事情的不是沒有，袁太太上回說薦個人給我，說又能做又麻利，可是我們不請客打牌，沒有外快，人家不肯哪。阿司匹靈你擱哪兒去了？」世鈞道：「沒看見。」翠芝便到樓梯口叫道：「陶媽！陶媽！有瓶藥片給我拿來，上次大貝傷風吃的。」世鈞道：「這時候要阿司匹靈幹什麼？頭疼？」翠芝道：「養花的水裏擱一片，花不會謝。」世鈞道：「這時候還忙這個？」翠芝道：「等我們回來就太晚了。」

她梳頭梳了一半，陶媽把那瓶藥片找了來，她又趿著拖鞋跑下樓去，在每瓶花裏浸上一片。世鈞看錶道：「八點五分了。你還不快點？」翠芝道：「我馬上就好了，你叫陶媽去叫車子。」過了一會，世鈞在樓下喊道：「車子叫來了。你還沒好？」翠芝在樓上答道：「你不要老催，催得人心慌。櫃上的鑰匙在你那兒吧？」世鈞道：「不在我這兒。」翠芝道：「我記得你拿的嚜！一定在你哪個口袋裏。」世鈞只得在口袋裏姑且掏掏試試，裏裏外外幾個口袋都掏遍了，翠芝那邊倒又找到了，也沒作聲，自開櫥門取出兩件首飾來戴上。

她終於下樓來了，一面下樓一面喊道：「陶媽，要是有人打電話來，給他袁家的號碼，啊！你不知道問李媽。你看著點大貝二貝，等李媽回來了讓他們早點睡。」坐在三輪車上，她又高聲叫道：「陶媽，你別忘了餵狗，啊！」

兩人並排坐在三輪車上，剛把車毯蓋好了，翠芝又向世鈞道：「噯呀，你給我跑一趟，在櫃子裏第二個抽屜裏有個粉鏡子，你給我拿來。不是那隻大的——我要那個有麂皮套子的。」世鈞道：「鑰匙沒有。」翠芝一言不發，從皮包裏拿出來給他。他也沒說什麼，跳下車去穿過花園，上樓開櫃子把那隻粉鏡子找了來，連鑰匙一併交給她。翠芝接過來收在皮包裏，方道：「都是給你催的，催得人失魂落魄。」

他們到了袁家，客人早已都到齊了。男主人袁駟華，女主人屏妮袁，一齊迎上來和他們握手，那屏妮是他們這些熟人裏面的「第一夫人」，可說是才貌雙全，是個細高個子，細眉細眼粉白脂紅的一張鵝蛋臉，說話的喉嚨非常尖細。不知道為什麼，說起英文來更比平時還要高一個調門，完全像唱戲似的捏著假嗓子。她鶯聲嚦嚦向世鈞道：「好久不看見你啦。近來怎麼樣？忙吧？你愛打勃立奇嗎？」世鈞笑道：「打得不好。」屏妮笑道：「你一定是客氣。可是打勃立奇倒是真要用點腦子……」她吃吃笑了起來，又續上一句，有些人簡直就打不好。她一向認為世鈞有點低能。他跟她見了面從來沒有什麼話說。要說他這個人呢當然是個好人，不過就是庸庸碌碌，一點特點也沒有，也沒多大出息，非但不會賺錢，連翠芝陪嫁的那些錢都貼家用快貼光了，她很替翠芝不平。

後來說話中間，屏妮卻又笑著說：「翠芝福氣真好，世鈞脾氣又好，人又老實，也不出去玩。」她向那邊努了努嘴，笑道：「像我們那個駟華，花頭不知道有多少。也是在外頭應酬太多，所以誘惑也就多了。你不要說，不常出去是好些！」她那語氣裏面，對世鈞這一類的規行矩步的丈夫倒有一種鄙薄之意。她自己的丈夫喜歡在外面拈花惹草，那是盡人皆知的。屏妮覺得她就是這一點比不上翠芝。但是她是個最要強的人，就使只有這一點不如人，也不肯服輸的。

今天客人並不多，剛剛一桌。屏妮有個小孩也跟他們一桌吃，還有小孩的保姆。小孩一定要有一個保姆，保姆之外或者還要個看護，給主人主母打針，這已經成為富貴人家的一種風氣，好像非這樣就不夠格似的。袁家這保姆就是個看護兼職，上上下下都稱她楊小姐，但是恐怕年紀不輕了，長得又難看，不知道被屏妮從哪裏覓來的。要不是這樣的人，在他們家也做不長，男主人這樣色迷迷的。

世鈞坐在一位李太太旁邊，吃螃蟹，李太太鄭重其事地介紹道：「這是陽澄湖的，他們前天特為叫人帶來的。」世鈞笑道：「這還是前天的？」李太太忙道：「呃！活的！湖水養著的！一桶桶的水草裝著運來的。」世鈞笑道：「可了不得，真費事。」這位李太他見過幾面，實在跟她無話可說，只記得有人說她的丈夫是蘭心香皂的老闆，這肥皂到處做廣告，因道：「我都不知道，蘭心香皂是你們李先生的？」李太太格格的笑了起來道：「他反正什麼都搞。」隨即掉過臉去和別人說話。

飯後打橋牌，世鈞被拖入局，翠芝不會打。但也過了午夜方散。兩人坐三輪車回去，翠芝道：「剛才吃飯的時候李太太跟你說什麼？」世鈞茫然道：「李太太？沒說什麼。說螃蟹。」

翠芝道：「不是，你說什麼，她笑得那樣？」世鈞笑道：「哦，說肥皂。蘭心香皂。有人說老李是老闆。」翠芝道：「怪不得，我看她神氣不對。蘭心香皂新近出了種皂精，老李捧的一個舞女綽號叫小妖精，現在都叫她皂精。」世鈞笑道：「誰知道他們這些事？」翠芝道：「你也是怎麼想起來的，好好的說人家做肥皂！」世鈞道：「你幹嗎老是聽我跟人說話？下回你不用聽。」翠芝道：「我是不放心，怕你說話得罪人。」世鈞不禁想道：「從前曼楨還說我會說話，當然她的見解未見得靠得住，那是那時候跟我好。但是活到現在，又何至於叫人担心起來，怕我說錯話？」好些年沒想起曼楨了，這大概是因為叔惠回來了，聯想到從前的事。

翠芝又道：「屏妮皮膚真好。」世鈞道：「我是看不出她有什麼好看。」翠芝道：「我曉得你不喜歡她。反正是女人你都不喜歡。」

他對她的那些女朋友差不多個個都討厭的，他似乎對任何女人都不感興趣，不能說他的愛情不專一。但是翠芝總覺得他對她也不過如此，所以她的結論是他這人天生的一種溫吞水脾氣。世鈞自己也是這樣想。但是他現在卻又想，也許他比他意想中較為熱情一些，要不然那時候怎麼跟曼楨那麼好？那樣的戀愛大概一個人一輩子只能有一回吧？也許一輩子有一回也夠了。

翠芝叫了聲「世鈞」。她已經叫過一聲了，他沒有聽見。她倒有點害怕起來了，笑道：「咦，你怎麼啦？你在那兒想些什麼？」世鈞道：「我啊……我在那兒想我這一輩子。」翠芝又好氣又好笑，道：「什麼話？你今天怎麼回事——生氣啦？」世鈞道：「哪兒？誰生什麼氣。」翠芝道：「你要不是生氣才怪呢。你不要賴了。你這人還有哪一點我不知道得清清楚楚的。」世鈞想道：「是嗎？」

到家了。世鈞在那兒付車錢，翠芝便去揿鈴。李媽睡眼朦朦來開門，呵欠連連，自去睡覺。翠芝將要上樓，忽向世鈞說道：「嗳，你可聞見，好像有煤氣味道。」世鈞向空中嗅了嗅，道：「沒有。」他們家是用煤球爐子的，但同時也裝著一個煤氣灶。翠芝道：「我老不放心李媽，她到今天還是不會用煤氣灶。我就怕她沒關緊。」

兩人一同上樓，世鈞仍舊一直默默無言。翠芝覺得他今天非常奇怪，她有點不安起來。在樓梯上走著，她忽然把頭靠在他身上，柔聲道：「世鈞。」世鈞也就機械地擁抱著她，忽道：「嗳，我現在聞見了。」翠芝道：「聞見什麼？」世鈞道：「是有煤氣味兒。」翠芝覺得非常無味，略頓了頓，便淡淡的道：「那你去看看吧，就手把狗帶去放放，李媽一定忘了，你聽牠直在那兒叫。」

世鈞到廚房裏去看了一看，見煤氣灶上的機鈕全都擰得緊緊的，想著也許是管子有點漏，明天得打個電話給煤氣公司。他把前門開了，便牽著狗出去，把那門虛掩著，走到那黑沉沉的小園中。草地上蟲聲唧唧，露水很重。涼風一陣陣吹到臉上來，本來有三分酒意的，酒也醒了。

樓上他們自己的房間裏已經點上了燈。在那明亮的樓窗裏，可以看見翠芝的影子走來走去。翠芝有時候跟他生起氣來總是說：「我真不知道我們怎麼想起來會結婚的！」他也不知道。他只記得那時候他正是因為曼楨的事情非常痛苦，那就是他父親去世那一年。也是因為自己想法子排遣，那年夏天他差不多天天到愛咪家裏去打網球。有一個丁小姐常在一起打網球，現在回想起來，當時和那丁小姐或者也有結婚的可能。此外還有親戚家的幾個女孩子，有一個時期也常常見面，大概也可能和她們之間任何一位結了婚的。事實是只差一點就沒跟翠芝結婚，現在想起來覺得很可笑。

小時候第一次見面，是他哥哥結婚，她拉紗，他捧戒指。當時覺得這拉紗的小女孩可惡極了，她看不起他，因為她家裏人看不起他家。現在常常聽見翠芝說：「我們第一次見面倒很羅曼蒂克。」她常常這樣告訴人。

世鈞把狗牽進去，把大門關上，把狗仍舊拴在廚房裏。因見二貝剛才跟他搶的那本書被她拖到樓下來，便撿起來送回亭子間。看見亭子間裏亂堆著的那些書，他不由得就又要去整理整理它，隨手拿起一本，把上面的灰撣了撣，那是一本《新文學大系》，這本書一直也不知道塞在什麼角落裏，今天要不是因為騰房間給叔惠住，也決不會把它翻出來的。他信手翻了翻，忽然看見書頁裏夾著一張信箋，雙摺著，紙張已經泛黃了，是曼楨從前寫給他的一封信。曼楨的信和照片，他早已全都銷毀了，因為留在那裏徒增悵惘，就剩這一封信，當時不知道為什麼，竟沒有捨得把它消滅掉。他不知不覺一歪身坐了下來，拿著這封信看著。大約是他因為父親生病，回南京去的時候，她寫給他的。信上說：

「世鈞：

現在是夜裏，家裏的人都睡了，靜極了，只聽見弟弟他們買來的蟋蟀的鳴聲。這兩天天氣已經冷起來了，你這次走得這樣匆忙，冬天的衣服一定沒有帶去吧？我想你對這些事情向來馬馬虎虎，冷了也不會想到加衣裳的。我也不知怎麼老是惦記著這些，自己也嫌囉唆。隨便看見什麼，或是聽見別人說一句什麼話，完全不相干的，我腦子裏會馬上轉幾個彎，立刻就想到你。

昨天到叔惠家裏去了一趟，我也知道他不會在家的，我就是想去看看他父親母親，因為你一直跟他們住在一起的，我很希望他們會講起你。叔惠的母親說了好些關於你的事，都是我不知道的。她說你從前比現在還要瘦，又說起你在學校裏的一些瑣事。我聽她說著這些話，我真覺得安慰，因為你走了有些時了我就有點恐懼起來了，無緣無故的。世鈞，我要你知道，這世界上有一個人是永遠等著你的，不管是什麼時候，不管在什麼地方，反正你知道，總有這麼個人。」

世鈞看到最後幾句，就好像她正對著他說話似的。隔著悠悠歲月，還可以聽見她的聲音。他想著：「難道她還在那裏等著我嗎？」

下面還有一段：「以上是昨天晚上寫的，寫上這麼些無意識——」到這裏忽然戛然而止，下面空著小半張信紙，沒有署名也沒有月日。他想起來了，這就是他那次從南京回來，到她的辦公室去找她，她正在那裏寫信給他，所以只寫了一半就沒寫下去。他忽然覺得從前的事一樁一件件如在目前，和曼楨自從認識以來的經過，全都想起來了。第一次遇見她，那還是哪一年的事？算起來倒已經有十四年了！——可不是十四年了！

17

翠芝道：「世鈞！」世鈞抬起頭來，見翠芝披著晨衣站在房門口，用駭異的眼光望著他，又道：「你在這兒幹什麼？這時候還不去睡？」世鈞道：「我就來了。」他都坐痲了，差點站不起來，因將那張信箋一夾夾在書裏，把書合上，依舊放還原處。翠芝道：「你曉得現在什麼時候了？都快三點了！」世鈞道：「反正明天禮拜天，不用起早。」翠芝道：「明天不是說要陪叔惠出去玩一整天麼，也不能起得太晚呀。我把鬧鐘開了十點鐘。」世鈞不語。翠芝本來就有點心虛，心裏想難道給他看出來了，覺得她對叔惠熱心得太過分了，所以他今天的態度這樣奇怪。

他不等鬧鐘鬧醒，天一亮就起來了兩遍，大概是螃蟹吃壞了，鬧肚子。叔惠來吃午飯，他也只下來陪著，喝了兩口湯。多年不見的老朋友，一旦相見，因為是極熟而又極生的人，說話好像深了不是，淺了又不是，彼此都還在暗中摸索，是一種異樣的心情，然而也不減於它的愉快。三個人坐在那裏說話，世鈞又想起曼楨來了。他們好像永遠是三個人在一起，他和叔惠另外還有一個女性。他心裏想叔惠不知道可有同感。

飯後翠芝去煮咖啡，因為傭人沒用過這種蒸餾壺。叔惠正在說美國的情形，在戰時因為需要用人，機會倒比較多，待遇也比較好。世鈞道：「你這下子真是熬出資格來了。懊悔那時候沒跟你走。是你說的，在這兒混不出什麼來。」叔惠道：「在哪兒還不都是混，只要心裏還痛快就是了。」世鈞道：「要說我們這種生活，實在是無聊，不過總結一下，又彷彿還值得。別的不說，光看這兩個孩子，人生不就是這麼回事嗎？」叔惠不由得看了他一眼，欲言又止。翠芝隨即捧著咖啡進來了，打斷了話鋒。

叔惠飯後又出去看朋友，去找一個老同事，天南地北談起從前的熟人，那老同事講起曼楨曾經回到他們廠裏找過事，留下一個地址，這是去年的事，彷彿她結過婚又離了婚。叔惠便把地址抄了下來。那同事剛巧那天有事，約了改天見面，叔惠從那裏出來，一時興起，就去找曼楨。她住的那地方鬧中取靜，簡直不像上海，一條石子鋪的小巷走進去，一帶石庫門房子，巷底卻有一扇木柵門，門內有很大的一個天井。傍晚時分，天井裏正有一個女傭在那裏刷馬桶，沙啦沙啦刷著。就在那陰溝旁邊，高高下下放著幾盆花，也有夾竹桃，也有常青的盆栽。

這裏的住戶總不止一家，又有個主婦模樣的胖胖的女人在院子裏洗衣裳，靠牆搭了一張板桌，在那板桌上打肥皂。叔惠笑道：「對不起，有個顧小姐可住在這兒？」那婦人抬起頭來打量了他一下，便向那女傭道：「顧小姐還沒回來吧？我看見她房門還鎖著。」叔惠躊躇了一會，便在記事簿上撕下一張紙來，寫了自己的姓名與他妹夫家的電話號碼，遞給那婦人，笑道：「等她回來了請你交給她，」便匆匆走了。

隔了半個多鐘頭，果然就有人打電話到他妹夫家裏，他們親家太太接的電話，一殷勤，便道：「他住到朋友家去了，他們的電話是七二〇七五，你打到那邊去吧。」那邊是翠芝接的電話，回道：「許先生出去了，你貴姓？……噢，你的電話是三—五—一—七—四。……噢，別客氣。」

世鈞那天一直不大舒服，在樓上躺著。翠芝掛上電話上樓來，便道：「有個姓顧的女人打電話找叔惠，不知道是誰？會不會是你們從前那個女同事，到南京來過的？」世鈞呆了一呆道：「不知道。」心裏想昨天剛想起曼楨，今天就有電話來，倒像是冥冥中消息相通。翠芝道：「她還沒結婚？」世鈞道：「結了婚了吧？」翠芝道：「那還姓顧？」世鈞道：「結了婚的女人用本來的姓的也多得很，而且跟老同事這麼說也比較清楚。」翠芝道：「那時候你媽說是叔惠的女朋友，一鵬又說是你的朋友——你們的事！」說著笑了。世鈞沒作聲。翠芝默然了一會，又道：「叔惠沒跟你說他離婚的事？」世鈞笑道：「哪兒有機會說這些個？根本沒跟他單獨談幾分鐘。」翠芝道：「好好，嫌我討厭，待會兒他來了我讓開，讓你們說話。」

隔了一會，叔惠回來了，上樓來看他，翠芝果然不在跟前。世鈞道：「翠芝告訴你沒有，剛才有個姓顧的打電話給你。」叔惠笑道：「一定是曼楨，我剛才去找她，沒碰著。」世鈞道：「我都不知道她在上海。」叔惠笑道：「你這些年都沒看見她？」世鈞道：「沒有。」叔惠道：「聽說她結了婚又離婚了，倒跟我一樣。」這本來是最好的機會，可以問他離婚的事，但是世鈞正是百感交集，根本沒有想到叔惠身上。她跟豫瑾離婚了？怎麼會——？為什麼？反正絕對不會是為了他。就是為了他又怎麼著？他現在還能怎麼樣？

叔惠見他提起曼楨就有點感觸似的，便岔開來說別的。翠芝又進來問世鈞：「你好了點沒有？」世鈞道：「我今天不行了，還是你陪叔惠出去吃飯。」叔惠道：「就在家裏吃不是一樣？」世鈞道：「不行，你這些年沒看見上海了，得出去看看。」翠芝便道：「那也好，晚上本來沒預備菜，打算出去吃的。」叔惠道：「沒菜沒關係，今天我們別出去了，我也跑了一下午，還是在家裏休息休息吧。」但是拗不過他們倆，翠芝還待商議吃哪家館子，要不要訂座位，世鈞催她快換衣裳，叔惠只得到樓下去等著。

翠芝坐在鏡子前面梳頭髮，世鈞躺在床上看著她。她這一頭頭髮，有時候梳上去，有時候又放下來，有時候朝裏捲，有時候又往外捲，這些年來不知道變過多少樣子。今天她把頭髮光溜溜地掠到後面去，高高地盤成一個大髻，倒越發襯托出那豐秀的面龐。世鈞平常跟她一塊出去，就最怕她出發之前的梳妝打扮，簡直急死人了，今天他因為用不著陪她出去，所以倒有這閒情逸致，可以冷眼旁觀，心裏想翠芝倒是真不顯老，尤其今天好像比哪一天都年青，連她的眼睛都特別亮，彷彿很興奮，像一個少女去赴什麼約會似的。她換上一件藏青花綢旗袍，上面印有大的綠牡丹。世鈞笑道：「你今天真漂亮。」翠芝聽見這話很感到意外，非常高興，笑道：「還漂亮？老都老了。」

兩個孩子看了電影回來，二貝站在梳妝台旁邊看她化妝。大貝說下次再也不帶二貝去了，說她又要看又要害怕，看到最緊張的地方又要人家帶她去撒溺。他平時在家裏話非常少，而且輕易不開笑臉的。世鈞想道：「一個人九歲的時候，不知道腦子裏究竟想些什麼？」雖然他自己也不是沒有經過那時期，但是就他的記憶所及，彷彿他那時候已經很懂事了，和眼前這個蠻頭蠻腦的孩子沒有絲毫相似之點。

翠芝走了，孩子們也下去吃飯去了。這時候才讓他一個人靜一會，再想到剛才說曼楨的話。一想起來，突然心頭咕咚一聲撞了一下——翠芝記下的電話號碼一定讓叔惠撕了去了。這一想，他本來披著晨衣靠在床上，再也坐不住了，馬上下樓去。電話旁邊擱著本小記事冊，一看最上面的一頁，赫然的歪歪斜斜寫著「顧　三五一七四」。叔惠一個人在樓下這半天，一定把號碼抄到他的住址簿上了，想必也已經打了電話去。就在今天晚上這一兩個鐘頭內，她的聲音倒在這熟悉的穿堂裏出現了兩次，在燈光下彷彿音容笑貌就在咫尺間。他為什麼不能也打一個去？老朋友了，這些年不見，本來應當的。她起初未必知道這是他家，等叔惠剛才打了去，總告訴她了，他不打去倒是他缺禮，彷彿怪她不應當打到他家裏來似的。過去的事已經過去了，不能一開口就像對質似的，而且根本不必提了。也不是年青人了，還不放洒脫點？隨便談兩句，好在跟曼楨總是不愁沒話可說的。難得今天一個人在家，免得翠芝又要旁聽。專門聽他跟別人說話，跟她自己說倒又不愛聽。但是正唯其這樣，因為覺得是個好機會，倒彷彿有點可恥。

正躊躇間，卻聽見李媽叫道：「咦，少爺下來了！在下邊開飯吧？我正要送上樓去。少奶奶叫把湯熱給你吃，還有兩樣吃粥的菜。」兩個孩子便嚷道：「我也吃粥！爸爸來吃飯！」世鈞把號碼抄了下來，便走進去跟他們一桌吃，聽他們夾七夾八講今天的電影給他聽。飯後他坐在樓下看晚報。這時候好些了，倒又懊悔剛才沒撐著跟叔惠一塊出去。大概因為沒有打電話給曼楨，所以特別覺得寂寞，很盼望他們早點回來。這回叔惠來了，始終沒有暢談過，今天可以談到夜深。孩子們都去睡了，看看鐘倒已經快十點了，想必他們總是吃了飯又到別處去坐坐。翠芝前兩天曾經提起哪家夜總會的表演聽說精采。

等來等去還不來，李媽倒報說大少奶奶來了。現在小健在上海進大學，大少奶奶不放心他一個人在上海，所以也搬了來住，但是她因為和翠芝不睦，跟世鈞這邊也很少往來。自從小健那回在這兒給狗咬了，大少奶奶更加生氣。

但是世鈞一聽見說他嫂嫂來了，猜想她的來意，或者還是為了小健。小健這孩子，聽說很不長進，在學校裏功課一塌糊塗，成天在外面遊蕩。當然這也要怪大少奶奶過於溺愛不明，造成他這種性格。前一向他還到世鈞這裏來借錢的，打扮得像個阿飛。借錢的事情他母親大概是不知道，現在也許被她發覺了，她今天晚上來，也許就是還錢來的。但是世鈞並沒有猜著。大少奶奶是因為今天有人請客，在一個館子裏吃飯，剛巧碰見了翠芝。請客是在樓上房間裏，翠芝和叔惠在樓下的火車座裏。大少奶奶就從他們面前走過，看見翠芝在那兒擦眼淚。大少奶奶是認識叔惠的，叔惠不認識她了，因為隔了這些年，她見老了，而且現在完全換了一副老太太的打扮。翠芝也沒看見她，大概全神都擱在叔惠身上，兩人可並沒有說話。大少奶奶就也沒跟他們招呼，逕自上樓赴宴。席散後再下樓來，他們已經不在那裏了。大少奶奶回去，越想越覺得不對，因此連夜趕到世鈞這裏來察看動靜。她覺得這事情關係重大，不能因為她是翠芝的娘家人便代為隱瞞，所以她自以為是抱著一種大義滅親的心理，而並不是幸災樂禍。一問翠芝還沒回來，更心裏有數，因笑道：「怎麼丟你一個人在家呀？」世鈞告訴她有點不舒服，瀉肚子，所以沒去。

叔嫂二人互相問候，又談起小健。世鈞聽她的口氣，彷彿對小健在外面荒唐的行徑並不知情，他覺得他應當告訴她，要不然，說起來他也有不是，怎麼背地裏借錢給小健。但是跟她說這話倒很不容易措辭，一個不好，就像是向她討債似的。而且大少奶奶向來護短，她口中的小健永遠是一個出類拔萃的好青年，別人說他不好，這話簡直說不出口。大少奶奶見世鈞幾次吞吞吐吐，又沒有說出個所以然來，就越發想著他是有什麼難以出口的隱情。她是翠芝娘家的表姐，他一定是要在她娘家人面前數說她的罪狀。大少奶奶便道：「你可是有什麼話要說？你儘管告訴我不要緊。」世鈞笑道：「不是，也沒什麼——」他還沒往下說，大少奶奶便接上去說道：「是為翠芝是吧？翠芝也是不好，太不顧你的面子了，跟一個男人在外頭吃飯，淌眼抹淚的——要不然我也不多這個嘴了，翠芝那樣子實在是不對，給我看見不要緊，給別人看見算什麼呢？」世鈞倒一時摸不著頭腦，半晌方道：「你是說今天哪？她今天是陪叔惠出去的。」大少奶奶淡淡的道：「是的，我認識，從前不是常到南京來，住在我們家的？他可不認識我了。」世鈞道：「他剛回國，昨天剛到。本來我們約好了一塊出去玩的，剛巧我今天不大舒服，所以只好翠芝陪著他去。」大少奶奶道：「出去玩不要緊哪，衝著人家淌眼淚，算那一齣？」世鈞道：「那一定是你看錯了，嫂嫂，不會有這事。叔惠是我最好的朋友，翠芝雖然脾氣倔一點，要說有什麼別的，那她也還不至於！」說著笑了。大少奶奶道：「那頂好了！只要你相信她就是了！」

世鈞見她頗有點氣憤憤的樣子，他本來還想告訴她關於小健在外面胡鬧的事。現在當然不便啟齒了。她才說了翠芝的壞話，他就說小健的壞話，倒成了一種反擊，她聽見了豈不更氣上加氣？所以他也就不提了，另外找出些話來和她閒談。大少奶奶始終怒氣未消，沒坐一會就走了。她走後，世鈞倒嘆了一番，心裏想像她這樣「唯恐天下不亂」的人，實在是心理不大正常。她也是因為青年守寡，說起來也是個舊禮教下的犧牲者。

過了十一點，翠芝一個人回來了。世鈞道：「叔惠呢？」翠芝道：「他回家去了，說他跟他們老太太說好的。」世鈞很是失望，問知他們是去看跳舞的，到好幾處去坐了坐。翠芝聽見說他一直在樓下等著他們，也覺得不過意，便道：「你還是去躺下吧。」世鈞道：「我好了，明天可以照常出去了。」翠芝道：「那你明天要起早，更該多休息休息了。」世鈞道：「我今天睡了一天了，老躺著也悶得慌。」她聽見說大少奶奶來過，問「有什麼事？」世鈞沒有告訴她，她們的嫌隙已經夠深的。說她哭是個笑話，但是她聽見了只會生氣。她非但沒有淚容，並沒有不愉快的神氣。

她催他上樓去躺著，而且特別體貼入微，因為他說悶得慌，就從亭子間拿了本書來給他看。她端著杯茶走進房來，便把那本書向他床上一拋。這一拋，書裏夾著的一張信箋便飄落在地下。世鈞一眼看見了，就連忙踏著拖鞋下床去拾，但是翠芝一周到，已經彎腰替他撿了起來，拿在手裏不經意地看了看。世鈞道：「你拿來給我——沒什麼可看的。」說著便伸手來奪。翠芝卻不肯撒手了，一面看著，臉上漸漸露出詫異的神氣，笑道：「呦！還是封情書哪！這是怎麼回事？是誰寫給你的？」世鈞道：「這還是好些年前的事。拿來給我！」

翠芝偏擎得高高的，一個字一個字念出來道：「『你這次走得這樣匆忙，冬天的衣服一定沒帶去吧？我想你對這些事情向來馬馬虎虎，冷了也不會想到加衣裳的。我也不知怎麼老是惦記著這些——』」她讀到這裏，不由得格格的笑了起來。世鈞道：「你還我。」她又捏著喉嚨，尖聲尖氣學著流行的話劇腔往下念：「『隨便看見什麼，或是聽見人家說一句什麼話，完全不相干的，我腦子裏會馬上轉幾個彎，立刻就想到你。』」她向世鈞笑道：「噯喲，看不出你倒還有這麼大的本事，叫人家這樣著迷，啊！」說著又往下念：「『昨天我到叔惠家裏去了一趟，我也知道他不會在家的，我就是想去看看他的父親母親，因為你一直跟他們住在一起的——』」她「哦」了一聲，向世鈞道：「我知道，就是你們那個顧小姐，穿著個破羊皮大衣到南京來的。還說是叔惠的女朋友，我就不相信。」

世鈞道：「為什麼？不夠漂亮？不夠時髦？」翠芝笑道：「呦！侮辱了你的心上人了？看你氣得這樣！」她又打著話劇腔嬌聲嬌氣念道：「『世鈞！我要你知道，這世界上有一個人是永遠等著你的，不管是什麼時候，不管在什麼地方，反正你知道，總有這麼個人。』——噯呀，她還在那兒等著你嗎？」

世鈞實在忍不住了，動手來跟她搶，粗聲道：「你給我！」翠芝偏不給他，兩人掙扎起來，世鈞差點沒打她。翠芝突然叫了聲噯喲，便掣回手去，氣烘烘地紅著臉道：「好，你拿去拿去！誰要看你這種肉麻的信！」一面說一面挺著胸脯子往外走。

世鈞把那縐成一團的信紙一把抓在手裏，團得更緊些，一塞塞在口袋裏。他到現在還氣得打戰。他把衣裳穿上，就走下樓來。翠芝在樓下，坐在沙發上用一種大白珠子編織皮包，見他往外走，便淡淡的道：「咦，你這時候還出去？上哪兒去？」聽那聲口是不預備再吵下去了，但是世鈞還是一言不發的走了出去。

出了大門，門前的街道黑沉沉的，穿過兩條馬路，電燈霓虹燈方才漸漸繁多起來。世鈞走進一爿藥房去打電話，他不知道曼楨的住址，只有一個電話號碼。打過去，是一個男人來聽電話，聽見說找顧小姐，便道：「你等一等。」一等等了半天。世鈞猜想著一定是曼楨家裏沒有電話，借用隔壁的電話，這地方鬧哄哄的，或者也是一爿店家，又聽見小孩的哭聲。他忽然想起自己家裏那兩個小孩，剛才那種不顧一切的決心就又起了動搖。明知道不會有什麼結果的，那又何必呢？這時候平白的又把她牽涉到他的家庭糾紛裏去，豈不是更對不起她？電話裏面可以聽見那邊的汽車喇叭聲，朦朧的遠遠的兩聲「波波」，聽上去有一種如夢之感。

他懊悔打這個電話，想要掛斷了，但是忽然有一個女人的聲音在那邊說起話來。所說的卻是「喂，去喊去了，你等一等啊！」他想叫他們不要喊去，當然也來不及了。他悄然把電話掛上了，只好叫曼楨白跑一趟吧。

他從藥房裏出來，在街上走著。將近午夜，人行道上沒什麼人。他大概因為今天躺了一天，人有點虛飄飄的，走多了路就覺得疲倦，但是一時也不想回家。剛才不該讓曼楨白走那一趟路，現在他來賠還她吧。新秋的風吹到臉上，特別感到那股子涼意，久違了的，像盲人的手指在他臉上摸著，想知道他是不是變了，老了多少。他從來不想到她也會變的。

剛才他出來的時候，家裏那個李媽留了個神，本來李媽先給翠芝等門，等到翠芝回來了，她已經去睡了，彷彿聽見嚷鬧的聲音，還沒聽真，又聽見高跟鞋格登格登跑下樓來，分明是吵了架。李媽豈肯錯過，因在廚房門口找了點不急之務做著，隨即看見世鈞衣冠齊整的下樓，像要出去似的，更覺得奇怪。他今天一天也沒好好的穿衣服，這時候換上衣服到哪兒去？再聽見翠芝問他上哪兒去，他理也不理，這更是從來沒有過的事。李媽卻心裏雪亮，還不是為了大少奶奶今天到這兒來說的那些話——李媽全聽見了。李媽雖然做起事來有點老邁龍鍾，聽壁腳的本領卻不輸於任何人。大少奶奶說少奶奶跟許先生好，少爺雖然不相信，還替少奶奶辯護，他也許是愛面子，當時只好這樣，所以等客人走了，少奶奶回來了，就另外找碴子跟她嘔氣，這種事情也是有的。李媽忍不住，就去探翠芝的口氣，翠芝果然什麼都不知道，就只曉得大少奶奶今天來過的。李媽便把大少奶奶的話和盤托出，都告訴了她。

世鈞回來了，翠芝已經上床了，坐在床上織珠子皮包，臉色很冷淡。他一面解領帶，便緩緩說道：「你不用胡思亂想的，我們中間並沒有什麼第三者。而且已經是這麼些年前的事了。」翠芝馬上很敵意的問道：「你說什麼？什麼第三者？這話是什麼意思？」世鈞沉默了一會，方道：「我是說那封信。」翠芝向他看了一眼，微笑道：「哦，那封信！我早忘了那回事了。」聽她那口吻，彷彿覺得他這人太無聊了，十幾年前的一封情書，還拿它當樁了不起的事，老掛在嘴上說著。世鈞也就光說了一聲，「那頂好了。」

他想明天看見叔惠的時候打聽打聽，還有沒有機會到美國去深造。蹉跎了這些年，當然今非昔比了。叔惠自己還回不回美國也要看情形，預備先到北邊去一趟，到了北邊也可以託他代為留心，能在北方找個事，換換環境也好，可以跟翠芝分開一個時期，不過這一層暫時不打算告訴叔惠。偏偏叔惠一連幾天都沒來，也沒打電話來。世鈞漸漸有點疑心起來，難道是翠芝那天得罪了他。這兩天鬧彆扭，連這話都不願意問她。結果還是自己打了個電話去，叔惠滿口子嚷忙，特別忙的原因是改變主張，日內就動身北上，有機會還想到東北去一趟。匆匆的也沒來得及多談，就約了星期五來吃晚飯。

那天下午，世鈞又想著，當著翠芝說話不便，不如早一點到叔惠那裏去一趟，邀他出去坐坐，再和他一同回來。打電話去又沒打著，他是很少在家的，只好直接從辦公室到他那兒去碰碰看。他妹夫家是跑馬廳背後的衖堂房子，交通便利，房子卻相當老，小院子上面滿架子碧綠的爬山虎，映著窗前一幅藍綠色的新竹簾子，分外鮮明。細雨後，水門汀濕漉漉的，有個女人蹲在這邊後門口搧風爐，看得見火舌頭。世鈞看著門牌數過來，向一家人家的廚房門口問了聲：「許先生在家麼？」灶下的女傭便哇啦一聲喊：「少奶！找舅少爺！」

叔惠的妹妹抱著孩子走來，笑著往裏讓，走在他前面老遠，在一間廂房門口站住了，悄悄的往裏叫了聲：「媽，沈先生來了。」看她那神氣有點鬼頭鬼腦，他這才想起來她剛才的笑容有點浮，就像是心神不定，想必今天來得不是時候，因道：「叔惠要是不在家，我過天再來看伯母。」裏面許太太倒已經站了起來，笑臉相迎。她女兒把世鈞讓到房門口，一眼看見裏面還有個女客，這種廂房特別狹長，光線奇暗，又還沒到上燈時分，先沒看出來是曼楨，就已經聽見轟的一聲，是幾丈外另一個軀殼裏的血潮澎湃，彷彿有一種音波撲到人身上來，也不知道還是他自己本能的激動。不過房間裏的人眼睛習慣於黑暗，不像他剛從外面進來，她大概是先看見了他，而且又聽見說「沈先生來了。」

他們這裏還是中國舊式的門檻，有半尺多高，提起來跨進去，一腳先，一腳後，相當沉重，沒聽見許太太說什麼，倒聽見曼楨笑著說：「咦，世鈞也來了！」聲調輕快得異樣。大家都音調特別高，但是聲音不大，像遠處清脆的笑語，在耳邊營營的，不知道說些什麼，要等說過之後有一會才聽明白了。許太太是在說：「今天都來了，叔惠倒又出去了。」曼楨道：「是我不好，約了四點鐘，剛巧今天忙，卻擱到這時候才來，他等不及先走了。」

許太太態度很自然，不過話比平時多，不等寂靜下來就忙著去填滿那空檔。先解釋叔惠這一向為什麼忙得這樣，又說起叔惠的妹妹，從前世鈞給她補算術的時候才多大，現在都有了孩子了。又問曼楨還是哪年看見她的。算來算去，就不問她跟世鈞多少年沒見了。叔惠今天到他家去吃飯的事，許太太想必知道，但是絕口不提。世鈞的家當然是最忌諱的。因又說起裕舫。談了一會，曼楨說要走了，世鈞便道：「我也得走了，改天再來看伯母。」到了後門口，叔惠的妹妹又還趕出來相送。她在少女時代就知道他們是一對戀人，現在又看見他們雙雙的走了。

重逢的情景他想過多少回了，等到真發生了，跟想的完全不一樣，說不上來的不是味兒，心裏老是恍恍惚惚的，走到衖堂裏，天地全非，又小又遠，像倒看望遠鏡一樣。使他詫異的是外面天色還很亮。她憔悴多了，幸而她那種微方的臉型，再瘦些也不會怎麼走樣。也幸而她不是跟從前一模一樣，要不然一定是夢中相見，不是真的。曼楨笑道：「真是——多少年不見了？」世鈞道：「我都不知道你在上海。」曼楨道：「我本來也當你在南京。」說的話全被四周奇異的寂靜吞了下去，兩人也就沉默下來了。

一路走著，倒已經到了大街上，他沒有問她上哪兒去，但是也沒有約她去吃飯。兩人坐一輛三輛車似乎太觸目，無論什麼都怕打斷了情調，她會說要回去了。於是就這麼走著，走著，倒看見前面有個霓虹燈招牌，是個館子。世鈞便道：「一塊吃飯去，好多談一會。」曼楨果然笑道：「我得回去了，還有點事。你過天跟叔惠來玩。」世鈞道：「進去坐會兒，不一定要吃飯。」她沒說什麼。還有好一截子路，等走到那裏也就一同進去了。裏面地方不大，鬧哄哄的，正是上座的時候。世鈞見了，忽然想起來叔惠到他家去吃飯，想必已經來了。找了個火車座坐下，點了菜之後，便道：「我去打個電話就來。」又笑著加上一句，「你可別走，我看得見的。」電話就裝在店堂後首，要不然他還真有點不放心，寧可不打。他撥了號碼，在昏黃的燈下遠遠的望著曼楨，聽見翠芝的聲音，恍如隔世。窗裏望出去只看見一片蒼茫的馬路，沙沙的汽車聲來往得更勤了。大玻璃窗上裝著霓虹燈青蓮色的光管，背面看不出是什麼字，甚至於不知道是哪一國的文字，也不知道身在何方。

他口中說道：「叔惠來了沒有？我不能回來吃飯了，你們先吃，你留他多坐一會，我吃完飯就回來。」他從來沒有做過這樣拆爛污的事，約了人家來，自己臨時又不回來。過天他可以對叔惠解釋的，但是他預料翠芝一聽就要炸了。他不預備跟她爭論，打算就掛斷了，免得萬一讓曼楨聽見。她倒也沒說什麼，也沒問他現在在哪兒，在那兒忙些什麼，倒像是有一種預感似的。

世鈞掛上了電話，看見旁邊有板壁隔出來的房間，便走過來向曼楨道，「我們進去坐，外邊太亂。」茶房在旁邊聽見了，便替他們把茶壺茶杯碗筷都搬進去，放下了白布門簾。曼楨進去一看，裏面一張圓桌面，就擺得滿坑滿谷，此外就是屋角一隻衣帽架。曼楨把大衣脫了掛上。從前有一個時期他天天從廠裏送她回家去，她家裏人知趣，都不進房來，她一脫大衣他就吻她。現在呢？她也想起來了？她不會不記得的。他想隨便說句話也就岔過去了，偏什麼都想不起來。希望她說句話，可是她也沒說什麼。兩人就這麼站著，對看著。也許她也要他吻她。但是吻了又怎麼樣？前幾天想來想去還是不去找她，現在不也還是一樣的情形？所謂「鐵打的事實」，就像「鐵案如山」。他眼睛裏一陣刺痛，是有眼淚，喉嚨也堵住了。他不由自主地盯著她看。她的嘴唇在顫抖。

曼楨道：「世鈞。」她的聲音也在顫抖。世鈞沒作聲，等著她說下去，自己根本哽住了沒法開口。曼楨半晌方道：「世鈞，我們回不去了。」他知道這是真話，聽見了也還是一樣震動。她的頭已經在他肩膀上。他抱著她。

她終於往後讓了讓，好看得見他，看了一會又吻他的臉，吻他耳底下那點暖意，再退後望著他，又半晌方道：「世鈞，你幸福嗎？」世鈞想道：「怎麼叫幸福？這要看怎麼解釋。她不應當問的。又不能像對普通朋友那樣說『馬馬虎虎。』」滿腹辛酸為什麼不能對她說？是紳士派，不能提另一個女人的短處？是男子氣，不肯認錯？還是護短，護著翠芝？也許愛不是熱情，也不是懷念，不過是歲月，年深月久成了生活的一部份。這麼想著，已是默然了一會，再不開口，這沉默也就成為一種答覆了，因道：「我只要你幸福。」

話一出口他立刻覺得說錯了，等於剛才以沉默為答覆。他在絕望中摟得她更緊，她也更百般依戀，一隻手不住地摸著他的臉。他把她的手拿下來吻著，忽然看見她手上有很深的一道疤痕，這是從前沒有的，因帶笑問道：「咦，你這是怎麼的？」他不明白她為什麼忽然臉色冷淡了下來，沒有馬上回答，她低下頭去看了看她那隻手。是玻璃劃傷的。就是那天在祝家，她大聲叫喊著沒有人應，急得把玻璃窗砸碎了，所以把手割破了。那時候一直想著有朝一日見到世鈞，要怎麼樣告訴他，也曾經屢次在夢中告訴他過。做到那樣的夢，每回都是哭醒了的。現在真在那兒講給他聽了，卻是用最平淡的口吻，因為已經是那麼些年前的事了。

這時候因為怕茶房進來，已經坐了下來。世鈞越聽越奇怪，臉上一點表情都沒有，只是很蒼白。出了這種事，他竟懵然。最氣人的是自己完全無能為力，現在就是粉身碎骨也衝不進去，沒法把她救出來。曼楨始終不朝他看著，彷彿看見了他就說不下去似的。講到從祝家逃出來，結果還是嫁給鴻才了，她越說越快。跟著就說起離婚，費了無數周折，孩子總算是判給她撫養了。她是借了許多債來打官司的。

世鈞道：「那你現在怎麼樣？錢夠用嗎？」曼楨道：「現在好了，債也還清了。」世鈞道：「這人現在在哪兒？」曼楨道：「還提他幹什麼？事情已經過去了。後來也是我自己不好，怎麼那麼糊塗，我真懊悔，一想起那時候的事就恨。」當然她是指嫁給鴻才的事。世鈞知道她當時一定是聽見他結婚的消息，所以起了自暴自棄之念，因道：「我想你那時間也是……也是因為我實在叫你灰心。」曼楨突然別過頭去。她一定是掉下眼淚來了。

世鈞一時也無話可說，隔了一會方低聲道：「我那時候去找你姐姐的，她把你的戒指還了我，告訴我說你跟豫瑾結婚了。」曼楨吃了一驚，道：「哦，她這麼說的？」世鈞便把他那方面的事講給她聽，起初她母親說她在祝家養病，他去看她，他們卻說她不在那兒，他以為她是不見他。回到南京後寫信給她，一直沒有回音，後來再去找她，已經全家都離開上海了。再找她姐姐，就聽見她結婚的消息。當時實在是沒有想到她自己姐姐會這樣，而且剛巧從別方面聽見說，豫瑾新近到上海來結婚。曼楨道：「他是那時候結婚的。」世鈞道：「他現在在哪兒？」曼楨道：「在內地。抗戰那時候他在鄉下讓日本人逮了去，他太太也死在日本人手裏。他後來總算放出來了，就跑到重慶去了。」世鈞慘然了一會，因道：「他還好？有信沒有？」曼楨道：「也是前兩年，有個親戚在貴陽碰見他，才有信來，還幫我想法子還債。」

憑豫瑾對她的情分，幫助她還債本來是理所當然的。世鈞頓了頓，結果還是忍不住，彷彿順口問了聲：「他有沒有再結婚？」曼楨道：「沒有吧？」因向他笑了笑，道：「我們都是寂寞慣了的人。」世鈞頓時慚愧起來，彷彿有豫瑾在那裏，他就可以卸責似的。他其實是恨不得破壞一切，來補償曼楨的遭遇。他在桌子上握著她的手，默然片刻，方微笑道：「好在現在見著你了，別的什麼都好辦。我下了決心了，沒有不可挽回的事。你讓我去想辦法。」曼楨不等他說完，已經像受不了痛苦似的，低聲叫道：「你別說這話行不行？今天能見這一面，已經是……心裏不知多痛快！」說著已是兩行眼淚直流下來，低下頭去抬起手背揩拭。

她一直知道的。是她說的，他們回不去了。他現在才明白為什麼今天老是那麼迷惘，他是跟時間在掙扎。從前最後一次見面，至少是突如其來的，沒有訣別。今天從這裏走出去，卻是永別了，清清楚楚，就跟死了的一樣。

他們這壁廂生離死別，那頭他家裏也正難捨難分，自從翠芝掛上了電話，去告訴叔惠說世鈞不回來吃飯，房間裏的空氣就透著幾分不自然。翠芝見沒甚話說，便出去吩咐開飯。兩個孩子已經吃過了。偏那李媽一留神，也不進來伺候添飯，連陶媽也影踪全無，老媽子們再笨些，有些事是不消囑咐的。叔惠是在別處吃得半醉了來的，也許是出於自衛，怕跟他們夫婦倆吃這頓飯。現在就只剩下一個翠芝，也只有更僵。

在飯桌上，兩人都找了些閒話來講，但是老感到沒話說。翠芝在一度沉默之後，便淡淡的說道：「我知道，你怕我又跟你說那些話。」他本來是跟她生氣，那天出去吃飯，她那樣盡情發洩。她當然也知道事到如今，他們之間唯一的可能是發生關係。以他跟世鈞的交情，這又是辦不到的，所以她彷彿有恃無恐似的。女人向來是這樣，就光喜歡說。男人是不大要「談」戀愛的，除了年紀實在輕的時候。

他生氣，也是因為那誘惑太強了。幾天不見，又想回來了，覺得對她不起。他微醺地望著她，忽然站起來走過來，憐惜地微笑著摸了摸她的頭髮。翠芝坐著一動也不動，臉上沒有表情，眼睛向前望著，也不朝他看，但是仍舊凄然，而又很柔馴的神氣。叔惠只管順著她頭髮撫摸著，含笑望著她半晌，忽道：「其實儀娃跟你的脾氣有點像，不過她差遠了，也不知道我自己的年紀關係，心境不同了。」便講起他的結婚經過。其實他當時的心理說來可笑——當然他也不會說——多少有點賭氣。翠芝的母親從前對他那樣，雖然不過匆匆一面，而且事隔多年，又遠隔重洋，明知石太太也不會聽見，畢竟出了口氣。他不說，翠芝也可以想像——比她闊，比她出風頭的小姐。

儀娃怕生孩子，老是怕會有，就為這個不知道鬧過多少回。他雖然收入不錯，在美國生活程度高，當然不夠她用的。她自己的錢不讓她花，是逼著她吃苦。用她的錢，日子久了又不免叫她看不起，至少下意識地。吵架是都為了節育，她在這件事上太神經質，結果他煩不勝煩，賭氣不理她了，又被她抓住了錯處，鬧著要離婚。離就離——他不答應，難道是要她出贍養費？

所謂抓住了錯處，當然是有別的女人。他沒提。本來在戰時美國，這太普遍了。他結婚很晚，以前當然也有過艷遇，不過生平也還是對翠芝最有知己之感，也憧憬得最久。這時候燈下相對，晚風吹著米黃色厚呢窗簾，像個女人的裙子在風中鼓盪著，亭亭地，姍姍地，像要進來又沒進來。窗外的夜色漆黑。那幅長裙老在半空中徘徊著，彷彿隨時就要走了，而過門不入，兩人看著都若有所失，有此生虛度之感。

翠芝忽然微笑道：「我想你不久就會再結婚的。」叔惠笑道：「哦？」翠芝笑道：「你將來的太太一定年青、漂亮——」叔惠聽她語氣未盡，便替她續下去道：「有錢。」兩人都笑了。叔惠笑道：「你覺得這是個惡性循環，是不是？」因又解釋道：「我是說，我給你害的，彷彿這輩子只好吃這碗飯了，除非真是老得沒人要。」在一片笑聲中，翠芝卻感到一絲淒涼的勝利與滿足。

國家圖書館出版品預行編目資料

半生緣【張愛玲逝世30週年紀念・毛邊精裝限量版】/ 張愛玲著. -- 三版. -- 臺北市：皇冠, 2025.09
面；　公分. --（皇冠叢書；第5248種）

ISBN 978-957-33-4337-0(精裝)

857.7　　114010856

皇冠叢書第5248種

半生緣

【張愛玲逝世30週年紀念・毛邊精裝限量版】

作　　者—張愛玲
發 行 人—平　雲
出版發行—皇冠文化出版有限公司
台北市敦化北路120巷50號
電話◎02-2716-8888
郵撥帳號◎15261516號
皇冠出版社(香港)有限公司
香港銅鑼灣道180號百樂商業中心
19字樓1903室
電話◎2529-1778　傳真◎2527-0904
總 編 輯—許婷婷
責任編輯—張懿祥
美術設計—嚴昱琳
行銷企劃—謝乙甄
著作完成日期—1969年
三版一刷日期—2025年9月

法律顧問—王惠光律師

讀者服務傳真專線◎02-27150507
電腦編號◎001304
ISBN◎978-957-33-4337-0
Printed in Taiwan
本書定價◎新台幣540元/港幣180元